SHATTERED - HOLD ME TIGHT

BAND 1

GRACE C. NODE

HEARTCRAFT

Kirchweg 15, 35085 Ebsdorfergrund
1. Auflage
Text: Grace C. Node
Bildlizenzen:
Natalie Hof – **stock.adobe**.com

ISBN: 978-3-98595-193-2
Bestellung und Vertrieb: Nova MD GmbH, Vachendorf
Druck: PRINT GROUP Sp. z o.o., Polen

Bibliografische Information der Deutschen Nationalbibliothek:
Die Deutsche Nationalbibliothek verzeichnet diese Publikation in der Deutschen Nationalbibliografie; detaillierte bibliografische Daten sind im Internet über http://dnb.d-nb.de abrufbar.

Grace C. Node

SHATTERED
Hold me tight

ROMAN

For my Family

Für all diejenigen, die niemals aufgeben, nach der großen Liebe zu suchen!

PROLOG

Elona

Mir war speiübel und mein ganzer Körper zitterte wie Espenlaub. Der Anruf meiner Schwester riss mir das Herz heraus. Einen Augenblick sammelte ich mich, packte dann die Tasche und lief ins Büro meines Chefs, um mich für den Rest des Tages beurlauben zu lassen.

Die ganze Fahrt ins Krankenhaus verlief wie in Trance und ich musste mich zusammenreißen, um nicht noch einen Unfall zu bauen, so aufgewühlt, wie ich war. Begreifen konnte ich es nicht.

Erin lief vor dem Empfangstresen auf und ab, die Arme um den Körper geschlungen, das Gesicht bleich und die Schultern hochgezogen. Ich hasste Krankenhäuser. Durch die Glasscheibe der riesigen Notaufnahme starrte ich meine Schwester an, unfähig, mich zu bewegen. Ich wollte nicht dort rein. Wollte nicht sehen, was ich sehen musste. Als hätte sie mich gespürt, blickte sie auf und schaute mich direkt an.

Mist.

Mit einem tiefen Atemzug trat ich vor, die Türen schwangen auf und ich ging in den grell beleuchteten

Eingangsbereich, in dem es nach Desinfektionsmittel und Krankheiten roch.

Ohne ein Wort zu sagen, fiel Erin mir um den Hals. Wir hielten uns einen Moment lang fest, dann löste sie sich von mir und räusperte sich.

»Bist du bereit?«

Wie könnte ich?

Stumm nickte ich und mir lief ein eisiger Schauer über den Rücken. Nein, dafür war ich ganz und gar nicht bereit.

Erin griff meine Hand und gemeinsam gingen wir in den abgedunkelten Raum, aus dem leises Schluchzen drang, und mir brach es das Herz, als ich Dad neben dem Bett sah, der in sich zusammengefallen schien und die Hand meiner Mutter hielt.

Ich kann das nicht!

Meine Schwester spürte offenbar, dass ich am liebsten fliehen wollte, denn sie legte den Arm um mich und trat zu ihm.

»Sie ist hier, Paps. Elona ist hier.« Ihre Stimme hörte sich kratzig und fremd an.

Dad sah auf und ich fuhr erschrocken zusammen. Der stolze und aufrechte Mann, der immer einen Scherz auf den Lippen hatte und mein Fels in der Brandung war, schien verschwunden. Vor mir saß ein gebrochener Ehemann, der alles verloren hatte, was ihm je wichtig gewesen war.

»Sie … ist fort. Einfach so.« Unter den Schluchzern verstand ich ihn kaum und schlug die Hände vor den Mund. Was sollte ich sagen? Wie mich verhalten?

Ich brachte nicht den Mut auf, den Körper auf dem Bett anzusehen.

NEIN!

»Paps, ich …« Mir versagte die Stimme und hilflos schlang ich die Arme um seinen Hals. Erin hatte sich auf das Bett gesetzt und starrte fassungslos auf den leblosen Körper unserer Mutter. Unter Aufbietung all meiner Beherrschung folgte ich ihrem Blick und keuchte erschrocken auf. Das schöne Gesicht glich einer wächsernen Maske, die unwirklich plastisch aussah, nicht mehr menschlich.

Dann kamen die Tränen.

3 Jahre später

Voll bepackt stapfte ich zum Bäcker, um mir meinen morgendlichen Kaffee und ein Brötchen zu holen. Mein Stammplatz am Fenster in der Ecke war frei und ich ließ mich auf den Stuhl fallen, klappte den Laptop auf und checkte die E-Mails.

»Guten Morgen, Ms. Steel. Wie immer?«, begrüßte mich die Verkäuferin freundlich, die ich seit Kindertagen kannte, und ich lächelte sie an.

»Guten Morgen, Bess. Ja, wie immer.« Hier gab es einen guten Kaffee, frische Brötchen und himmlische Croissants, und da ich morgens jede Minute brauchte, um wach zu werden, schaffte ich es nie, mir zu Hause ein ordentliches Frühstück zuzubereiten. Also holte ich mir meinen Energieboost hier.

Das Projekt, an dem ich gerade arbeitete, lief gut und ich stellte zufrieden fest, dass wir voll im Zeitplan waren.

Großartig!

»Hier, Süße, frisch aus dem Ofen und noch warm.« Bess, die Kellnerin, stellte mir den dampfenden Milchkaffee sowie ein Buttercroissant mit Kirschmarmelade auf den Tisch und legte die Tüte mit dem Brötchen daneben. Dankbar grinste ich sie an, denn sie kannte meine Vorliebe für das buttrig nussige Aroma der sündigen Croissants, die sie hier machten.

»Hmm, es duftet himmlisch«, schwärmte ich, rupfte ein Stück ab und schob es genüsslich in den Mund.

»Es tut mir sehr leid. Das ist wirklich eine Schande«, vernahm ich Bess neben mir und irritiert blickte ich zu ihr hoch.

»Wie bitte? Was meinst du?«, fragte ich mit vollem Mund, bemüht, den Bissen hinunterzuschlucken.

»Das mit der Firma. Ich will mir nicht ausmalen, wie es Mr. Steel jetzt gehen muss. So viele Menschen, die ihren Job verlieren werden. Eins der letzten familiengeführten Unternehmen in London – und dann das.« Perplex starrte ich Bess mit offenem Mund an.

Wovon zum Teufel redete sie da bloß?

»Ich verstehe nicht …«

Ein Schatten huschte über ihr rundes Gesicht und in ihre Augen trat blankes Entsetzen, als habe sie etwas Schreckliches gesehen.

»Ähm, oh … ich – also das … weißt du, es ist …«

Jetzt war meine Neugier geweckt und ich fixierte sie mit prüfendem Blick. »Bess, wovon zum Kuckuck redest du da?« Sie trat nervös von einem auf den andern Fuß und schaute hektisch zur Theke, an der ihre Chefin gerade eine Dame bediente.

»Nichts. Ich … entschuldige mich.« Hastig lief sie davon und ließ mich mit einem riesigen Fragezeichen allein.

Ich zückte mein Smartphone und wählte Dads Nummer, landete allerdings sofort auf seiner Mailbox. Dann rief ich im Büro an, doch bekam nur Mrs. Fuller, seine Sekretärin, ans Telefon.

»Guten Morgen, Elona. Es ist ewig her. Was verschafft mir die Ehre?«

»Guten Morgen, das stimmt. Sie wissen ja, viel zu tun – das Übliche. Sagen Sie, ist mein Vater da?«

Ihr Räuspern machte mich stutzig. »Nun, es ist … er ist noch nicht im Büro.« Erstaunt blickte ich auf die Uhr – 8:30.

Seltsam.

»Hat er einen Auswärtstermin?«

»Äh, nein«, antwortete sie leise und ihr Zögern machte mich nervös.

»Wo zum Henker ist er dann?«

»Ich – weiß es nicht.«

»WAS? Wieso …?« Panik stieg in mir auf.

Wenn ihm was passiert ist?

Nein, dann hätten sie mich längst informiert.

Was war hier los?

»Elona, ich wusste nicht … es wäre wohl an der Zeit, dass Sie vorbeikommen.« Mrs. Fuller hörte sich mitgenommen und erschöpft an und das war so gar nicht ihre Art, denn sie sprühte sonst vor Enthusiasmus und Engagement.

In Windeseile packte ich alles zusammen, zahlte und rauschte aus der Bäckerei zum Auto.

Als ich wenig später auf dem Parkplatz der Steel Leather Manufacture stand, fiel mir sofort auf, dass etwas nicht stimmte. Keiner der LKWs war beladen, es waren keine Paletten an den Rampen und der Hof wirkte wie ausgestorben.

Wo waren die alle?

Eigentlich hatte ich keine Zeit für diesen Mist, denn ich musste in zwei Stunden eine Präsentation für einen Kunden vorbereitet haben, doch mein Bauchgefühl sagte mir, das hier war wichtiger.

Mit einem mulmigen Gefühl stieg ich aus und ging direkt zum Büro meines Vaters hoch, das in dem altehrwürdigen, rot verklinkerten Backsteingebäude mit den großen Sprossenfenstern das Herzstück und die Schaltzentrale des Familienunternehmens Steel Leather Manufacture war. Eine unheimliche Stille empfing mich und ich beeilte mich, den langen Flur zum

Büro entlangzulaufen. Mrs. Fuller kam mir entgegen und bei ihrem Gesichtsausdruck blieb mir fast die Luft weg.

»Ich dachte, er hätte es Ihnen gesagt.«

»Was meinen Sie?«

»Die Firma – es ist eine Katastrophe. Er wollte keine Hilfe annehmen. Ich wusste nicht, dass er sich so verschlossen hat. Es tut mir unendlich leid.«

Auf seinem Schreibtisch türmten sich Akten und Papiere. Völlig untypisch, da hier immer Ordnung herrschte. Mrs. Fuller deutete auf einen wichtig aussehenden, mehrseitigen Brief. Der Inhalt zog mir den Boden unter den Füßen weg und ich sank entsetzt auf den Sessel.

Ich wählte Erins Nummer, die zum Glück sofort dranging.

»Mit dir hätte ich so früh nicht gerechnet«, gähnte sie und ich verdrehte die Augen.

»Komm sofort in die Firma zu Dad.«

»Wieso? Ich hab gleich einen Frisörtermin und bin mit Ashley zum Brunch verabredet. Kann das nicht warten?«

»Erin, schwing deinen Hintern hierher. Es ist wichtig«, zischte ich angespannt ins Telefon und hörte, wie sie fluchend aufstand.

»Was soll denn sein, verdammt?«

»Wir sind pleite!«

1

Tash

Der Rückflug nach London dauert gefühlt eine Ewigkeit, aber wir kommen mit einem fetten Deal in der Tasche zurück. Wie angekündigt. Wade wird eine Menge Papierkram erledigen müssen, doch der Irre wird fürstlich dafür entlohnt. Ryan gähnt neben mir und streckt die Beine aus. Es waren zähe Verhandlungstage, doch es brachte uns ein Sahnestück mitten in New York ein.

»Was machst du heute Abend?« Ryan fährt sich mit der Hand über das Gesicht.

»Außer Sport nichts mehr. Warum? Willst du um die Häuser ziehen?«, grinse ich ihn an und wackele mit den Augenbrauen. Er winkt wie zu erwarten ab.

»Du solltest wirklich mal wieder eine Frau flachlegen. Ehrlich.«

Ryan rollt mit den Augen und sieht mich wütend an. »Nur weil ihr beide euch durch die Betten halb Londons vögelt, muss ich das noch lange nicht, Alter.«

Ich zucke mit den Schultern, flippe durch meine E-Mails

auf dem Smartphone und bleibe an einer Nachricht über ein interessantes Objekt mitten in London hängen.

»Hey, wusstest du, dass eines der alten Fabrikgelände als Option offen ist?«

Neugierig setzt sich Ryan auf. »Nein, das ist mir neu. Seit wann?«

»Kam gestern rein. Durch die Zeitverschiebung hab ich es erst jetzt gesehen.«

»Wo genau ist das?«

»Herzstück, mit Lagerhallen und Bürokomplex, einem riesigen Hinterhof, Laderampen und zur Straße hin gibt es Wohneinheiten. Zwei Zufahrten, sanierungsbedürftig. Wäre perfekt.« Verschlagen grinse ich ihn an, denn in der Mail steht, dass sie bereits einige Monate im Verzug sind, was bedeutet, dass Gehälter nicht mehr gezahlt werden und sich die Banken seit drei Monaten sicher schon querstellen. Perfekt für uns.

»Schick's mir rüber, ich prüfe es.« Mit einem angefixten Funkeln in den Augen zwinkert er mir zu, ich leite ihm das neue Projekt weiter und Ryan versinkt sofort in den Details. Darin ist er brillant.

Als ich im Auto sitze, rufe ich Mum an, danach quatsche ich mit Wade, der bereits alles für die Übernahme in New York eingestielt hat. Das wird uns einen Haufen Kohle einbringen.

»Was ist mit dem London-Projekt?«, hakt Wade nach, denn er hat sich schon gedacht, dass ich mich nach New York direkt auf den nächsten Deal stürzen werde. Es ist nie genug. Und Wade ist ein erfolgsverwöhnter Bastard, dem Kohle und Macht über alles gehen.

»Ryan checkt die Details. Die Lage ist genial und die Größe – Mann, da können wir ein richtiges Prestigeding draus machen. Die Luxusappartements, die wir im Kopf hatten, weißt du noch? Mit eigenem Spa, einem Healthcenter, Ärzten,

Fitness et cetera und jeder Menge Spielfläche für die Schönen und Reichen Londons.«

»Klingt toll. Habt ihr schon einen Zeitplan?« Er ist sofort dabei, denn wenn wir das umsetzen, was wir vor einem Jahr geplant hatten, ohne bisher ein passendes Grundstück gefunden zu haben, tja, dann wird das unsere Kasse ordentlich füllen. Es wäre DER Deal.

»Noch nicht. Hab es grade erst gesehen. Schaufel dir schon mal die nächsten Tage frei, damit wir uns die Zahlen mit Ryan ansehen können.«

»Geht klar, Mann. Hey, wollen wir heute ein paar Ladys klarmachen?« Ich sehe förmlich sein berüchtigtes Grinsen vor mir, vor dem kein Höschen sicher ist, und schnaube belustigt.

»Ist zwar schon ein paar Tage her, dass ich eine Frau zum Schreien gebracht habe, aber ich muss noch ins Büro und danach bei meiner Mum vorbei.«

»Tja, dein Pech, bleiben mehr Muschis für mich«, lacht er dreckig und wir verabreden uns für den nächsten Tag zum Lunch.

»Du siehst abgekämpft aus, Junge.« Besorgt legt mir Mum die Hand an die Wange und ich küsse sie auf die Stirn.

»Keine Sorge, ist nur die Zeitverschiebung. Der New-York-Deal war ein riesen Erfolg, und in London steht der nächste an.« Sie sieht mich liebevoll an und ich weiß, dass sie an Dad denkt.

Fuck!

Jedes Mal vergleicht sie mich in Gedanken mit ihm und jedes Mal zerreißt es mich fast, obwohl es schon zwölf Jahre her ist, dass Dad verunglückt ist.

»Dein Vater wäre so stolz auf dich, Tash.« Schweigend

nicke ich und wir nehmen im Wintergarten Platz, der an den parkähnlichen Garten grenzt, den sie so sehr liebt.

»Wie lange bleibst du diesmal zu Hause? Ich habe das Gefühl, dich kaum noch zu sehen, so viel arbeitest du«, rügt sie mich mit einem milden Lächeln und ich bin mir sehr wohl bewusst, dass da etwas Wahres dran ist. In meinem Alter war mein Vater bereits verheiratet, hatte Nachwuchs und war Boss eines millionenschweren Großunternehmens, das er aus dem Nichts aufgebaut hatte. Seine Firma steuerte weltweit Sanierungsprojekte und kaufte marode Firmen auf, um sie nach Restrukturierung an den Meistbietenden zu verkaufen. Eine Goldgrube. Mein Verdienst reicht gerade dahingehend, dass ich aus den Millionen pro Jahr fast eine Milliarde gemacht habe – schöne Steigerungsrate. Meine Mutter kümmert sich um all die Wohltätigkeitsgalas, Spendenbälle und den ganzen Mist und liegt mir seit Jahren in den Ohren, wann ich sie endlich mit Enkelkindern beglücken würde. Das wird allerdings nicht passieren.

»Tash, du hörst ja gar nicht zu.« Ihre Stimme reißt mich aus den Gedanken meiner Vergangenheit.

»Entschuldige, Mum. Scheint, als wäre ich doch etwas platt.«

Mit einer hochgezogenen Augenbraue mustert sie mich mit kritischem Blick und schüttelt den Kopf. »Ich wollte dich nur an die Gala nächste Woche erinnern. Das wäre eine gute Gelegenheit, den Bürgermeister und die Funktionäre zu treffen. Ach, und die Bankvorstände und einige Parlamentarier werden auch kommen.«

»Mum, du weißt, wie sehr ich diese Veranstaltungen hasse.«

»Ja, doch du bist derjenige, der das Unternehmen leitet. Also tu deiner Mutter den Gefallen und komm dazu, rede mit den Leuten und amüsier dich zur Abwechslung mal bei der

Arbeit«, erinnert sie mich an die lästige Verpflichtung, dort aufkreuzen zu müssen. Es sind weniger die Businessgespräche, die mich nerven, denn die versprechen lediglich, meine Geschäfte schnell und unkompliziert abwickeln zu können. Was mich kolossal nervt, sind die Verkupplungspläne meiner Mutter und ihrer reichen Freundinnen. Ein dutzend Mal fand ich mich unfreiwillig in Begleitung einer reichen Schnepfe wieder, die mir den Abend die Ohren vollgesäuselt hat, wie scharf sie auf mich ist, und das sicher nicht ausschließlich wegen meiner hübschen Augen, sondern mehr wegen meiner Kohle.

Aasgeier.

Einmal hat mir gereicht. Ich werde mich nie wieder von einer Tussi derart ficken lassen.

»Schon gut. Ich werde mit Ryan kommen. Wir müssen uns eh mit den Banken zusammensetzen und uns für das neue Projekt etwas überlegen.« Zufrieden ruht ihr Blick auf mir, denn sie hat sicherlich bereits im Hintergrund eine willige, heiratswütige Tussi im Kopf, die sie mir vorstellen wird. Bislang habe ich mich erfolgreich gegen all ihre Versuche gewehrt und das wird auch so bleiben. Wades Idee mit den Muschis kommt mir plötzlich sehr verlockend vor.

Lunch

»Wer hat dir eigentlich den Tipp gegeben?«, fragt Wade, der sich grinsend nach der rothaarigen Kellnerin umsieht, die uns gerade bedient hat. Immer auf der Jagd nach der nächsten Trophäe.

»Das ist das Seltsame. Terry hat mir eine Mail mit den Infos geschickt und gesagt, sie hätten einen anonymen Brief in der Post mit all den Details und einem Terminvorschlag gefunden. Weiß der Henker, woher, aber soll uns nicht stören. Wichtig ist, wir haben die Kontaktperson und wir werden den anberaumten Termin direkt bestätigen. Ich will so schnell wie möglich einen Ansatzpunkt bei dem Inhaber finden.«

»Geht klar. Wenn die wirklich schon mit dem Rücken zur Wand stehen, sollte es ein Klacks sein. Ich checke mal die Besitzverhältnisse und versuche, über meinen Kontakt was von dem Eigentümer rauszubekommen.«

Zufrieden nicke ich ihm zu und erzähle ihm von der Gala.

Müde winkt er ab.

»Viel Spaß beim Spießrutenlauf, Alter.«

»Keine Sorge, Ryan wird mitkommen. Er weiß nur noch nichts von seinem Glück.«

Schnaubend lehnt er sich zurück. »Wie geht es deiner Mum?«

»Abgesehen über die Sorge des Fortbestandes der Montgomerys, wie üblich«, knurre ich genervt und weiche seinem amüsierten Blick aus.

»Du hast mein tiefstes Mitgefühl.«

»Hey, Leute.« Ryan schneit zu uns an den Tisch und anhand seines Gesichtsausdrucks kann ich ablesen, dass er gute Neuigkeiten mitbringt.

»Hey, Mann, wie sieht's aus?«

Wade macht ihm etwas Platz und mein Cousin holt sein Tablet hervor.

»Scheint ein wirkliches Schnäppchen zu sein. Und wenn sich die Zahlen bestätigen, wird es uns auf dem Silbertablett serviert«, eröffnet er uns und ich reibe mir innerlich die Hände, da wir mit unserem Konzept ein Vermögen machen werden.

»Gibt es schon einen Termin?«, fragt Ryan und winkt der Kellnerin, um seine Bestellung aufgeben zu können.

»Terry meinte, diese Woche Donnerstag. Dann lasst uns essen. Ich hab einen Bärenhunger.«

2

Elona

Erin starrt fassungslos auf die Mahnungen der Banken, die sich in einem Schuhkarton auf dem Schreibtisch gesammelt vor der Wahrheit verstecken wollen. Mrs. Fuller schnieft in ein Taschentuch, denn sie ist von dem Ausmaß des Desasters, das wir vorgefunden haben, erschüttert.

»Und er hat nichts gesagt?«, frage ich zum gefühlt hundertsten Mal, obwohl ich die Antwort bereits kenne.

»Nein, nichts«, beteuert sie leise und holt zittrig Luft. »Einige der Mitarbeiter waren zwar in den letzten Wochen öfter hier oben, aber Sie kennen ja Ihren Vater. Er schaffte es, alle zu beruhigen … und na ja, keiner traute sich wirklich, auf den Tisch zu hauen – wegen Mrs. Margret.«

Meine schlimmsten Befürchtungen bestätigen sich damit. Dad hat Mums Tod nie wirklich überwunden. Und das Ergebnis ist der Bankrott der Firma. Der sture Esel ließ sich nie helfen oder hat Erin oder mich an sich herangelassen. Mürrisch und eigenbrötlerisch wurde er und hat sich von uns nur zu den zwingend erforderlichen Geburtstagen oder Feiertagen besuchen lassen. Ich gebe zu, auch ich war froh, mit mir und der Trauer allein fertig werden zu können, doch dass es so dramatisch um ihn steht, haut mich um.

»Wie um alles in der Welt kann das so lange nicht auffallen?«, fragt sich Erin angespannt und lässt den Blick durch das Büro schweifen. »Mum würde ihm den Kopf abreißen. Sieh dir nur das ganze Chaos hier an. Sie hatte immer eine strikte Ordnung gehalten und jetzt herrscht hier nichts als ein riesiger Saustall.«

Sie trifft damit einen entscheidenden Punkt. Mum hat die Bücher geführt, die Aufträge an Land gezogen und sich um die ganze Organisation gekümmert. Dad war für die Produktion verantwortlich und hat wenig Talent für Kundengespräche oder die penible Planung der Budgets. Dafür hatte er einen Blick für die richtig gute Ware und war Experte in Sachen Leder und dessen Verarbeitung. Ob handschuhweich, naturgewachsen, unbehandelt oder veredelt – es gab nichts, was er nicht hinbekam. Zusammen waren sie ein absolutes Dreamteam.

»Wir müssen rauskriegen, wie schlimm es wirklich ist. Ohne einen konkreten Überblick haben wir keine Chance, einen vernünftigen Plan aufzustellen«, werfe ich ein und Mrs. Fuller nickt zustimmend, während sich meine Schwester bereits einen der Ordner schnappt und sich in die Sitzecke verzieht.

»Können Sie nochmal versuchen, Dad zu erreichen?«, frage ich Mrs. Fuller, die dankbar über eine Aufgabe sofort an ihren Platz rauscht.

»Hör zu, ich mache eine Aufstellung mit allen Punkten, die wir benötigen, und eine Liste mit den Banken, Gläubigern und so weiter. Dann lassen wir uns die Unterlagen geben – falls das überhaupt möglich ist – und machen diese Woche die wichtigsten Termine«, schlage ich Erin vor, die mich ansieht und stumm nickt.

Den Rest der Woche habe ich mir freigenommen, was meinem Chef gar nicht passte – aber was soll ich machen? Die Existenz von Steel Leather Manufacture steht auf Messers Schneide und damit der ganze Stolz der Familie. Mein Großvater hat die Firma aufgebaut, mit Aufträgen der Flug-, Möbel- und Automobilindustrie, und Mum hat mit ihrer Hingabe für feinstes Leder und ein gutes Gespür fürs Geschäft das Ganze richtig groß gemacht. Wir sind sogar international bekannt – zumindest waren wir das mal.

Wie konnte Dad das nur zulassen?

»Ach, Ms. Elona, da war eine Firma am Telefon, die den Termin wegen des ausgeschriebenen Angebots bestätigt hat.«

Wie von der Tarantel gestochen springt Erin auf und gemeinsam stürmen wir zu Mrs. Fuller.

»Was denn für ein Angebot?«, hake ich nach.

»Es scheint, als habe Ihr Vater vor, die Firma zu veräußern.«

»Das kann er nicht machen! Mum würde ausrasten. Es ist unsere Firma. Ich glaub das alles nicht!« Erin ist stocksauer und stapft wütend vor dem Schreibtisch auf und ab, hinter dem Mum immer gesessen hatte und zuletzt unser Vater.

»Und wenn es so schlimm ist, dass es eine Überlegung wert ist?«, gebe ich zu bedenken, obwohl mir bei dem Gedanken daran ganz schummerig wird.

»Hast du den Verstand verloren, Elona Steel? Es ist das Vermächtnis der Steels. Grandpa hat sich den Arsch aufgerissen und Mum hat das Unmögliche geschafft. Und jetzt soll das alles Geschichte sein? Nein! Auf keinen Fall können wir das zulassen.« Ihre Augen sprühen Funken und ihre Wangen sind gerötet, so sehr echauffiert sie sich über das Desaster.

»Du warst doch noch nie darüber begeistert, dich um die Firma kümmern zu müssen.«

Verflixt!

Kein guter Zeitpunkt, um in alten Wunden zu stochern, doch auch meine Nerven liegen blank. Mit einem hasserfüllten Blick fährt sie zu mir herum und deutet mit dem Zeigefinger auf mich.

»War ja klar, dass du ausgerechnet jetzt mit dem alten Scheiß um die Ecke kommen musst. Wir stecken bis zum Hals in der Krise und du kommst mir jetzt damit?«

Es steht schon immer zwischen uns, dass Erin, meine ältere, bildhübsche Schwester, das Rampenlicht in vollen Zügen genießt und durch ihr atemberaubendes Äußeres eine Karriere als Leinwanddiva erträumt hat, anstatt sich für unser Unternehmen zu begeistern. Nach der Schule hatte sie einige lukrative Werbeshootings, drehte mehrere TV-Werbespots und wurde als das neue Gesicht für diverse Kosmetikprodukt gehandelt. Ihr damaliger Manager versprach ihr die große Karriere als Filmstar und sie glaubte ihm nur zu gerne. Sie war wirklich gut, doch ihr Manager und späterer Verlobter war ein Abzocker und Schürzenjäger der übelsten Sorte. Trotz aller Warnungen verlobte sie sich mit ihm. Er verstrickte sich immer mehr in widersprüchlichen Aussagen zu den anstehenden Filmprojekten, für die sie vorsprach, Deals platzten und einen Tag vor der Hochzeit ließ er Erin mit gebrochenem Herzen, einem leergeräumten Bankkonto und einem nicht erfüllten Hollywoodtraum sitzen.

Seitdem verachtet sie die Männer und hat sich völlig zurückgezogen, aus Angst vor Häme und Spott über die verpatzte Karriere als Model und Superstar. Zu der damaligen Zeit hat sie sich nie um das Familienunternehmen geschert, sondern nahm nur den monatlichen Scheck gerne an. Ich habe mich dafür sehr für unsere Sattlerei interessiert, wie alles von Grandpa aus dem Nichts aufgezogen wurde und wie nach und nach die Aufträge größer wurden. Zu verstehen, wie der ganze Prozess funktioniert, hat mich sehr fasziniert, und Mum und

Dad waren stolz, dass wenigstens eine Tochter in ihre Fußstapfen treten wollte. Mit Mum sprach ich über die Firmenzukunft, doch wir waren uns einig, dass ich erst mein Studium beenden und Erfahrungen in anderen Unternehmen sammeln sollte, bevor ich mich dem Familienbusiness widmen würde. Nach ihrem Tod lief alles aus dem Ruder, Dad hat sich zurückgezogen, ich war dankbar, am anderen Ende der Stadt einen gutbezahlten Job zu haben und meine eigenen Wunden zu lecken. Ein riesiger Fehler, wie sich nun rausstellt.

»Wenn du weniger damit beschäftigt gewesen wärst, dich zu verkriechen, anstatt mal nach Dad zu sehen, würden wir uns jetzt nicht in dieser Situation befinden«, schieße ich zurück.

»Ach ja? Nur weil du ein Studium und alles gemacht hast, was Mum von dir verlangt hat, ohne eine eigene Idee vom Leben zu haben, bin ich nun schuld an dem Drama hier? Typisch Elona – immer die Vorzeigetochter raushängen lassen. Zum Kotzen«, giftet sie mich an, rauscht aus dem Büro und knallt die schwere Tür hinter sich zu, dass die Wände wackeln.

Resigniert lasse ich den Kopf hängen und versuche, nicht auszuflippen. Dramatische Auftritte sind ganz nach Erins Geschmack und im Laufe der Jahre hat sie sie perfektioniert. Mrs. Fuller steckt vorsichtig den Kopf zur Tür herein und ich winke sie zu mir. »Ist alles in Ordnung?«, fragt sie zaghaft.

»Kommen Sie rein. Ja, es ist nur … wir sind nur beide geschockt. Und Erin ist …«

»Ich versteh schon. Soll ich Ihnen einen Tee machen?«

Dankbar nicke ich und mache mich an die Liste der Unterlagen, sortiere die offenen Posten und lasse mir die Namen und Telefonnummern der Banker geben, mit denen wir seit jeher zusammen arbeiten.

»Geben Sie mir bitte die Nummer von Sir Malcom Clifford«, rufe ich und eine Minute später steht Mrs. Fuller vor mir und hält mir die elfenbeinweiße Visitenkarte des Juristen und langjährigen Freundes meines Vaters unter die Nase.

»Er hat immer versucht, an Ihren Vater heranzukommen. Es tut mir wirklich leid. Hätte ich geahnt, wie schlimm es tatsächlich ist, hätte ich …«

»Machen Sie sich keinen Vorwurf. Es scheint, als hätten wir alle kläglich versagt«, winke ich ab und sie sieht mich mitleidig an. »Ich werde nicht zulassen, dass es so endet.« Damit wähle ich die Nummer von Sir Malcom, in der Hoffnung, er könne etwas Licht ins Dunkel bezüglich des ominösen Termins bringen, der für Donnerstagvormittag bei uns im Büro anberaumt wurde.

»Ms. Elona, unter diesen besonderen Umständen würde ich gerne morgen früh direkt zu Ihnen kommen. Wissen Sie, wo Howard ist?« Sir Malcom klingt angespannt, so als würden sich seine schlimmsten Befürchtungen mit meinem Anruf für ihn bestätigen und das wiederum versetzt mich in helle Aufregung.

»Ehrlich gesagt: Er ist verschwunden. Keiner hat ihn seit gestern gesehen. Und ans Telefon geht er auch nicht«, seufze ich und kneife mir in die Nasenwurzel, um den Anflug der Kopfschmerzen zu unterdrücken.

»Der verrückte alte Mistkerl. Oh – entschuldigen Sie meine Ausdrucksweise, Ms. Elona. Aber ich habe ihm damals schon geraten, jemanden in die Geschäftsleitung zu holen, der ihm den ganzen Bürokratiemist abnimmt, den er so hasst. Aber stur wie er ist, wiegelte er all meine Empfehlungen ab.«

»Verstehe.« Einzig meine Mum konnte ihn einfangen. Eine Katastrophe. »Sagen Sie, was genau ist das für ein Termin, den wir am Donnerstag mit … wie heißt die Firma gleich?«

»M & B Trading – Ein Konzern, der spezialisiert ist auf den Kauf von Firmen jeglicher Art, die in Schieflage geraten sind. Neben Sanierungen und Restrukturierungsprojekten, bei denen sie eine Menge Geld machen, sind sie auf den Grundstückskauf in Metropolen konzentriert, da dort das Bauland knapp und teuer ist.«

»Das heißt, sie kaufen etwas für einen Dumpingpreis, um es dann für teures Geld an den Meistbietenden zu veräußern?« Bei der Vorstellung wird mir schlecht.

»Sehr präzise auf den Punkt gebracht. Die Strategie ist bemerkenswert und sie haben einen wahren Spezialisten im Bereich der Steuerschlupflöcher und sind extrem gut vernetzt.«

Mir schnürt es die Kehle zu.

Mit diesen Aasfressern soll ich mich an einen Tisch setzen?

»Können wir den Termin nicht verschieben? Ich brauche mehr Zeit für die Vorbereitung. Wenn wir …«

Sein Seufzen deutet nichts Gutes an. »Strategisch wäre das kein gutes Signal.« Wie erstarrt kralle ich den Telefonhörer fest und schließe die Augen. »Solche Verhandlungen dauern in der Regel mehrere Wochen, teils Monate. Ich bin mir sicher, mir fällt einiges ein, um das Ganze in die Länge zu ziehen, wenn es so weit ist. Lassen Sie uns den Termin abwarten und dann können wir uns um die bestmögliche Strategie kümmern.«

»Aber das Geld. Wir … es ist nichts mehr da, oder?« Fast versagt mir die Stimme, als ich die Frage stelle, vor der mir am meisten graut.

Einen Moment herrscht am andern Ende der Leitung Stille. »Ich habe nicht alle Zahlen vorliegen, aber … ja, die Banken haben alles eingefroren, da die Kredite seit einiger Zeit nicht mehr bedient werden. Und die Aufträge, nun, die sind ausgeblieben.«

»Aber wir hatten doch die …«

»Ich weiß. Offenbar hat Ihr Vater alles schleifen lassen. Es tut mir leid, das sagen zu müssen, doch seit der Tragödie mit Ihrer Mutter hat er sich und alles andere aufgegeben.«

»Warum hab ich das nicht gesehen? Wieso hat er nichts gesagt?«

»Nun, Howard ist ein verrückter, alter Bastard und hat schon immer nichts auf die Meinung anderer gegeben. Nur Margret, Ihre Mutter, hatte die Gabe, ihn in die richtige Richtung zu schupsen. Selbst mir hat er sich nicht anvertraut.«

»Gibt es eine Chance? Egal wie klein – aber ist es möglich, die Firma zu retten?« Mit angehaltenem Atem starre ich auf das Bild meiner Mutter, das auf dem Schreibtisch steht.

»Ehrlich gesagt, nein.« Sir Malcom holt tief Luft und ich schließe gequält die brennenden Augen. »Das Einzige, was wir tun können, ist Schadensbegrenzung. So hart es klingt, aber mehr sehe ich im Augenblick nicht. Tut mir leid.«

Ich bedanke mich bei ihm und beende das Telefonat, lege den Kopf auf den Tisch und versuche, nicht hysterisch zu werden.

So geht es also zu Ende.

3

Tash

Schweißgebadet wache ich stöhnend mitten in der Nacht auf. Wieder einmal dieser verfickte Alptraum. Mein T-Shirt klebt an der Haut und das Bett sieht aus wie nach einer heftigen Schlacht. Gut, die hab ich im Traum auch geschlagen – wieder und wieder. Mein Gegner: ich selbst. Es ist so viele Jahre her, und doch lässt es mich nicht los. Schuld ist eine gehässige Bürde, die dir das Leben zur Hölle macht, sobald du denkst, du hast damit abgeschlossen. Dann schleicht sie sich klammheimlich von hinten an dich heran und träufelt dir ihr Gift in die Seele, damit du auch nie vergisst, was du getan hast. Mit der Zeit habe ich allerdings gelernt, mich selbst auszutricksen. Mal mehr, mal weniger erfolgreich.

Groggy tappe ich runter in die Küche, werfe auf dem Weg dahin das nasse T-Shirt in die Wäschekammer und hole mir eine Flasche Wasser aus dem Kühlschrank. Ich verdränge das dumpfe Gefühl, das mir im Nacken sitzt und mich in die Knie zwingen will. Das lasse ich nicht zu!

Die Dunkelheit ist mein Freund und legt ihre schützenden

Arme um mich, versteckt mich vor der Welt und flüstert mir zu, dass mit dem nächsten Deal alles wieder gut wird – Lüge!

Es ist nie genug. Aber es fühlt sich ein klein wenig besser an, wenn durch Zerstörung etwas Neues entsteht. Mit dem London-Deal werde ich unser Prestige-Projekt verwirklichen, einen Meilenstein schaffen, an dem so schnell keiner vorbei kommt, und ich werde mir dann endlich meinen Traum erfüllen. Geld – damit habe ich bislang all meine Probleme lösen können. Aber die Albträume meiner fortwährenden Sünde und des Scheiterns konnte ich damit nicht ausmerzen. Mehr Geld, mehr Macht – um jedem Wichser da draußen zu zeigen, dass ich die Regeln im Business mache und niemand sonst.

Und doch hat SIE mich damals gefickt, öffentlich bloßgestellt und mich wie einen dummen Schuljungen an der Nase herumgeführt.

Reiß dich am Riemen, Arschloch. Du verhältst dich wie eine weinerliche Pussy.

Seufzend fahre ich mir durchs Haar und starre auf das nächtliche London, das mir zu Füßen liegt. Ja, das ist meine Stadt und ich werde das Sahnestück bekommen. Koste es, was es wolle.

Später als geplant komme ich ins Büro. Die Nacht war zu kurz und ich fühle mich ausgebrannt. Keine gute Voraussetzung für die Strategieplanung.

»Morgen, Terry.«

»Guten Morgen, Mr. Montgomery. Das Meeting ist im großen Konferenzraum«, lächelt sie mich fröhlich an und reicht mir eine Mappe.

»Klar. Irgendwelche Anrufe?«

»Nur die Bank und der Schweizer Makler«, teilt sie mir mit und ich stapfe durch mein Büro, um durch die Verbindungstür in den Konferenzraum zu gelangen. Ryan und Wade hocken über Bauplänen, Grundstücksskizzen und einer Unmenge an Fotos und Papieren.

»Sieh an, du lässt dich auch mal blicken. Welche heiße Braut hat dich im Bett festgehalten?«, grinst mich Wade verschlagen an und ich schüttele missbilligend den Kopf. »Denkst du auch mal an was anderes als an Muschis?« Schmollend zuckt er mit den breiten Schultern.

»Gibt Schlimmeres als das.«

»Morgen, Tash. Sieh dir das an.« Ryan deutet auf einen der Baupläne der Firma, die wir uns morgen ansehen werden und ich erkenne sofort, was er meint. »Wir werden eine Unmenge an Kohle damit machen.«

»Worauf du wetten kannst. Das wird ein guter Tag morgen«, gebe ich zu und klopfe ihm auf die Schulter.

»Wen werden wir morgen eigentlich treffen?«, frage ich jetzt motiviert und nehme mir einen Kaffee.

»Also der Anwalt der Gegenseite ist Sir Malcom Cliffort, einer vom alten Schlag und ein echt gerissener Hund«, setzt uns Wade ins Bild und ich lege die Hände zusammen, um seinen Ausführungen zu lauschen. »Er hat einige heikle Deals in den vergangenen Jahrzehnten zu seinen Gunsten gewonnen und ist sowas wie eine Legende.«

»Wow, ich hab ihn noch nie beeindruckt gesehen«, stellt Ryan mit hochgezogenen Augenbrauen fest und ich mustere Wade ebenfalls nachdenklich, denn sonst strotzt er nur so vor Selbstbewusstsein und nimmt es, ohne mit der Wimper zu zucken, mit jedem auf. Nun liegt ein angespannter Zug um seinen Mund, was so gar nicht zu ihm passt.

»Ach, hört schon auf. Ich will nur kein unnötiges Risiko wegen einer schlampigen Vorbereitung eingehen.«

Das klingt so gar nicht nach dem draufgängerischen und

risikoaffinen Macho, der in Verhandlungen mit Provokation und Brillanz jeden in seine juristischen Schranken verweist.

»Willst du uns vielleicht irgendwas mitteilen, Wade?«, hakt Ryan nach und erntet einen bitterbösen Blick von ihm.

»Nein, ich will nur keine bösen Überraschungen erleben und ihr sicher auch nicht«, grollt er beleidigt. Um es nicht auf die Spitze zu treiben, denn dazu habe ich heute keinen Nerv, winke ich ab und Ryan entspannt sich, während Wade fortfährt. »Schön. Cliffort wird es uns nicht leichtmachen, zumal er ein enger Freund des Firmenchefs ist. In dem Brief wurde die desolate Situation der Firma beschrieben, und dass man froh sei, die Verbindlichkeiten durch den Verkauf schnellstmöglich mit einem blauen Auge loszuwerden. Sicher ist der Inhaber zu stolz, um sein Versagen zuzugeben und hat diesen Brief vorgeschoben, um nicht wie ein Idiot dazustehen. Alte Männer und ihr Ego halt. Das heißt, wir werden es mit zwei alten Herren zu tun bekommen, die froh sein werden, wenn der Spuk vorbei ist. Neben den Grundstücken und den großzügigen Immobilien stehen noch ein Maschinen- und Fuhrpark auf der Liste, beides erst sechs Jahre alt. Sollte kein Problem sein.«

»Klingt doch gut. Wir werden morgen vorfühlen, wie tief er in der Kreide steht und wie schnell sie die Bude veräußern wollen. Dann wissen wir, mit welchen Banken sie arbeiten, und sicher sind die dran interessiert, die Verbindlichkeiten so schnell wie möglich auszugleichen«, werfe ich ein und ernte zustimmendes Nicken.

»Die hatten echt eine wahnsinnig gute Kundenstruktur. British Airways, Gulfstream, Luxus-Hotelketten, Rolls Royce, Mercedes Benz, Porsche, Minotti und einige andere Luxuslabels, die sie beliefert haben. Keine Ahnung, was da passiert ist, dass es derart den Bach runterging«, überlegt Ryan laut und auch ich finde es bei der Kundenliste und den bisherigen

Zahlen, die er aus den letzten fünfzehn Jahren ermitteln konnte, erstaunlich, dass dieses florierende Unternehmen jetzt vor dem Bankrott steht. Aber was soll's? Wir werden die Überreste günstig abgreifen und dann den verwöhnten Londoner Reichen und Schönen ordentlich Geld für unsere Luxusappartements aus der Tasche ziehen.

Bis zum frühen Nachmittag diskutieren Ryan und ich über die Luxusanlage, die wir dort aufziehen wollen, während Wade die juristischen Möglichkeiten evaluiert und sich in sein Büro verzogen hat.

Als ich wieder am Schreibtisch hocke, steckt Terry den Kopf ins Büro und erinnert mich an den Rückruf des Schweizer Maklers und schlagartig hellt sich meine Stimmung auf. Ein neues Ziel, ein neues Domizil fernab von der Welt.

Es wird nicht gerade günstig, doch das ist es mir absolut wert. Noch weiß niemand von meinen Plänen, und ich gedenke, es bis auf weiteres dabei zu belassen. Nach dem London-Deal werde ich mir eine Auszeit gönnen. Die Jungs werden ausrasten, aber das ist mir egal. Die letzten Jahre hatten wir einen guten Lauf – nein wir hatten einen gigantischen Lauf. Zeit, die Früchte der Arbeit zu ernten und zu genießen – auf meine ganz eigene Art und Weise.

»Kommst du mit?«, reißt mich Ryan aus meinen Gedanken. Es ist bereits dunkel draußen und mein Magen meldet dringenden Bedarf an.

»Guter Plan. Wo wollt ihr hin?«, frage ich, fahre den Laptop runter und schnappe mir meine Sachen. Terry ist bereits gegangen und ich schließe hinter uns ab.

»Nur um die Ecke was essen. Nichts Wildes. Obwohl ich mir bei Wade nie so sicher bin, ob es nicht in irgendeinem

Höschen enden wird«, schmunzelt er und ich verdrehe die Augen über die präzise Einschätzung unseres Freundes.

Wir treffen ihn in unserem Stammrestaurant, wo er wieder mal mit der Kellnerin schäkert.

»Was ist das mit dir und den Kellnerinnen, Wade?«, fragt Ryan lachend und zwinkert mir verschwörerisch zu.

»Tja, warum soll man in die Ferne schweifen, wenn das Gute so nah liegt?«, grinst er und wackelt mit den Augenbrauen.

»Alter, ich werde um jede Kellnerin in ganz London einen riesen Bogen machen, egal wie heiß ihr Body ist, denn unter Garantie lag sie schon unter dir«, schüttele ich den Kopf und er schenkt mir einen seiner berühmt-berüchtigten Blicke, bei denen die Ladys reihenweise schwach werden.

»Nur fürs Protokoll: nicht nur unter, sondern auf mir, vor mir …«

»Oh, bitte, verschon mich mit den dreckigen Bildern deines versauten Sexlebens, okay?«, stöhnt Ryan gequält auf und ich muss ihm beipflichten. Wade treibt es wild, hemmungslos und bei jeder sich bietenden Gelegenheit.

Das belanglose Gequatsche über Wade und seine Weibergeschichten lenkt mich ein wenig ab, denn auch wenn ich es nicht gerne zugebe, hat mich Wades Verhalten heute angehalten, nicht zu euphorisch an die Sache heranzugehen. Besonnenheit ist gefragt, wenn der Anwalt der Gegenseite tatsächlich so gewieft ist, wie er uns erklärt hat. Nicht, dass ich einen Rückzieher machen würde – auf keinen Fall. Aber es hat noch nie geschadet, mit einer guten Strategie und einem Plan B in der Tasche in eine Verhandlung zu gehen.

Bei strahlendem Sonnenschein treffen wir uns eine halbe Stunde vor dem Termin eine Straße weiter in einem Parkhaus, um uns zu Fuß die Gegend ansehen zu können. Das hektische Treiben hindert uns nicht daran, auf die angrenzenden Gebäude, inklusive der darin befindlichen Shops, Firmen und Lokalitäten, zu achten. Hochwertige Luxusboutiquen, eine Vielzahl von exklusiven Ladenketten und jede Menge gutbetuchte Kunden bestätigen meine Vermutung, dass wir auf eine Goldader gestoßen sind. Hier werden die Käufer oder Mieter – je nachdem, wie sich die Finanzen darstellen – eine utopisch hohe Summe für den Quadratmeter zahlen, denn hier stimmt wirklich alles.

»Seht ihr, was ich sehe?«, frage ich in die Runde, da ich an Ryans Gesichtsausdruck bereits erkannt habe, dass er exakt das Gleiche denkt wie ich.

»Money, Money, Money!«, intoniert Wade siegessicher und Ryan nickt zustimmend.

»Das könnte wirklich das Ding werden.« Ich kann förmlich sehen, wie hinter Ryans Stirn die Zahlen durcheinanderwirbeln und ein dickes fettes Plus unterm Strich hängen bleibt.

O ja!

Hinter dem Komplex ist die Zufahrt zur Schnellstraße direkt in den angrenzenden Tunnel und um die Ecke ist die U-Bahn. Tiefgaragen sind dabei und ich habe vorhin mindestens zwei Parkhäuser gesehen und das Viertel grenzt an drei Parks.

»Dann mal los, Jungs. Lasst uns die Show starten«, holt mich Wade aus meinen Überlegungen und wir betreten das von roten Backsteingebäuden gesäumte Betriebsgelände, das sich vor uns erstreckt. Die Hallen in altem Industriedesign haben ihre besten Tage hinter sich, aber man kann sie sicher sanieren und dann sind sie ein genialer Ort für einen Wellnesstempel, ein Fitnessstudio und jede Menge Appartements im Loftstil. Es sind einige Arbeiter auf dem Hof unterwegs, doch man spürt, dass hier eine düstere Stimmung herrscht, so als wüssten alle insgeheim bereits Bescheid. Der pompöse Rolls Royce gehört sicher dem Anwalt, denke ich mir meinen Teil. Hinter einem mit feinstem Leder bezogenen Tresen in der riesigen Empfangshalle, an deren Stirnseite auf einem großen Bildschirm ein Imagevideo läuft, lächelt uns eine junge Frau entgegen. Sie begleitet uns, nachdem wir uns vorgestellt haben, eine Etage höher in einen mit alten englischen Clubgarnituren bestückten Besprechungsraum, der an einen gediegenen Gentlemen's Club erinnert. Ryan deutet mit einer Geste seinen Respekt an.

»Bitte nehmen Sie Platz, die Herrschaften werden in Kürze bei Ihnen sein«, bietet die Empfangsdame uns an und Wade lässt sich seufzend in das teure, mit Patina überzogenen Sofa fallen, während sich Ryan neben ihm niederlässt.

»Geschmack haben sie, das muss man sagen«, grinst er und ich spaziere mit den Händen in der Tasche zu einem der Gemälde, die die beiden gegenüberliegenden Wände zieren. Gerade überlege ich, dass ich mich um mehr Kultur in meinem jämmerlich konsumgesteuerten Leben kümmern sollte, da geht die Tür auf und ich hole tief Luft.

»Guten Tag, meine Herren, herzlich willkommen bei Steel Leather Manufacture. Um keine falschen Erwartungen zu wecken: Wir werden nicht verkaufen.«

4

Elona

Wieder und wieder habe ich gestern Abend den Text vor dem Spiegel geübt. Er soll klar und unmissverständlich, aber höflich klingen. Sir Malcom wollte es mir ausreden, doch nachdem ich ihm zu verstehen gegeben habe, dass ich erstmal eine harte Linie fahren will, um zu sehen, mit wem wir es zu tun haben, stimmte er milde lächelnd zu und gab mir einen Crashkurs in Sachen bluffen.

Erin hatte sich am gestrigen Vormittag zu mir ins Büro gesellt und mir spitz erklärt, dass es ihre Pflicht als Älteste wäre, die Verhandlungen zu führen. Wir hatten eine kurze, aber heftige Auseinandersetzung, wie so häufig, doch im Hinblick auf die desaströse Situation rissen wir uns beide zusammen, erlebten einen kurzen Moment der Reue und begruben das Kriegsbeil fürs Erste. Gemeinsam sind wir stärker und ich musste neidlos anerkennen, dass Erin die eindeutig bessere Schauspielerin von uns beiden ist. Ihr sicheres, elitäres Auftreten hat schon so manchen hartgesottenen Kerl in die Flucht geschlagen und sie kann überaus überzeugend sein, wenn sie will.

Obwohl wir uns zwei Tage zuvor an die Gurgel gegangen sind, stehen wir heute zusammen, um das Familienschicksal zu unseren Gunsten zu wenden.

Erin holte mich zu Hause ab und ich war wie immer überwältigt, wie umwerfend gut sie aussah. Ihr haselnussbraunes Haar hat sie zu einem Knoten im Nacken zusammengesteckt und ihre dunklen Rehaugen sind perfekt geschminkt – etwas, das mir nur mit viel Zeit und Mühe gelingen würde. Die vollen Lippen sind mit einem Hauch roséfarbenem Lipgloss betont und sie sieht wie eine wahre Leinwandschönheit aus, ohne aufgedonnert zu wirken. Ihr graues Kostüm, das ihre schlanken Beine und die weichen Kurven ihrer Hüfte akzentuiert, lässt sie wie eine Geschäftsfrau erscheinen, die genau weiß, was sie will. Mit den roten Peeptoes sieht das Ganze sexy und einfach nur umwerfend aus. Das beherrschte sie seit jeher – sich in Szene zu setzen. Vielleicht können wir das zu unserem Vorteil nutzen.

Als wir heute früh in Dads Büro ankamen, gebot sie mir, mich hinzusetzen, und legte bei meinem Make-up, das quasi nicht vorhanden war, Hand an, zupfte hier am Kleid, richtete dort eine Haarsträhne und verpasste mir ein wenig Glamour.

Fertig!

»Hast du die Zahlen und Namen im Kopf?«, fragt sie mich ein letztes Mal ab, als sie meine Nase mit einem dicken Pinsel abpudert.

»Ja, alles da. Keine hektischen Bewegungen, langsam sprechen und mir keine Emotion entlocken lassen«, fasse ich die Empfehlung von Sir Malcom zusammen.

»Sehr gut. So, das war es schon.« Zufrieden begutachtet sie ihr Werk und nickt dann. »Du siehst wunderschön aus. Mit minimalem Aufwand wird aus dir eine sexy Lady«, grinst sie mich frech an und ich verdrehe die Augen, weil ich das ganz und gar nicht finden kann. Nur jetzt ist nicht der richtige Zeitpunkt, um darüber zu diskutieren.

»Guten Morgen, die Damen«, erklingt Sir Malcoms markante Stimme, die immer ein wenig knarrend wirkt, was vermutlich an seinem Zigarrenkonsum und dem ein oder anderen Single Malt liegen wird, den er genießt.

»Sir Malcom, guten Morgen«, begrüßt Erin ihn und ich stehe auf, um ihm die Hand zu schütteln.

»Wie besprochen, nicht zu viel reden, und wenn etwas aus dem Ruder laufen sollte, greife ich ein«, spricht er uns Mut zu und holt seine Unterlagen aus der Aktentasche, die er vor Jahren von meinem Vater zum Geburtstag geschenkt bekommen hat. »Haben Sie etwas von Howard gehört?«, fragt er leise und es ist ihm offensichtlich unangenehm, danach zu fragen.

»Leider nicht. Zu Hause war er gestern nicht und sein Telefon ist ausgeschaltet. Wenn wir heute nichts von ihm hören, werden wir die Polizei einschalten«, teilt ihm Erin resigniert mit. Wir haben zwei Stunden auf ihn gewartet, haben dann im Club angerufen, doch niemand hat ihn gesehen. Sein Wagen war nicht in der Garage und ich hoffe immer noch, dass er nur ins Landhaus gefahren ist, wo wir heute nach dem Termin aufschlagen werden. Wenn er dort auch nicht ist, bleibt uns keine Wahl, als ihn vermisst zu melden.

Sturer alter Mann!

»Auf meine Anrufe reagierte er ebenfalls nicht. Eine Schande ist das. Aber wenn dem alten Mistkerl was passiert wäre, hätten Sie schon Nachricht darüber bekommen«, brummt Sir Malcom, was mich kein Stück beruhigt. Nervosität steigt in mir auf und zu meinem Erstaunen nimmt Erin meine Hand und drückt sie.

»Du und ich – zusammen, okay?!«

»Wir gemeinsam!«, antworte ich und wir umarmen uns.

Dann strafft Erin die Schultern, sieht mir fest in die Augen und auch ich wappne mich für meinen Auftritt.

»Na dann los!«

Mit Sir Malcom im Schlepptau gehe ich zielstrebig auf den Konferenzraum zu, in dem schon so viele lukrative Geschäfte abgeschlossen wurden, und öffne die schwere Tür.

»Guten Tag, meine Herren, herzlich willkommen bei Steel Leather Manufacture. Um keine falschen Erwartungen zu wecken: Wir werden nicht verkaufen.« Zu meinem Erstaunen kommt es flüssig, klar und mit einem scharfen, bestimmenden Unterton heraus.

Der Triumph währt jedoch nicht lange, denn als sich der Kerl, der das Bild, was Mum als letztes gekauft hatte, betrachtet, zu mir umdreht, bleiben mir meine nächsten Worte im Hals stecken. Er sieht wie eins dieser Models auf den Hochglanzcovern der Vogue oder Sports Illustrated aus. Großgewachsen, mit pechschwarzem Haar, das ein wenig zu lang ist, obwohl es im Nacken und an den Seiten akkurat rasiert einen gepflegten Eindruck macht. Aus einem gutgeschnittenen Gesicht starrt er mich aus sturmgrauen, wachsamen Augen an. Seine leicht gebräunte Haut hebt sich von dem weißen Hemd, das er trägt, ab und seine Körperhaltung signalisiert Autorität und eine unterschwellige Anspannung.

Darauf war ich nicht vorbereitet. Ich hatte mit ein paar schmierigen älteren Herren gerechnet, die uns in Versicherungsmakler-Manier weichkochen wollen. Fieberhaft überlege ich, was zu tun sei, doch mein Gehirn ist wie leergefegt. Alles, was ich machen kann, ist diesen umwerfend attraktiven Mann vor mir anzustarren.

Aus dem Augenwinkel nehme ich wahr, wie sich die beiden anderen Herren von der Couch erheben und sich Erin und Sir Malcom vorstellen. Immer noch gaffe ich den Kerl vor mir an, der mich mit einem intensiven Blick interessiert mustert.

»… meine Schwester Elona Steel, die … Elona?« Die Berührung an meinem Ellbogen lässt mich erschrocken zusammenfahren und blinzelnd sehe ich Erin an, die missbilligend kaum merklich mit dem Kopf schüttelt.

»Äh, ja. Elona Steel, freut mich Mr. …«

»Tash Montgomery. Sehr erfreut«, antwortet mein Gegenüber mit einer sonoren Stimme und streckt mir die Hand entgegen. Wie ferngesteuert ergreife ich sie und verkneife mir ein Seufzen, denn seine große Hand ist fest, warm und durch die Berührung in Kombination mit seinem tiefgründigen Blick wird mir ganz schummerig.

»Das ist unser Rechtsbeistand, Sir Malcom Cliffort. Bitte, nehmen Sie Platz«, führt Erin ungerührt fort und deutet mit einer einladenden Geste auf die Sitzgruppe. Nachdem ich den beiden anderen Gästen, einem Ryan Barns und einem Wade Lamar, die Hände geschüttelt habe, wandert mein Blick wie von allein zu Mr. Montgomery, der sich mir gegenüber niedergelassen hat und lässig die langen Beine übereinanderschlägt.

»Das Intro impliziert etwas gänzlich anderes als das, was uns in der Einladung angedeutet wurde«, eröffnet Mr. Lamar, der Jurist der Gegenseite, das Gespräch. Ein arroganter, selbstgefälliger Typ, mit einem Siegerlächeln und Killerblick, der eher wie der charmante Surferboy vom Strand, statt wie ein gestandener Rechtsanwalt aussieht. Er taxiert mich und dann Erin, bevor er mit einem verschlagenen Grinsen Sir Malcom beobachtet, der unbeeindruckt an seinem Kaffee nippt. Ein beruhigendes Gefühl der Sicherheit stellt sich bei mir ein, da Sir Malcom die Gelassenheit ausstrahlt, die mir aktuell abhandengekommen ist. Und das nur wegen der hübschen grauen Augen des Mannes, der unsere Firma aufkaufen will.

Verflixt noch eins.

»Ich fürchte, hier liegt ein Missverständnis vor«, nehme ich den Faden auf. »Es handelte sich offenbar um eine interne – Unstimmigkeit«, lasse ich den aufgeblasenen Mr. Lamar wissen, der den Kopf ein wenig schief legt und mich aus schmalen Augen taxiert, als wolle er in meinen Kopf gucken.

»Tja, uns wurde versichert, dass Ihr Unternehmen in – verzeihen Sie den Ausdruck – Schieflage geraten ist und bereits Zahlungsverzug besteht«, wirft Mr. Barns, der sich bislang im Hintergrund gehalten hatte, ein und sieht fragend zwischen Erin und mir hin und her. »Wir haben die Analysen Ihrer Gewinnauswertung überprüft und …«

»Das Unternehmen steht NICHT zum Verkauf!«, presst Erin zwischen den Zähnen hervor und funkelt Mr. Barns wütend an, der sich mit einer beschwichtigenden Geste zurücklehnt. Eine unangenehme Stille breitet sich im Raum aus, die schwer auszuhalten ist. Die Zahlen sprechen gegen uns und sicher auch die Gerüchte, die bereits die Runde machen, wir seien pleite – gut, faktisch sind wir das – aber ich kann und will mich noch nicht geschlagen geben. Nicht, solange wir nicht alles versucht haben, um diesen Albtraum zu beenden und die Firma zu retten.

»Aus sicherer Quelle wissen wir, dass es bereits zu Streichung weiterer Kreditlinien gekommen ist, und wir …«

»Meine Herren, Ihr Enthusiasmus ehrt Sie, aber ich will eins klarstellen«, klinkt sich Sir Malcom in das Gespräch ein. »Sollten Sie ohne die ausdrückliche Genehmigung meiner Mandantinnen Informationen über empfindliche Details hinsichtlich der Unternehmensinterna eingeholt haben, versichere ich Ihnen, werden wir dagegen vorgehen. Überlegen Sie sich also gut, in welche Richtung dieses Gespräch laufen soll.« Damit hebt er die Kaffeetasse, starrt Mr. Lamar an, der seine Verblüffung gut kaschiert, und lehnt sich dann entspannt zurück.

»Offensichtlich haben sich die Rahmenbedingungen gerade geändert«, räuspert sich Mr. Barns zerknirscht und ich nicke vorsichtig. »Nun, unser Ziel war es, Ihnen einen lukrativen Vorschlag zur Klärung Ihrer – Situation – zu unterbreiten. Zudem basieren unsere Einschätzungen auf den in öffentlichen Registern zugänglichen Informationen«, lenkt er ein und sieht fragend zu Mr. Montgomery, der mich unverwandt anblickt, was mich langsam nervös macht. Der rührt sich jedoch nicht und so nimmt Mr. Lamar das Zepter erneut in die Hand.

»In der Tat war unser Anliegen auf eine unkomplizierte Lösung ausgelegt, da die Anfrage aus Ihrem Haus mit einer gewissen Dringlichkeit versehen war.«

Weder Erin noch ich rühren uns daraufhin. Sollen sie doch die Katze aus dem Sack lassen, damit wir einschätzen können, ob es die Mühe überhaupt wert ist, das Gespräch weiter fortzuführen. Die Miene des Anwaltes zeigt deutlich sein Missfallen über die Situation und sein Blick wird stechend, als er fortfährt.

»Durch die Größe der Immobilien, deren Lage und in Anbetracht der laufenden Kosten für Leasing, Umlagen et cetera werden Sie, auf Basis unserer Schätzungen sowie der aktuellen Marktgegebenheiten, monatlich um die 250.000£ hinlegen müssen. Bei den Mitarbeiterkosten waren wir vorsichtig, zugegeben, aber die könnten Sie in Kurzarbeit schicken. Der Rest – tja, der ist durch die Bank veranschlagt und wird sie mit jedem Tag ein Stück näher in den Bankrott treiben. Das hat Auswirkungen auf Ihre bisher tadellose Reputation. Um die zu retten, damit Sie sich neu aufstellen können, dafür hätten wir einen Vorschlag anzubieten.« Nun redet er wie der versierte Jurist und eiskalte Verhandlungsexperte, vor dem es mir gegraut hat. Erin starrt ihn an, ihre Miene verrät keine emotionale Regung, was ich zutiefst bewundere, da ich schon bei der simpelsten Komplikation rot werde und meine Deckung verliere. Erin ist eindeutig die mit dem Pokerface von uns beiden, wie sie heute eindrücklich unter Beweis stellt. Sie setzt sich kerzengerade hin, ihren Blick auf den blonden Juristen fixiert, und wir kommen alle in den Genuss, die Show der großen Erin Steel zu sehen.

»Mr. Lamar, wie es scheint, habe ich mich vorhin nicht klar ausgedrückt, also werde ich es der Höflichkeit halber wiederholen: Wir verkaufen nicht! Nicht jetzt und nicht zukünftig. Ist das nun angekommen?« Ihre Stimme ist ruhig, aber scharf wie eine Rasierklinge und bewirkt, dass der Womanizer Mühe hat, die Fassung zu wahren, denn seine Kiefer mahlen aufeinander und sein Blick schreit: I'm going to kill you right here.

Um eine derbe Eskalation zu verhindern, räuspere ich mich, um den Faden aufzunehmen. »Gut, meine Herren, da wir offensichtlich alle unter divergierenden Voraussetzungen in dieses Gespräch gestartet sind, sollten wir unseren Termin vertagen, um die Situation neu zu analysieren«, schlage ich diplomatisch vor, da Mr. Barns angestrengt in seine Unterlagen starrt, Mr. Lamar weiter ein stummes Gefecht mit meiner Schwester austrägt und Mr. Montgomery mich mit einem seltsamen Ausdruck auf dem attraktiven Gesicht ansieht, was fast schon unangenehm ist.

»Wir sind hier noch nicht fertig«, zischt Mr. Lamar, aber Erin funkelt ihn selbstsicher an, was ihm zu imponieren scheint, da er sich eines weiteren Kommentars enthält.

»Um das Ganze zusammenzufassen: Fakt ist, Sie haben finanzielle Schwierigkeiten«, ertönt die wohlklingende Stimme von Mr. Montgomery und mein Blick schießt zu ihm. Es von jemand Fremden zu hören, ist niederschmetternd und reißt mir ein Stück meines Herzens heraus. Mum wäre todunglücklich über die Situation. »Wir haben möglicherweise eine

Lösung für Sie.« Erin will aufgebracht etwas erwidern, doch Sir Malcom legt ihr beschwichtigend die Hand auf den Arm. »Da wir allerdings neue Berechnungen anstellen müssen, um die Gesamtsituation in einem anderen Licht zu betrachten, stimme ich dem Vorschlag von Ms. Steel zu, den Termin zu vertagen.«

Anhand der entgeisterten Gesichter seine Mitstreiter ist abzulesen, dass ihnen die Aussage ihres Bosses nicht schmeckt, denn der Jurist zieht scharf die Luft ein, während Mr. Barns kurz die Augen schließt und ihn mit einem gequälten Ausdruck ansieht und leicht den Kopf schüttelt. Aber sie widersprechen nicht, was mich beeindruckt. Er hat bei dem Trio augenscheinlich die Hosen an. Bevor eine wilde Diskussion losbricht, stehe ich auf und sogleich folgt Erin meinem Beispiel.

Den Herren bleibt nichts weiter übrig, als sich ebenfalls zu erheben, und damit ist das Meeting offiziell beendet. Sir Malcom übernimmt als neutraler Part das Verabschiedungsprozedere und wir verabschieden uns der Reihe nach von den Besuchern, die nun unverhoffter Weise abziehen müssen.

Als Mr. Montgomery mir die Hand reicht, sieht er mich wieder mit diesem intensiven, forschenden Blick an, bei dem ich wie ein Reh im Scheinwerferlicht erstarre. In seinen grauen Augen hinter versuchter Neutralität entdecke ich etwas Ungezügeltes, das mir einen Schauer über den Rücken laufen lässt. Dieser Mann verbirgt etwas und scheint keine Skrupel zu haben, für sein Ziel jede Maßnahme zu ergreifen, die notwendig ist.

Sei wachsam, Elona, denn er ist der Feind!

5

Tash

Seit geraumer Zeit starre ich gedankenverloren aus dem Fenster auf London. Der gestrige Termin – verdammt … eine einzige Katastrophe. Wie konnte Ryan und Wade entgehen, dass der Fall viel komplexer ist, als es ursprünglich den Anschein hatte? Sonst ist Wade ein Wadenbeißer, wenn es um die Überprüfung der gegnerischen Schwachstellen geht. Sein Spürsinn ist beeindruckend und er findet Ansatzpunkte, die hart an der Grenze der Legalität kratzen, aber machbar sind. Und Ryan – er ist ein wahrer Zauberer im Bereich der Zahlen und Analysen, wenn es heißt: So wenig ausgeben wie möglich und das schnell. Tja, und ich bin der Killer, wenn wir die Beute gehetzt, ausgemergelt und in die Ecke getrieben haben. Dann reiche ich ihr versöhnlich die Hand, mit dem einzig verbliebenen Ausweg: dem Verkauf.

Wir funktionieren wie ein Hochleistungsmotor zusammen – präzise bis ins kleinste Detail und daher unschlagbar – dachte ich zumindest bis gestern. Eine derartige Klatsche habe ich noch nie bekommen und schon gar nicht beim ersten Treffen. Die Schwestern waren erstaunlich gut vorbereitet, diese

Erin – Mann, an der hat sich sogar Wade die Zähne ausgebissen. Als hätte sie einen unsichtbaren Panzer, den selbst sein skalpellscharfer Charme nicht zu durchbrechen vermochte. Der aufgeblasene, blasierte Rechtsanwalt … alter Schlag, Rittertitel, meinte, er könne uns vorführen wie dumme Jungs.

Tja, das hat er ja auch, verflucht nochmal!

Und dann war da noch Elona. Ihr Intro war bemerkenswert, obwohl sie bei näherer Betrachtung zerbrechlich wirkte. Sie hatte etwas an sich, eine Aura, die ich nicht greifen konnte, und darin bin ich sonst meisterlich – im Lesen von Persönlichkeiten. Es ist einfach, Menschen zu durchschauen, wenn man einmal weiß, worauf man zu achten hat. Aber sie …

Diese Augen … ein ungewöhnliches Tiefblau, fast Lila – wie Veilchen – sie haben mir direkt ins Herz geschaut. Es war, als wären urplötzlich all meine Schutzsysteme ausgehebelt und sie hatte freien Zugang zu MIR. Das brachte mich derart aus dem Konzept, dass ich gar nicht bemerkt habe, wie uns die beiden aufs Kreuz gelegt haben. Einfach so.

FUCK!

So recht weiß ich bis jetzt nicht, was da passiert ist, doch es fühlt sich wie die größte Niederlage aller Zeiten an. Fast so schlimm wie damals. Versagen – ein höhnisch grinsender Dämon mit Klauen scharf wie Rasierklingen, die in dein Herz greifen, es zerteilen und die kümmerlichen Reste wegwerfen wie zerbröselte Nussschalen, hockt vor mir und erinnert mich kaltherzig daran, wie leicht er mich niederstrecken kann.

Als die Tür meines Büros aufgeht, blicke ich grollend zu dem Störenfried, in dem Fall Ryan, der mit seinem iPad reinschneit und mich triumphierend ansieht.

»Sie haben geblufft. Anders kann ich mir das nicht erklären.«

»Ja, und?«, frage ich leicht gereizt, da ich nicht noch mehr Beweise für meine Unfähigkeit brauche.

»Also, auch wenn laut diesem Sir Cliffort alles über ein Genehmigungsverfahren laufen muss, kann ich die Zahlen trotzdem über die Prognosetools laufen lassen. Und wenn Wades Informanten recht haben, steht den Steels das Wasser schon bis zur Nasenspitze.«

»Komm zum Punkt, so weit waren wir vorgestern auch schon, als ihr mir versichert habt, es wäre ein Spaziergang«, blaffe ich ihn ungeduldig an.

Mit einer hochgezogenen Augenbraue sieht er mich prüfend an. »Mann, du bist ja echt mies drauf. Und das nur wegen des Rauswurfs gestern? Da hatten wir schon üblere Szenarien, wie du dich wohl erinnerst.«

Mit einem tiefen Seufzer der Resignation nicke ich, denn Ryan hat recht. Es gab einige Situationen, in denen wir es gerade so vom Firmengelände geschafft haben, und das nur, weil Wade gefahren ist wie der Teufel und wir es um Haaresbreite über die ausfahrenden Poller gemeistert haben, während der Werkschutz hinter uns her war. Gut, wir haben ziemlich auf die Kacke gehauen, um die Verhandlungen zu beschleunigen, was ordentlich nach hinten losging. Aber das gehört dazu.

»Also, sie haben Schwierigkeiten. Gut, doch so, wie sie sich gestern aufgestellt haben, sind sie bereit, in den Ring zu steigen und die Sache selbst in die Hand zu nehmen. Das würde bedeuten, dass mir das Sahnestück im Herzen Londons durch die Lappen geht. Und das lasse ich unter keinen Umständen zu.«

»Das ist mein Junge«, feuert mich Ryan an und klopft mir schmunzelnd auf die Schulter. »Wir müssen nur herausfinden, mit wem sich die beiden Schwestern treffen und wo sie nach Unterstützung fragen. Wade ist schon dran und hat sich an diese Erin gehängt. Wäre doch gelacht, wenn wir nicht binnen der nächsten paar Tage was Konkretes in den Händen halten würden. Dann drehen wir die Zufuhr an Unterstützung ab und – voilà – servieren dir das Sahnestück auf dem Silbertablett«, grinst er mich siegessicher an, doch ich bin nicht überzeugt. Vielleicht liegt es auch an meinem vermaledeiten Selbstmitleid, gestern wie ein dummer Bengel von einer Frau eingeschüchtert worden zu sein.

Zum Kotzen!

Zugegeben, von einer bildhübschen, blonden jungen Frau, mit wunderschönen veilchenblauen Augen, einem goldenen Teint und einer Figur – oh wow – das waren Kurven … zum Niederknien.

Wieso weiß ich solche Dinge und warum zum Teufel ist mir das wichtig?

»Tash, alles klar bei dir? Du wirkst abwesend.« Ryan reißt mich aus der überaus eindrücklichen Fantasie von Elona Steel heraus und blinzelnd sehe ich ihn an.

»Ja, Silbertablett, Sahnestück – hab verstanden. Sag Bescheid, wenn du was von Wade hörst.«

»Und wo willst du jetzt hin?«, fragt er mich irritiert, da ich mir meinen Mantel sowie die Tasche schnappe.

»An die frische Luft«, antworte ich kurz und rausche aus dem Büro. Terry sieht mir verdattert hinterher, doch sie ist es gewohnt, dass ich nicht immer hier rumhocke wie damals mein Dad.

Im Auto angekommen fahre ich schnurstracks auf die Autobahn M11 Richtung Cambridge. Der Motor heult auf, als ich Gas gebe, und ich kann mir ein schiefes Grinsen nicht verkneifen, denn ich liebe meinen schwarzen Ultima RS, der meine Gier nach Geschwindigkeit auf brutale Weise befriedigt. Ich werde eins mit dem Auto und die Straße ist mein einziges Ziel. Wider aller Vernunft jage ich den Motor in den roten Drehzahlbereich, spüre die unbändige Kraft der 811 PS, die direkt hinter dem Sitz röhren und den Wagen mit brachialer Gewalt nach vorne treiben. Das Sichtfeld verengt sich auf den winzigen Punkt am Horizont der Straßenführung entlang und ich blende alles andere aus. All den Ärger, all die Wut und all die nagenden Zweifel über mein dilettantisches Verhalten gestern.

Nur ich, das Auto und die Straße.

Ein solches Höllengefährt zu beherrschen, gibt mir ein wenig Frieden. Fahren – etwas, das ich gut kann. Fokussiert auf ein einziges Ziel. Irgendwie ist mir das gestern auf wundersame Weise abhandengekommen und ich will es um jeden Preis wiederfinden. Und so jage ich wie ein Irrer über die Autobahn, genieße den Moment der Freiheit und schiebe alles andere beiseite.

In Cambridge angekommen, lasse ich den Wagen stehen, schlendere durch den Botanischen Garten der Universität und genieße die warmen Sonnenstrahlen. Als ich hier studiert habe, war es eins meiner täglichen Rituale, durch den Park zu joggen. Ryan nötigte mich danach immer noch, in einen der überteuerten Fitnessclubs zu gehen, um Gewichte zu stemmen. Wade unterstützte das mit seiner Geschichte über die magische Wirkung des Sixpacks bei Frauen, was uns alle noch mehr schweißtreibendes Training absolvieren ließ.

Aber hier nahm auch der Albtraum seinen Lauf. Hier erlebte ich meine erste und fatalste Niederlage und musste mich dem Schicksal ergeben, das mir viel zu früh die Bürde der Firmenleitung übertrug. Ein Umstand, der neben dem anschließend verheerenden emotionalen Tiefschlag meiner Ex die bittere Gewissheit mit sich brachte, in die übergroßen Fußstapfen meines Übervaters treten zu müssen. An seinem Erfolg würde ich mein Leben lang gemessen werden. Wie oft hatte ich damals in meinem Zimmer gehockt, wollte davonlaufen, mich verkriechen, da ich nicht die leiseste Ahnung hatte, wie ich das hinbekommen sollte. Anstatt mich zu unterstützen, warf sie sich einem anderen an den Hals, der weniger problembehaftet war. *Was für ein Dreckstück!*

Die Entscheidungen, die ich danach traf, waren ausschließlich auf Profit und Sieg ausgerichtet. Mit Ryan, meinem brillanten Cousin, und Wade, dem Jura-Genie, an der Seite bauten wir nach und nach M & B Trading zu einer gigantischen Gelddruckmaschine um. Wir waren verdammte Rockstars auf dem Gebiet.

Aber es ist immer noch das Vermächtnis meines Vaters. Ich verwalte es praktisch nur im bestmöglichen Sinne. Mein eigener Verdienst besteht in einer Stiftung, um die ich mich nur gelegentlich kümmere, um mein soziales Gewissen zu beruhigen. Ja, ich bin ein Arschloch, das von den Pleiten anderer profitiert – aber wenn ich es nicht tue, macht es ein anderer. Der Wert der Firma: 1,689 Mrd. britische Pfund. Kann sich sehen lassen, finde ich. Den damit weithin zur Schau getragenen Mittelfinger gegen alle Neider erhoben, biete ich keinerlei Angriffsfläche für irgendwelche machtgeilen Egoisten.

Meine eigenen Pläne: Tja, die sehen völlig anders aus, als meine Freunde oder Mum oder irgendwer in meinem Umfeld es für möglich halten würde. Wenn ich diesen London-Deal hinbekomme, dann kann ich mein eigenes Projekt aufbauen. Raus aus dem familiären Zwang, das Erbe von Charles Montgomery zu bewahren.

Nun passierte gestern erneut etwas völlig Unvorhergesehenes in Form von Elona Steel. Aber ich habe aus der Vergangenheit gelernt und lasse mich vom Schicksal kein zweites Mal ficken.

Da fällt mir die Gala kommenden Samstag ein. Natürlich! Eine bessere Plattform, um ungeniert an Informationen zu gelangen gibt es nicht. Sicher sind Wades Informanten auch dort und wir können in aller Ruhe den Steel-Mädchen die

Geldhähne zudrehen. Wäre doch gelacht, wenn wir es nicht hinbekämen, diesen Deal an Land zu ziehen.

Weit besser gelaunt als noch vor zwei Stunden mache ich mich auf den Rückweg nach London.

Im Büro treffe ich Wade an seinem Schreibtisch, doch anstatt wie sonst mit dem Telefon am Ohr und dem geschäftigen Tippen auf der Laptoptastatur, hockt er in seinem Sessel und starrt gedankenversunken aus dem Fenster.

»Hey Mann, gibt's was Neues von der Steel Front?« Erschrocken zuckt er zusammen, als hätte ich ihn aus einem Traum aufgeschreckt. So hab ich ihn noch nie erlebt.

»Äh, ja. Sie treffen sich mit einer Reihe von Bankern in den kommenden Tagen. Ich weiß zwar noch nicht genau, welche davon wir kennen, aber das finde ich schon noch heraus.«

»Geht es dir gut?«, hake ich nach, denn er macht einen fahrigen Eindruck, den ich so nicht von ihm kenne.

»Ja, klar … ich hatte nur viel um die Ohren«, wiegelt er meine Frage ab, fährt sich mit der Hand durch die Haare und setzt sein typisches Aufschneidergrinsen auf.

»Ist dieser Anwalt wirklich so gut?«, frage ich vorsichtig, denn ich kenne Wade gut genug, um zu wissen, dass er sich eher vor einen Zug schmeißen würde, als zuzugeben, dass er Schiss vor einem Gegner hat. Wie zu erwarten, funkelt er mich angriffslustig an.

»Den alten Sack stecke ich locker in die Tasche. Kümmere du dich lieber um den nächsten Termin«, schießt er zurück und ich grinse ihn schief an. Seinen Biss hat er offensichtlich nicht verloren und so nicke ich ihm kurz zu und mache auf dem Weg zu meinem Büro bei Ryan Halt, der über einer Reihe von Kalkulationen für unsere Luxuswohnanlage brütet.

»Wie sieht's aus?«

Er blickt mit gerunzelter Stirn auf und bietet mir mit einer Geste einen Stuhl an. »Gar nicht mal schlecht. Wir könnten bei einem günstigen Kaufpreis eine ordentliche Zulage wegen der alten Gebäude bekommen. Wenn wir die Anträge früh genug auf den Weg bringen, sichern wir uns so um die 25% staatliche Zuschüsse. Die Details muss Wade noch ausarbeiten, damit wir die mit ins Angebot einbinden können. Steuerlich werden wir erst im darauffolgenden Jahr von diesen Geldern profitieren, doch das wird uns bei dem Vorhaben den Arsch retten«, erläutert er und fährt fort, mir die Refinanzierungsoptionen über unsere ausländischen beiden Gesellschaften vorzustellen. Alles in allem wird es so laufen, wie ich es mir zu Beginn ausgemalt hatte: wir werden eine Unmenge an Kohle machen.

»Denk an die Gala diesen Samstag«, erinnere ich ihn an unsere Pflichtveranstaltung und er stöhnt auf.

»Das hatte ich schon verdrängt«, mault er genervt, als Wade den Kopf zur Tür hereinsteckt.

»Was verdrängt?«

»Die Charity Gala, bei der meine Mutter ihre Fähigkeiten als Londons Kupplerin Nummer 1 demonstrieren will und wir die möglichen Unterstützer der Steel-Mädels ausfindig machen werden«, erkläre ich unser Vorhaben und Ryan verdreht die Augen. Genau wie ich hasst er diese Muppetshow.

»Oh, also wenn du keinen Bock hast, gehe ich mit Tash«, schlägt Wade vor und Ryan reißt irritiert die Augen auf und ich hebe fragend die Augenbraue.

»Seit wann bist du scharf auf dieses Gruselkabinett?«, hake ich nach, doch Wades aalglatte Fassade lässt nichts erahnen.

»Ich wollte mich eh mit den Jungs vom Wirtschaftscampus treffen, dann kann ich das gleich dort erledigen«, zuckt er mit den Schultern und sieht fragend zu Ryan.

»Also ich bin wirklich nicht scharf auf den Zirkus.«

»Gut, dann treffen wir uns Samstag dort«, nickt Wade und nimmt die hochwertige Einladungskarte von Ryan entgegen und ist auch schon wieder verschwunden.

Verblüfft starre ich auf die geschlossene Tür und Ryan stößt schnaubend die Luft aus. »Langsam macht er mir Angst«, grinst er mich an und ich schüttele nur den Kopf.

Der Rest der Woche verläuft unspektakulär, bis auf den Anruf von meiner Mutter, die mir einbläut, ich solle sie Samstag rechtzeitig abholen. Zwar hatte ich das eh vor, doch sie nutzt die Gelegenheit gerne aus, um mich den Fängen der Charity-Ladys und deren heiratswütigen Töchtern auszusetzen.

Terry lässt mich wissen, dass Steel Leather Manufacture einen neuen Termin übernächste Woche Mittwoch vorgeschlagen haben. Sie schinden Zeit und haben sicher einer Menge Bankern die Füße geküsst. Doch das wird ihnen nach der Gala auch nichts mehr nützen.

6

Elona

Die letzten Tage waren anstrengend, nervenaufreibend und haben mich an den Rand der Verzweiflung getrieben. Jede Bank hat mich abblitzen lassen und die bisherigen guten Kontakte meiner Eltern scheinen sich aufzulösen. Das Vertrauen in Steel ist dahin.

Danke, Dad!

Neben den klassischen Geldquellen überlegen Erin und ich, uns an ausländische Investoren zu wenden, die an der Qualität der Manufaktur sicher Interesse hätten. Der nächste Termin mit M & B Trading soll das Kaufinteresse abblocken, denn wenn wir Geld auftreiben können, wird es für sie uninteressant und teuer. Aber es ist nicht leicht, gerade in unserer aktuellen Situation, denn die Auftragslage ist desaströs und ein Ende ist nicht in Sicht. Wir müssen uns mit den Kunden – den verbliebenen – treffen, um zu signalisieren, dass wir weitermachen. Zudem ist es dringend notwendig, die Mitarbeiter und damit das Know-how im Unternehmen zu halten.

Erin streckt sich und sieht mich abgekämpft an. Wir sind seit dem Meeting nur zum Duschen und Schlafen nach Hause gefahren und die Sorge und Anstrengung der letzten Tage machen sich allmählich bemerkbar.

»Wir müssen mit den Leuten sprechen. Sie müssen wissen, dass wir alles für den Erhalt der Firma und damit ihrer Arbeitsplätze tun«, seufze ich und Erin nickt gähnend.

»Das ist eine gute Idee. Sie sollen wissen, dass wir für sie kämpfen.«

»Willst du das übernehmen?«, frage ich zaghaft und sie sieht mich erstaunt an.

»Aber das hier – die Firma – das war doch immer dein Baby«, argwöhnt sie und ihre dunkelbraunen Rehaugen werden schmal und funkeln wachsam.

»Schon, aber ich … WIR sind jetzt die Firma, zumindest bis Dad wieder auftaucht. Und du bist eindeutig besser darin, vor Leuten zu sprechen«, gebe ich kleinlaut zu, denn das hat sie eindeutig in dem Meeting mit M & B Trading bewiesen.

»Wenn du meinst. Ich will hinterher aber nicht hören, ich würde mich in den Vordergrund spielen und alles an mich reißen«, gibt sie nörgelnd zu bedenken und ich nicke seufzend.

»Erin, es tut mir leid, was ich gesagt habe. Ich …«

»Nein, schon gut. Im Grunde hast du ja recht. Ich war eine ignorante, aufgeblasene Schnepfe, die sich von dem Glamour hat anziehen lassen wie die Motte vom Licht. Wenn der widerliche, arrogante, hinterfotzige Arsch nicht gewesen wäre – aber er war nun mal da und ich bin drauf reingefallen.« Ihre Miene verhärtet sich, wie jedes Mal, wenn sie über ihren Ex-Verlobten spricht, dem ich die Pest an den Hals wünsche.

»Du würdest mir wirklich einen Stein vom Herzen nehmen«, gebe ich zu und sie lächelt mich spitzbübisch an, wie damals, als wir im zarten Kindesalter von fünf und acht Jahren Mums Schminkutensilien ausprobiert und sämtliche Lippenstifte abgebrochen haben und wir aussahen, als wollten wir in einer Clown-Parade mitlaufen.

»Aber du musst mir mit den Inhalten helfen. Du kennst die Leute hier besser als ich«, lächelt sie mich an und ich bin dankbar, dass wir unsere Differenzen zumindest hier beiseiteschieben können.

Als wir das nächste Mal auf die Uhr schauen, ist es bereits nach 21 Uhr. Meine Augen brennen und ich bin hundemüde.

»Komm, Sunshine, lass uns für heute Feierabend machen. Die gruseligen Zahlen laufen schon nicht weg«, beendet Erin unsere heutige Nachtschicht und ich bin froh, nach Hause zu kommen.

Vor dem Tor, das elektronisch hinter uns zufährt, verabschieden wir uns und sie ermahnt mich, den Termin bei der Kosmetikerin am Samstag nicht zu vergessen. In all der Hektik um Dads Verschwinden war mir mein Äußeres vollkommen egal, doch meine Schwester wäre nicht angehendes Supermodel gewesen, wenn sie nicht in jeder Lebenslage perfekt gestylt den divenhaften Auftritt hinlegen könnte. Schmunzelnd verdrehe ich die Augen und nicke nur, bevor ich ins Auto steige und heimwärts fahre.

Auf dem Weg wandern meine Gedanken automatisch zu Dad, den wir auch in unserem Landhaus nicht finden konnten. Erin wurde panisch und rief die Polizei an, die uns versicherte, dass sie sich der Sache annehmen würde, was ich zugegeben abscheulich finde. Nie haben unsere Eltern uns Anlass gegeben, uns Sorgen um sie zu machen – na ja, da war Mum ja auch noch da. In den letzten Tagen kamen immer wieder Bilder hoch, wie erschreckend schnell mein Vater abgebaut hatte. Sonst energiegeladen und positiv gestimmt, schien er ab dem Schicksalsschlag eingefallen, fast zerbrechlich geworden zu sein.

Warum ist mir das damals nicht schon aufgefallen?

Weil ich so mit mir selbst und in dem eigenen düsteren Trauerprozess gefangen war, der mich eine ganze Zeit lang nicht losgelassen hatte. Versunken in Verzweiflung, die mich zu ersticken drohte, gequält von der kreischenden Angst, zu versagen, sodass ich mein Umfeld – meine Familie – völlig außer Acht gelassen hatte.

Schuldgefühle überkommen mich augenblicklich und mein Magen zieht sich krampfartig zusammen. Noch immer schwelt die emotionale Wunde unter der hauchdünnen Schicht des Verdrängens, juckt, wenn ich es wie jetzt zulasse, und erinnert mich mahnend daran, was für eine schlechte Tochter und Schwester ich bin.

Als Nesthäkchen wollte ich es allen recht machen, habe versucht, neben Erin zu bestehen, die von allen bewundert und verehrt wurde, wenn wir früher in der Öffentlichkeit auftraten und sie ihr Talent als Mittelpunkt der Veranstaltung ausspielte. Ja, ich war neidisch auf Erin, auf ihr umwerfendes Äußeres, wie leicht es ihr fiel, mit Leuten in Kontakt zu kommen, und wie unnahbar sie sein konnte, wenn sie es für nötig hielt. Ihr Charme und Liebreiz waren so enorm, dass ich daneben wie ein blasser Abklatsch wirkte und mich oft heimlich davonschlich.

Da ich mit Erin eh nicht mithalten konnte, entdeckte ich Sport für mich und Surfen gehört seit meinem sechsten Lebensjahr zu meiner Lieblingsbeschäftigung. Ja, in England kann man auch surfen. Erin zog mich damals damit auf, dass ich immer nach abgestandenem Wasser stinken würde. Insgeheim war sie jedoch neidisch, dass ich mich ganz ungezwungen mit normalen Leuten am Strand tummelte, während sie von Beautybehandlung zu Fotoshootings hetzte, strenge Diät halten musste und nichts ohne einen riesen Rummel an Kameras tun konnte. Sie hatte den perfekten Porzellanteint, die perfekte Figur einer sexy Ikone und ihr braunes, seidiges Haar gab ihr einen eleganten Touch. Ja, meine Schwester war und ist eine Schönheit. Ich hingegen bin hellblond und meine

Haut ist zu jeder Jahreszeit goldgebräunt. Ja, die Steel-Mädels hätten unterschiedlicher nicht sein können.

Zu Hause angekommen gehe ich sofort duschen. Vom vielen Sitzen ist mein Nacken ganz steif und ich genieße das heiße Wasser und das sündhaft teure Duschgel und Shampoo, das Erin mir geschenkt hat.

Obwohl ich mir vorgenommen habe, die Firma und die Sorgen heute mal draußen zu lassen, wandern meine Gedanken wieder zu dem arroganten Trio, das uns aufkaufen will. Tash Montgomery – wenn er nicht so abartig gut aussehen würde, fiele es mir leichter, ihn zum Teufel zu jagen.

Wieso spukt er mir gerade jetzt im Kopf herum?

Immerhin ist Dad verschwunden und wir müssen dringend einen Geldgeber finden und …

Wenig später lasse ich mich mit meinem Abendessen stöhnend auf die Couch fallen. Zum ersten Mal bin ich wirklich dankbar, dass Erin an meiner Seite ist. Auch wenn wir nicht immer einer Meinung sind und unterschiedliche Vorstellung in vielen Bereichen des Lebens haben, ist sie meine Schwester. Jetzt, wo ich näher darüber nachdenke, kommen mir unsere Zankereien und Sticheleien völlig bescheuert und kindisch vor. Wir sind erwachsen, haben Mum verloren und ganz offensichtlich auch unseren Dad und das Einzige, was uns einfällt, ist alte Eifersüchteleien auszugraben.

Erbärmlich!

Dass sie heute angeboten hat, die Mitarbeiteransprache zu übernehmen war großartig. In den letzten Jahren hat sie sich sehr verändert, ist aus der Öffentlichkeit verschwunden, was ich gut nachvollziehen kann. Sie wurde auf Schritt und Tritt von Reportern verfolgt, die ihre Schmach in Hochglanzbildern meistbietend verschachern wollten, um mit ihrem Scheitern reich zu werden. Widerlich. Erin hat sich abgeschottet, ging kaum noch aus und löschte alle ihre Social-Media-Accounts.

Dates hatte sie seit Ewigkeiten nicht mehr, hasst die Männerwelt nun abgrundtief und wittert hinter jedem netten Wort eine Hinterhältigkeit. Verdenken kann ich es ihr nicht.

Es war hart für sie und wir alle haben mit ihr gelitten. Lediglich mit unserer besten Freundin Ashley geht sie aus, aber ausschließlich in Clubs, die nicht für das Fußvolk zugänglich sind, und auch nur, wenn Ashley sie dazu nötigt. Ich bin ein paarmal mitgegangen, doch die snobistischen Partygäste sind nicht mein Fall. Ich bin eher der Beachparty-Typ, mit Lagerfeuer unterm Sternenhimmel.

Was Mum wohl zu all dem sagen würde …

Über die Erinnerungsreise ist mein Essen kalt geworden. Kopfschüttelnd stelle ich es in den Kühlschrank und gehe ins Bett. Morgen ist ein wichtiger Tag und ich hoffe, dass Erin und ich einigen Boden gutmachen werden.

7

Tash

Selbstverständlich sind wir zu früh dran, denn Mum meinte, wir müssten uns mit dem Veranstalter vor Beginn der Gala kurz über die diesjährige Weihnachtsparty besprechen, die meine Firma ausrichten wird. Dass sie das bereits vor einem Monat alles unter Dach und Fach gebracht hat, erwähne ich nicht, denn ich bin mir sicher, uns wird eine Schar aufgetakelter Society-Ladys und deren Töchter erwarten, die nur darauf warten, sich mir an den Hals werfen zu können.

Gedanklich richte ich meinen Fokus auf unsere Mission, heute die wichtigsten Geldgeber und Banker dazu zu bringen, den Steels keinerlei finanzielle Hilfe zu gewähren.

»Tash, Liebling, du wirkst angespannt«, holt mich Mum aus dem Gedanken und ich sehe zu ihr rüber, während ihr Chauffeur uns zum Spencer House bringt. Die Rothschilds haben den alten Kasten ganz schön aufgemöbelt.

»Nur die Arbeit«, antworte ich lächelnd und sie tätschelt mir die Hand.

»Versuch, heute Abend ein wenig Spaß zu haben, okay. Es sind einige …«

»Mum, bitte, wir sind noch nicht mal da und du willst mir irgendeine aufgetakelte Schnepfe ins Bett stecken«, grolle ich, doch sie lächelt nur milde.

»Wenn der Propheten nicht zum Berg kommt …«

»Oh, bitte. Es gibt Wichtigeres als eine rollige Tante, die eh nur meine Kohle ausgeben will.« Jetzt lacht sie auf und schüttelt den Kopf, als wäre ich wieder zehn Jahre alt und hätte stümperhaft versucht, mir meine Krawatte für den Opernabend selbst zuzubinden.

»Du wirst sehen, da draußen wartet ein Mädchen auf dich, das dir mitten ins Herz blicken kann. Du musst wissen, die Welt ist gemeinsam sehr viel bunter und schöner als ganz allein, mein Sohn.« Mit dem wissenden Ausdruck einer glücklich verheirateten Frau, die immer noch von ihrer Liebe zehrt, sieht sie mich mit einem warmen Blick an und ich komme mir wie der letzte Idiot vor. Dass sie mit Dad eine solche Liebe gefunden hatte, war und ist für mich etwas ganz Besonderes. Aber nach meiner Ex … tja, ich habe kein glückliches Händchen mit Frauen – was nicht heißt, dass ich wie ein Einsiedler lebe; ganz im Gegenteil. Aber eine heiße, intensive Affäre mit mir ist kurz und ich investiere nie mehr als meinen hungrigen Schwanz, um zu bekommen, was ich will. Mein Herz bleibt wohlgehütet verschlossen – immer.

Die Anfahrt auf das Spencer Anwesen ist jedes Mal ein Erlebnis und als der Wagen knirschend auf dem Kies zum Stehen kommt, habe ich die nervigen Ideen meiner Mutter beiseitegeschoben und helfe ihr formvollendet beim Aussteigen. Mit ihr am Arm steigen wir die Treppenstufen zum Foyer hoch und werden von Wade begrüßt, der erstaunlicherweise bereits da ist. Sonst kommt er erst nach den langweiligen

Eröffnungsreden und verschwindet nach den geschäftlichen Gesprächen wieder – meist mit einer der Kellnerinnen.

»Guten Abend, Rose. Sie sehen fantastisch aus«, grüßt er meine Mum, die ihm huldvoll die Wange hinhält und er artig einen Kuss in die Luft haucht. Society-Scheiß halt.

»Wade, schön Sie hier zu treffen.«

Wir begrüßen uns und ich führe meine Mutter zur Garderobe, wo sie ihre Pelzstola abgibt und wir uns in den riesigen, von unzähligen Kristallkronleuchtern erleuchteten Ballsaal begeben. Mum hat bereits einige ihrer Damen entdeckt, winkt ihnen lachend zu und ich bin froh, einen Moment mit Wade allein zu sein, bevor wir von irgendwelchen Weibern belagert werden.

»Warum bist du heute so früh hier?«, frage ich misstrauisch und bekomme lediglich ein paar zuckende Schultern von ihm. »Sonst bist du doch heilfroh, wenn Ryan diesen Zirkus hier mitmacht und du den Abend im Bett einer willigen Muschi verbringen kannst«, argwöhne ich und beobachte gespannt seine Miene. Doch er hat sein Pokerface aufgesetzt und grinst mich unverbindlich an, als wäre ich irgendein Trottel und nicht sein bester Freund.

»Da dir der Deal so wichtig ist, wollte ich durch mein Erscheinen bekräftigen, das ich voll dahinterstehe und alles dafür tun werde, die Sache an Land zu ziehen.« In seinen Augen blitzt sein Kampfgeist auf und ich lasse es auf sich beruhen. Wer weiß schon, was in seinem juristischen Hirn alles abgeht, um mir das zu verschaffen, was ich will? Die Steel Leather Manufacture; mein Sahnestück.

Bestürzt sehe ich Mum mit einem Tross aufgetakelter Damen auf uns zusteuern und Wade setzt sein Killerlächeln auf, als die ersten Töchter bei uns halten und ihn anhimmeln. Der Sunnyboy ist immer der Mittelpunkt nasser Höschen und die Zahl der gebrochenen Herzen, die seinen Weg säumen, reichen für mindestens drei Leben.

»Tash, du kennst doch noch Mrs. Daubeney. Und das ist ihre entzückende Tochter Cecilia«, zieht mich Mum in die Konversation und sofort ist Miss Cecilia an meiner Seite, klimpert mit den falschen Wimpern aus einem zu geschminkten Gesicht und ich setze mein falsches Society-Lächeln auf, um Mum zufriedenzustellen.

»Natürlich, freut mich sehr, Mrs. Daubeney. Wie geht es Ihrem Mann?«, lasse ich den kultivierten, wohlerzogenen Sohn raushängen und ernte von Cecilia ein strahlendes Lächeln, während ihre Mutter mir huldvoll die Hand hinhält.

»Oh, dass Sie sich daran erinnern – wie aufmerksam er doch ist«, flötet Mrs. Daubeney meiner Mum zu, die mich aufmerksam mustert. Um ihr einen Gefallen zu tun, steige ich in die belanglose Konversation ein und spüre, wie sich Cecilia neben mir immer enger an mich drängt.

»Wenn die Damen mich entschuldigen würden, aber bedauerlicherweise rufen die Geschäfte«, entschuldige ich mich nach der angemessenen Viertelstunde, sehr zum Bedauern meiner Mutter und Mrs. Daubeney, während Cecilia spitzbübisch grinst und mir hinterherläuft, als wäre sie mein Schoßhündchen.

Lästiges Weibsbild!

»Tash, das war ein gewiefter Schachzug von dir. Wollen wir nicht für einen Moment verschwinden? Ich kenne einen Ort, ganz in der Nähe – dort könnte ich dir eine Kostprobe meiner oralen Fähigkeiten geben«, raunt sie mir heiser zu und leckt sich lüstern die Lippen. Wenn ich nicht wegen meiner Mission hier wäre, würde ich den angebotenen Blowjob der kleinen Miss Daubeney annehmen, um ein wenig Spannung abzubauen – sie scheint ganz wild auf das Lutschen von Schwänzen zu sein. Aber ich will mich nicht ablenken lassen, denn Wade signalisiert mir, ich solle zu ihm kommen. Sicher hat er einen seiner Kontakte getroffen, mit dem wir uns besprechen müssen.

»Schätzchen, vielleicht später. Im Augenblick habe ich keine Zeit, aber ich werde auf dein Angebot zurückkommen«, zwinkere ich ihr zu und sie kichert wie ein dummes Schulmädchen und klimpert wieder mit den angeklebten Wimpern.

»Deepthroating ist eine meiner Spezialitäten«, haucht sie, als ich mich schon abwende und die Augen verdrehe. Diese reichen Tussis, die sich wie Pornosternchen benehmen, nur um von ihrer hohlen Birne abzulenken, sind ätzend und widern mich an. Sie blicken in der Öffentlichkeit auf eben jede herab, die sich auf dem Rücken ihren Lebensunterhalt finanzieren, was ein echter Knochenjob ist.

Falsche Schlangen.

»Die war ja ganz schön anhänglich«, grinst mich Wade an, als ich bei ihm angekommen bin. Ich verdrehe genervt die Augen, da mich Cecilia Daubeney einen Scheißdreck interessiert.

»Komm zur Sache.«

Er mustert mich einen Moment lang und nickt, bevor er mich zwei Herren, den Vorständen der HSBC, vorstellt, die ungeniert über die prekäre Lage der Steels plaudern. Zum Glück haben wir dort keinerlei Gelder angelegt, denn sonst würde ich ihnen Wade auf den Hals hetzen, wenn sie so freizügig mit Insiderinformationen um sich werfen und das auf einer Gala. Gerade als einer der beiden berichtet, wie die Steel-Mädchen bei ihnen vorgesprochen haben, sehe ich aus dem Augenwinkel, wie Wade in Richtung Foyer starrt, und folge seinem Blick.

Da steht sie neben ihrer Schwester – Elona Steel – und sie sieht atemberaubend aus. Das Kleid, das sie trägt, hebt ihre Kurven und die schmale Wespentaille hervor und ich muss bei ihrem Anblick schlucken. Der verborgene Schlitz in ihrem Kleid gibt den Blick auf ihre schlanken, trainierten Beine frei, wenn sie geht, und ihre goldbraune Haut schimmert verführerisch im warmen Kerzenlicht. Alles an ihr schreit SEX und ich kann mir nicht helfen, denn ich starre wie gebannt auf dieses wunderschöne Wesen, das in den Saal schwebt.

FUCK! Nicht gut …

»Entschuldigen Sie uns«, höre ich Wade neben mir und wie in Trance bewege ich mich auf Elona Steel zu.

»Hey, Tash, hast du gehört?« Wades Stimme klingt belustigt, als er mit der Hand auf meiner Schulter meine Aufmerksamkeit von Elona ablenkt und ich ihn anstarre.

»Was ist?«

»Der Anwalt der Steels – Sir Malcom – ist gerade bei Ruby, einem unserer Kontaktleute zwischen den Banken und Investoren, und textet ihn voll. Da gehe ich mal dazwischen.« Stumm nicke ich und suche bereits in der Menge nach Elona – ähh, Miss Steel. »Sag mal, kann es sein, dass du dich heute von den Ladys ablenken lässt? So kenne ich dich ja gar nicht«, schnaubt er und bei seiner unqualifizierten Bemerkung stoße ich zischend die Luft aus.

»Kümmere du dich um Ruby – ich kümmere mich um die Banker«, brumme ich und er hebt nur vielsagend eine Augenbraue, trollt sich allerdings kopfschüttelnd, während ich nach Elona – Miss Steel – Ausschau halte.

»Tash, da bist du ja«, unterbricht Mum meine Suche und am liebsten würde ich aufschreien, da ich Elona gerade entdeckt habe, wie sie mit zwei Herren plaudert, und von einem ein Champagnerglas in die Hand gedrückt bekommt.

»Mum, es ist gerade ungünstig«, zische ich ihr zu und fragend sieht sie mich an.

»Mrs. Daubeney hat uns zum Brunch morgen eingeladen. Um elf Uhr. Dort hast du Gelegenheit, mit Cecilia …«

»Mum, sie ist nicht mein Typ. Und jetzt muss ich los«, würge ich die unnötige Diskussion ab, gebe ihr einen flüchtigen Kuss auf die Wange und rausche davon.

Damit ich mitbekomme, was die Kerle mit Miss Steel besprechen, schlängele ich mich durch die Menschentrauben und bleibe schräg hinter ihr stehen, sodass sie mich nicht sofort bemerkt, und spitze die Ohren.

»… können wir uns gerne zum Essen treffen«, bietet einer der Lackaffen ihr an und an ihrer Körperhaltung erkenne ich deutlich ihr Unbehagen. »Wir hätten ein paar interessante Vorschläge. Im Gegenzug wäre es wünschenswert, wenn Sie uns entgegenkämen«, grinst der Kerl sie geifernd an und sein Blick fällt ungeniert auf ihr Dekolleté, was mir einen Stich versetzt.

Moment mal …

»Sehen Sie, Sir, wir sind auf der Suche nach Partnerschaften, die auf gegenseitigem Vertrauen aufbauen. Ihre ›Andeutung‹ ist gelinde gesagt unverschämt«, nimmt sie dem Idioten den Wind aus dem Segel und ein Schmunzeln schleicht sich auf mein Gesicht. Sein Blick schießt zu ihrem Gesicht und seine Ohren glühen, da sie ihn auf sein Gaffen direkt anspricht.

»Miss Steel, unser Interesse gilt ebenfalls einer intensiven Partnerschaft, darin stimmen wir mit Ihnen überein«, äußert sich der andere Typ dazu und tritt einen Schritt näher an sie heran und ihre Haltung versteift sich augenblicklich. Es ist ihr sichtlich unangenehm, den Kerl so nah an sich heranzulassen. »Aber bedenken Sie, dass es immer ein Geben und Nehmen ist, wenn man sich auf diesem Parkett bewegt. Ein Abendessen, um uns Ihre Ernsthaftigkeit zu demonstrieren, sollte nicht zu viel verlangt sein«, grinst er sie verschlagen an und auch sein Blick fällt auf die vollen Rundungen ihrer Brüste – verdammt!

Stolz hebt sie ihren Kopf und ich halte unweigerlich die Luft an, denn sie sieht betörend schön aus, wie sie den schlanken Hals reckt, die geraden Schultern strafft und damit die Brust vorstreckt.

Verflucht – sie ist heiß …

»Nun, meine Herren, da Sie offensichtlich nicht an einer ›geschäftlichen‹ Partnerschaft interessiert sind, ist unser Gespräch hiermit beendet«, antwortet sie erstaunlich ruhig. Schon will sie sich umdrehen, da hält der erste Kerl sie am Arm fest.

»Miss Steel, es ist allgemein bekannt, dass Ihnen die Optionen ausgehen. Eine hübsche junge Lady wie Sie kann es weit bringen, wenn Sie clever sind und sich den Regeln beugen«, knurrt er und will sie an sich ziehen. Ohne groß darüber nachzudenken, überbrücke ich die Distanz zwischen uns mit zwei Schritten.

»Sir, nehmen Sie die Hände von der Lady«, höre ich mich sagen und erstaunt fahren alle drei zu mir herum.

»Mr. Montgomery, ich hatte ja keine Ahnung …«, schleimt sich der zweite Typ bei mir ein, doch ich starre ihn finster an und entschuldigend senkt er den Kopf und tritt einen Schritt zurück.

»Miss Steel wollte mit uns nur über eine Zusammenarbeit sprechen«, zischt der erste Kerl, der nun Elonas Arm loslässt, während ich mich zwischen die beiden stelle.

»Sie arbeitet mit M & B Trading zusammen. Und jetzt entschuldigen Sie uns, wir werden noch erwartet.« Damit biete ich ihr meinen Arm an, in den sie sich zögerlich einhakt, und bedenke die beiden Idioten mit einem angriffslustigen Blick und sie treten einen Schritt beiseite. Wir schlängeln uns durch die illustren Gäste zu einem der riesigen Terrassenfenster und treten in die laue Nachtluft hinaus. Kaum sind wir außer

Hörweite, dreht sie sich zu mir um und ihre veilchenblauen Augen sprühen Funken.

»SIE – was fällt Ihnen ein?!« Aufgewühlt steht sie vor mir und sieht bezaubernd aus. »Wie können Sie es wagen, mitten in mein Gespräch zu platzen?«

Beschwichtigend hebe ich die Hände und sehe sie belustigt an. »Mir schien es angebracht, Sie von diesen aufgeblasenen Pennern zu erlösen. Es sei denn, Sie wollen als deren kleines Spielzeug enden«, schnaube ich und sie zieht scharf die Luft ein. »Ein kleiner Tipp für Sie: Die zwei gehören zu einem Netzwerk zwielichtiger Geschäftsleute, die hinter ihrer schicken Fassade ihre Kohle mit illegalen Dingen verdienen.« Wütend starrt sie zu mir auf und ich bin gefangen in ihrem Blick.

O Mann …

»Ich will nur meine eigene Firma retten, die SIE verramschen wollen«, zetert sie und will an mir vorbeistürmen, doch ich stelle mich ihr in den Weg, sodass wir dicht voreinander stehen. Mir steigt ihr Parfum in die Nase – eine warme, weiche Mischung, die mit Elonas äußeren Erscheinung harmoniert und damit zu einem vollkommenen Ganzen wird. Mein Schwanz zuckt erwartungsvoll und ich muss mich zusammenreißen, um distanziert Haltung zu wahren.

Fuck, das ist neu …

»Besser Sie verhandeln mit mir als auf dem Rücken und einer Kamera zwischen den Beinen. Oder stehen Sie darauf, als neues Pornosternchen die Reputation Ihrer Firma zu opfern?«, grolle ich und sie reißt die wunderhübschen Augen auf und schnappt nach Luft.

»Ich … was bilden Sie sich eigentlich ein? Das … wir …«

Sie ist atemberaubend schön. Ihre Leidenschaft, die sie an den Tag legt, würde ich gerne auf einem ganz anderen Spielfeld sehen, doch ich verkneife mir eine anzügliche Bemerkung, denn ich bin nicht wie die zwei Aasgeier, vor denen ich sie gerettet habe.

»Miss Steel, ich …«

»Fahren Sie zur Hölle, Mr. Montgomery«, fährt sie mich an, stürmt an mir vorbei und ich kann ihr nur hinterhergaffen – auf ihre sündige Figur, die in dem viel zu dekadenten Kleid verpackt einen pornösen Film in meinem Kopf auslöst. Ich hole tief Luft, um etwas runterzufahren.

So einfach kommst du mir nicht davon, Miss Steel!

8

Elona

Mit rasendem Herzen rausche ich durch den Saal und die Treppe zu den Waschräumen herunter. Diese beiden blasierten Geldhaie – eine bodenlose Frechheit, mich hinzustellen, als sei ich auf ihre Unverschämtheiten angewiesen. Und dann auch noch Mr. Tash Montgomery – verflixt.

Wie er sich zwischen mich und diesen Blödmann gestellt hat, war zugegeben meine Rettung. Aber dennoch hat er nicht das Recht, sich als meine Begleitung aufzuspielen – er ist der Feind! Derjenige, der Steel Leather Manufacture vernichten will.

Warum zum Teufel hat er sich eingemischt?

Aufgebracht frische ich mein Make-up auf und zupfe das Kleid zurecht. Erin hat es mir rausgesucht, obwohl ich etwas Konservativeres tragen wollte, doch sie meinte, es ginge bei der Gala schließlich darum, mit potentiellen Geldgebern in Kontakt zu kommen und da wäre ein gelungener Auftritt wichtig. Tja, das zieht jedoch auch Volltrottel an. Diese Art der Aufmerksamkeit ist mir unangenehm und am liebsten würde ich mich den Rest des Abends hier einschließen, was natürlich nicht geht.

Also gehe ich zurück in den Saal, wo bereits die Eröffnungsrede im Gange ist, und suche in der Menge nach Erin, entdecke jedoch nur Sir Malcom, der in einer Runde älterer Herren und deren Begleitungen steht. Die beiden Lackaffen von vorhin stehen schräg vor mir und ich husche ans andere Ende des Saals, gerade als der Ball eröffnet wird und die Türen zum dahinterliegenden Prunksaal aufgehen.

Die Leute strömen in den verspiegelten Saal, aus dem beschwingte Walzertöne erklingen, und die ersten Paare schweben über das Parkett.

Mum hat solche Bälle geliebt und im Geiste sehe ich sie mit Dad vor mir, wie sie ihn lachend dazu nötigt, mit ihr zu tanzen.

»Erweisen Sie mir die Ehre«, raunt mir die warme, sonore Stimme von Mr. Montgomery ins Ohr und ich zucke erschrocken zusammen, während sie in meinem Körper eine ungewohnte, prickelnde Welle auslöst.

»Ich denke nicht«, presse ich zwischen zusammengebissenen Zähnen hervor, doch da hat er bereits die Hand auf meinem Schulterblatt und seine andere umschließt meine rechte. Auf meinem nackten Rücken scheint seine Handfläche zu glühen. Gekonnt führt er mich in eleganten Drehungen durch die tanzenden Paare und ich komme in den Genuss seines faszinierenden Geruches. Aus sturmgrauen Augen blickt er zu mir herab und die unerwartete Nähe bringt mich völlig aus dem Konzept. So, als hätten wir das schon tausend Mal gemacht, schweben wir zu den Klängen von Strauss dahin, und ich frage mich, was dieser dreiste Kerl damit bezwecken will.

Er will dich nur weichkochen. Lass nicht zu, dass du schwach wirst!

In seinem Smoking sieht er atemberaubend gut aus – das habe ich bereits vorhin leidvoll feststellen müssen. Seine pechschwarzen Haare sind akkurat gegelt und seine gebräunte Haut hebt das Grau seiner Augen hervor. Die scharf geschnittenen Wangenknochen und der fein geschwungene Mund – o Gott …

Als könne er meine Gedanken erahnen, zieht er mich ein wenig näher zu sich, sodass wir an unseren Hüften Kontakt haben. Mir wird ganz heiß, als mir bewusst wird, dass es nicht zwingend sein Schlüsselbund sein wird, was dort gegen mich drückt.

Himmel, das darf doch nicht wahr sein …

In der Tanzhaltung bleibt mir jedoch nichts anderes übrig, als es auszuhalten, denn ich blicke über seine breite rechte Schulter in den Saal und bete, das mich Erin nicht so bemerkt. Zum Glück endet die Musik unter dem Applaus der umstehenden Gäste und ich löse mich sofort von ihm, als er mich freigibt. Schon will ich davonlaufen, doch er hält mich am Handgelenk fest – es jagt mir eine Heidenangst und gleichzeitig eine feurige Sehnsucht durch den Körper.

»Elona – ich …«, aber bevor er den Satz beenden kann, tritt eine dunkelhaarige, junge Frau zu uns und schmiegt sich an seine Seite.

»Hier bist du, Darling. Ich suche dich schon überall. Du wolltest doch meinen Mund ficken«, säuselt sie mit einem boshaften Blick auf mich und ich starre ihn empört an, während die Dunkelhaarige in sich hineinlacht.

»Guten Abend, Mr. Montgomery«, entschuldige ich mich zischend von den beiden und dränge mich durch die umstehenden Leute, um so schnell wie möglich weg von Tash Montgomery und seinem unverschämten Frauenzimmer zu kommen.

An einer der Bars im Foyer genehmige ich mir ein Glas

Champagner, das ich hinunterstürze, was sonst nie mein Ding ist, aber der Tanz und die anschließende, unverfrorene Szene machen mich fertig.

»Hier steckst du, ich suche dich schon überall«, ertönt Erin hinter mir und ich seufze erleichtert auf, dass ich nicht mehr allein in dieser gruseligen Meute von Leuten bin.

»Erin, Gott sei Dank.« Ihr belustigter Blick wechselt zu besorgt und sie zieht mich weg von der Bar.

»Was ist passiert? Du siehst aus, als hättest du einen Geist gesehen«, fragt sie leise und ich hole tief Luft, um sie von meinem Desaster in Kenntnis zu setzen.

»Dieses miese, kleine Dreckstück. Dem werde ich was erzählen«, flucht sie und schaut sich suchend nach Mr. Montgomery um, doch der ist nirgends zu entdecken – zum Glück.

»Vergiss es einfach. Vielleicht hätten wir nicht in diesem Aufzug hier erscheinen sollen«, maule ich und deute auf unsere Abendroben, die zugegeben extrem schön sind.

»Na, hör mal. Endlich haben wir eine Gelegenheit, die Fummel zu tragen, und wenn wir damit einigen Leuten Geld für die Firma aus dem Kreuz leiern können, umso besser«, grinst sie verschlagen und scheint sehr zufrieden mit der Situation zu sein. »Denn ich habe eben mit einem der indischen Investoren gesprochen – seine Frau ist ganz verliebt in die Vorstellung, an einem Produzenten für Luxusleder beteiligt zu sein. Sie schwärmte in den höchsten Tönen von unserer Lederqualität in einem ihrer Jets«, fährt sie fort und ich sehe sie neugierig an.

Endlich mal gute Neuigkeiten!

»Sir Malcom hat gleich ihren Mann in ein Gespräch verwickelt und ist dabei, den Kontakt zu stärken.« Stolz sieht sie mich an und ich umarme sie vorsichtig, um ihre kunstvolle Frisur nicht zu zerstören.

»Das klingt grandios. Ein Schritt in die richtige Richtung,

würde ich sagen«, strahle ich sie an und sie zwinkert mir verschwörerisch zu. Dass sie mit ihrer offenen und kommunikativen Art heute sofort einen derartigen Hit landen würden – aber noch ist ja nichts unterschrieben und ich ermahne mich, nicht zu euphorisch zu werden.

»Aber dieser aufgeblasene Montgomery kriegt von mir wegen seiner Unverschämtheit was zu hören. Und dann tanzt er auch noch mit dir …«, kopfschüttelnd sieht sie mich an und mir steigt die Röte ins Gesicht, beim Gedanken an seinen Körper, der sich so vielversprechend an meinen gedrückt hat. »Oha … Sunshine, du glühst ja«, lacht sie erstaunt auf und ich könnte mich ohrfeigen, weil ich derart offenkundig reagiere, sobald ich an den arroganten und höllisch sexy Kerl denke. »Möchtest du mir vielleicht etwas mitteilen?«, hakt sie mit einem wissenden Grinsen und hochgezogener Augenbraue nach und ich verdrehe die Augen.

»NEIN, will ich nicht. Er hat mich genötigt, mit ihm zu tanzen, nur um mir hinterher von seinem Betthäschen ins Gesicht spucken zu lassen. Das war's. Von mir aus kann er zur Hölle fahren und da verrotten«, zicke ich sie an und sie tätschelt mir beruhigend den Arm.

»Na, na, wer wird denn gleich so aufbrausend und das in der feinen Londoner Upperclass?«, rezitiert sie Mums Spruch, wenn ich mal wieder nicht schnell genug vom Tisch aufspringen durfte bei solchen Events. In diesen Momenten könnte ich Erin wirklich den Hals herumdrehen – Schwester hin, Schwester her.

»Sieh du lieber zu, dass die indische Lederliebhaberin nicht wieder abspringt. Ich muss an die frische Luft«, blaffe ich sie an, lasse sie stehen und gehe zu einem der Seitenflügel des Gebäudes, die in den weitläufigen Park führen. Verärgert über mich und meine Naivität in Sachen Männer und Pokerface streife ich die mit Strass besetzten Sandaletten ab, raffe das bodenlange Kleid hoch und husche die breite Steintreppe herunter auf den akkurat geschnittenen englischen Rasen. Es ist angenehm kühl unter meinen nackten Füßen und ich schlendere im fahlen Mondlicht zu einem Springbrunnen, der von Steinbänken gesäumt ist. Der Brunnen ist von einer dichten riesigen Hecke eingerahmt und es wirkt wie eine kleine stille Oase inmitten der Parkanlage. Duftende Stauden und Blumenfelder werden von kleinen Buchsbaumhecken eingefasst und das leise Plätschern des Brunnens und das summende Konzert der Zikaden beruhigt mich ein wenig. Seufzend lasse ich mich auf einer der Bänke nieder und schließe einen Moment die Augen, genieße die Ruhe und bringe Ordnung in mein Oberstübchen.

Mr. Montgomery spielt also mit harten Bandagen und schlägt unter die Gürtellinie. Gut, dann werden wir das auch machen. Gleich Montag werde ich Sir Malcom beauftragen, mehr über den Schnösel herauszufinden. So jemand hat sicher eine Leiche im Keller – die will ich finden.

Ein Kichern reißt mich aus meinen Gedanken und erschrocken halte ich die Luft an. Es kommt näher und ich vernehme undeutlich die Stimme eines Mannes und einer Frau. Schnell raffe ich das Kleid und schnappe mir die Sandaletten, die im Gras vor der Bank stehen, und husche hinter einen der großen Sträucher.

»Oh, Tash, komm schon. Du willst doch nur, dass ich vor dir auf die Knie gehe und deinen legendären Schwanz lutsche«, kichert die weibliche Stimme und ich erkenne sie als die der unhöflichen Dunkelhaarigen von der Tanzfläche wieder.

»Cecilia, was genau muss ich noch tun?«, höre ich ihn und er klingt genervt.

»Hose runter und dann kannst du mit mir tun, was immer du willst«, gurrt sie und ich verziehe angewidert das Gesicht.

Jetzt müssten sie am Brunnen sein und ich schleiche lautlos um die riesige, halbrunde Hecke herum, um wieder zum Haupthaus zu gelangen.

»Nimm deine Hände weg«, zischt er wütend und ich verdrehe die Augen.

»Man sagt, dass du die ganze Nacht durchhältst und der Garant für multiple Orgasmen bist. Wenn du mir das gibst, kannst du mich auch mit deinem Freund teilen«, schnurrt sie und ich unterdrücke mühsam ein angeekeltes Schnauben.

»Euch Weibern ist es wirklich egal, Hauptsache, ihr zieht einen fetten Fisch an Land, oder?« In seiner Stimme liegt Verachtung und bestürzender Weise verschafft mir das Genugtuung.

»Erwischt«, kichert sie wieder, als hätte er sie nicht gerade beleidigt, sondern nach der Uhrzeit gefragt – einfach nur abstoßend. »Aber du bekommst im Gegenzug deinen persönlichen Pornohasen. Ich bin eng, ich bin versaut und du kannst mich in jede Öffnung ficken, die ich habe«, bietet sie ihm unverblümt an und ich stoße degoutiert die Luft aus und erstarre sofort.

Mist, das haben die zwei sicher gehört.

»Was war das?«, fragt Cecilia nervös und ich stelle mir vor, wie verschreckt sie wohl wäre, wenn ihre elitären Freunde oder ihre Eltern sie jetzt belauscht hätten.

»Stell dich nicht so an. Immerhin bietest du mir einen Deepthroat und einen Dreier mit meinem Kumpel an. Und jetzt hast du Panik, dass dich jemand sehen könnte. Du bist eine erbärmliche, kleine Schlampe. Ich ficke keine bettelnden Muschis. Also verpiss dich.« Nun klingt er überheblich, ja sogar kalt und ihr quietschender Protest ist Musik in meinen Ohren.

Was stimmt mit solchen Frauen nicht?

»Aber, Tash, du hast schon mit der halben Londoner

Prominenz gevögelt. Was ist denn los mit dir?«, ereifert sie sich und ich spitze die Ohren. Der Schönling vögelt sich also mit seinen Freunden durch die Betten der weiblichen Bevölkerung – war ja klar.

»Du solltest nicht auf alles hören, was erzählt wird. Und jetzt verschwinde endlich, ich bin nicht in Stimmung, einem Miststück wie dir einen Gefallen zu tun«, schnaubt er verächtlich und sie wirft ihm einige wüste Beschimpfungen an den Kopf und ich husche in den Schatten eines großen Baumes. Aus dem Versteck heraus sehe ich, wie sie davonrauscht und er sich mit der Hand über das makellose Gesicht fährt.

Um mein Glück nicht weiter herauszufordern, schleiche ich mich aus dem Schatten auf die große Wiese und zurück zur Treppe, die an die ausladende Sonnenterrasse führt, wo ich mir die Sandalen anziehe und mein Kleid richte.

»Lauschen ist unhöflich.« Mr. Montgomery steht eine Stufe unter mir, sodass wir nun auf Augenhöhe sind, und ich stoße einen spitzen Schrei aus – so sehr habe ich mich erschrocken.

»Sind Sie verrückt geworden, sich im Dunkel an mich heranzuschleichen?«, fauche ich ihn an, doch er sieht mich unverwandt an und sein Blick ist lauernd, wie der einer Raubkatze auf Beutezug.

»Spazieren zu gehen, ist nicht verboten – jemanden auszuhorchen, gehört allerdings nicht zu den Tugenden einer feinen Lady«, kontert er und der Anflug eines Lächelns huscht über sein Antlitz.

»Gerade Sie wollen mir etwas über Tugenden erzählen?«, schnaube ich und will mich abwenden, da hält er mich fest und kommt die Stufe hoch, sodass ich wieder zu ihm aufblicken muss.

»Glauben Sie nicht alles, was man sich erzählt, Miss Steel«, raunt er mir zu und jagt mir mit dieser dunklen Stimme einen

Schauer über den Rücken. Seine Stimme ist wie eine Waffe, mal beschützt sie einen, mal reißt sie einen in Stücke, und er setzt sie ganz bewusst und geschickt ein, um an sein Ziel zu kommen.

»Was ich glaube, geht Sie nichts an.«

In seinen Augen flackert es bedrohlich auf und er kommt ein Stück näher zu mir, überragt mich mit seiner Gestalt und mir schießt das Gefühl, in seinen Armen zu tanzen, durch das System.

»Elona?«, ertönt die rettende Stimme von Erin hinter mir und ich reiße mich von den sturmgrauen Augen eines widerlich gutaussehenden Tash Montgomery los, um Erin in den Saal zurückzuziehen.

9

Tash

Und wieder lässt sie mich wie einen Trottel stehen. Dass sie die Auseinandersetzung zwischen Cecilia und mir belauscht hat, war einerseits amüsant, andererseits ärgert es mich, dass sie jetzt denkt, ich sei der totale Weiberheld.

Seit wann kümmert es dich, was irgendeine Tussi von dir denkt? Sie ist aber nicht irgendeine Tussi …

Genervt von meinen gegensätzlichen Empfindungen fahre ich mir mit der Hand über das Gesicht.

Als ich sah, wie Elona in den Garten ging, folgte ich ihr wie ferngesteuert. Wie ein stummer Sirenenruf, der mich ins Verderben zieht, dem ich aber nicht entkommen kann. Sie wirkte verloren und weckte in mir das Bedürfnis, sie zu beschützen.

Klar, Arschloch. Sei nicht albern – du willst ihre Firma schlucken und vernichten, die ihre Familie aufgebaut hat, und du denkst, sie will mit dir flirten? Idiot!

Kaum war ich auf der Treppe, hing Cecilia an mir wie ein Bluthund, der seine Beute schon sicher glaubt. Normalerweise lehne ich eine schnelle Nummer nicht ab, aber derzeit scheint mein Radar, was Spaß anbelangt, kaputt zu sein. Cecilia wäre sicher ein heißer Ritt, denn sie geizt weder mit ihren Reizen, noch kümmert sie ihr offenherziges Image. Aber ich bin nicht in Stimmung und sie weckt auch nicht meinen Jagdinstinkt. Der ist auf eine sexy Blondine fixiert, die mich eiskalt hat abblitzen lassen.

Mit Cecilia im Schlepptau komme ich an das Rondell mit dem Brunnen, auf den Elona zugesteuert ist. Da eröffnet mir Cecilia ihr schmutziges Angebot, und es ekelt mich an. Ich versuche, ihr klarzumachen, dass sie sich ein anderes billiges Opfer suchen solle, als ich Elona hinter der Hecke höre und wenig später zu einem der Bäume huschen sehe. Unerklärlicherweise macht es mich wütend, dass sie hört, wie Cecilia über meine Ausschweifungen spricht und sich nun ein entsprechendes Bild von mir macht. Doch als ich ihr gefolgt bin und sie schließlich hier stellte – tja, da war sie so aufgebracht und wiegelte mich ab, dass ich keine Chance hatte, mich zu erklären.

Wozu auch? Du willst ihr die scheiß Firma unter dem sexy Hintern abluchsen und nicht …

»Tash, was machst du hier draußen?«, höre ich Wade und blinzele die abstrusen Gedanken weg.

»Nur frische Luft schnappen«, erwidere ich und gehe auf ihn zu.

»Sie haben mit den Kumars gesprochen und seine Frau ist ganz verliebt in die Vorstellung von Luxusleder aus England«, setzt er mich in Kenntnis, als wir zurück in den Saal kommen und ich instinktiv nach Elona Ausschau halte. »Hörst du mir überhaupt zu?«, fragt Wade stirnrunzelnd und ich schnaube genervt über meine eigene Fahrigkeit.

»Bring Kumar dazu, abzulehnen«, zische ich ihn an und er setzt seinen Killerblick auf, um sich wieder auf die Suche nach unseren Geschäftspartnern aus Indien zu begeben. Dieser Deal entpuppt sich immer mehr als Albtraum und ich will es endlich hinter mich bringen. Elona Steel bringt mich aus der Fassung und das kotzt mich an. Also werde ich dem Ganzen ein Ende setzen, indem wir sie aufkaufen und basta. Dieses Rumgeeier geht mir auf den Sack und wir wären längst am Ziel, würde mir nicht die kleine Steel im Kopf herumspuken.

Mum winkt mir und ganz der brave Sohn geselle ich mich mit meinem Profilächeln zu der Gruppe aus Investoren, Parlamentariern und ausländischen Gästen, um auf andere Gedanken zu kommen.

Nachdem ich meine Schuldigkeit erfüllt, einen neuen Tipp von einem der Investoren erhalten und zwei Einladungen zum Lunch von zwei Parlamentariern bekommen habe, schlendere ich durch den Saal und entdecke Miss Steel am Arm eines Kerls, der mir bekannt vorkommt.

Als er vertraulich den Arm um ihre schmale Taille schlingt, löst sich ein heißer Knoten in meinem Magen auf und am liebsten würde ich …

Was zum Teufel soll denn das?

Innerlich rufe ich mich zur Ordnung, starre allerdings weiter wie ein Idiot zu den beiden, die plaudernd die Tanzfläche ansteuern, und folge ihnen. Bevor ich weiß, was ich tue, stehe ich vor ihnen und erstaunt, aber erfreut begrüßt mich der Trottel und nimmt seine Hände von Elona.

Sein Glück!

Sie funkelt mich wütend an und ich verkneife mir ein Schmunzeln, denn sie sieht hinreißend aus, wenn sie so aufgebracht ist. Der Trottel ist der Sohn eines Bankers, den wir gut kennen, und in unserem kleinen Gespräch schaffe ich es, seine Aufmerksamkeit von Elona aufs Business zu lenken.

»Darf ich Ihnen etwas zu trinken bringen, Mr. Montgomery?«, fragt der junge Trottel und ich schicke ihn los, einen Scotch zu besorgen, und endlich habe ich Elona allein vor mir.

»Sie ungehobeltes …«

»Na, na, sagen Sie nichts, was Sie hinterher bereuen könnten«, grinse ich sie verschlagen an und sie glüht förmlich vor Wut – atemberaubend.

Wenn sie auf dem Rücken vor dir liegt und bettelt, dass du sie fickst …

»… Arschloch!«, vollendet sie ihren Satz und pikst mit ihrem Zeigefinger in meine Brust. »Was zum Teufel fällt Ihnen ein, mir hinterherzurennen? Suchen Sie sich gefälligst ein anderes Opfer«, zischt sie wütend und ich packe sie etwas unsanft am Oberarm, den ich mit der Hand problemlos umschließen kann. Ihr fester Muskel spannt sich an, allerdings hat sie keine Chance gegen mich. Zwar wehrt sie sich, doch will sie auch keinen Aufstand machen, da wir ohnehin schon neugierige Blicke auf uns ziehen, und so drücke ich sie an mich, damit sie nicht weglaufen kann, und schiebe sie über die Tanzfläche.

»Sie wollen meine Firma zerschlagen, Sie platzen in meine geschäftlichen Gespräche und Sie erdreisten sich, ungefragt mit mir zu tanzen. Am liebsten würde ich …«

»Was, Miss Steel?«, frage ich dicht an ihrem Ohr, presse ihren schlanken Körper an meinen und sie verstummt augenblicklich, da sich mein harter Schwanz in ihren flachen Bauch drückt und sie nach Luft schnappt.

Fuck – ich bin scharf auf sie – und wie …

Eine leichte Röte überzieht ihre hohen Wangenknochen, ihr Puls pocht sichtbar an ihrem Hals und ich erwische mich beim Gedanken, mit der Zunge darüber fahren zu wollen.

Gefährliches Spiel, Tash – viel zu gefährlich!

Erfolglos versucht sie, sich aus meinem Griff zu winden, und mir gefällt, wie sie darum kämpft, von mir loszukommen. Ihr Körper an meinem fühlt sich viel zu gut an und ihre seidige Haut unter meinen Fingerspitzen – Fuck, ich will wissen, wie sie schmeckt.

Ohne dass sie es merkt, dirigiere ich uns aus dem Saal und stehe wenig später in einem der angrenzenden Räume, die nicht Schauplatz der Gala sind.

»Was zum Kuckuck wollen Sie von mir?«, giftet sie mich an, ich lasse sie los und sie bringt sofort Distanz zwischen uns.

»Sie haben recht, ich will Ihre Firma oder viel mehr das Grundstück, auf dem sie steht.« Ihre veilchenblauen, großen Augen funkeln wutentbrannt auf. »Und gegen jegliche Vernunft mache ich Ihnen ein lukratives Angebot. Sie bekommen das Doppelte, das es wert ist, und ich lege noch etwas oben drauf, wenn wir uns schnell einigen«, biete ich ihr ernsthaft an.

Bist du besoffen? Was zum Geier stimmt nicht mit dir?

»Ich pfeiff auf Ihr Geld! Wegen Leuten wie Ihnen gehen ganze Wirtschaftszweige bankrott«, fährt sie mich an und ich hebe mahnend eine Augenbraue.

»In diese prekäre Situation haben Sie sich selbst manövriert. Ich biete lediglich einen Ausweg an.«

»Ach ja? Nur weil man mal einen Fehler macht, muss gleich die Abrissbirne geschwungen werden?«, schießt sie zurück und sieht entzückend aus. Ihre Brust mit dem vollen Dekolleté hebt und senkt sich schwer unter ihren Atemzügen und lenkt meine Aufmerksamkeit auf sich.

»Wenn die Erhaltungskosten zu teuer sind, macht es wenig Sinn, zu investieren«, gebe ich zu bedenken und sie schüttelt energisch den Kopf.

»Darüber haben Sie ja noch nicht mal nachgedacht. Sie sehen nur ein Grundstück, das Sie zum Spottpreis abgreifen können. Aber an Investition oder Neuaufbau haben Sie keinen einzigen Gedanken verschwendet. Sie wollen nur schnelles Geld machen und scheren sich einen Dreck um Menschen, die hinter einer Firma wie meiner stehen.« *Wow, sie ist richtig in Rage.*

»Das Ziel meiner Unternehmung ist Gewinnmaximierung. Also was …«

»Fahren Sie zur Hölle, Mr. Montgomery! Ich werde nicht zulassen, dass Sie auch nur einen Quadratzentimeter Grund und Boden von uns bekommen werden.« Wie ein feuriger Racheengel steht sie erhobenen Hauptes vor mir, unwirklich schön, und ihre Leidenschaft ist betörend. Bevor sie mir erneut entwischen kann, dränge ich sie gegen die mit blauer Seidentapete bezogene Wand, stemme die Hände neben ihren Schultern gegen diese und drücke mit der Hüfte gegen ihren Bauch. Ihr warmer, sinnlicher Geruch steigt mir in die Nase und ich will nichts mehr, als herausfinden, ob sie überall so duftet.

»Wollen Sie, dass ich schreie?«, presst sie erbost zwischen den Zähnen hervor und ein Schmunzeln stiehlt sich auf mein Gesicht beim Gedanken daran, wie sie meinen Namen schreit, während ich sie lecke. Ja, ich stelle mir vor, wie ich Elona Steel lecke!

Verdammt!

»Dann müsste ich was dagegen unternehmen«, antworte ich leise und ihre Pupillen weiten sich beim Klang meiner Stimme. Wenn sie so auf mich reagiert, wie wird sie dann reagieren, wenn ich sie …?

»Sie sind genauso widerlich wie Ihre Geschäftsmethoden«, kontert sie mit stockendem Atem und windet sich, was mich dazu verleitet, ein Bein zwischen ihre zu drängen. Mit weit aufgerissenen Augen starrt sie mich hilflos an. Auch wenn sie mir allerlei wüste Beschimpfungen an den Kopf wirft, registriere ich, wie ihr Körper weich wird, ihr Becken an meinem Oberschenkel reibt und die Hitze zwischen ihren Beinen direkt in meinen Schwanz fährt.

»Ich bin nicht eines Ihrer Fick-Häschen«, keucht sie atemlos auf und spannt den Körper an.

»Nein, ganz gewiss nicht«, grolle ich über ihr und neige den Kopf zu ihr herunter und atme tief ein, jage ihr damit einen Schauer durch den Körper und genieße den kleinen Triumph über sie. »Aber eins können Sie nicht leugnen: Sie wollen mich genauso wie ich Sie will«, flüstere ich ihr ins Ohr, stoße mich von der Wand ab und gebe sie frei. Fast rutscht sie daran herunter, so sehr habe ich sie aus dem Konzept gebracht, und das weckt etwas tief in mir, ein Verlangen – nein, eine Gier, nach mehr. Mehr von diesem sehnsuchtsvollen Blick, den sie mir erbost zuwirft, mehr von ihrer Nähe und – unbedingt mehr von dieser Leidenschaft, die sie umgibt wie eine schimmernde Aura.

Einen Moment stehen wir uns gegenüber, lauernd, was der andere tun wird. Ein energiegeladener Augenblick, in dem alles möglich scheint.

Elona findet als Erste die Fassung wieder. »Kommen Sie mir noch einmal zu nahe, zeige ich Sie wegen Belästigung an!«, faucht sie und rauscht an mir vorbei.

Wow …

Nach der deutlichen Reaktion ihres Körpers zu urteilen, wird sie wohl kaum Anzeige erstatten, aber sie hat klargemacht, dass sie im Gegensatz zu den anderen Damen nicht leicht zu haben ist, was sie umso begehrenswerter macht. Allerdings macht mir die Tatsache Sorge, dass ich selbst derart stark auf Elona reagiere. Dass ich ihr ein solch großzügiges Angebot unterbreitet habe, wird Ryan nicht freuen, aber ich muss zugeben, dass ich nicht will, dass sie wie einer der sonstigen Leute vor dem Nichts steht. Diese Seite kenne ich von mir nicht.

Die Schicksale hinter den Firmen, die wir sonst kaufen, sind mir egal. Es geht nur ums Geschäft und ich bin nicht die Heilsarmee. Wir wären nicht da, wo wir aktuell stehen, wenn wir jedem weinerlichen Geschäftstypen die Hand gehalten hätten.

Aber Elona Steel weckt etwas in mir, das mir Sorge bereitet. Stirnrunzelnd gehe ich zurück in den Ballsaal und finde Wade im Gespräch mit Mr. Kumar und seiner Gattin, die er bereits weichgekocht hat. Damit ist der Strohhalm für die Steels auch dahin.

Warum versetzt es mir dann einen Stich?

Es ist bereits weit nach Mitternacht und ich finde Mum in einer der Sitzecken plaudernd und deute ihr an, dass wir gehen können. Dankbar lächelt sie, verabschiedet sich von der Gruppe und hakt sich bei mir ein.

»Wer war die hübsche junge Dame, mit der du getanzt hast?«, fragt sie ohne Umschweife und Wade sieht mich neugierig an.

»Nur ein Geschäftskontakt. Nichts weiter«, entkräfte ich die Neugier meiner Mutter, aber sehe aus dem Augenwinkel, wie Wade in sich hineingrinst.

»Ihr wirktet sehr vertraut miteinander«, fährt sie fort und ich seufze ergeben, denn die Fahrt nach Hause wird sie keine Ruhe geben.

Ich hole ihre Stola von der Garderobe und lasse den Wagen vorfahren.

»Es war wie immer eine Freude, Rose«, verabschiedet sich Wade von meiner Mutter und sieht mich prüfend an.

»Wade, passen Sie auf sich auf«, lächelt sie ihn an und er haucht einen Kuss neben ihrer Wange in die Luft.

»Wir zwei unterhalten uns noch«, flüstert er mir schmunzelnd zu und ich verdrehe die Augen, helfe Mum ins Auto und lasse mich auf den Sitz neben sie fallen.

»Also, wann stellst du mir die schöne, junge Frau vor?«

»Mum, bitte, sie ist nur ein Geschäftskontakt«, seufze ich genervt auf, als mein Verhör beginnt.

»Mrs. Daubeney meinte, du hättest dich mit dieser Dame schon draußen unterhalten und seist ihr in den Garten gefolgt«, lässt sie mich mit tadelnder Stimme wissen und ich könnte die Neugier der Society-Damen verfluchen.

»Mum, lass es gut sein.« Meine Stimme klingt wütend und sie zieht beleidigt eine Augenbraue hoch.

»Tash Montgomery, warum bist du nur so griesgrämig, wenn es um Frauen geht? Wie soll ich jemals an Enkelkinder kommen, wenn du derart mürrisch und abweisend bist?«, schmollt sie und beobachtet mich von der Seite.

»Ich liebe meine Freiheit, in Ordnung.«

»Ihr jungen Leute wollt keine Verantwortung mehr übernehmen«, erwidert sie und ich fahre zu ihr herum.

»Mum, das ist jetzt nicht dein Ernst. Habe ich nicht die Verantwortung für die Firma nach Dads Unfall übernommen? Ist es nicht genug, dass ich den Umsatz seitdem auf eine Milliarde hochgeschraubt habe? Und du hältst mir einen Vortrag über Verantwortung?« Es ist unverhältnismäßig, aber ich bin verwirrt von dem, was heute alles in mir los ist.

»Aber, Liebling, so war das doch nicht gemeint! Ich sprach von Familie, einer Partnerschaft. Dass du deinen Vater mehr als stolz gemacht hättest, würde er noch leben, steht außer Frage.« Ihre Stimme ist weich und so voller Liebe, dass ich seufzend ihre Hand nehme, ich bin mir aber nicht sicher, ob mein Dad das genauso gesehen hätte.

»Tut mir leid, Mum. Es war ein langer Abend.«

Sie drückt meine Hand und lächelt mich an. »Schon gut. Ich hatte ein Glas Champagner zu viel, offensichtlich.«

Schweigend fahren wir heim, und ich bringe sie noch zur Tür, drücke ihr einen Kuss auf die Wange und will mich umdrehen, doch sie hält mich auf.

»Ich werde dich morgen bei Mrs. Daubeney entschuldigen, in Ordnung?« Staunend nicke ich und sie zwinkert mir zu, bevor ihr Butler die Tür hinter ihr schließt.

Auf der Heimfahrt läuft der Abend, und insbesondere die Begegnungen mit Elona Steel, vor meinem geistigen Auge ab. Wie gut sie sich in meinen Armen angefühlt hat. Wenn es andere Umstände wären …

Reiß dich zusammen, Tash, es geht ums Geschäft.

Mit einem Sack kontroverser Gefühle falle ich wenig später ins Bett. Innerlich wehre ich mich dagegen, als liebestoller Trottel in den verheißungsvollen Augen von Miss Steel mein Ziel zu vergessen – das wird nicht passieren!

10

Elona

Erin ist aufgekratzt auf dem Heimweg und plappert ununterbrochen über die Kontakte, die sie geknüpft hat, wie wir sie nutzen könnten, und darüber, dass Sir Malcom ein wachsames Auge auf Wade Lamar gehabt hat, der sich sehr für unsere Gesprächspartner interessiert hat. Mir jedoch spuken die unheimlichen Begegnungen mit Tash Montgomery im Hirn herum und es macht mich ganz verrückt, was er in mir auslöst.

»Wusstest du, dass dieser schöngefönte Anwalt mit Kumar gesprochen hat? Als ich dich gesucht habe, sah ich ihn bei Kumar und seiner Frau stehen. Sir Malcom hat es auch bemerkt und übernahm die Ansprache für mich. Nachdem der Schönling weg war, machte sich Sir Malcom an die Schadensbegrenzung, doch Mr. Kumar hat ihn abblitzen lassen. Ist das zu fassen?« Sie schnaubt verächtlich über diesen infamen Eingriff in unsere Geschäfte. »Obwohl seine Frau begeistert von der Idee mit der Investition war, löste Kumar seine Zusage und ließ Sir Malcom einfach stehen.«

»Diese Jungs spielen ein wirklich hartes Spiel. Mich hat dieser Tash bedrängt und …«

Erin fährt zu mir herum. »Ach, sieh mal an. Er will in deinen Kopf und zwischen deine Beine. Halt dich bloß von ihm fern. Und sei auf der Hut, wenn er nett ist – Kerle wie er fressen Mädchen wie dich zum Frühstück und spucken die Reste hinterher in die Gosse. Glaub mir, ich weiß, wovon ich rede«, hält sie mir den Vortrag, den ich schon so oft gehört habe.

»Ich weiß. Glaub mir, an ihm hängen die Weiber wie die Fliegen. Eine habe ich kennengelernt«, antworte ich und sie sieht mich neugierig an.

»Ach ja? Wer war sie?«

»Eine Cecilia Soundso. Sie stand mit ein paar anderen Glamourgirls herum, als ich dich gesucht habe. Sie tauschten sich offenherzig über die körperlichen Vorzüge und sexuellen Vorlieben von Mr. Montgomery und seinen Freunden aus«, berichte ich ihr und verziehe bei der Erinnerung daran, wie sie sein Stehvermögen und Zungenfertigkeiten lobten, pikiert das Gesicht.

»Diese Art von Weibern habe ich zur Genüge kennengelernt. Um einen reichen Ehemann an Land zu ziehen, tun diese Miststücke alles, insbesondere in der Horizontalen.« Verbitterung liegt in ihrer Stimme, denn sie denkt dabei sicherlich an ihren verkorksten Arschloch-Ex-Verlobten. »Lass dich bloß nicht von diesen Hexen verunsichern. Die spielen unfair und sind das Böse in Reinkultur.«

Seufzend kneife ich die Augen zu. »Ich weiß. Und eins ist sicher: Tash Montgomery wird niemals bei mir landen. Vorher friert die Hölle zu!«

Erin sieht mich bewundernd an und grinst schief. »Sehr gut, Sunshine. Wir werden uns von den Idioten keinesfalls verarschen lassen. Mit dem Schönling Lamar werde ich ohne

Weiteres fertig. Wenn er spielen will: Ich bin bereit!« Es ist erstaunlich, wie schnell Erin und ich uns durch die Extremsituation mit der Firma und Dads Verschwinden arrangiert haben. Das, und die Tatsache, dass es Geldgeber gibt, die uns unterstützen wollen, macht mir Mut, weiter zu kämpfen.

Steel Leather Manufacture | zwei Wochen später

Bestürzung liegt in der Luft. All unsere Bestrebungen der letzten Woche, Investoren von unserer Idee zu überzeugen, sind gescheitert. Einer nach dem anderen ist abgesprungen und den letzten Anruf beende ich gerade.

»Ja, ich verstehe, aber können wir nicht … aha … Ich hätte noch … ja, haben Sie trotzdem vielen Dank. Auf Wiederhören.« Wutentbrannt lege ich auf und knalle das schnurlose Telefon auf den Schreibtisch. »Das gibt es doch gar nicht!«

Mrs. Fuller steckt den Kopf zur Tür herein und sieht mich besorgt an. »Elona, was ist geschehen?«

»Das Universum scheint sich komplett gegen uns verschworen zu haben. Auch der letzte Investor hat mir gerade höflich den Mittelfinger gezeigt. Da stimmt was ganz und gar nicht«, sinniere ich grummelnd und Erin kommt zu mir, legt mir die Hände auf die Schultern und ich lasse den Kopf hängen. Wir stehen tatsächlich vor dem Aus.

»Lass uns die Ansprache für gleich nochmal durchgehen. Wir müssen das Positive sehen«, versucht Erin mich aufzubauen, doch ich schüttele sie ab.

»Das ist hundertprozentig auf dem Mist von Montgomery und seinen Schergen gewachsen. So, wie sie sich auf der Gala eingemischt haben …«

»Dann finden wir einen anderen Weg«, beschwichtigt sie

mich, aber ich bin viel zu aufgewühlt, als dass ich ihre positive Gesinnung akzeptieren könnte.

»Erin, es ist vorbei! Wir bekommen kein Geld – von niemandem. Verstehst du? Dieser aufgeblasene Montgomery wird Steel übernehmen, die alten Bauten dem Erdboden gleichmachen und irgendeine Monstrosität auf den Trümmern errichten. Alles, wofür Mum und Dad und Grandpa ihr Leben lang geschuftet haben, ist dann futsch.«

»Hey, hey, ganz ruhig, Sunshine. Noch haben wir keine Zwangsvollstreckung am Hals. Also sollten wir uns auf unsere Mitarbeiter konzentrieren und die bei der Stange halten, um den Investoren die Besten im Sattlereigewerbe mit der größten Expertise anbieten zu können«, entgegnet sie sanft, doch ich bin so in Rage, dass ich fluchend aufspringe, mich vor ihr aufbaue und mit dem Zeigefinger vor ihrem Gesicht herumfuchtele.

»Kapierst du es nicht? Es spielt keine Rolle mehr, ob wir die beste Mannschaft hier beschäftigen, denn sie werden uns eh verlassen, wenn wir in den nächsten Wochen keine Aufträge an Land ziehen. Und Dad ist immer noch verschwunden – die Polizei hat keine Spur und ich … ich …«

Erin fällt mir um den Hals, drückt mich an sich und ich schluchze meinen ganzen Frust an ihrer Bluse heraus. Gedemütigt von Tash Fucking Montgomery, verlassen von Dad und an den Pranger gestellt von den Banken: ein Desaster.

Wie sollen wir das alles bewerkstelligen?

»Weißt du eigentlich, wie sehr ich dich bewundere, Sunshine?«, fragt mich Erin und ich blicke sie schniefend an.

»Wieso solltest du mich bewundern?«

»Na, weil du so strukturiert, so diszipliniert bist. Du warst immer schon diejenige, die ihr Leben im Griff hat, sich nicht um das Urteil der anderen schert. Als du jedes Wochenende in Cornwall zum Surfen warst – glaub mir, ich hätte liebend gerne mit dir getauscht. Deine Lebensfreude und Natürlichkeit war – und ist immer noch – herzerfrischend und ich muss gestehen, die Glamourwelt ist nichts als ein Trugbild, an dem nicht mal das Etikett echt ist.« Verbitterung liegt in ihrer Stimme und nun bin ich es, die ihr den Arm um die Schultern legt, während sie fortfährt. »Elona, du bist eine wunderschöne, kluge und beeindruckende junge Frau. Ein Studium mit Auszeichnung, Mann, ich war wirklich neidisch auf dich. Ich hab nichts als schlechte Presse und ein paar Werbefotos vorzuweisen«, fügt sie leise hinzu und ich schüttele den Kopf.

»Komm schon, Beauty. Du warst an der besten Schauspielschule Londons, du warst das Gesicht großer Werbekampagnen, hattest Castings mit Hollywood-Regisseuren, die allesamt von dir begeistert waren. Wenn der Arsch sich nicht vollkommen zugekokst und all die Chancen vermasselt hätte, wärst du jetzt ein Superstar.«

Sie sieht mich gequält an. »Ja, und genau das ist mein Problem – hätte. Ich habe nie für mich gekämpft, mich auf andere verlassen und bin mächtig auf die Nase gefallen. Nichts von dem ist eingetreten, was mir andere versprochen haben. Mein Leben ist ein Witz und ich bin ein gescheitertes It-Girl, mit nichts als einem hübschen Gesicht, was mittlerweile zu alt ist, um noch entdeckt zu werden«, kontert sie frustriert und ich drücke sie an mich.

»Wir scheitern nur, wenn wir aufgeben. Weißt du noch, wie Mum das immer gesagt hat, wenn wir heulend im Bad die Knie verbunden bekamen, wenn wir gefallen waren? Du hast noch dein ganzes Leben vor dir und wer sagt, dass du es nicht zu einer großartigen Geschäftsführerin schaffen wirst?«, versuche ich, sie zu motivieren. »Wenn du gleich vor den Mitarbeitern sprichst, wirst du sehen, zu was du fähig bist.«

Einen Moment starrt sie mich entgeistert an. Dann huscht

ein Lächeln über ihr Gesicht und ich weiß, dass sie die Bestätigung gebraucht hat. Wir sind so viel stärker zusammen.

»Okay, Sunshine. Dann werden WIR die Leute gleich mal auf Steel einschwören. Bist du dabei?«

Grinsend klatschen wir ab und ich gebe ihr Last-Minute Tipps für die Punkte, die den Leuten wichtig sind.

Dienstag, einen Tag vor dem nächsten Meeting

Unser Appell an die Mitarbeiter war dringend nötig. Viele warfen uns oder vielmehr Dad vor, sie im Stich gelassen zu haben, was wir nachvollziehen konnten. Die Stimmung war emotional aufgeladen und es entstanden teils hitzige Diskussionen. Einige der älteren Semester brachten vor, dass so etwas zu Zeiten meiner Mum undenkbar gewesen wäre. Da konnte ich ihnen innerlich nur beipflichten, denn Mum war stets darauf bedacht gewesen, dass ein gutes Betriebsklima herrschte und die Löhne pünktlich gezahlt wurden. Wir mussten uns einiges anhören, doch das nahmen wir gerne in Kauf, wenn es danach keine Kündigungswelle gab.

Auf die Frage, warum wir die Ansprache hielten und nicht unser Dad, hatten wir zwar keine Antwort, doch Erin manövrierte uns bravourös aus der Bredouille, indem sie vorgab, er sei schwer erkrankt, was das Desaster zwar nicht behob, aber die Emotionen etwas herunterkochte.

Wir versicherten, dass wir neue Aufträge an Land ziehen und in den nächsten sechs Wochen die Produktion anlaufen würde. Zwar waren nicht alle überzeugt von Erins schauspielerischer Glanzleistung, die selbstsichere Geschäftsfrau zu mimen, aber die älteren Mitarbeiter waren so loyal, die jüngeren zu beschwichtigen und uns an unsere Verantwortung als Arbeitgeber zu erinnern. Somit hatten wir zumindest sechs

Wochen rausgeschlagen, bevor die große Kündigungswelle anrückte.

»Das war eine oscarreife Leistung, die du da draußen geboten hast. Ich bin beeindruckt«, grinse ich sie nun an, als wir im Büro über den Zahlen hocken. Erin lehnt sich in ihrem Stuhl zurück und sieht mich spitzbübisch an.

»Wenn ich gepatzt hätte, würden die Leute uns jetzt die Tür eintreten. Das konnte ich doch nicht zulassen.«

Wir gehen die Kundenlisten durch und die damit verbundenen letzten Aufträge, besprechen, wen wir kontaktieren werden, und teilen die zehn großen Firmen unter uns auf. Wäre doch gelacht, wenn wir nicht einige bewegen könnten, erneut mit uns zusammen zu arbeiten.

»Wenn morgen die Show mit den drei Aasgeiern losgeht, was wollen wir denen sagen?«, fragt Erin, nachdem wir unsere Termine für die folgende Woche koordiniert haben.

»Von mir aus können sich Mr. Montgomery und seine Meute zum Teufel scheren. Sir Malcom soll schonmal alles für eine Klage vorbereiten: Feindliche Übernahme steht hoffentlich unter Strafe«, schnaube ich und sie lacht.

»Dazu fehlen uns, glaube ich, die nötigen Beweise, aber versuchen können wir es. Immerhin haben wir nichts zu verlieren.«

»Hinhaltetaktik oder Frontalangriff?«, frage ich sie und nachdenklich trommelt sie mit den Fingern auf dem Tisch.

»Für einen Frontalangriff fehlt uns die Power. Ich bin für Hinhaltetaktik und wir müssen es so anstellen, dass diese gewieften Idioten keinen Wind von unseren Bestrebungen bekommen.«

Sie hat recht. Sollte durchsickern, dass wir mit Kunden

neue Aufträge fixieren, wird M & B Trading alles daransetzen, unsere Pläne zu zerstören. So wie auf der Gala.

»Wenn wir sie in Sicherheit wiegen, Zugeständnisse machen – vielleicht begehen sie in ihrer Überheblichkeit den Fehler und übersehen unsere Mühe mit den Kunden«, schlägt Erin pragmatisch vor.

»Gar keine schlechte Idee. Wobei ich diesen Ryan nicht einschätzen kann. Er wirkt auf mich wie einer dieser Nerds, die für jede Eventualität gewappnet sind und ein Hirn wie ein Computer haben – weißt du, was ich meine?«

Erin kräuselt verächtlich die hübsche Nase. »Ja, wie damals der Kerl im Computerkurs, der sich überall eingemischt hat und ein Besserwisser war – ätzend.«

»Wir müssen zudem diesen Lamar ablenken. Oder besser noch: Geben wir ihm etwas, woran er sich die Zähne ausbeißt, es aber für einen fetten Knochen hält. Da müsste Sir Malcom doch sicher was zu einfallen«, überlege ich laut und Erins Miene hellt sich auf.

»Guter Plan, Sunshine. Wenn der aufgeblasene Rechtsverdreher auf eine falsche Fährte gelockt ist, sinkt ihr Schutzschild vielleicht so weit, dass wir bereits wieder in Produktion sind und die Banken beschwichtigt werden können. Wir werden ab sofort härtere Geschütze auffahren.«

Daheim stellt sich umgehend das schlechte Gewissen ein. Heute habe ich vor lauter Firmenkram nicht einen Moment an Dad gedacht. Mit hämischem Grinsen schlängelt sich mein Schamgefühl aus seinem dunklen Versteck, säuselt mir meine Verfehlungen ins Ohr und schließt die kalten, glitschigen Finger um mein verzweifeltes Herz.

Wie ist es möglich, den eigenen Vater zu vergessen?

Weil du egoistisch bist und es immer warst, höre ich meinen moralischen Kompass schnarren, der sich auf quietschenden Dielen zu meinem unterbewussten Kaffeekränzchen gesellt. Die zwei verstehen sich blendend und halten mir elendig lange Vorträge zum richtigen Verhalten einer liebenden Tochter und wie es sich korrekterweise anfühlen sollte, den nächsten Verwandten zu verlieren. Ich weiß, dass ich unorthodox bei der Bewältigung von emotionsgeladenen Situationen bin. War ich schon immer. Nach Mums Beerdigung habe ich mich in Arbeit vergraben. Wochenlang war ich rund um die Uhr in der Firma, habe sogar einen ehrenamtlichen Job in einer Essensausgabestelle für Obdachlose angenommen, nur um nicht allein mit meiner Trauer und der Angst zu Hause gefangen zu sein. So verlagerte ich den Fokus auf andere, lenkte die Verzweiflung in Produktivität um und fiel für ein paar Stunden betäubt in einen nicht erholsamen Schlaf, der mir Albträume bescherte.

Verdrängung hat lange funktioniert – zumindest für Außenstehende. Innerlich zerrissen vertraute ich nicht mal meiner Familie an, wie sehr ich unter dem Verlust litt. Wie verloren und einsam ich mich fühlte, wenn ich auf dem Smartphone die letzten Nachrichten von Mum wieder und wieder las und mit tränenverschwommenen Augen ihre Stimme im Kopf hörte. In stillen, einsamen Momenten sah ich mich als Kind in ihrer Umarmung, wie sie mir einen liebevollen Kuss auf den Scheitel gedrückt hatte, und in ihrem Blick lag all die bedingungslose Liebe, die sie Erin und mir geschenkt hatte. Eine helle, warme Erinnerung an eine glückliche Zeit.

Nun ist dort nur noch ein eisbedeckter, schwarzer Fleck, rau und kahl, und zeugt von dem, was mir entrissen wurde.

Und anstatt das zu hüten und zu schützen, was ich noch besaß – Erin und Dad – verschanzte ich mich hinter Geschäftigkeit und verlor beide immer mehr aus den Augen; nein, aus dem Herzen. Denn das war randvoll mit Selbsthass und dem bitteren Geschmack von Feigheit.

Jetzt holt mich all das erneut ein. Anstatt Tag und Nacht nach Dad zu suchen, vergrabe ich mich in der Arbeit. Aufgewühlt ziehe ich mich an und fahre zum Haus meiner Eltern. Armselig, aber anders weiß ich mir nicht zu helfen.

Dunkel und still ist es hier. Nichts deutet darauf hin, dass er in den letzten Tagen hier gewesen ist.

Wo steckst du nur?

Obwohl niemand hier ist, schleiche ich durch die Räume, darauf bedacht, keinen Lärm zu machen. Im Arbeitszimmer stapeln sich wie in der Firma Berge von Papier, Rechnungen und Ordner – Gott weiß, was das alles ist. Es scheint, als habe Dad jeglichen Antrieb verloren, alles weggeschoben, und sich nur seinem Schmerz und Verlust hingegeben. Ein Schauer läuft mir kalt den Rücken herunter, denn ich erkenne darin meine eigene Verfehlung, die lähmenden Gefühle des Verlustes zu durchleben – abzuschließen. Wie erst muss es für Dad sein, der jeden Tag in dem gemeinsamen Haus aufwacht und in jedem Winkel an Mum erinnert wird? Nichts ist verändert, selbst die Decke auf dem Sessel am Fenster, in dem sie abends gerne gelesen hat, liegt genauso gefaltet an ihrem Platz, wie sie sie hinterlassen hat. Mir wird das Herz schwer und ich halte eisern die Tränen zurück, die bei dem Anblick in mir aufsteigen wollen.

Der vertraute Duft von Mums Raumparfum liegt hauchzart in der Luft und ich erschaudere bei den Bildern, die es in mir hervorruft. Schnell husche ich die Glastreppe hoch und blicke in jedes der Zimmer – allesamt leer.

Was hast du denn erwartet, Dummerchen? Dass Dad lachend auf dem Bett hockt und alles wieder gut ist?

Meine Inspektion endet in der Garage, in der Dads alter Mercedes SLS Flügeltürer steht, den Mum so geliebt hat.

Damit sind sie an den Wochenenden in ihr Landhaus gefahren oder haben in der Natur gepicknickt. Ehrfürchtig streiche ich mit den Fingern über die glänzende Karosserie, bevor ich frustriert die Garage zuschließe und mit einem dumpfen Gefühl in der Brust nach Hause fahre.

11

Tash

Wildentschlossen, den heutigen Termin nicht erneut zu vergeuden, fahre ich auf den Hof der Firma Steel und entdecke Wade an seinen Wagen gelehnt mit dem Telefon am Ohr. Als ich aussteige, beendet er das Gespräch und kommt gutgelaunt auf mich zu.

»Guten Morgen, es gibt gute Neuigkeiten.«

»Morgen. Na, das höre ich doch gerne«, grinse ich ihn an und er setzt sofort an, doch da rauscht auch schon Ryan auf den Parkplatz und Wade wartet, bis er bei uns ist.

»Also, die Steels scheinen neben den Indern noch Investoren aus China in Erwägung zu ziehen. Die sind nicht allzu schnell in ihren Entscheidungen, also können wir heute eine Grundlage für den Vorvertrag hinbekommen. Noch gibt es keinen Zwangsvollstreckungsbescheid«, erklärt uns Wade und sieht fragend zwischen uns hin und her. Ryan runzelt die Stirn und ich gehe gedanklich meine China-Connections durch.

»Da Tash uns in die Scheiße geritten hat«, schießt Ryan gegen mich und Wade funkelt mich erbost an, »hoffe ich, du kannst das mit dem Zwangsvollstreckungsbescheid zu unseren

Gunsten regeln?«, fragt er und Wade zwinkert ihm zu. Natürlich musste ich beiden von dem mündlichen Angebot berichten, dass ich Elona auf der Gala unterbreitet hatte. Die Begeisterung hielt sich äußerst in Grenzen und trug mir eine Schimpftirade von Ryan ein. Zu Recht.

»Genau das wollte ich ja erklären. Sollte heute wieder Gegenwind kommen, habe ich schon mit dem Büro des obersten Richters gesprochen. Der schuldet mir noch einen Gefallen und den würde ich einfordern, sollten wir heute wieder leer ausgehen.«

Sofort hellt sich Ryans Miene auf und er klopft Wade auf die Schulter. »Sehr gut, mein Freund. Damit haben wir ein Ass im Ärmel. Und … Tash?«

»Was?«

»Lass dich um Himmels willen nicht wieder von den blauen Augen dieser kleinen Steel blenden. Du kostest uns noch den Deal!«, knurrt Ryan angepisst und ich verdrehe genervt die Augen.

Gemeinsam gehen wir in das Bürogebäude, wo uns wieder die nette Dame empfängt und uns zum Konferenzraum begleitet. Diesmal bin ich vorbereitet und werde mich in kühler Distanz üben. Schon allein, weil ich mich nicht erneut dem Gespött der Jungs aussetzen will.

Punkt zehn Uhr öffnet sich die Tür und die beiden Schwestern und ihr Anwalt betreten die Bühne.

Sie sieht einfach hinreißend aus!

Diesen Gedanken, der mir beim Anblick von Elona Steel durch den Kopf und zu meinem Leidwesen in meinen Schwanz fährt, versuche ich umgehend zu eliminieren, aber schon steht sie vor mir und ich grinse wie ein Vollidiot, als sie mir die Hand hinstreckt.

Glücklicherweise führt Wade das Gespräch mit Ryan, sodass ich mich hinter meiner starren Maske aus Distanz verstecken und Elona beobachten kann. Sie wirkt entschlossen, sitzt kerzengerade in dem Sessel, und erklärt gerade – ich hab nicht die blasseste Ahnung, worüber sie redet.

»Mit dem Angebot, welches Mr. Montgomery Ihnen vergangenen Samstag unterbreitet hat, wären Sie sauber aus der Sache raus«, höre ich Ryan argumentieren, während Elonas Schwester mit einer arroganten Miene den Kopf schüttelt.

So geht es eine ganze Weile hin und her, wobei mir die Bilder von der Gala durchs Hirn geistern. Wie anmutig Elona wirkte, als ich sie über das Parkett schob, wie perfekt ihr Körper mit meinem harmonierte …

Wortfetzen wie Verantwortung für Mitarbeiter, Nachhaltigkeit, Wertschöpfung und Familientradition schnappe ich zwischendrin auf. Etwas, das mich daran erinnert, wie wenig ich, beziehungsweise wir uns diese unternehmerischen Attribute auf die Fahne schreiben können.

Nichts von dem, was wir bislang auf die Beine gestellt haben, hat einen nachhaltigen Charakter. Wir machen eine Menge Geld – o ja – aber sonst auch nichts. Und was tun wir mit der ganzen Kohle? Nicht etwa in etwas Bleibendes investieren – nein, wir investieren es in noch mehr Kohle.

»… ein Angebot, mit dem Sie sich von dem Ballast freikaufen können«, beendet Ryan gerade seine glühende Rede für unseren Vorschlag und ich reiße den Blick von Elona und fokussiere mich auf ihre Schwester. Erin Steel sieht jeden von uns an und in ihrem Blick liegt Verachtung für alles, wofür wir morgens aufstehen. Verdenken kann ich es ihr nicht.

»Sie kommen hierher, in Ihren teuren Anzügen, mit Ihren aufgeblasenen Egos und erwarten, dass wir auf die Knie gehen und einfach so das Erbe unserer Familie verscherbeln?« Ihre Stimme ist ruhig, hat aber einen gefährlichen Unterton beigemischt, der zur Vorsicht ruft.

»Miss Steel, seien Sie doch vernünftig. Mit diesem Geld

haben sich all die Sorgen erledigt. Sie brauchen nicht mehr den Kopf hinhalten, die Banken lassen Sie in Ruhe und ...«

»Sie aufgeblasenes A...«

»ERIN! Stopp«, Elonas Stimme klingt gepresst und verhindert im entscheidenden Moment eine Eskalation wie beim letzten Mal. Das macht sie noch attraktiver in meinen Augen.

Erin Steel starrt wütend auf Wade, der ein mokantes Lächeln auf den Lippen hat und sie taxiert wie eine wilde Raubkatze ihre Beute. Seine bewusste Provokation hat den gewünschten Effekt erzielt: eine emotionale Reaktion hervorzurufen. Aber er hat nicht den sonstigen Wade-Lamar-Killerblick, der sein Opfer in die Knie zwingt. Es ist eher etwas wie – Ehrfurcht.

Bewundert er sie etwa? Das sähe ihm gar nicht ähnlich.

»Wir sollten eine kurze Pause einlegen und uns in fünf Minuten wieder hier treffen«, schlägt Sir Cliffort mit Bedacht vor und Erleichterung breitet sich aus. Ich nutze die Gelegenheit, mich aus dem Raum zu stehlen. Dass sich die beiden so emotional für das Erbe ihrer Familie einsetzen, imponiert mir, denn auch ich habe seinerzeit dafür gekämpft, mich gegen die Konkurrenz durchzusetzen. Mein Vorteil war lediglich, dass wir keine Schulden angehäuft hatten.

Um frische Luft zu schnappen, gehe ich zum Parkplatz runter, laufe ein Stück an der backsteinernen Lagerhalle entlang und bleibe vor einem riesigen Fenster stehen, das den Blick in den Produktionsbereich freigibt. Die Mitarbeiter von Steel scheinen tatsächlich beschäftigt und ich treffe auf ein Grüppchen, das rauchend vor dem Eingang der Halle steht und sich unterhält. Als sie mich bemerken, tauschen sie untereinander neugierige Blick aus, und ich frage mich, ob ich die Chance nutzen soll, mit ihnen zu plaudern.

»Sind Sie einer von den Investoren?«, fragt einer der

Jüngeren und erhält einen mahnenden Blick eines Älteren, der mich fixiert.

Interessant. Scheint, als wäre hier reger Verkehr von Geldgebern. Das muss ich Ryan unbedingt mitteilen.

»Ja, ich bin mit meinen Kollegen hier, um mit den Steels die Details zu klären«, antworte ich salopp.

»Dann stimmt es also, dass die Ladys neue Aufträge an Land ziehen. Krass, das hätten wir den Beauties nicht zugetraut«, meldet sich ein anderer zu Wort und innerlich schmunzele ich über die Naivität dieser Leute, doch gleichzeitig beschleicht mich ein ungewohntes Gefühl der Reue. Reue, Elona in den Rücken zu fallen, da sie offenbar dabei ist, an Aufträge zu kommen, damit der Geldfluss wieder funktioniert. Die Hartnäckigkeit der beiden Schwestern ist erfrischend, da es wenige junge Frauen gibt – zumindest, die ich kenne – die sich in das Familienunternehmen schmeißen und es sogar retten wollen. Sonst begegnen mir nur geldgeile Weiber, die froh sind, wenn Daddy den monatlichen Scheck ausstellt und sie diesen in den nächstbesten Boutiquen sofort wieder ausgeben können.

Aber ich bin hier wegen des Grundstücks. Weil ich es brauche, um meinen eigenen Triumph in London abschließen zu können und dann endlich Abstand von all dem nehmen kann.

»Haben Sie nichts zu tun, meine Herren?«, ertönt Elonas weiche, aber resolute Stimme hinter mir und mit betretenen Gesichtern zerstreuen sich die Männer augenblicklich mit gemurmelten Entschuldigungen. Langsam drehe ich mich zu ihr um und lächele sie reumütig an.

»Die Verlockung war einfach zu groß«, gebe ich mit einem Schulterzucken zu und in ihrem Blick liegen Geringschätzigkeit und eine Spur Ekel – ein Ausdruck, den ich im Zusammenhang mit Elona und mir nicht verkrafte, und sofort stellt sich ein erdrückendes Schuldgefühl ein.

Was hat diese Frau nur an sich, dass sie mich so weichkocht?

»Sie wollen hier herumschnüffeln? Ich könnte Sie sofort Sir Cliffort zum Fraß vorwerfen, der Ihnen eine gepfefferte Klage wegen Industriespionage und Betrug anhängt. Und glauben Sie mir, er ist der Beste in seinem Fach!«, zischt sie mich kochend vor Wut an.

Verlegen räuspere ich mich, denn ich bin mir meiner Schuld sehr wohl bewusst und da sie mich auf frischer Tat erwischt hat, bin ich geliefert. Aber sie rührt sich keinen Meter vom Fleck, sondern starrt mich nur weiter an und sieht wunderschön aus – gerötete Wangen, klare, tiefblaue Augen, und unter ihren schweren Atemzügen hebt und senkt sich ihre Brust.

Verführerisch!

»Da bin ich mir sicher, Miss Steel«, ist alles Intelligente, was ich zu meiner Verteidigung vorbringe, und irritiert blinzelt sie. Wahrscheinlich hat sie eine gewiefte Ausrede erwartet, aber ich habe nicht vor, sie anzulügen. Etwas, das mir sonst leicht und flüssig über die Lippen kommt, scheint Elona Steel einfach so auszuhebeln. Ein gefährlicher Umstand.

»Sie … was haben Sie eigentlich hier zu suchen? Dieser Bereich ist nur für Mitarbeiter«, wirft sie mir an den Kopf und deutet mit der Hand in Richtung Bürogebäude.

»Mir war nach frischer Luft, da bin ich ein Stück gegangen, und …«

»Hören Sie schon auf. Ich begleite Sie zurück. Sollte ich Sie nochmal auf dem Firmengelände erwischen, mache ich Ernst mit der Klage«, droht sie und ich verkneife mir ein Grinsen, da sie in ihrem Eifer nicht bemerkt, wie uns einige der Jungs amüsiert durch die Glasscheibe beobachten. Um mein Glück nicht weiter zu strapazieren, gehe ich ihr voraus und vernehme das Klackern ihrer High Heels auf dem Betonboden hinter mir. Grazil schwebt sie jetzt auf den Dingern neben mir her und ich halte ihr die Tür des Empfangsbereichs auf. Mit einem hoheitsvollen Blick und einer hochgezogenen Augenbraue sieht sie mich an, während sie an mir vorbeigeht, und ich frage mich, wie sie reagieren würde, wenn ich sie wie auf der Gala an die Wand drücken würde …

»Mr. Montgomery, die anderen warten«, dringt ihr scharfer Ton zu mir durch und ich räuspere mich, als ich ihr die Treppe hoch folge. Vor dem Konferenzraum steht Ryan und sieht mich grimmig an, sagt jedoch kein Wort. Die Stimmung im Raum ist unangenehm angespannt, fast so, als hätte man die Luft dünner gemacht, und alle wirken hochkonzentriert – nein, eher lauernd; darauf aus, den Zug des Gegners vorauszuahnen.

Wade ist seltsam still, was ein sicheres Zeichen dafür ist, dass er keine Ahnung hat, wie es jetzt weitergeht. Erin Steel rauscht in den Raum und bittet uns, Platz zu nehmen, und wir kommen dem, dankbar für die kurze Ablenkung, alle nach. »Meine Herren, verzeihen Sie den unangemessenen Ausbruch«, setzt sie mit einer ernsten Miene an. »Wir wissen Ihre Bemühungen durchaus zu schätzen. Sehen Sie, es ist für uns … – wir sind emotional aktuell angespannt, und es gibt viele Dinge zu bedenken.« Mit einer kurzen, wirkungsvollen Pause erhöht sie gekonnt den Spannungsbogen. »Meine Schwester und ich sind an konstruktiven Lösungen interessiert.« Damit sieht sie in die Runde und Ryan räuspert sich, doch bevor er etwas antworten kann, ergreife ich das Wort.

»Unser Angebot sieht vor, dass Sie eine großzügige Entschädigung erhalten, was unser Entgegenkommen unterstreicht.« Ryan sieht mich warnend an und auch Wade ist in Habachtstellung, doch ich ignoriere beide. »Ich bin mir bewusst, dass Sie sicherlich wissen, wie viel dieses Grundstück allein schon wert ist.«

Zischend stößt Ryan den Atem aus und ich nehme aus dem Augenwinkel wahr, wie Wade einen Moment die Augen schließt. »Da wir Ihre Zeit nicht unnötig mit elendigen Verhandlungen strapazieren möchten, hier das finale Angebot, das Sie von uns schriftlich nachgereicht bekommen, um die Ernsthaftigkeit an diesem Geschäft zu verdeutlichen.«

Ryan richtet sich mit wütender Miene auf, aber bevor er mir ins Wort fallen kann, lasse ich die Bombe platzen. »Zu dem doppelten Verkaufspreis des Grundstücks erhalten Sie einen Scheck über zwei Millionen Pfund und zusätzlich übernehmen wir die Mitarbeitergehälter für ein halbes Jahr, damit sich die Leute einen neuen Job suchen können. Gegebenenfalls können sie, je nach Qualifikation, bei uns anfangen, wenn sie das möchten. Damit wäre Ihrem Wunsch nach sozialer Verantwortung entsprochen. Mr. Lamar wird Ihnen dazu morgen die Details schicken.« Damit lehne ich mich zurück und sehe die beiden Steel-Schwestern an, die mich mit großen Augen entgeistert anstarren.

Das unheimliche Schweigen lässt mich zu Ryan und Wade blicken, die mich fassungslos angaffen.

»Wie lange gilt dieses Angebot?«, löst Sir Cliffort die Spannung und ich richte meine Aufmerksamkeit auf ihn.

»Nun, da wir keine unnötige Zeit vergeuden wollen, sagen wir … eine Woche«, antworte ich ruhig und höre Wade neben mir leise aufstöhnen. Diese weiche Linie ist überhaupt nicht unser Ding – aber bislang ging es ja auch nicht um die Firma von Elona Steel, die mich weiterhin anstarrt. Ich habe noch nie eine Verhandlung mit einem höheren Einsatz beendet, als ich bereit war, auszugeben. Ich will das Grundstück unbedingt, gleichzeitig wettert jedoch ein neu aufkeimendes Gefühl gegen unsere bisherige Kursrichtung. Und der Auslöser dafür sitzt mir gegenüber.

Mein Vater hätte mir jetzt eine glühende Rede zu Prinzipien und der harten Linie bei Verhandlungen gehalten, hätte mich darauf eingeschworen, den Gegner in die Enge zu treiben und dann zuzuschlagen. All das habe ich mir die letzten Jahre zu eigen gemacht und mit Ryan und Wade im Team perfektioniert. Das strahlende Abbild meines Dads.

Bilder meiner Vision steigen vor meinem geistigen Auge auf und ich weiß, dies ist der erste Schritt, den ich mich bislang nie getraut habe, zu gehen, aus Angst, nicht mehr dem Bild des eiskalten Geschäftsmannes Tash Montgomery als adäquater Nachfolger meines Vaters zu entsprechen.

Mum wird ausrasten! Die Jungs werden mich lynchen!

»Tja, dann – meine Mandantinnen und ich haben einiges zu besprechen. Daher schlage ich vor, dieses Meeting zu beenden. Haben Sie vielen Dank für das Angebot«, leitet Sir Cliffort das Gespräch seinem Ende entgegen und nickt den beiden Schwestern zu, die sich erheben. Ein völlig irritiert dreinblickender Wade und ein vor Wut kochender Ryan verabschieden sich von den dreien und rauschen nach draußen. Ich reiche Erin und Sir Cliffort die Hand und wende mich Elona zu.

»Miss Steel, auf ein Wort«, bitte ich sie um eine vertrauliche Unterhaltung und schweigend folgt sie mir in den Flur. Als wir allein sind, sieht sie mich misstrauisch an.

»Wo ist der Haken? Sie sind doch nicht plötzlich zum Wohltäter avanciert. Was steckt dahinter?«, hakt sie argwöhnisch nach.

Verständlich.

»Sie haben mich beeindruckt – Ihr Einsatz und Kampfgeist sind bemerkenswert.« Bei meinen Worten hebt sie skeptisch eine Augenbraue. »Es ist – kompliziert.« Sie schweigt immer noch und das macht mich unsicher.

Fuck, ich bin nie unsicher! Reiß dich zusammen, Tash!

»Ich möchte es Ihnen erklären, wenn Sie erlauben. Bei einem Abendessen?!« Angespannt warte ich auf ihre Reaktion, doch sie blickt mich unverwandt an. Nicht, dass ich geplant hätte, Elona Steel zum Abendessen auszuführen, schon gar nicht, nachdem ich meine Geschäftspartner mit meiner Aktion mächtig gefickt habe. Aber als sie mich eben ansah, mir ihre glühende Rede auf der Gala durch den Kopf ging, und ich tief in meinem Inneren die leise Stimme immer deutlicher wahrgenommen habe, die mir zuflüstert, endlich meine eigene Version von Tash Montgomery zu werden, konnte ich nicht anders.

»SIE wollen mit MIR essen gehen?« Stumm nicke ich. »Darüber muss ich nachdenken«, antwortet sie kühl und ich atme aus, denn es ist kein definitives Nein.

»Hier haben Sie meine Nummer«, antworte ich mit rauer Stimme und reiche ihr meine private Visitenkarte, die nur sehr wenige Menschen bekommen – jetzt erhält sie Elona Steel. Einen Moment sieht sie auf die Karte, hebt den Blick und sieht mir direkt in die Augen, nickt kurz und lässt mich stehen – erneut!

12

Elona

Als ich die Tür des Waschraums verriegele, atme ich zittrig aus. Erst ein neues Angebot von M & B Trading, was zugegeben extrem großzügig ist, und dann noch die Einladung von Tash Montgomery zum Abendessen.

Eine Falle – das ist hundertprozentig eine Falle!

Meine Gedanken rasen zwischen den Aufträgen, die Erin und ich angeschoben haben, den geplatzten Investitionsgesprächen und der helfenden Hand dieses aufgeblasenen Armleuchters hin und her. Sollte ein Verkauf doch die richtige Entscheidung sein?

Sofort rebelliert mein Gewissen und zertrümmert den Rettungsanker mit glühendem Schwert, da es einem Hochverrat gleichkommt, das Familienunternehmen im Stich zu lassen. Allein der Gedanke stößt mir bitter auf und ich verziehe angewidert von mir selbst das Gesicht.

Stöhnend stütze ich die Hände auf dem Waschtisch ab und sehe in mein abgekämpftes Gesicht, das mir im Spiegel begegnet. Der Feigling in mir raunt mir sanft zu, das Angebot noch heute anzunehmen und somit all die Strapazen und Sorgen auf einen Schlag loszuwerden.

Du kannst dich dann um Dad kümmern …

Gott, das ist so erbärmlich. Ein Lächeln von diesem, diesem Widerling Montgomery und schon knickt mein Verantwortungsbewusstsein ein wie eine Primel. Erins mahnende Worte erscheinen als blinkende Leuchtreklame vor meinem geistigen Auge und ich atme bewusst tief ein und aus, um mich zu sammeln.

Es steht eine Menge Geld im Raum. Eine riesige Menge Geld. Unsere Bilanz sieht düster aus: Ein enormer Schuldenberg, ein angeschlagener Ruf in der Branche und die Tatsache, dass Erin und ich durch das Verschwinden von Dad eine emotionale Krise durchstehen müssen, sprechen nicht für unsere rationale Schlagkraft. Im Gegenteil.

Wie sehr ich mir den Rat meiner Mutter gerade wünsche. Sie wüsste, was zu tun ist, hätte einen kühlen Kopf bewahrt, wäre für unsere Firma in den Ring gestiegen und hätte sie gerettet.

Aber ich – ich weiß nicht, was wir tun sollen, wo wir anfangen müssen. Alles scheint mir über den Kopf zu wachsen und die erdrückende Last der Verantwortung zwingt mich jeden Tag ein Stück weiter in die Knie.

»Was soll ich tun? Was soll ich bloß tun?«

Meine Stimme klingt seltsam hohl und ich kneife mir fest in die Nasenwurzel, richte mich auf und starre in den Spiegel.

Das ist unsere Firma, unser Vermächtnis. Kämpfe gefälligst darum!

Aufgebracht reiße ich die Tür auf und renne in Erin hinein, die mich skeptisch mustert.

»Was hast du da drin gemacht?«, fragt sie mit inquisitorischer Stimme und beäugt mich kritisch.

»Nichts, nur …«

»Elona!« Sie hebt warnend eine Augenbraue und sieht Mum in dem Moment sehr ähnlich und ich verdrehe die Augen.

»Ich hatte Kopfschmerzen, hab mir kaltes Wasser gegönnt und tadaa – bin wieder da«, wiegele ich sie ab, bin mir allerdings sicher, dass sie mir das nicht abkauft.

»Was wollte dieser Montgomery vorhin von dir?«

»Ähm, nichts. Hat sich nur für das Gespräch bedankt«, antworte ich und will an ihr vorbei, doch sie hält mich auf.

»Du hast schon besser gelogen, Sunshine. Also raus damit – was wollte der aufgeblasene Idiot?«

Seufzend hole ich Luft, da ich ihr eh nicht entkommen kann. »Er will mit mir zu Abend essen und mir den Sinneswandel – also das neue Angebot – erklären.«

Erins Augen fokussieren mich und ich funkele sie an, denn ihr Beschützerinstinkt geht mir auf die Nerven. »Du weißt, dass er nur in deinen Kopf will, oder? Er macht dir Komplimente, flirtet mit dir, bis du nachgibst, und dann – dann zerfetzt er dich in der Luft«, giftet sie und ich weiß genau, was sie meint. Tash Montgomery ist wie der verbotene, zuckersüße Apfel im Garten Eden – du weißt, er ist giftig, doch du kannst nicht widerstehen. Beim Gedanken an den Moment, wo er mich gegen die Wand gedrängt und ich seinen Körper an meinem gespürt hatte – O Mann, das war …

»Elona Steel, du wirst ihm absagen und die blöde Visitenkarte verbrennen«, höre ich Erin durch die sehr eindrückliche Phantasie hindurch und blinzele erstaunt. Sie steht kopfschüttelnd mit vor der Brust verschränkten Armen vor mir und ist sichtlich aufgewühlt.

»Du brauchst gar nicht so zu tun, als würde ich nicht mitbekommen, dass du ihn toll findest.« Bei ihrer Aussage schnappe ich nach Luft.

»Wie kannst du es wagen, mir sowas zu unterstellen? Ich –

er ist mir auf dieser Gala hinterhergerannt, hat mich bedrängt und genötigt, mit ihm zu tanzen. Was hätte ich denn machen sollen? Ihn vor allen Leuten anschreien und einen Skandal heraufbeschwören? Wäre sicher gut bei den potentiellen Investoren angekommen«, schieße ich zurück und wütend funkelt sie mich an.

»Du hättest wenigstens etwas mehr Gegenwehr zeigen können. Man hatte den Eindruck, als würdest du seine Avancen genießen«, schnauzt sie mich an und ich fühle mich wieder wie das dumme Schulmädchen, das von seiner großen Schwester kaltlächelnd gerügt wird und die alte Wunde aus Eifersucht, Neid und Unzulänglichkeit reißt knirschend auf.

»Projiziere nicht deinen Scheiß auf mich. Schließlich bin nicht ich auf einen Kerl reingefallen, der mich und meine Karriere ruiniert hat!«, fahre ich sie an und mit weit aufgerissenen Augen starrt sie mich an.

Da ist er wieder – der tiefe Graben zwischen uns.

Wir waren auf so einem guten Weg und nur wegen einer dämlichen Einladung zum Abendessen reißen wir die gerade erbaute, zierliche Brücke zwischen uns mit Gewalt wieder ein.

Auf Erins hübschem Gesicht zeichnet sich die Scham über den unsäglichen Vorfall damals ab, macht sie verletzlich und ihre geröteten Wangen zeigen deutlich, wie sehr sie immer noch an der Sache zu knabbern hat. Schon tut es mir leid, so unfair mit dem K.O.-Thema auf sie losgegangen zu sein, aber auch sie hat mich verletzt. Erin fängt sich als Erste von uns beiden, reckt herausfordernd das Kinn vor und sieht mich kühl an.

»Es scheint, als ob wir ein wenig Abstand voneinander brauchen.« Ihre Stimme ist kalt wie Eis und ich zucke bei ihrem Klang zusammen, als hätte sie mich körperlich damit getroffen. Bevor ich einlenken kann, macht sie auf dem Absatz kehrt und rauscht davon.

Toll gemacht, Dummkopf!

Enttäuscht von mir und Erin und der ganzen Situation vergrabe ich das Gesicht hinter den Händen und würde am liebsten laut losbrüllen, so vertrackt erscheint mir das Ganze.

Verflixt noch mal.

»Ähm, Miss Steel …«

Erschrocken fahre ich zu der Stimme hinter mir herum und versuche, Haltung zu bewahren, denn zwei Mitarbeiter stehen vor mir und wirken zerknirscht, so, als hätten Sie die lautstarke Auseinandersetzung zwischen Erin und mir mitbekommen.

Bitte nicht auch das noch …

»Oh, ja. Was kann ich für Sie tun?«, frage ich und räuspere mich.

»Ja, wir wollten fragen, da ja nun die Aussicht auf neue Arbeit besteht …« Der junge Kerl sieht ein wenig eingeschüchtert aus und traut sich nicht so recht, mit der Sprache rauszurücken, und knetet seine Hände, während sein Kollege ihn in die Seite knufft.

»Also, was mein Kollege eigentlich sagen wollte, ist, ob wir, da es jetzt weitergeht – also ob wir da einen Vorschuss bekommen könnten«, springt er ein und sieht mir dabei fest in die Augen.

Ich versuche, nicht auszuflippen, da ich genau das verhindern wollte. Jetzt passiert es trotzdem. Wenn die ganze Mannschaft jetzt ankommt, sind wir geliefert. Alle Verbindlichkeiten sind durch die ohnehin knappen Reserven gedeckt worden, nur reicht das bei weitem nicht, um die Löhne und anstehendenden Rechnungen gleichzeitig zu begleichen. Die Banken geben nichts mehr, alle Kreditlinien sind eingefroren – wir sind geliefert!

Mit dem letzten Fitzel Courage, den ich zusammenkratzen

kann, richte ich mich auf, sehe die zwei ernst an und merke, wie sie ein wenig unsicher werden.

Mein Glück!

»Meine Herren, ich kann Ihr Anliegen durchaus verstehen, aber nein! Sie haben gehört, dass wir uns aktuell einer immensen Herausforderung stellen müssen, und das gemeinsam. Wir werden Sie nicht im Regen stehen lassen, aber aktuell sind wir darauf angewiesen, den Fokus auf die Kundenaufträge zu legen. Ich zähle auf Ihre Loyalität, die Sie und Ihre Kollegen uns bei der Versammlung zugesichert haben. Guten Tag!« Damit lasse ich die beiden stehen und verbarrikadiere mich in Dads Büro.

Natürlich war das eine ziemlich rüde Art und Weise, die beiden so abzufertigen, aber in dem Moment lagen meine Nerven blank, ich stand mit dem Rücken zur Wand und alles schien sich gegen mich zu verschwören.

Angriff ist die beste Verteidigung – nicht immer, Elona, nicht immer …

Ich fühle mich dem Ganzen hier nicht gewachsen und verfluche Erin insgeheim, dass sie mal wieder das Handtuch wirft und sich verkriecht. Sicher flüchtet sie sich zu Ashley und heult sich bei ihr aus, wie ungerecht die Welt ist und wie mies ich sie behandelt habe. Gut, hab ich auch – zugegeben – aber sie hat damit angefangen.

Unsere größte Sorge ist nicht, ob Tash Montgomery mit mir ausgehen will, sondern wie wir verhindern, dass unsere Mitarbeiter auf die Barrikaden gehen, und das erste Anzeichen habe ich gerade erlebt. Wir müssen Aufträge bekommen, und zwar schleunigst, sonst gibt es bald nichts mehr, was sich zu retten lohnt.

Das Klingeln des Telefons unterbricht die besorgniserregenden Gedanken.

»Steel Leather Manufacture, Elona Steel, was kann ich für Sie tun?«

»Miss Steel, hier ist Mr. Miller. Ich wollte es Ihnen persönlich mitteilen – wir werden den Auftrag an Sie vergeben. Ihre Schwester kann sehr überzeugend sein und – na ja, die bisherige Zusammenarbeit war immer sehr gut. Es war schön, zu hören, dass es die Firma Steel noch gibt. Wir hatten schon Sorge …«

Ein Auftrag. Wir haben endlich einen Auftrag!

Ich muss mir auf die Zunge beißen, um nicht laut loszuschreien und hysterisch in den Hörer zu lachen, so euphorisch bin ich gerade, während Mr. Miller weiter unsere Zusammenarbeit lobt, und einige Details zu seinem Auftrag kundtut. Es ist ein irrsinnig gutes Gefühl und ich muss Erin sofort …

»Darf ich Sie zum Lunch einladen?«, fragt Mr. Miller und ich räuspere mich, bevor ich antworte.

»Oh, das ist … Nun, also …«

»Ich möchte unsere Zusammenarbeit auf neue Füße stellen und mein Vater hat damals sehr gut mit ihrer Mutter zusammengearbeitet. Daran würde ich gerne anknüpfen«, ergänzt er seine Einladung und Erleichterung macht sich in mir breit. Ich kenne Mr. Miller von einigen Firmenveranstaltungen – ein sehr charmanter, eloquenter und gutaussehender Mann, der ebenfalls das Familienunternehmen führt – eine profitable Reederei für Luxussegelboote, deren Lieferant wir seit Jahren sind.

Na ja, bis Dad beschlossen hat, einfach mal nichts mehr zu tun.

»Das ist … eine schöne Idee, Mr. Miller.« Ich hoffe, ich klinge nicht zu unsicher.

»Schön. Dann morgen Mittag um 12:30 Uhr im Restaurant Story. Ich freue mich sehr.«

»Ja, ich werde da sein. Und vielen Dank für Ihr Vertrauen!«, verabschiede ich mich von ihm und lege auf. Dann springe ich kreischend auf, renne wie eine Irre um den großen Schreibtisch herum und zu Mrs. Fuller, die mich entgeistert anstarrt und die ich stürmisch umarme.

»Was um alles in der Welt ist passiert?«, fragt sie lachend und sieht mich fragend an.

»Ein Auftrag. Wir haben einen Auftrag bekommen. Mrs. Fuller – der Bann ist gebrochen!«, kichere ich und habe zum ersten Mal seit Tagen das Gefühl, wir haben tatsächlich eine Chance.

»Du meine Güte, das ist ja … Ich gratuliere, Elona! Das haben Sie beide sehr gut gemacht«, lobt sie und strahlt dabei. »Es wurde aber auch höchste Zeit mit den guten Nachrichten.« Grinsend nicke ich und atme erleichtert aus.

»Wo ist Erin? Wollten Sie beide nicht …?«

»Sie musste kurzfristig weg«, erwidere ich zu schroff und sehe Mrs. Fuller an, dass sie mir kein Wort glaubt.

»Hatten Sie beide eine Auseinandersetzung?«, hakt sie vorsichtig nach und sieht mich mitleidig an.

»Es ist alles gerade sehr viel und wir sind beide angespannt. Da kommt es schon mal zu Diskussionen …«, weiche ich aus und sie nickt nur.

»Schon gut, Sie sind mir keine Rechenschaft schuldig. Ich weiß, wie hart Sie beide derzeit daran arbeiten, uns alle hier zu retten.« Ihre Worte sind tröstlich und flößen mir Mut ein, weiterzumachen, nicht aufzugeben und mir meiner Verantwortung stets bewusst zu bleiben, dass an meinen Entscheidungen Existenzen hängen.

»Machen Sie sich keine Sorgen. Die Steels geben nicht so leicht auf.«

Damit nicke ich ihr zu und mache mich im Büro daran, den Miller-Auftrag in die Produktion zu geben.

13

Tash

»Bist du jetzt völlig übergeschnappt? Was zum Henker stimmt nicht mit dir? Zwei Millionen on top zum doppelten Ausschreibungspreis plus Gehälter – das ist der reinste Wahnsinn! Hast du eine Ahnung, was uns das kosten wird? Nicht nur Kohle, sondern vor allem Reputation. M & B Trading – die Schlappschwänze vom Dienst – machen Träume wahr. *Bedienen Sie sich an unserem sauerverdienten Vermögen – wir haben heute die Spendierhose an. Wie viel darf es denn heute sein*?« Ryan steht mit wutverzerrtem Gesicht vor mir und ich bin mir sicher, dass man ihn drei Büros weiter noch gut verstehen kann, so lauthals schmeißt er mir seine Empörung entgegen.

»Beruhig dich, so schlimm ist es nicht.«

»Alter, das kann nicht dein fucking Ernst sein! Ich soll mich beruhigen? Woher soll ich die Kohle innerhalb so kurzer Zeit auftreiben, ohne einen horrenden Verlust zu riskieren? Ahh, daran hast du in deinem Wahn nicht gedacht, stimmt's? Tja mein Freund, das kostet uns mindestens nochmal fünfhunderttausend. Einfach so. Weil du mit deinem Schwanz und nicht dem Verstand denkst. Fuck!« Er rauft sich die Haare und knallt die Faust auf meinen Schreibtisch. »Ehrlich, Mann, du ruinierst uns noch.«

Normalerweise ist er der kühle Kopf hinter allem, ein brillanter Finanzjongleur, der sich nie aus der Ruhe bringen lässt und der jederzeit einen Plan B aus dem Hut zaubern kann. Jetzt steht er jedoch vor dem emotionalen Kollaps und das meinetwegen.

»Ryan, hör auf, zu dramatisieren. Ich kenne die Zahlen auch und verdammt, wir können es uns leisten«, blaffe ich ihn an, doch er schüttelt störrisch den Kopf.

»Das ist finanzieller Selbstmord! Weißt du, wie viele sich bei den nächsten Verhandlungen auf diesem Exempel ausruhen werden? Verflucht, alles, wofür wir jahrelang geackert haben – und du schmeißt das zum Fenster raus. Echt, das ist sowas von krank!«

Aufgebracht stapft er vor meinem Schreibtisch auf und ab und sieht dabei aus, als würde er im nächsten Moment explodieren. Dass es doof wird, damit hatte ich schon gerechnet. Dass Ryan allerdings derart ausrastet, ist neu. Zugegeben, ich habe mich komplett konträr unserer Firmenstrategie verhalten. Aber dass er so ausflippt, konnte ich nicht vorhersehen.

»Ryan, komm wieder runter. Du weißt besser als jeder andere, dass wir ein ordentliches Reservepolster haben. Wofür haben wir schließlich die ganze Kohle gescheffelt?« Entgeistert starrt er mich an, als hätte ich ihn geschlagen.

»Gewinnen um jeden Preis, weißt du noch? Wir sind die Nummer eins und diktieren die Regeln. Ein Angebot wird nicht erweitert, höchstens gekürzt. Keine Kompromisse, keine Zugeständnisse. Feste Regeln garantieren den Sieg«, rezitiert er unsere Leitsätze, die wir von meinem Vater eingetrichtert bekamen, seit wir klein waren. Die perfekten kleinen Soldaten im Krieg um das große Spiel der Macht.

»Verdammt, das weiß ich doch. Hast du dich nie gefragt, wozu wir das alles machen? Was wir später mal hinterlassen?«, schmeiße ich ihm vor die Füße und er lässt stöhnend den Kopf in den Nacken fallen und fährt sich dann mit der Hand über das Gesicht.

»DAS ist deine Begründung? Wir machen mehr als eine Milliarde Pfund im Jahr – davon träumen andere ihr Leben lang und können sich die Zahl nicht mal vorstellen. Und du hockst hier und faselst was von Hinterlassenschaften? Wir werden das weltweit profitabelste Unternehmen hinterlassen, das es je gab, wenn wir fertig sind – unser Traum, falls du das vergessen haben solltest. Und jetzt hast du was? – Gewissensbisse wegen einem blonden Weibsbild, deren Familie zu antinomisch ist, ihr Geschäft vernünftig zu führen? Alter, du bist völlig durchgeknallt.«

Seine Äußerungen über Elona wühlen ein ungutes Gefühl in mir hoch. Sie ist nicht für diese Situation verantwortlich, wie wir jetzt wissen, sondern ihr Vater. Das hat Sir Cliffort in einem Nebensatz fallen lassen. Weiß der Henker, warum er so fahrlässig die Firma zerstört hat, aber Elona hatte damit nichts zu tun.

»Lass sie da raus«, fahre ich ihn an und er hebt mahnend eine Augenbraue und stemmt die Hände in die schmalen Hüften.

»Wusste ich's doch. Die Kleine hat dir den Kopf verdreht und jetzt spielst du mit UNSEREM Geld den Retter für sie.« Der süffisante Ausdruck auf seinem Gesicht kotzt mich an und ich zeige mit dem Finger auf ihn.

»Du solltest gut überlegen, was du als Nächstes sagst«, warne ich ihn knurrend und er verschränkt kaltlächelnd die Arme vor der Brust.

»Sonst was?«, fragt er provozierend, doch ich lasse mich nicht auf sein Spielchen ein.

»Das Angebot ist gemacht, Wade verschickt es gleich und basta. Sieh zu, wie du an das Geld kommst, damit wir nicht wie Idioten mit leeren Händen dastehen, wenn sie das Angebot annehmen«, ranze ich ihn an und er schnaubt verächtlich auf.

»Zum Idioten hast DU uns gemacht, als du dieses … dieses Desaster von Zugeständnis rausgehauen hast. Wade ist schwer angepisst und ich auch.« Mit beiden Händen stützt er sich auf der Tischkante auf und lehnt sich angriffslustig zu mir vor.

»Wäre mir gar nicht aufgefallen«, grolle ich ihn an und einen Moment starren wir uns wie zwei Kampfhähne an.

Aber Ryan wäre nicht der Nerd von uns, wenn er sich nicht jederzeit wieder selbst einfangen und runterkochen könnte, was bei mir ehrlicherweise nicht funktioniert. Seufzend lässt er den Kopf hängen und sieht mich dann resigniert an.

»Tash, mal ehrlich. Was ist das hier?« Jetzt hat er sich wieder vollständig im Griff und ich lege die Fingerspitzen aneinander und stoße die Luft aus.

»Ich will nur das verdammte Grundstück. Damit ist die Sache gegessen, wir bekommen unser Sahnestück und dann hast du die Kohle binnen zwei Jahren dreifach drin. Vertrau mir«, werfe ich ihm den Knochen hin. Das ist nicht gelogen, denn wenn unser Projekt fertig ist, werden uns die Reichen und Schönen die Bude einrennen und die Preise in astronomische Höhen treiben, ohne dass wir was dazu tun müssen.

»Wenn ich meinen Job machen soll, musst du mich einweihen. Echt, Mann, das ist jetzt eine Riesenkatastrophe, die ich versuchen muss, geradezubiegen. Allein die Strafzinsen werden uns diesen Monat killen.« Kopfschüttelnd sieht er mich an. »Such dir was zum Vögeln und krieg die Kleine aus dem Kopf. Du bringst uns sonst an den Rand des Ruins.«

Damit übertreibt er maßlos, denn wir sind alles andere als knapp bei Kasse, aber die Botschaft ist angekommen. Wir haben nie unüberlegt gehandelt – niemand von uns. Unser blindes Vertrauen ineinander hat einen ordentlichen Dämpfer durch meine Leichtsinnigkeit erfahren und ich muss zusehen, wie ich das wieder in Ordnung bringe.

Fuck! Ich hab mich schön in die Scheiße geritten, und das alles nur wegen einer Frau.

»Hey, Ryan.«

»Ja?«

»Kriegen wir das ausgebügelt?«, frage ich in versöhnlichem Ton, denn ich will ihm signalisieren, dass ich Wert auf seine Einschätzung lege – auch wenn ich uns in diese Situation manövriert habe. Einen Augenblick zögert er, dann legt sich ein schelmisches Grinsen auf sein Gesicht.

»Mann, vergiss nicht, mit wem du hier redest. Hab ich schon mal was nicht hinbekommen?«

»Alles klar. Und hey – du hattest jedes Recht der Welt, mir den Kopf abzureißen«, gebe ich zerknirscht zu und er nickt kurz.

»Und wie ich das hatte.« Damit rauscht er aus dem Büro und macht sich sicherlich an die Begrenzung des Schadens, den ich so leichtsinnig verursacht habe.

Bevor ich mir die gleiche Standpauke nur mit anderen Worten von Wade anhören muss, verdrücke ich mich zum Mittagessen. Wade wird Blut sehen und mir liebend gerne eine reinhauen wollen, wie ich ihn kenne, aber darauf habe ich jetzt absolut keinen Bock.

Lunchtime

Zufrieden nippe ich an meinem Wasser, während der sautierte Kürbis mit einem Hauch Vanille auf einem Ahornblatt mit gerösteten Kürbiskernen und jungen frischen Sprossen vor mir steht. Hier gehe ich gerne mittags hin, denn es ist klein, die Küche hervorragend und man ist vor den schrillen Londoner Society-Leuten gefeit. Vor mir liegt mein Tablet-PC, auf dem ich die neuesten Nachrichten und Insidertipps durchscrolle, um den beiden eine neue, goldene Möhre vor die Nase hängen zu können, damit sie den Steel-Patzer überleben.

Neben einer marode geschriebenen Immobilienfirma in China, einem Betonunternehmen, das zahlungsunfähig ist, und einer internationalen Fluggesellschaft, die seit geraumer Zeit in den roten Zahlen hängt, drifte ich immer wieder zu unserem gestrigen Meeting ab. Meine Einladung zum Dinner hat Elona bis jetzt nicht angenommen. Etwas nagt das schon an meinem Selbstbewusstsein – immerhin will meine Mutter mich mit halb London verkuppeln und mein Bett ist selten leer, bis auf die letzten Wochen. Aber so, wie sie mir auf der Gala immer wieder ausgewichen ist … Die Anziehung zwischen uns hab ich mir nicht eingebildet. Dazu war es zu eindeutig, wie sehr Elona Steel, oder vielmehr ihr Körper, auf mich reagiert hat. Ihr delikater Body, der so anschmiegsam schien, als ich mit ihr getanzt habe.

O Mann, Tash, hör dir doch mal selbst zu! Du bist hinter ihrer Firma her und grübelst darüber nach, wie du ihr imponieren könntest, indem du sie zum Essen ausführst – blamabel!

»Gleich hier vorne, Miss Steel.« Bei ihrem Namen schießt mein Blick automatisch in die Richtung, aus der die Stimme kommt, und ich gaffe mit offenem Mund die Frau, die mir gerade noch im Kopf herumgespukt ist, an und sehe frustriert, wie sie von einem strahlenden Kerl begrüßt wird – der sie auf die Wange küsst – und sie ihn anlächelt.

Ist er der Grund, warum sie nicht mit mir essen gehen will?

FUCK!

Zu meinem Glück sitzen sie so, dass Elona mich nicht sehen, ich aber jedes Wort von den beiden belauschen kann. Der Typ kommt mir bekannt vor, doch ich bin zu beschäftigt damit, auf die Konversation der beiden zu achten, als dass ich nach ihm googeln würde.

»Mr. Miller, ich …«

»Bitte, nennen Sie mich Henry. Wir kennen uns schon so lange und unsere Familien sind seit jeher verbunden, da brauchen wir die Förmlichkeiten nicht, oder?« *Shit! Verbunden – bedeutet das etwa …?*

»Oh, sehr gerne, HENRY!«, kichert sie und so wie sie seinen Namen betont und er dabei grinst, würde ich ihm am liebsten das Zahnpastalächeln aus der Visage schlagen. »Also, Henry, lieben Dank. Es bedeutet mir wirklich viel. Das wird das Band zwischen uns neu knüpfen«, setzt sie an und toastet ihm zu, während er sie anlächelt, und in seinem Blick liegt – Entzücken. Verständlich, denn sie sieht wie immer unverschämt gut aus.

»Es ist mir eine Freude.« Als beide einen Schluck getrunken haben, bestellt er für sie und lehnt sich etwas weiter vor.

Du kleiner Penner kommst ihr für meinen Geschmack viel zu nah …

Henry Miller, Henry Miller – ist das etwa …?

»Elona, mein Gefühl sagt mir, dass wir einer grandiosen Zukunft entgegenblicken.«

»Das empfinde ich ebenso. Wenn meine Mutter noch leben würde – sie wäre über diese Verbindung sehr glücklich.« *Das gibt es doch nicht!*

»Ja, sie war eine bemerkenswerte Frau. Sie haben die Hartnäckigkeit und den Geschäftssinn von ihr geerbt. Und das bezaubernde Lächeln«, stellt der Schmierlappen fest und innerlich macht mich die Tatsache, dass Elona hier mit ihrem – was? Zukünftigen Verlobten? – flirtet, völlig fertig.

Normalerweise bin ich heilfroh, wenn die Weiber sich einem anderen an den Hals werfen und ihn ausnehmen wie 'ne Weihnachtsgans. Doch bei dem Anblick gerade stellen sich mir die Nackenhaare auf und ich muss mich zusammenreißen, um mich nicht bemerkbar zu machen und möglicherweise eine Szene zu provozieren.

»Wenn Sie erlauben, meine Eltern würden sich sicher freuen, wenn Sie uns am Wochenende zum Brunch in Kent besuchen. Ihre Schwester bringen Sie auf jeden Fall auch mit.« In seiner Stimme liegt mir viel zu viel Wärme und der Blick, den er Elona dabei zuwirft, macht die Sache nicht leichter.

Henry Miller – Reederei-Erbe, Dandy und ein gern gesehener Gast in der Londoner Upperclass sowie auf den roten Teppichen der Welt. Wenn er mit Steel arbeitet, dann wird er in kürzester Zeit seine Kontakte nutzen, und mir die Tour vermasseln.

»Das ist sehr großzügig von Ihnen. Wir werden gerne kommen.«

No fucking way!

»Großartig. Es ist fast eine Ewigkeit her und ich möchte … verzeihen Sie meinen dreisten Vorstoß – ich möchte unsere Familien wieder näher zusammenrücken. Als Ihre Schwester anrief, muss ich gestehen, war ich etwas enttäuscht, dass es nicht Sie waren«, schmunzelt er und Elonas Körperhaltung versteift sich augenblicklich. Auch er bemerkt es und legt seine Hand auf ihre.

»Keine Angst, ich möchte nur helfen. Sie waren laut Ihrer Mutter immer diejenige, die die Firma einmal übernehmen sollte. Jetzt sind Sie durch tragische Umstände früher in diese Rolle gedrängt worden und ich weiß, wie erschreckend das sein kann.«

Sein Vater hat einen Schlaganfall erlitten und er musste ad hoc das Geschäft übernehmen – ich kenne das nur zu gut!

Sofort entspannt sich Elonas Haltung und er lächelt sie an. »Wenn Sie mich lassen, verspreche ich, Sie werden es nicht bereuen.«

»In Ordnung, Henry. Es ist aktuell nur – ich weiß teilweise gar nicht, wo mir der Kopf steht. Und dann das mit Dad.« Ihre Stimme klingt plötzlich zaghaft und das macht mich hellhörig.

»Sie wissen immer noch nicht, wo Howard ist?« Mitfühlend streicht er mit dem Daumen über ihren Handrücken, was mir einen gallenbitteren Geschmack im Mund beschert. *Was zum Teufel …?*

»Leider nein. Und dann ist da noch dieser Kerl mit seiner Firma, die uns alles wegnehmen wollen.« *Oha!*

»Wir sind so froh über Ihre Zusage«, beichtet sie und ich beiße die Zähne zusammen, als mein nächster Gang serviert wird. »Damit haben wir ein wenig Zeit gewonnen.«

»Gut. Dann werde ich mich für Sie stark machen. Wäre doch gelacht, wenn wir nicht gemeinsam eine positive Wende hinbekommen«, zwinkert er ihr verschwörerisch zu und ich kralle das Besteck so fest, dass meine Fingerknöchel weiß hervortreten.

Die restliche Zeit plaudern sie über belanglose Dinge und ich bohre den Blick in Elonas Rückansicht, so als könne ich sie dadurch bewegen, sich zu mir umzudrehen, was sie natürlich nicht tut. Mein Menü ist längst durch, die Rechnung bezahlt, aber ich halte mich stur an dem letzten Glas Wasser fest – unfähig, das Restaurant zu verlassen und Elona allein mit diesem Penner zu lassen.

Zum Glück lässt er sich die Rechnung bringen, und als beide aufbrechen, drehe ich mich so, dass Elona mich nicht bemerkt, und als sie das Restaurant verlassen, haste ich ihnen hinterher. Er begleitet sie ein Stück und verabschiedet sich mit einer Umarmung von ihr und sie winkt zum Abschied, als er um die nächste Ecke biegt. Elona schlendert über die Straße und ich – ich verfolge sie wie ein kranker Stalker sein nächstes Opfer.

Als sie vor einem Schaufenster stehen bleibt, nutze ich die Gelegenheit und trete an sie heran.

»Welch eine schöne Überraschung!« Erschrocken springt sie zur Seite, hält sich die Hand vor den Mund und sieht mich mit weit aufgerissenen Augen an.

»Sind Sie von allen guten Geistern verlassen?«, faucht sie mich an und ich verkneife mir ein Schmunzeln.

»Entschuldigung. Ich wollte Sie nicht erschrecken«, antworte ich und hebe beschwichtigend die Hände.

»Wollten Sie wohl. Was um alles in der Welt tun Sie hier?« Sie hat sich schnell wieder gefangen und wendet sich vom Schaufenster ab, doch ich folge ihr, denn so einfach will ich sie nicht gehen lassen.

»Ich war zu Mittag essen und bin auf dem Rückweg, da habe ich Sie hier entdeckt.«

Mit einem misstrauischen Blick mustert sie mich von der Seite und ich verbeiße mir das Grinsen, sie so aus der Fassung gebracht zu haben. »Aha. Nun, Sie haben guten Tag gesagt, jetzt können Sie ja wieder gehen«, zischt sie und will mich erneut stehen lassen, aber diesmal bin ich schneller und greife unter ihrem Arm hindurch, sodass sie mir nicht entschlüpfen kann.

»Sie haben noch nicht auf meine Einladung geantwortet«, erinnere ich sie an das Abendessen und eine Sekunde huscht Unsicherheit über ihr wunderhübsches Gesicht.

»Ich muss leider ablehnen!«

Der Schlag kommt unerwartet und trifft mich direkt in die Eier. »Wie bitte?« Meine Stimme klingt scharf und grollend, genauso wie ich mich nach dieser Klatsche fühle.

»Es tut mir leid, aber ich werde nicht mit Ihnen ausgehen. Da wir in einer kritischen Phase unserer Verhandlungen stehen un–«

»BULLSHIT!« Mittlerweile sind wir auf dem Parkplatz angekommen, wo mein Auto steht und ich sie zu mir herumdrehe. Sie schluckt schwer, als ich sie, wie auf der Gala, ganz nah vor mir habe – Gott, wie gut sie duftet …

»Ein Nein kennen Sie wohl nicht, wie?« Da ist wieder die lodernde Leidenschaft in ihren veilchenblauen Augen, die mich gereizt anfunkeln.

»Nein, schon gar nicht zu einem harmlosen Abendessen. Andere Frauen würden sich gegenseitig die Augen auskratzen, hätten sie eine Einladung von mir bekommen!« Ihre Ablehnung macht mich sauer und gerade, weil sie mit diesem Lackaffen Miller beim intimen Lunch geflirtet hat, macht es mich rasend, dass sie MICH eiskalt abserviert.

»Sie arroganter, aufgeblasener, ungehobelter …«

»Mit Henry Miller essen Sie zu Mittag, und MIR geben Sie einen Korb? Ist das Ihr verdammter Ernst?« Ihre Nähe macht mich ganz kirre, und als sie forsch das Kinn reckt, kann ich nicht anders …

Ihr ganzer Körper spannt sich an, als ich meinen Mund auf ihre weichen, vollen, rosigen Lippen drücke, viel leichter, als ich eigentlich will, denn innerlich brodelt all die vermaledeite Wut und Sehnsucht, die mich seit Tagen im Zusammenhang mit ihr quält. Ich fordere ein, was ich die ganze Zeit von mir geschoben habe – nämlich, dass ich völlig verrückt nach Elona Steel bin. Und das zeige ich ihr jetzt und hier!

Zu meinem Erstaunen wird sie in meinen Armen weich,

schmiegt sich an mich und ich verliere fast den Verstand, als ihr ein leises Stöhnen entweicht, als ich die Zunge gegen ihre Lippen drücke. Einen Wimpernschlag verharrt sie, doch dann – oh, Himmel – dann gewährt sie mir Zugang und ich lege all meine Leidenschaft in diesen Kuss.

Sie schmeckt einfach umwerfend und ich spiele zärtlich mit ihrer Zunge, beiße ihr sanft in die Unterlippe und entlocke ihr ein sinnliches Wimmern, was mir direkt in den Schwanz schießt, dränge das Becken gegen sie und sie krallt sich haltsuchend in meinen Mantel.

Fuck, ist das gut!

14

Elona

G*ott, küsst dieser Mann gut!*

Als er mich so rüde packt, will ich mich losreißen, doch dann zieht er mich an sich und steht so dicht vor mir, dass ich seinen warmen Atem auf dem Gesicht spüre. Seine sturmgrauen Augen direkt in meine gebohrt, schmilzt meine Gegenwehr einfach dahin. Seine Überheblichkeit und Arroganz rauben mir fast den Verstand. So widerlich und gleichzeitig so – sexy … o Gott!

Ich will ihn beleidigen, in der Hoffnung, dass er dann von mir ablässt, doch bevor ich mich versehe, bringt er mich mit seinem Geständnis, eifersüchtig auf Henry Miller zu sein, völlig aus dem Konzept und dann … tja, dann küsst er mich.

Obwohl seine ganze Haltung wie eine angespannte Raubkatze vor dem Sprung nach Grobheit schreit, ist es ein sinnlicher, weicher Kuss, fast vorsichtig, so, als wolle er mich auf keinen Fall verschrecken. Die Ambivalenz macht mich ganz verrückt und ich dränge mich stöhnend an ihn, denn als seine Zunge sanft über meine Lippen streicht, ist es um mich geschehen.

Sein betörender, frischer Duft nach Wacholder und Zitrus verfehlt seine Wirkung auch diesmal nicht und ich kralle mich in seinen Mantel, als ich den Mund öffne und sich unsere Zungen treffen.

Wir verschmelzen miteinander, und es ist so magisch, dass ich von der wogenden Sehnsucht nach dieser Verbindung gefangen bin. Er schmeckt nach so viel mehr und sein neckender Biss in meine Unterlippe und seine Zungenfertigkeit lassen mein Kopfkino zu Höchstform auflaufen.

Wie sich diese Zunge wohl zwischen meinen Beinen anfühlt …

Seine Hände wandern über meine Schultern zu meinem Gesicht, halten es vorsichtig wie das einer zerbrechlichen Porzellanpuppe und er löst sich mit einem tiefen, gutturalen Ton von mir.

»Elona«, flüstert er mit rauer Stimme und lehnt die Stirn an meine, während ich zittrig einatme und die Augen schließe. Ich wage nicht, ihn anzusehen, und so stehen wir einen Moment in einer wolkigen Blase aus Verbundenheit voreinander.

Wie sind wir nur hier reingeraten?

Die zwiespältige Situation ist erschreckend intensiv und ich schwanke zwischen panischer Flucht und dem drängenden Verlangen nach seinen Küssen. Irgendwie scheint er meine Gedanken lesen zu können, denn er haucht zarte Küsse auf meine Lippen, die augenblicklich prickeln, und ich seufze ergeben auf. Mehr braucht er nicht, denn mit einem tiefen Stöhnen fällt er nun über mich her, raubt mir die Sinne, als er meinen Mund erobert und ich mich darin verliere. Mir schlägt das Herz bis zum Hals, mir ist heiß und das süße Ziehen in meinem Unterleib macht deutlich, dass ich Tash Montgomery begehre – o Mann, und wie …

Die Männer, die ich bislang in mein Bett gelassen hatte,

waren allesamt toll, aber ich habe mich nie so zu jemandem hingezogen gefühlt wie zu ihm. Vielleicht lag es an dem, was Erin widerfahren ist, dass ich eine gesunde Skepsis gegen eine Beziehung entwickelt habe. Bis Tash Montgomery bei uns aufgetaucht ist und ich nun knutschend wie ein Teenager mitten auf einem Parkplatz mit ihm stehe und ihm am liebsten die Kleider vom Leib reißen würde.

Er ist der Feind – er will dir alles wegnehmen, was dir wichtig ist – flüstert mir eine mahnende Stimme im Kopf zu, lässt mich einen Moment zögern, was er sofort bemerkt, und löst sich von mir.

»Alles in Ordnung?«, fragt er mit kratziger Stimme, die wahnsinnig sexy klingt und ich mich frage, ob er sich so morgens nach dem Aufwachen anhört.

Verflixt, Elona, das sind völlig falsche Gedankengänge …

»Ähh, ich bin mir nicht sicher«, gebe ich leise zu, denn mir wird schlagartig bewusst, wie idiotisch ich mich gerade benehme. Erin wird mir den Hals herumdrehen, wenn sie davon erfährt.

Tash sieht mich forschend an, streicht mit dem Daumen sanft über meinen Wangenknochen, und ich kann nicht verhindern, mich in die Berührung zu schmiegen. Total irrsinnig.

»Elona, ich weiß, wie das jetzt aussieht …«

»Ach ja? Als wolltest du mich verführen und mir so …« Bevor ich es aussprechen kann, legt er mir den Finger auf den Mund und bringt mich so zum Schweigen.

»So ist es weiß Gott nicht. Glaub mir, ich … normalerweise bin ich nicht so. Das hier ist … es ist anders«, gesteht er und sieht mich aus ernsten Augen an.

»Ja, ich verstehe. Du willst meine Firma und …«

»Schhh, bitte, sag das nicht. Das hier ist NICHT wegen der Firma. Ganz bestimmt nicht«, beteuert er und in seinem

Blick flammt etwas Rohes, Leidenschaftliches auf, das zeigt, wie sehr auch ihn der Kuss beeindruckt hat.

»Bitte, geh mit mir essen«, beschwört er mich leise. »Nicht wegen des Angebotes. Wegen dem, was gerade passiert ist. Ich …« Ein Lächeln huscht über sein ebenmäßiges Gesicht und er wirkt dabei wie ein charmanter Draufgänger, der Herzen zum Schmelzen bringt. »Du gehst mir nicht mehr aus dem Kopf. Und ehrlich gesagt ist die Situation und dieses außergewöhnliche Angebot für mich neu.« Schon will ich protestieren, doch er nimmt mich fest in seine Arme und das Gefühl, das mich dabei durchläuft, macht all den Protest zunichte. »Ich bin normalerweise ein echtes Arschloch«, bekennt er und ich schnaube belustigt auf, da er den Nagel auf den Kopf getroffen hat.

»Glaub ja nicht, nur weil wir geknutscht haben, bekommst du automatisch, was du willst«, erwidere ich und er schmunzelt auf mich herab.

»Das hätte ich auch nicht von dir erwartet«, antwortet er, was mir ein wenig Selbstvertrauen zurückgibt, da mich seine Umarmung aufwühlt und ich nicht so recht weiß, was ich mir dabei gedacht habe, mich von ihm einwickeln zu lassen. »Dieser Deal – Mann, es schien so einfach. Aber dann traf ich dich und … tja, sieh mich an – ich stehe vor dir und bitte dich, mit mir essen zu gehen, anstatt …« Mit einem tiefen Atemzug schließt er die Augen, sieht mich dann wieder an und mit seinem Blick berührt er mich an einem verborgenen weichen Punkt in meinem Herzen.

»Was heißt das für – na ja … – für das Angebot? Und für die Verhandlung?«, hake ich nach und neige den Kopf leicht zur Seite, beobachte seine Reaktion und stelle zufrieden fest, dass er etwas unsicher wirkt.

»Gute Frage. Wollen wir es gemeinsam herausfinden?«, schlägt er zu meinem Erstaunen vor und ich ertappe mich dabei, wie meine Skepsis gegen den rigiden Geschäftsmann Tash Montgomery ein wenig schwindet. Es scheint, als stecke mehr hinter der kühlen distanzierten Fassade, als ich gedacht habe.

»Nur ein Abendessen?«, frage ich und er beugt sich zu mir.

»Nur ein Abendessen. Aber ich bin mir sicher, dass Potential für mehr besteht«, raunt er mir ins Ohr und leckt mit der Zunge über die Stelle direkt hinter meinem Ohrläppchen, was mir einen wohligen Schauer durch den Körper jagt, und ich höre sein leises Lachen, als er sich von mir löst.

Ich werfe ihm einen vernichtenden Blick zu – hoffe ich zumindest – und will einen Schritt zurücktreten, doch er zieht mich erneut zu sich und ich bekomme eine weitere Kostprobe der Zungenfertigkeit des Tash Montgomery – einfach himmlisch.

Atemlos lösen wir uns voneinander, und in mir scheint alles durcheinandergewirbelt zu sein.

Wie kann ein Kuss nur so schmecken?

»Also, nachdem du nun zugesagt hast, hole ich dich morgen Abend ab. Einverstanden?«

»Ich … sei mir nicht böse, aber ich fahre selbst zum Restaurant«, werfe ich schnell ein, da ich nicht will, dass er weiß, wo ich wohne.

Aber rumknutschen ist drin – du bist wirklich verrückt!

Er zögert einen Wimpernschlag lang, nickt dann allerdings. »Okay. Ich reserviere einen Tisch und … darf ich dich dann anrufen?«

Dass er fragt, ob er mich anrufen darf, ist so charmant und sieht seinem sonstigen Ruf als Womanizer und Herzensbrecher so gar nicht ähnlich, dass ich lachend nicke.

»Ja, du darfst mich anrufen.« Schon zückt er das Telefon und ich nenne ihm meine Rufnummer.

»Ist 19:30 Uhr in Ordnung für dich?«

»Klar. Wo gehen wir denn hin?«, frage ich, schon im Geiste mit der Kleiderfrage beschäftigt.

Schmunzelnd sieht er mich an und schüttelt den Kopf. »Ich lasse mir was einfallen und schicke dir die Adresse, okay?« Als ich ansetze, etwas zu erwidern, gibt er mir einen Kuss auf die Nasenspitze und ich halte erstaunt die Luft an. »Komm, ich bringe dich zu deinem Auto«, schlägt er vor und löst unsere Umarmung auf, greift nach meiner Hand und verschränkt unsere Hände ineinander. So gehen wir zu dem Parkplatz, auf dem ich stehe, und es fühlt sich erschreckend gut an, mit Tash händchenhaltend durch London zu spazieren.

Wenn Erin das jetzt sehen würde, wäre ich tot. Bist du eh schon, also was soll's …

Bei meinem Auto angekommen zieht er mich zu sich und in mir steigt ein prickelndes Gefühl von Aufregung hoch. »Danke, dass du mit mir ausgehst«, sagt er leise und ich muss grinsen.

»Was soll ich sagen, du hast ziemlich gute Argumente gehabt«, necke ich ihn und sofort blitzt die Leidenschaft in seinen Augen auf.

»Du meinst diese Argumente«, erwidert er und küsst mich innig, mit einem Verlangen, das mir weiche Knie beschert, und ich schlinge ihm die Arme um den Hals, um ihn näher zu mir zu ziehen.

Als wir zu Atem kommen, küsst er sanft meinen Mundwinkel und sieht mich mit einem vielsagenden Blick an.

»Äh, ja, genau diese Argumente«, seufze ich sehnsüchtig und er lacht. Ein schönes, herzliches Lachen, das ihm gut zu Gesicht steht, und ich frage mich, was dieser unverschämt gutaussehende Kerl eigentlich von mir will.

»So, bevor ich meine guten Manieren vergesse und all die unanständigen Dinge mit dir anstelle, die mir gerade durch den Kopf gehen, steigst du jetzt besser ein«, sagt er schmunzelnd, doch der lauernde Unterton in seiner Stimme zeugt davon, wie es in ihm aussieht. Bei seinen Worten schießt mir das Blut in die Wangen und die Bilder, die er damit heraufbeschwört, sind weiß Gott nicht jugendfrei.

Himmel hilf!

Aufgewühlt steige ich ein und er hebt die Hand zum Abschied, als ich losfahre. Im Rückspiegel sehe ich, wie er mir hinterherblickt, bis ich hinter einem LKW verschwinde.

Einen Moment brauche ich, um mich zu sammeln. Dann bricht ein aufgekratztes Kichern aus mir heraus. Ich habe mit Tash Montgomery geknutscht. Und ich gehe mit ihm aus. Beim Gedanken an unseren Kuss lecke ich mir automatisch über die Lippen und seufze bei der Vorstellung, wie seine Zunge mit meiner spielt. Wie er mir neckisch in die Lippe beißt und wie sehr ich mir wünsche, dass er das an ganz anderen Körperstellen mit mir macht.

Mein Telefon klingelt und reißt mich aus der lustvollen Phantasie mit Tash Montgomery in der Hauptrolle und ich gehe gutgelaunt dran.

»Wo zum Teufel bist du?«, ertönt Erins Stimme über die Lautsprecher der Freisprecheinrichtung und sofort habe ich ein schlechtes Gewissen, ihr noch nichts von unserem Auftrag mit der Reederei erzählt zu haben.

»Ich war zu Tisch mit Henry Miller. Er hat …«

»Schön für dich. Ich bin …«

»Erin, hör mir zu: Er hat uns beauftragt. Und zwar für ein großes Projekt und er will uns helfen, bei anderen Firmen reinzukommen.« Stille am Ende der Leitung. »Erin, weißt du, was das bedeutet? Bist du noch dran?«

»Er hat zugesagt? Ernsthaft?«

»Ja. Und wir sind zum Brunch bei ihm und seinen Eltern eingeladen.«

»Das ist …« Sie atmet geräuschvoll aus. »Großartig. Das ist großartig!«

»Erin, es tut mir leid!« Unser Streit hängt noch zwischen uns und ich fühle mich schlecht, ihr nun auch noch mit Tash in den Rücken zu fallen.

Wie soll ich ihr das nur erklären?

»Mir tut es auch leid. Ich war … die ganze Sache mit der Firma macht mich verrückt. Und Dads Verschwinden – ich fühle mich vollkommen überfordert und weiß nicht …«

»Hey, mir geht es doch genauso. Hör mal, wollen wir heute nicht zusammen Abendessen, bei mir?«, schlage ich vor.

»Ja, das klingt prima. Ich bringe Wein mit.« Sie klingt ebenso erleichtert, wie ich mich fühle.

»Dann bis nachher!« Damit lege ich auf und hoffe, dass wir heute Abend die Wogen zwischen uns glätten können.

Es duftet nach Curry und gebratenem Huhn, als ich Erin die Tür öffne und wir uns betreten anschauen. Schnell trete ich zur Seite, damit sie reinkommen kann. Sie hängt ihre Jacke auf und geht direkt in die Küche, wo sie die zwei Flaschen Rosé auf die Frühstückstheke stellt, dann in die Töpfe lugt und schnuppert. »Hmmm, riecht köstlich.«

»Danke. Ist gleich fertig«, antworte ich und hole zwei Gläser aus der Vitrine, entkorke eine Weinflasche und schenke uns ein.

Gerade will ich mich zu ihr umdrehen, da steht sie schon neben mir.

»Wie konnten wir nur zulassen, uns so kindisch aufzuführen? Wir haben doch ganz andere Probleme«, sagt sie leise und nach einem kurzen Zögern nehmen wir uns in die Arme. Es ist so befreiend und ich drücke sie fest an mich.

»Ich war ein Riesenrindvieh!«, nuschele ich an ihrer Schulter und spüre das Lachen in ihrer Brust.

»Ja, warst du. Aber ich nicht minder«, antwortet sie und gibt mir einen Kuss auf die Schläfe. »Ich … es tut immer noch höllisch weh, an meine eigene Dummheit erinnert zu werden, weißt du.« Stumm nicke ich und reiche ihr ein Glas Wein. »Das Schlimmste daran ist, dass ich nur mir allein die Schuld geben kann und … es macht mich immer noch fertig«, gibt sie zu und das imponiert mir sehr, denn sie wirkt sonst selbstsicher, fast schon überheblich – eine Attitüde des Starrummels, den sie kultiviert hatte – und jetzt zeigt sie ihre verletzliche, weiche Seite.

»Es war gemein und unfair, dich damit so vor den Kopf zu stoßen. Ich war wütend auf mich, wegen dieser ganzen Sache und dem Angebot, dem Geld … Es tut mir wirklich leid, Beauty!«

»Auf die Vergebung!«, toastet Erin mir zu und ich erwidere den Toast.

Ich widme mich den Kochtöpfen und Erin holt Geschirr und Besteck, um den Tisch im Esszimmer zu decken. Als wir am Tisch sitzen, setzt eine urvertraute Stimmung ein, die mir so gefehlt hat.

»Weißt du, wie lange wir das nicht mehr gemacht haben?«, frage ich und erstaunt sieht sie zu mir rüber.

»Hmm, ist schon eine ganze Weile her.«

»Ja, und alles nur, weil ich mich in Arbeit vergraben habe. Darüber habe ich letztens nachgedacht. Nach Mums Tod habe ich alles darangesetzt, keine freie Minute zu haben, um nicht von der Dunkelheit und Trauer verschluckt zu werden. Ach … das klingt jetzt doof, ich …«

»Hey, schon gut. Wir haben nie wirklich darüber gesprochen. Jetzt ist auch noch Dad verschwunden – wahrscheinlich hat er sich nach Californien verdrückt oder fischt auf den

Bahamas«, schnaubt sie verächtlich und ich sehe sie pikiert an. »Warum sonst ist er nicht aufzufinden?«

»Er hat alles stehen und liegen gelassen und ist geflohen. Sieht ihm überhaupt nicht ähnlich. Die ganzen Unterlagen – im Haus sieht es genauso aus«, teile ich ihr mit und sie sieht mich verblüfft an.

»Du warst zu Hause?«

Es klingt seltsam, denn seit Mum von uns gegangen ist, empfinde ich es nicht mehr als mein Zuhause. Der Gedanke versetzt mir einen Stich, denn es erinnert mich daran, wie weit ich mich von Dad entfernt habe.

»Äh, ja. War wohl das schlechte Gewissen. Im Arbeitszimmer sieht es aus, als hätte eine Bombe eingeschlagen, Stapel von Akten, Rechnungen, Papiere liegen herum – Mum würde sich die Haare raufen, wenn sie es sehen könnte. Aber sonst ist alles unverändert. Sogar ihre Decke liegt auf dem Sessel wie früher.«

Erin schiebt sich eine Gabel Reis mit rotem Curry in den Mund und scheint darüber nachzugrübeln.

»Dad wollte sicher alle Erinnerungen an sie so konservieren. Und das ist seine Art, ihr Andenken in Ehren zu halten«, überlegt sie und zuckt mit den Schultern.

»Wenn er das im Sinn hatte, hätte er lieber auf die Firma Acht geben sollen«, mosere ich zwischen zwei Bissen Kroepoek und Erin sieht mich scharf an.

»Wir waren beide nicht für ihn da und er hat sich immer mehr eingeigelt. Wurde kauzig. Mrs. Fuller meinte, er habe sich stundenlang im Büro verschanzt und Termine abgesagt. Sie dachte, er hätte einfach nur viel zu tun – wegen der Doppelaufgabe mit den Finanzen und so – aber das war wohl eine Fehleinschätzung«, resümiert sie und ich nicke zustimmend.

»Meinst du, er hat das alles absichtlich gemacht?« Die

Frage bleibt mir fast im Halse stecken, aber darüber grübele ich schon eine Weile nach.

Nachdenklich stochert Erin in ihrem letzten Rest Reis herum. Mit einem tiefen Seufzer sieht sie zu mir. »Sunshine, wenn ich eins weiß, dann, dass Dad der Impulsive von den beiden war. Ich sag es nicht gerne, aber ich glaube, er hat das weder geplant, noch war er sich der Konsequenzen vollkommen bewusst. Ihm ist alles einfach durch die Finger geglitten.«

»Was mich wundert, ist, dass er eine Firma wie M & B Trading kontaktiert. Und woher die so viel Informationen über uns hatten«, stelle ich in den Raum und räume die Teller in die Küche. Erin folgt mit den Schüsseln und wir befüllen die Spülmaschine.

»Nach dem, was ich auf der Gala vor einer Woche gesehen habe, würde ich glatt behaupten, einer der widerlichen Banker hat geplaudert. Als ich diesen Lamar dabei beobachtet habe, wie er sich mit einigen dieser Typen unterhalten hat, war mir klar, dass die sich über zwei junge Hühner wie uns lustig machen werden. Sie halten uns sicher für unfähig und wittern leichte Beute – so wie M & B Trading.« Erin zuckt dabei mit den Schultern und kräuselt, wie so oft, die hübsche Nase.

»Vielleicht hast du recht. Damit verstoßen sie aber sicher gegen hunderte von Vorschriften, da sie doch die Daten ihrer Klienten schützen müssen. Ach, keine Ahnung. Vielleicht war es auch ein verprellter, wütender Kunde, der lauthals im Herrenclub über Dad und die Firma hergezogen hat. Du weißt doch, wie schnell die Gerüchteküche ist«, gebe ich zu bedenken, denn das erscheint mir wahrscheinlicher als der Vertragsbruch eines Bankers, dessen Reputation daran hängt. Erin nickt zustimmend.

»Einer der älteren Mitarbeiter hat mir gebeichtet, dass er von einigen Kunden erfahren hat, wie sauer sie auf Dad sind.

Wenn die das schon wissen, wird sich das schnell rumsprechen. Da müssen wir ein Auge drauf haben«, mahnt sie und stibitzt sich eine Traube aus dem Obstkorb, bevor wir wieder ins Wohnzimmer gehen.

»Mit Henry Miller haben wir einen starken Verbündeten. Wenn es uns mit seiner Unterstützung gelingt, unseren guten Ruf wieder herzustellen, Aufträge an Land zu ziehen, dann haben wir den Rettungsanker, den wir so lange gesucht haben«, überlege ich laut.

»Das wäre zudem die Gelegenheit, uns aus den Krallen von M & B Trading zu befreien«, bekräftigt Erin die Aussage und grinst mich an. »Dieser geleckte Rechtsverdreher Lamar ist mir letztens gefolgt, wusstest du das?« Erstaunt schüttele ich den Kopf.

»Gefolgt? Wie in einem dieser Agentenfilme?« Sie nickt eifrig.

»Aber da ich es bemerkt habe, konnte ich ihn im Harrods abschütteln. Sicher wollte er wissen, mit wem wir Kontakt aufnehmen und welche Banker wir aufsuchen. Aber da muss der Kerl schon früher aufstehen, um mich aufs Kreuz zu legen.«

Bewundernd schmunzele ich meine Schwester an. »Also: Wir haben einen Helfer auf unserer Seite, einen Plan und – uns!«

Erin grinst mich an. »O ja. Die Typen von M & B Trading können sich warm anziehen. Denen werden wir zeigen, dass man sich mit den Steels nicht anlegt!«

Ich bin am Arsch – sowas von am Arsch!

15

Tash

Im Studio pumpe ich wie ein Irrer, da mein Adrenalinpegel noch immer in meinen Adern wummert und ich etwas gegen den Dauerständer unternehmen muss, den mir Elona beschert hat.

Du hast es drauf angelegt, also worüber beschwerst du dich?

Seit gut einer Stunde reiße ich mein Powerworkout runter, schwitze wie ein Schwein und habe immer noch Kraft für drei – unfassbar!

Die Kleine hat mir mit ihren Küssen den Verstand geraubt und dabei habe ich sie kaum berührt. Nur ihr wunderhübsches Gesicht, mit der unglaublich zarten, seidigen Haut. Wie sie in meinen Armen wachsweich geworden ist, als ich sie küsste und sie dann auf diese sinnliche Weise den Kuss erwidert hat – o Mann, das war heißer als der letzte Fick, den ich hatte.

Wobei, diese Weiber küsse ich nicht. Wenn ich es recht bedenke, ist es seit damals nicht wieder vorgekommen und ich habe es noch nie vermisst – im Gegenteil.

Erstaunt, dass mir das bislang nicht aufgefallen ist, packe

ich die Langhantel, hebe sie hoch und stemme sie dann über meinen Kopf, während ich dabei in die Knie gehe und das fünfzehnmal wiederhole.

Keuchend greife ich nach dem Handtuch und wische mir den Schweiß aus dem Gesicht. Die Tatsache, dass ich Elona geküsst habe und es mit aller Macht wollte, erscheint seltsam unwirklich. Es war weder geplant, noch habe ich groß darüber nachgedacht, aber als sie mit diesem Wichser zusammengesessen hat, brannte bei mir die Sicherung durch. Und als sie dann auf dem Parkplatz vor mir stand, anmutig und herausfordernd, da übermannte mich das Gefühl unbändiger Sehnsucht. Ich habe es im ganzen Körper gespürt.

Seit Ewigkeiten war ich nicht mehr so fasziniert von einer Frau – nicht seit damals. Seit SIE mir auf einer Party vorgestellt wurde und mir gehörig den Kopf verdreht hatte. Ich wähnte mich auf Wolke sieben – bis sie beschloss, ihr wahres Wesen zu zeigen. Der giftige Stachel steckt immer noch in meinem Herzen und erinnert mich an die Dunkelheit, den gallenbitteren Schmerz und meine dämliche Naivität.

Rückblende

Klatschnass klebt das Hemd an mir, doch den eisigen Regen spüre ich nicht – betäubt vom Unfassbaren. Das schrille Wehklagen meiner Mutter höre ich bis hier draußen und durch das Rauschen des Regens hindurch – unerträglich. Die Tropfen laufen mir aus dem nassen Haar über das Gesicht und vermischen sich mit meinen Tränen; so sieht es niemand. Denn meine Schuld ist erdrückend.

Ein LKW hat auf der Autobahn überholt, sein Auto bei dem strömenden Regen im Dunkeln übersehen und drängte ihn von der Fahrbahn. Dad kam ins Schlingern, konnte den

Wagen nicht abfangen und stürzte einen steilen Hang hinab. Er überschlug sich mehrfach und krachte schließlich mit der Seite gegen einen Baumstamm, dessen gestutzter Ast sich in seinen Oberkörper gebohrt und ihn regelrecht aufgespießt hatte – er war sofort tot.

Die Feuerwehr konnte ihn erst mit schwerem Gerät und eine Stunde später aus dem alten Porsche, den er so liebte, herausschneiden. Er war auf dem Rückweg von einem Meeting und Mum wartete mit dem Abendessen auf ihn.

Alles lief wie in Watte gepackt an mir vorbei. Erstaunlich, dass trotz des Horrors der Geist in der Lage ist, rationale Entscheidungen treffen zu können. Als würde man den leidenden Teil von sich abtrennen und auf Funktionalität umschalten. Neben der Sorge um Mum, Blumenarrangements und Gästelisten standen unzählige Gespräche unserer Anwälte an, die mir erklärten, ich sei nun der Entscheidungsträger – für alles.

Funktionalität war das, was mich tagsüber aufrechthielt, wenn jemand etwas von mir wollte, mich mit Fragen löcherte und Entschlüsse von mir erwartete, die ich nicht treffen wollte.

Nachts fand ich keinen Schlaf, denn da suchten mich die Albträume heim und die verstörenden Bilder des zerschundenen, gebrochenen Körpers meines Vaters ließen mich schweißgebadet aufschrecken. Wie er um Hilfe rief – ohne Erfolg – es machte mich fertig!

Wir liebten beide schnelle Autos und er schickte mich zu einigen Sicherheitstrainings, an denen er selbst auch teilnahm. Doch das half ihm auch nicht in jener düsteren Nacht.

Mit einem Schlag hatte sich die Welt vollständig für mich gewandelt. Die unendliche Trauer meiner Mutter war nicht in Worte zu fassen und jedes Mal, wenn sie mich ansah, muss es ihr das Herz zerfetzt haben, denn ich sah meinem Vater sehr ähnlich. Sie sagte mir immer: Du hast die gleichen Augen und das umwerfende Montgomery-Lächeln deines Vaters, mein Junge. Mein persönlicher Fluch.

Keine Zeit zum Trauern, keine Zeit zum Verarbeiten – funktionieren um jeden Preis.

Meine Ex – damals noch Inhaberin meines Herzens – sah sich bereits als Mrs. Montgomery junior auf der Siegerstraße, ließ bei keiner Gelegenheit aus, dass sie die Frau an meiner Seite sei, und spielte sich vor anderen auf, als wäre sie schon jetzt im Besitz der Firma oder vielmehr unseres Vermögens. Wenn ich abends vollkommen erschöpft ins Bett fiel, einen emotionalen Moment hatte, keifte sie wie eine Furie, ich solle mich gefälligst wie ein richtiger Mann verhalten und nicht rumjammern, schließlich wäre ich jetzt Firmenchef und hätte mich auch wie einer zu benehmen. Verständnis und Trost suchte ich bei ihr vergeblich. Hier zeigte sie nach den drei Jahren, die wir zusammen waren, ihr wahres, hässliches und abstoßendes Gesicht.

All das nahm ich jedoch in meinem Schmerz nicht wirklich wahr. Vielleicht wollte ich es auch nicht wahrnehmen, um einer weiteren Bürde aus dem Weg zu gehen. Denn an meiner Schuld, die sich in der Trauer und der Verzweiflung ergoss, trug ich ohnehin schon schwer. Ihre Kaltschnäuzigkeit war erschreckend heilsam im Nachhinein betrachtet, denn solange sie da war, war für Trauer kein Platz.

Was ich nicht mitbekam, war, wie sie die Mitarbeiter herumkommandierte, in meinem Namen Anweisungen erteilte und sie für ihre Zwecke einspannte. Nicht zu vergessen, dass sie mit dem Fahrer meiner Mutter vögelte. Und mit einem der Security-Leute. Und mit einem der Sargträger – der fickte sie auf dem Leichenschmaus in der Garderobe meiner Mutter. Das weiß ich auch nur, weil Wade die beiden erwischt hatte, als er seinen Mantel suchte, da er sein Telefon in dessen Tasche vergessen hatte. Wäre es nicht die Beerdigung gewesen, ich hätte sie mit bloßen Händen erwürgt. Doch ich war völlig teilnahmslos, in Schockstarre, unfähig, für mich selbst Entscheidungen treffen zu können. Zum Glück hat Mum das Drama nicht mitbekommen und Wade und Ryan haben die Schlampe umgehend rausgeworfen, zusammen mit dem Sargträger.

Nachdem die Beerdigung halbwegs verdaut war, kamen mir die Gerüchte zu Ohren, sie habe schon länger herumgevögelt, und als wir sicher waren, mit welchen unserer Mitarbeiter sich die Bitch vergnügt hatte, setzte ich diese kurzerhand vor die Tür.

Sie war die erste Frau, für die ich wirklich was empfunden hatte. Ich hatte ihr so viel von mir gegeben, hatte ihr vertraut. Wie sehr ich mich hatte verarschen lassen.

FUCK!

Die klebrigen Gefühle meines Versagens und meiner Dummheit ziehen mich auf den kalten Boden der Realität zurück und ich blicke in den Spiegel in mein wutverzerrtes Gesicht. Zwölf Jahre und immer noch ist die Wunde nicht ganz verheilt. Immer noch juckt und beißt sie, wenn ich zu sehr daran rühre.

Elona Steel bringt mich nicht nur mit ihrer Firma in Schwierigkeiten. Nein, sie wühlt etwas auf, das ich begraben hatte, weggesperrt und ausgemerzt glaubte.

Vertraue niemals einer Frau – sie wollen alle nur deine Kohle.

Eine bittere Erfahrung, die mich so manches Mal vor einer Katastrophe bewahrt hat, denn es gibt reichlich geldgeile Weiber da draußen, die dir das Blaue vom Himmel versprechen, dir im Bett die Pornoqueen geben und dich danach aussaugen, bis du nicht mehr existierst. Keine davon will wirklich DICH als Mensch, nur das verfluchte Geld.

Warum fühle ich mich dann so von Elona angezogen?

Gerade sie hätte hundert Gründe, sich mir an den Hals zu werfen, um ihre Geldnöte zu lösen. Aber so fühlte es sich nicht an. Ihr Widerstand gilt meiner Firma, allem dem, wofür sie steht, und damit auch dem Geld, denn damit will ich ihr die Existenz nehmen. Das weiß sie und dagegen wehrt sie sich mit allem, was sie hat. Das ist neu.

Als wir uns geküsst haben – ich hab mir das nicht eingebildet – war dieselbe Sehnsucht in ihren Augen, die mich dazu verleitet hat, sie zu küssen. Es war anders – sie ist anders. So viel steht zwischen uns, und doch hat sie sich auf ein Abendessen mit mir eingelassen.

Sei wachsam, Tash. Deine Schwäche kann sie gegen dich verwenden. Sei auf der Hut!

Verwirrt fahre ich mir mit der Hand durchs Haar. Der Zwiespalt ist unangenehm, vergiftet die warmen, nein, glühenden Gefühle für Elona und mahnt mich, meine Deckung niemals fallen zu lassen. Nicht für Elona, für niemanden!

Damit rauscht mein Hochgefühl in den dunklen Keller meiner Frustration und ich stapfe angefressen zu den Umkleiden.

Unter der Dusche hole ich mir einen runter – scheiße, ist das erbärmlich. Der einzige Lichtblick dabei ist der Gedanke an Elona, wie sich ihre weichen, vollen Lippen um meinen harten Schwanz schließen. Wie sie mich auf ihren Knien dabei ansieht, während ich ihren Mund ficke …

»Du hast uns ja schön reingeritten«, mault Wade, als er in mein Büro stürmt. »Wusstest du, dass die Steels mit Miller im Geschäft sind?«

»Ja, weiß ich.«

»Und du hältst es nicht für nötig, mit uns darüber zu sprechen?«, grollt er und lässt sich in den Sessel vor meinem Schreibtisch fallen.

»Ich hab es gerade erst erfahren, aber da war es schon zu spät. Wir müssen uns eben was einfallen lassen.«

Er fixiert mich mit seinem Blick, als wolle er hinter meine Stirn blicken. »Tash Montgomery, was zum Teufel ist in letzter Zeit nur los mit dir?«

Schulterzuckend starre ich ihn an. Ihm werde ich sicher nicht mein Dilemma mit Elona beichten.

»Wir haben eine stattliche Summe an Strafzinsen geblecht, weil DU den Wohltäter spielen musstest. Übrigens ist das unser Geld, falls du das vergessen haben solltest«, knurrt er mich angriffslustig an.

»Ich glaube, mich daran zu erinnern, dass MEIN Name auf dem Firmenlogo steht. Und nur fürs Protokoll: Du bekommst einen ziemlich üppigen Scheck jeden Monat plus Bonus für jedes Geschäft, was wir erfolgreich abschließen. Also was willst du von mir, Wade?« Es ist unfair, ihn derart an den Eiern zu packen, aber auf seine Spielchen habe ich aktuell keine Lust.

»Du arroganter Penner«, blafft er mich an und ich richte mich in meinem Sessel auf und hebe warnend die Augenbraue. »Ich rette dir seit Jahren den Arsch, wenn du mal wieder den Hals nicht vollkriegen kannst. Und jetzt kommst du mir so?«

»Wenn es sein muss – du kümmerst dich um die Vertragssache, hältst uns den Rücken frei, wir sorgen für den dicken Scheck, schon vergessen?«

»Mag sein, ich bin aber auch verpflichtet, euch den Arsch aufzureißen, falls ihr in die falsche Richtung rennt. Und du, mein Freund, hast dich so was von verlaufen!« Seine Stimme ist laut geworden und er hockt auf dem Sessel wie ein angeschossenes Raubtier, bereit, seinen Angreifer in Stücke zu reißen, falls er ihm zu nahe kommen sollte – in dem Fall mich.

»Firmenpolitik fällt nicht in deinen Bereich. Also komm wieder runter«, herrsche ich ihn an, doch damit gibt er sich nicht zufrieden.

»Wenn du als Chef gegen deine eigenen Statuten und den Gegenstand der Firma agierst, ja, sogar die Existenz der Firma aufs Spiel setzt, muss ich einschreiten – zum Wohle aller«, antwortet er kühl und damit trifft er einen maßgeblichen Punkt. Das haben wir tatsächlich seinerzeit in unseren Gesellschaftervertrag aufgenommen, als gegenseitige Absicherung sozusagen. Jetzt wird mir genau das zur

Stolperfalle.

Dass wir diese Diskussion führen würden, stand außer Frage, aber dass er mir droht, zeigt mir, wie sehr ich mich aus dem Fenster gelehnt habe, und es geht mir gehörig gegen den Strich.

»Wag es ja nicht, mir zu drohen«, warne ich ihn leise, denn wenn er wirklich diesen Schritt macht, muss auch ich drastische Maßnahmen ergreifen.

Unser Konstrukt ist so konzipiert, dass wir uns gegenseitig kontrollieren, um zu verhindern, dass einer von uns die anderen ausbooten kann. Nicht, dass es einer von uns je vorhätte, aber wir arbeiten mit viel Geld und haben Firmen wegen solcher internen Querelen den Bach runtergehen sehen. Das wollten wir um jeden Preis unterbinden. Mein weicher Kurs ist für die Jungs unnatürlich und sie machen sich Sorgen – um die Firma, aber in erster Linie um mich.

Trotzdem könnte ich diese Fußfessel gerade zum Mond

wünschen, denn sie behindert meinen Plan, in Sachen Steel eine elegante Lösung zu finden.

»Du verhältst dich völlig atypisch. Ryan ist schwer angepisst und …«

»Den Vortrag hat er mir schon gehalten – also danke«, würge ich seine Predigt ab und er schnaubt empört auf.

»Als dein Anwalt und Freund rate ich dir, krieg es in den Griff, was immer das ist. Und wenn es mit dem Steel Mädchen zu tun hat …« Seine türkisen, wachsamen Augen funkeln auf, »dann lass sie nicht an dich ran. Fick sie von mir aus, aber lass nicht zu, dass du ihretwegen die Firma ruinierst.« Er belauert meine Reaktion, doch die Genugtuung verwehre ich ihm.

»Bist du fertig?« Stumm starren wir uns an, bevor er kurz nickt. »Kam schon eine Reaktion auf das Angebot?«, lenke ich ihn von mir ab.

»Nein, nur eine Bestätigung, dass sie es erhalten haben. Soll ich nachhaken?«, bietet er versöhnlich an, aber ich schüttele den Kopf.

»Ich kümmere mich drum«, teile ich ihm mit, was seine Laune ein wenig hebt.

»Du weißt, dass ich dir den Arsch aufreißen muss?« In seiner Stimme schwingt der typische Lamar-Unterton mit, der vor Überheblichkeit nur so trieft.

»Ja, Mann, weiß ich.«

Aus schmalen, wachsamen Augen mustert er mich und scheint zufrieden mit dem Ergebnis, denn er steht auf und ich erhebe mich ebenfalls zur obligatorischen Männerumarmung.

»Lass uns heute einen draufmachen. Es wird Zeit, dass du auf andere Gedanken kommst. In der neuen Bar, die ich entdeckt habe, gibt es …«

»Sorry, geht nicht, ich hab ein Geschäftsessen«, wiegele ich ab und er sieht mich verblüfft an.

Dünnes Eis, Tash, ganz dünnes Eis!

»Mit wem?« *Mist!*

»Neuer Klient«, antworte ich unverbindlich und sofort wecke ich damit sein Interesse.

»Ah ja? Soll ich ihn durchleuchten? Geht Ryan mit?« *Mist! Mist! Mist!*

»NEIN, Ryan geht nicht mit. Ist nur ein erstes Vorfühlen. Nichts Wildes.«

Wieder mustert er mich eindringlich und ich befürchte schon, dass ich mir irgendwas aus den Fingern saugen muss, was mich in Schwierigkeiten bringen könnte, doch er zuckt mit den Achseln und wünscht mir viel Erfolg, bevor er sich verdrückt.

Das war knapp!

Nach dem Anschiss von Wade verbarrikadiere ich mich hinter zwei neuen Projekten und finde eine E-Mail von dem Schweizer Makler, und sofort hebt sich meine miese Laune. Aber zwischendurch wandern meine Gedanken immer wieder zu Elona und unserem heutigen Abend.

Es ist lange her, dass ich mit einer Frau ausgegangen bin, an der ich ein ernsthaftes Interesse habe und mit der ich nicht nur eine Nacht verbringen wollte.

Ob ich ihr Blumen mitbringen soll?

Übertreib es nicht, schließlich ist sie ein Geschäftskontakt.

Blödsinn, darüber seid ihr längst hinaus.

Um genau zu sein: Seit du ihr die Zunge in den Hals gesteckt hast.

Blumen würden ihr gefallen.

Du machst dich zum kompletten Idioten – du willst immer noch ihre Firma.

Aber noch weitaus mehr willst du SIE!

Gott verdammt noch mal!

Mit einem Blick auf die Uhr stelle ich fest, dass ich mich

sputen muss, um nicht zu spät zu kommen. Ich rausche aus dem Büro, um mich frischzumachen.

Und um Blumen zu besorgen – *ich bin am Arsch!*

16

Elona

Wie haben lange über das Angebot diskutiert. Die Last der Vorteile wiegt schwer, aber unser Herz hängt mindestens genauso schwer auf der anderen Seite der Waage an dem Vermächtnis von Mum und Dad. Sir Malcom hat alles gründlich unter die Lupe genommen und stellte erstaunt fest, dass es keine Fallstricke, versteckten Klauseln oder ähnliche Gemeinheiten enthielt, wovon er pauschal ausging.

Da wir nun mit dem Miller-Auftrag und seiner Unterstützung Zeit und Luft bekommen haben, einigten Erin, Sir Malcom und ich uns darauf, abzuwarten, bis M & B Trading sich bei uns melden. Nicht sehr elegant, aber zweckmäßig. Zwar hat Tash mich mit Henry Miller gesehen und wird vermuten, dass es Gespräche gibt, aber er weiß nicht, dass wir uns bereits geeinigt haben und Miller uns unterstützt. Diesen Trumpf wollen wir bis zum Schluss aufbewahren.

Zugegebenermaßen kommt es mir ein wenig wie ein Verrat vor, nach unserem intimen Stelldichein gestern, aber ich muss in erster Linie an die Firma denken. Und wenn ich daran denke, was Erin mit mir macht, wenn rauskommt, dass ich mit Tash Montgomery ausgehe, schnürt es mir die Kehle zu. Nur gegen die aufwallenden Gefühle und die verwirrende Sehnsucht, ihn endlich wiederzusehen – vielleicht wieder zu küssen – komme ich nicht an. Sie sind stärker als das schlechte Gewissen. Eine bittersüße Zwickmühle, die mich von einem Extrem ins andere schmeißt. Ich täte nichts lieber, als mich von den Fesseln der Loyalität meiner Familie und Firma gegenüber zu befreien und in die Arme des Mannes zu flüchten, der uns vernichten will.

Was für eine groteske Situation!

Die rationale Seite von mir schnarrt mit hohler Stimme ihre Warnungen heraus und erinnert mich einmal mehr daran, auf welch gefährliches Terrain ich mich begebe. Ich hintergehe meine Familie – ganz bewusst.

Doch die andere Seite, die emotionale Seite, zwitschert mir lieblich die zuckersüße Verführung ins Herz, die sich klammheimlich ausbreitet, mich mit aller Macht zu Tash Montgomery zieht, ohne dass ich dem etwas entgegensetzen kann – nein, will.

Ich könnte absagen. Warum auch nicht? Immerhin will er unsere Firma zerstören. Aber diese Anziehung zwischen uns – das ist echt. In seinen Augen sah ich gestern so viel Leidenschaft und Sehnsucht, als würde er danach genauso hungern wie ich.

Kann man jemanden so innig küssen, dass demjenigen die Sinne schwinden, ohne jegliches Gefühl?

Daran will ich lieber nicht denken, denn dafür war es viel zu atemberaubend, zu intensiv und zu intim. Ja, es war intim.

Sowas kann man nicht vortäuschen, oder?

All das geht mir durch den Kopf, als ich in meinem Ankleidezimmer die engere Auswahl an Outfits begutachte, die allesamt bei näherer Betrachtung durchfallen. Zu bieder, zu schlicht, zu aufreizend, zu …

Arrrrrgh … das gibt es doch nicht!

Aufgebracht hänge ich die Ensembles zurück und suche weiter. Erin denkt, ich gehe mit einer ehemaligen Studienfreundin aus und ich hoffe inständig, dass uns niemand zusammen sieht. Und wenn doch?

Nicht ausflippen, Elona, nicht ausflippen!

Eine Viertelstunde später stehe ich erneut vor einer Zusammenstellung, die ebenso wenig meinem kritischen Blick standhält, und ich könnte mir die Haare raufen, wären sie nicht schon frisiert, da nichts gut genug scheint. Wie lächerlich – es ist nur ein Kerl, der mich zum Essen eingeladen hat.

Sicher Schätzchen, red dir das schön ein.

Es ist der umwerfend gutaussehende, sexy Kerl, der dich mit seinen unglaublichen Küssen in ein winselndes Häuflein Weib verwandelt hat, das nichts anderes will, als dass sich dieser Typ über dich hermacht.

Mit viel zu lebhaften Bildern im Kopf wühle ich in den Tiefen meiner Schränke nach etwas Passendem zum Anziehen und würde am liebsten Erin anrufen, da sie in solchen Situationen immer weiß, was den Jungs den Kopf verdreht. Aber das geht natürlich nicht.

Da musst du jetzt selbst durch …

Schlussendlich schlüpfe ich in ein schwarzes, asymmetrisch geschnittenes Kleid, dessen Rock auf der einen Seite wadenlang und diagonal zum anderen Bein hoch verläuft und aus unterschiedlichen Stoffen wie Spitzeneinsätzen, Seide und Samt eine außergewöhnliche Kombination aus Eleganz und Fashion bietet. Oben ist es hauteng und hat einen langen Arm aus derselben Spitze wie dem Rock und die andere Seite ist schulterfrei. Dazu habe ich kniehohe schwarze Stiefel an, deren hoher Blockabsatz den Reitstiefelcharakter aufhebt. Erin würde mich schräg ansehen, da sie solche Mode als zu ausgeflippt erachtet, ich hingegen mag Kleidung, die nicht jeder trägt.

Ich habe nur etwas Augen-Make-up aufgelegt und sonst nichts, da ich die schrille Kriegsbemalung mancher Frauen nicht nachvollziehen kann und ich mich mit Farbe im Gesicht äußerst unwohl fühle. Als ich mich im Spiegel betrachte, schleicht sich die Frage in meinen Kopf, ob Tash mich hübsch findet.

Du kannst eh nichts mehr ändern – es ist Zeit, zu fahren.

Seufzend schlüpfe ich in den Mantel und nehme die rote Birkin Bag, meine Handschuhe und fahre zum Restaurant.

Abendessen

Die paar Meter zum Restaurant in der frischen Abendluft kühlen mein erhitztes Gesicht etwas ab. Noch nie war ich so aufgeregt vor einem Geschäftsessen – falsch, einem Date. Es ist kein Geschäftsessen, das hattest du mit Henry Miller. Das hier fühlt sich wie ein Date an.

O mein Gott!

Vor dem Restaurant, einem edlen Thailänder, bleibe ich kurz stehen. Ich spüre, wie die Anspannung in mir hochperlt und ich am liebsten hysterisch kichern würde. Einen tiefen Atemzug später trete ich erhobenen Hauptes ein und werde von der netten Empfangsdame an den Tisch gebracht.

Tash fängt meinen Blick vom anderen Ende des Restaurants auf, wie ein unsichtbares Band, das mich zu ihm zieht. Kurz bevor ich ihn erreiche, steht er auf und mir stockt der Atem, denn er sieht verboten gut aus. Das dunkle, taillierte Sakko unterstreicht seine Statur und die breiten Schultern. Die schwarze, etwas verwaschene Jeans sitzt – uhhhhh – lässig auf den schmalen Hüften und betont seine langen Beine. Er strahlt eine natürliche Autorität aus, seine fließenden Bewegungen verheißen Sicherheit und heben die Geschmeidigkeit seines Körpers in den Vordergrund.

All das registriere ich in Bruchteilen von Sekunden, denn schon stehe ich vor ihm. Sein Blick scheint im gedimmten Licht der modernen Lampen zu glühen und mein Körper reagiert sofort darauf. Meine Wagen werden warm und mein Herzschlag beschleunigt sich, und ich kann ihn nur anstarren – fasziniert von diesem jetzt so anders wirkenden Mann, der mir den Atem raubt.

»Guten Abend, Elona«, begrüßt er mich und seine Stimme klingt warm und gleichzeitig kratzig wie ein guter Scotch, was mir einen Schauer über den Rücken rieseln lässt.

»Guten Abend«, bringe ich stockend heraus und er hilft mir aus dem Mantel, um ihn der Bedienung weiterzureichen. Dann tritt er ganz nah an mich heran und ich verliere mich einen köstlichen Augenblick in dem herb zitronigen Duft seines Parfums und schließe die Augen.

Sein leises Lachen reißt mich aus dem Moment und auf seinem Gesicht liegt ein viel zu sexy Lächeln, das mir weiche Knie beschert. Wie aus dem Nichts zaubert er einen kleinen, aber wunderschön zusammengestellten Strauß Blumen hervor, der in Lilatönen und Veilchenblau traumhaft ausschaut. Die letzten Blumen bekam ich auf dem Abschlussball und das macht seine Geste umso bedeutungsschwerer. Erstaunt nehme ich ihn an und schnuppere an den zarten Blüten. Als ich zu ihm aufblicke, ruht sein warmer Blick auf mir und ich merke, wie mein Mund bei seinem Anblick ganz trocken wird.

Er hat dir Blumen mitgebracht!

Dann beugt er sich zu mir runter und raunt mir ins Ohr: »Auch wenn ich jetzt gerne da weiter machen würde, wo wir auf dem Parkplatz aufgehört haben, sollten wir uns besser setzen, um nicht noch mehr Aufsehen zu erregen, was meinst du?« Blinzelnd sehe ich an ihm vorbei und stelle erschrocken fest, dass uns tatsächlich einige Gäste neugierig angaffen und peinlich berührt nehme ich schnell Platz.

Sofort als sich Tash ebenfalls hingesetzt hat, steht unser Kellner bereit und bringt uns Wasser sowie die Karte. Ich bin viel zu aufgewühlt, als dass ich entscheiden könnte, was ich essen will, und starre auf die Auswahl, ohne sie wirklich zu lesen. Tash scheint meine Unsicherheit zu spüren, denn er legt mir die Hand auf meine und ich sehe ihn an.

»Geht es dir gut? Du wirkst irgendwie – abwesend«, stellt er fest und ich bemühe mich, die Nervosität herunterzuschlucken.

»Ja, es ist nur – es war ein langer Tag. Kannst du was empfehlen?«

Ein wissendes Lächeln huscht über sein ebenmäßiges Gesicht mit den hohen Wangenknochen und der ausgeprägten Kinnlinie. »Wenn du magst, können wir uns das Menü teilen, da ist von allem etwas dabei«, schlägt er vor und ich nicke erleichtert, dass mir so die Qual der Wahl abgenommen wird. Nachdem Tash für uns bestellt hat, wendet er seine ganze Aufmerksamkeit mir zu und ich fühle mich auf verstörende Art in den Mittelpunkt gerückt.

»Also, du willst mir das Angebot erklären?« Diese wenig einladende Äußerung schießt so schnell aus meinem Mund, bevor ich Zeit habe, darüber nachzudenken, wie abweisend sie klingt, und ich schlage mir innerlich die Hand vor die Stirn – typisch Elona!

Ihm scheint es nichts auszumachen, denn er mustert mich aufmerksam und nickt dann ernst.

»Ja, denn ich möchte – es ist kompliziert«, setzt er an, findet aber nicht die richtigen Worte und hält inne.

Das gibt mir ein wenig Sicherheit zurück und ich beobachte ihn, wie sich sein Kiefermuskel anspannt und wieder lockert, sich seine Augenbrauen zusammenziehen und entspannen. Er ist nervös!

Wow …

»Ehrlich gesagt war das eine spontane Aktion. Ich musste mir einiges von meinen Kollegen anhören. Normalerweise gibt es kein Entgegenkommen unsererseits – also, es ist eher so, dass wir unsere Interessen durchsetzen und das ohne Rücksicht auf Verluste.« Bei seinen Worten zieht sich meine Brust zusammen, doch ich wusste es von Anfang an, dass sie Aasgeier sind, diejenigen, die andere ausbluten lassen.

Was hast du denn erwartet? Dass er zurückrudert und einen Rückzieher macht? Du bist so naiv, Elona!

Er hat mich keine Sekunde aus den Augen gelassen, während er zu seiner Erklärung anhob, so als wolle er sich vergewissern, dass ich nicht schreiend aus dem Restaurant flüchte.

»Und was hat dich dazu bewogen, gegen diesen Grundsatz zu verstoßen?«, frage ich.

»Du!«

Fast spucke ich den Bissen, den ich mir gerade in den Mund geschoben habe, über den Tisch und gaffe ihn entgeistert an.

»Du und eure unerschütterliche Loyalität zu der Firma euerer Familie. Als deine Schwester von sozialer Verantwortung und Wertschöpfung sprach, gab mir das zu denken.«

»Aber das macht doch einen Unternehmer aus. Die Sorge um den Fortbestand der Firma, der Sicherung seines Knowhows und den Mitarbeitern, die es pflegen und weiterentwickeln«, werfe ich ein und einen kurzen Moment flackert in seinem Blick etwas wie Reue auf.

»Grundsätzlich hast du recht. Allerdings sind nicht alle Firmen auf diesen Werten aufgebaut.« Jetzt liegt etwas Unnachgiebiges in seiner Stimme, die mir einen Ausblick auf den eiskalten Geschäftsmann Tash Montgomery gibt, der rücksichtslos seine Ziele verfolgt, egal welche Schneise der Verwüstung er hinter sich herzieht. »Profit und Macht sind ebenso Unternehmensziele, doch sie basieren auf völlig anderen Werten. Mit diesen Zielen und den daraus erwachsenen Mitteln erkauft man sich die Freiheit, unabhängig zu sein.« Ein harter Zug hat sich um seinen Mund gelegt und lässt ihn distanziert und überheblich wirken, ganz so, wie ich ihn seinerzeit kennengelernt habe.

»Mag sein, doch zu welchem Preis?« Die Frage brennt mir schon seit der Einladung zum Essen unter den Nägeln.

Wie kann er mit dem Wissen leben, Existenzen zerstört zu haben?

Die sturmgrauen Augen funkeln angriffslustig auf, als hätte ich einen wunden Punkt getroffen. »Es ist nicht unsere Schuld, wenn Firmen scheitern. Das geschieht lange, bevor wir ins Spiel kommen. Wir räumen nur den Dreck weg.« Die Aussage trifft mich wie ein Schlag ins Gesicht. Natürlich sind sie keine barmherzigen Samariter. Aber zwischen skrupellos und barmherzig finden sich feine Nuancen von Mitgefühl, Verständnis und zweiten Chancen – zumindest in meiner Welt.

»Nicht alle Firmen geraten selbstverschuldet ins Trudeln. Und anstatt etwas zu zerstören, kann man es neu ausrichten. Dem Vogel den gebrochenen Flügel richten, damit er weiterfliegen kann. Warum etwas vernichten, wenn es so viel gibt, was erhaltenswert ist?« Bei meinen Worten beben seine Nasenflügel ein wenig. Er ist sauer.

Für einen bedeutungsschweren Moment starrt er mich mit durchdringendem Blick an, dann schließt er die Augen. Als er sie wieder öffnet, glimmt ein Feuer darin, das erahnen lässt, wie viel mehr hinter der unnahbaren Fassade des Geschäftsmannes steckt, der mir auf der Gala und vor allem gestern mit seiner Leidenschaft gezeigt hat, dass er nicht kalt wie ein Stein ist.

»Nicht nur du hast die Bürde der Familientradition auf den Schultern. In manche Dinge wird man reingeworfen, ohne dass man Nein sagen kann und bevor du dich versiehst, führst du ein Leben, das du so nicht geplant hast.« Die Bitterkeit seiner Worte brennt mir die Erkenntnis in den Verstand: Fassade.

Ist es möglich, dass sich unter all der Autorität, der Macht und dem Geld ein weicher Kern verbirgt?

Fasziniert von der Option betrachte ich den Mann vor mir mit anderen Augen. Mir fallen die feinen Linien auf seiner Stirn und um die Augen herum auf, die von Sorgen und Anstrengung zeugen. Der harsche Zug um den Mund, aus dem Wut und Schmerz sprechen. Die angespannte, fast schon aggressive Haltung, mit der er den Raum einnimmt und jedem signalisiert, dass ER das Alphatier hier ist, überspielt die aufflackernde Unsicherheit, sobald er sich unbeobachtet fühlt.

Zaghaft strecke ich die Hand über den Tisch aus und unsere Fingerspitzen berühren sich. Sein Blick schießt zu unseren Händen und mit einem tiefen Seufzer nimmt er meine Hand in seine. Warm, fest und stark.

»Wir werden zwar in einige Situation katapultiert, die wir so nicht wollen, aber wir haben auch die Entscheidung, was wir daraus machen«, antworte ich leise und er hebt den Blick, sieht mich an und die Wehmut darin trifft mich mitten ins Herz.

»Nur manche Entscheidungen sind unumgänglich und überlebenswichtig. Ohne sie geht alles vor die Hunde. Auch wenn sie bedeuten, dass man sich selbst zurückstellt.«

Darauf weiß ich nichts zu antworten und grübele über seine Worte nach. Unser Schweigen hängt wie ein zähflüssiges Gebilde zwischen uns, das jeden in seine eigene Gedankenwelt zieht und die anfängliche Nähe zerreißt. Unsicherheit spült in mir hoch und ich habe das Gefühl, fehl am Platz zu sein.

Die Vehemenz, mit der Tash auf die Unumstößlichkeit von Entscheidungen pocht, ist erschreckend und beweist, wie sehr er in der eigenen Vergangenheit feststeckt. Jemand, der so viel Macht und Einfluss hat, gibt beides nicht so einfach auf. Auch wenn es die eigene Seele auffrisst.

Dieser Abend ist in jeder Hinsicht kein klassisches Date – schon allein wegen der Ausgangslage, dass er darauf aus ist, mir unser Unternehmen abzuluchsen, und ich mit allen Mitteln versuchen werde, genau das zu verhindern. Und doch kommen wir uns näher …

Jetzt zeigt er unfreiwillig eine weiche Seite von sich und ich bin mir nicht sicher, ob er damit versucht, mich aufs Glatteis zu führen oder ob er es aus einem anderen Grund tut.

Verstohlen beobachte ich ihn, wie er ins Essen vertieft seinen Gedanken nachhängt. Einige widerspenstige Haarsträhnen seines pechschwarzen Haares sind ihm in die Stirn gefallen und auf seinem Gesicht liegt ein angespannter Zug, den ich gerne wegküssen will – *WHAT???*

Als hätte er meine Gedanken gelesen, hebt er den Blick und fixiert meinen Mund, und ohne es kontrollieren zu können, ziehe ich die Unterlippe zwischen die Zähne und lecke mit der Zunge darüber. Sein Mund öffnet sich und sofort schießen mir die Erinnerungen unseres Kusses in den Sinn. Leidenschaft, Intensität, Verlangen.

»Entschuldige mich bitte«, hauche ich aufgewühlt und rausche auf die Damentoilette, bevor er sich erheben kann.

Ungestüm dränge ich mich an einer Dame vorbei und schließe mich in der Kabine ein; dankbar für den Moment des Alleinseins. Ohne es zu wollen, hat mir Tash eben eine Seite von sich gezeigt, die ihm selbst nicht geheuer scheint, und ich hadere mit mir, ob ich ihn darauf ansprechen soll. Dieser

Mann ist vielschichtig und trägt etwas mit sich, das ihn zu einem berechnenden und skrupellosen Firmenboss gemacht hat.

Kann so jemand über seinen Schatten springen?

Die Idee ist aberwitzig, doch ich bleibe an ihr hängen und aus der Idee formt sich der Wunsch, dass er es könnte. In unserem intimen Kuss-Moment schien alles möglich. Er war so nah – nicht nur körperlich, sondern ich fühlte seine Sehnsucht nach Nähe, nach Verbundenheit.

Elona, sei nicht kindisch. Er ist ein ausgebuffter Geschäftsmann, dem jedes Mittel recht ist, an sein Ziel zu kommen, das hat er dir eben selbst gesagt.

Doch ein leiser Zweifel nistet sich in meinem Herzen ein.

Was, wenn es nicht so ist?

17

Tash

Alles in mir schreit nach ihr. Alles in mir brüllt das Verlangen heraus, das sich aufgestaut hat, seit wir uns gestern auf dem Parkplatz getrennt haben. Als sie auf mich zukam, wurde mir bewusst, wie tief ich in der Klemme steckte!

Wow, sie sah bezaubernd aus.

Sie strahlte eine natürliche Schönheit aus, die jedem Kerl im Raum sofort auffiel und am liebsten hätte ich mir auf die Brust getrommelt wie ein liebestolles Gorillamännchen, um allen Wichsern zu zeigen, dass dieses sinnliche Geschöpf mit MIR zusammen hier war.

Primitives, archaisches Stammhirngehabe!

Ihre samtweiche, sonnengeküsste Haut schimmerte golden im Licht und ihre veilchenblauen Augen wirkten dunkel, verheißungsvoll und mystisch, als sie auf mich zukam. Zu mir!

Mit den Blumen entlockte ich ihr eine Reaktion – Erstaunen, Freude und Entzücken.

Dieser Teil des Abends lief gut. Dann allerdings erwischte sie einen wunden Punkt und die Stimmung kippte – ich konnte es nicht verhindern. Die Dämonen der Vergangenheit, meine eigene Schwäche, die Versagensängste, all das polterte in unseren Abend hinein und nun ist sie auf der Damentoilette verschwunden und ich hocke hier wie der letzte Vollidiot, weil ich zu dämlich war, mich im Griff zu halten.

»Tash, welch eine schöne Überraschung!« Die rauchige Stimme von Cecilia Daubeny holt mich ins Hier und Jetzt zurück und ich blinzele sie irritiert an.

»Hi, Cecilia«, bringe ich zustande und hoffe, dass sie sich schnell wieder verzieht.

»Du hast mich versetzt«, schmollt sie und schlägt unterwürfig, aber mit frechem Grinsen auf den rotgeschminkten Lippen den Blick nieder, was sexy wirken soll, mich allerdings anwidert.

»Ich hatte zu tun. Sorry. Aber ich bin sicher, du hast Ersatz gefunden«, rede ich mich raus und zwinge mich zu einem höflichen Lächeln. Sie legt den Kopf schief und mustert mich neugierig.

»Mit wem bist du denn heute hier? Muss ich eifersüchtig sein?«, fragt sie und klimpert mit den falschen Wimpern.

Furchtbar!

»Geschäftskontakt. War schön, dich zu sehen«, versuche ich sie loszuwerden, erfolglos, denn sie beugt sich mit dem hauchdünnen, viel zu freizügigen Kleidchen zu mir und legt die Hand auf meine Brust.

»Ich schulde dir noch den Blowjob, den ich dir auf der Gala versprochen habe. Und glaub mir: Du wirst es lieben, wie tief ich deinen legendären Schwanz schlucken werde«, gurrt sie mir ins Ohr und ich verziehe angeekelt das Gesicht, als mir ihr schweres, süßes Parfum in die Nase sticht. Bevor ich es schaffe, sie anzufahren, mich gefälligst in Ruhe zu lassen, presst sie ihre Lippen auf meine Wange, da ich rechtzeitig den Kopf wegdrehen kann, und fährt mit der Hand zwischen meine Beine, um meinen Schwanz zu packen.

Das erschrockene Keuchen hinter mir lässt mich zu Eis gefrieren – Elona.

FUCK!

Erstaunt blickt Cecilia auf und ein koboldartiges Grinsen macht sich auf ihrem Gesicht breit.

»Oh, wen haben wir denn da? Wenn das nicht die Kleine von der Gala ist«, säuselt sie, ohne die Hand von meinem Schritt zu nehmen. Ich packe ihre Hand, reiße sie von mir los und gebe ihr einen Schubs, sodass sie quietschend nach hinten taumelt, und fahre zu Elona herum. Die steht mit versteinerter Miene da, in ihrem Blick liegen Enttäuschung, Wut und Ungläubigkeit sowie eine vernichtende Portion Ekel. »Elona, es ist nicht …«

»Ich werde wohl besser gehen«, murmelt Elona leise, dreht sich auf dem Absatz herum und stürmt aus dem Restaurant.

Gottverdammt!

Kichernd blickt Cecilia ihr hinterher und fixiert mich erneut. »Da die kleine Spaßbremse endlich weg ist, können wir Erwachsenen endlich spielen, was meinst du?«, raunt sie mir zu, doch ich stoße sie fluchend bei Seite, schnappe mir Elonas Handtasche, die Blumen und haste hinter ihr her. Der aufgebrachte Kellner erhält meine Visitenkarte, und ich blaffe ihn an, der soll mir die Rechnung schicken, bevor ich mit Elonas und meinem Mantel im Arm aus dem Restaurant stürze.

Es ist eisigkalt geworden und ich suche die Straßen nach ihr ab, doch ich kann sie nirgends entdecken.

Das darf alles nicht wahr sein!

Stinksauer auf Cecilia und ihre Grabschattacke laufe ich die Straße runter, ohne Erfolg. Dann drehe ich fluchend um und renne in die entgegengesetzte Richtung. Mein Atem verwandelt sich in weiße Wölkchen, so kalt ist es, und ich will mir nicht vorstellen, wie sehr Elona in ihrem Kleid ohne Mantel jetzt frieren muss. Sie ist einfach, ohne darüber nachzudenken, rausgerannt.

Wo steckst du nur?

Parkhaus – vielleicht ist sie ins Parkhaus gelaufen. Schnell überquere ich die Straße und laufe die Rampe runter und rufe ihren Namen, erhalte jedoch keine Antwort. Natürlich nicht.

Sie will dich bestimmt nicht sehen, Arschloch!

Ich suche das gesamte Parkhaus ab, laufe durch jede Etage, ohne sie zu finden. Langsam steigt Panik in mir hoch – wenn ihr was zugestoßen ist?

Daran will ich gar nicht denken und so renne ich zurück auf die Straße und blicke mich gehetzt um. Leute laufen lachend an mir vorbei, andere gehen in Gedanken vertieft, ohne aufzublicken, durch die Menge. Meine Hoffnung ist, dass sie sich ein Taxi genommen hat und nach Hause gefahren ist. Anrufen kann ich sie auch nicht, da ich ihre Handtasche habe.

So eine Scheiße!

Aufgebracht und zornig stapfe ich mit wachsamem Blick zurück zum Restaurant. Und da steht sie.

Mir rutscht das Herz in die Hose vor Erleichterung, dass sie unversehrt ist und gleichzeitig weiß ich nicht, wie sie auf mich reagieren wird. Die Aktion von Cecilia war eine Riesenkatastrophe und ich verfluche sie und ihre Dreistigkeit, aber es ändert nichts an der Tatsache, dass Elona alles gesehen hat und zu Recht verletzt ist. Ohne den Verkehr zu beachten, laufe ich über die Straße, nehme das wütende Hupkonzert der Autofahrer, denen ich vor den Kühlergrill renne, in Kauf, nur auf Elona fixiert, die fröstelnd vor dem Restaurant steht.

»Es tut mir leid!«, spreche ich sie an und dabei fährt sie erschrocken zu mir herum. Sobald sie mich erkennt, toben auf ihrer Miene die Enttäuschung und der Frust, den Cecilia ihr mit ihrem Auftritt bereitet hat.

»Gib mir einfach meine Tasche und dann sind wir hier fertig«, giftet sie mich an und ich würde am liebsten meine Wut in die Nacht hinausbrüllen. Auf keinen Fall werde ich zulassen, dass wir uns auf diese Weise trennen. Keine Chance.

»Hör mir bitte zu. Sie war zufällig im Restaurant, hat mich überfallen und …«

»Ach ja? Und du bist ja so ein schwacher, armer Junge, dass du ihren ›Angriff‹ nicht abwehren konntest?«, verhöhnt sie mich und ich kann ihr keinen Vorwurf daraus machen. Ihr Körper zittert und das sicher nicht nur vor Kälte und ich trete zu ihr, um ihr den Mantel hinzuhalten. Schnaubend schlüpft sie hinein und bevor sie sich wegdrehen kann, schlinge ich die Arme um ihre Körpermitte.

»Lass mich auf der Stelle los!«, zetert sie, doch ich will das mit ihr klären und so verhalte ich mich wie ein egoistisches Arschloch und schiebe sie vor mir her in eine Seitengasse.

»Was soll das bitte werden? Du arroganter Idiot, lass mich los«, macht sie ihrem Ärger Luft und versucht, sich zu befreien.

»Bitte, ich will nur mit dir reden. Dass Cecilia da war, wusste ich wirklich nicht, und ich habe keinerlei Interesse an ihr.«

»Ach ja! Das sah mir irgendwie anders aus, als sie ihre Hand zwischen deinen Beinen und ihre Lippen auf dir hatte«, zischt sie wütend und spannt sich in meiner Umarmung an.

»Es tut mir leid, dass du das sehen musstest. Es passierte so schnell, dass ich nicht reagieren konnte. Glaub mir, ich will nichts mit ihresgleichen zu tun haben. Sie ist …«

»Blowjobs verteilt sie anscheinend wie andere Handschläge. Und offensichtlich hattet ihr auf der Gala ein …«

»NEIN, hatten wir nicht. Sie ist eine von den Gold

Diggern, die einen Kerl suchen, der sie aushält, und dafür tun diese Weiber alles.« Mit Mühe halte ich meine Wut zurück, die Cecilia verursacht hat, denn sie versaut mir den Abend mit Elona – dumme Hexe!

»Mir scheint, da hat sie sich genau den Richtigen geangelt. Viel Vergnügen bei deiner persönlichen Hure. Und jetzt lass mich los. Sofort!« Ihre Stimme klingt gepresst und eiskalt, was mich an den Rand der Beherrschung bringt, denn ich bin in diesem Falle unschuldig und Elona soll das gefälligst akzeptieren.

Ich löse den Griff um sie und sofort fährt sie zu mir herum, bohrt ihren Zeigefinger vor Wut schäumend in meine Brust.

Sie sieht aus wie ein wunderschöner Racheengel!

»Sie ist weder meine Hure noch sonst was, nur ein dummes, unverfrorenes Weib, das sich erdreistet hat, mich ungefragt und UNGEWOLLT anzufassen. Nur weil sich unsere Mütter kennen, glaubt sie, mich an der Angel zu haben, aber ich bin noch nie mit ihr ausgegangen, geschweige denn habe sie angefasst«, rechtfertige ich mich und ernte einen bitterbösen Blick.

»Auf der Gala wolltest du ihren Mund ficken, wenn ich mich recht …«

»Elona, hör auf damit! Cecilia ist völlig durchgeknallt und hat dich damit verletzen wollen. Und sie ist mir hinterhergelaufen, als ich nach DIR gesucht habe«, falle ich ihr ins Wort, denn ich will nicht hören, was sie von der Situation gehalten hat, auch wenn ich es mir lebhaft vorstellen kann. Cecilia ist wenig subtil und steht auf Showeinlagen, wie mir berichtet wurde, und ich stehe weder auf sie noch auf derartige Eskapaden. Das Einzige, worauf ich abfahre, ist Elona Steel, die vor mir steht und mich vollkommen in ihren Bann zieht.

»Du bist nur hinter meiner Firma her! Gib endlich zu, dass das der einzige Grund ist, weshalb wir heute hier sind«, fordert sie mich mit wutbebender Stimme auf und funkelt mich hasserfüllt an.

»Das ist nicht wahr und das weißt du auch!«, presse ich zwischen zusammengebissenen Zähnen hervor und dränge sie mit meinem Körper gegen die Hauswand in ihrem Rücken, und sie keucht auf, als wir Nasenspitze an Nasenspitze voreinander stehen. Eingehüllt in den weichen, warmen Duft und ihre Nähe lehne ich mich gegen sie. »DU bist das, was ich will«, raune ich mit heiserer Stimme und gerade als sie ansetzt, zu widersprechen, presse ich die Lippen auf ihre und endlich, endlich küsse ich sie wieder. Es ist kein zärtlicher Kuss. Im Gegenteil, er schmeckt nach Wut, nach Verzweiflung und Gier, schwer vor Verlangen nach so viel mehr. Sie stöhnt, als ich mit der Zunge drängend in ihren Mund fahre, sie verschlingen will, um ihr zu versichern, wie sehr ich nur sie will. Mein Körper bebt, als sie sich gegen ihre Gefühle zu wehren versucht, die unser Kuss auch bei ihr auslöst. Doch das lasse ich nicht zu, sauge an ihrer Zunge, beiße neckisch in ihre Unterlippe und schiebe mit einem kehligen Laut mein Becken mit meinem mehr als harten Schwanz gegen ihren Bauch.

Ja, Süße, das stellst du mit mir an …

Das sehnsüchtige Wimmern, was sie nicht kontrollieren kann, bringt mich um den Verstand und ich will sie unter mir liegen haben, ihr noch ganz andere Laute entlocken und mich in ihr verlieren.

Sie krallt sich in mein Haar und ich liebe es. Widerstrebend löse ich die Lippen von ihren und lecke die ausgeprägte Sehne ihres schlanken Halses hinab und sie flüstert meinen Namen.

Es fühlt sich unverschämt gut an!

»Glaubst du mir jetzt?«, frage ich dicht an ihrem Ohr und spüre, wie sie erschaudert. Wieder schiebe ich die Hüfte vor, gebe dem Pulsieren in den Lenden nach, dem unwiderstehlichen Drang, mich an ihr zu reiben, um den Druck in meinem Schwanz ein wenig zu lindern.

Ich will sie ficken, ich will sie lecken, ich will sie vögeln, ich will sie schreien hören …

Als ich sie ansehe, strahlen ihre Augen intensiv und mit den geröteten Wangen und glänzenden Lippen wirkt sie verrucht und verführerisch.

»Falls du noch Zweifel hast …«

»Ja, ja – irgendwie hab ich noch – Zweifel …«, keucht sie mit lustschwangerer Stimme und stöhnend küsse ich sie erneut, verliere mich selbst in dem intensiven, intimen Moment und reagiere auf ihr Wimmern, die Bewegung ihrer Zunge und das Vibrieren ihres Körpers.

Wir lösen uns erneut voneinander, atemlos und high von dem Kuss und starren uns einen Moment lang an. Ich kann und will sie nicht gehen lassen, und ohne ein Wort zu sagen, schnappe ich mir ihre Hand und zerre sie mit mir zu meinem Wagen. Als wir davorstehen, sehe ich sie fragend an. Bei ihrem kurzen Nicken stoße ich zischend mit einem triumphalen Gefühl des Sieges in der Brust die Luft aus. Ich öffne die Zentralverriegelung, und kaum sitzt sie im Auto, rase ich wie ein Geistesgestörter durch das nächtliche London zu mir nach Hause. Keiner von uns sagt ein Wort. Aber ich greife nach ihrer Hand und sie verschränkt ihre Finger mit meinen.

Vor der Haustür sehe ich sie eindringlich an, suche nach Misstrauen, Furcht oder anderen Anzeichen, dass sie das hier nicht will. Doch in ihrem Blick liegt derselbe sehnsüchtige Ausdruck, Neugier und Begehren, wie noch vor einigen Minuten, als wir uns geküsst haben.

Sie wirkt zwar zerbrechlich, strahlt jedoch eine innere

Stärke aus, die mir die Zuversicht gibt, dass sie es genauso sehr will wie ich.

Noch nie habe ich etwas so gewollt wie sie gerade jetzt!

Der Portier öffnet uns die Tür, grüßt uns freundlich, wobei er Elona interessiert ansieht, und ruft den Lift. Als sich die Türen schließen, reiße ich mich zusammen, um ihr nicht sofort die Kleider vom Leib zu zerren.

Oben angekommen lasse ich fast den Hausschlüssel fallen, so aufgewühlt bin ich – das gibt's doch nicht. Ich war noch nie nervös, wenn es um Sex ging. Nur bisher ging es noch nicht um Elona Steel.

Hand in Hand betreten wir mein Penthouse und ich nehme ihr den Mantel und die Tasche ab. Als ich unsere Sachen aufgehängt habe, drehe ich mich langsam zu ihr herum, fixiere sie, beobachte jede ihrer Regungen ganz genau und gehe bedächtig auf sie zu. Sie ist mit mir gekommen – vermassel es nicht, Tash!

Mein Herz wummert in der Brust und pumpt mein Blut in Rekordgeschwindigkeit in meinen Schwanz, der unangenehm gegen den Reißverschluss der Jeans drückt. Ihr Blick scheint mit meinem verschmolzen zu sein, denn sie schluckt schwer, als ich ganz nah vor ihr stehen bleibe, ohne sie jedoch zu berühren. Sie hier bei mir zu Hause zu haben, löst ein ungewohnt warmes Empfinden in meinem Bauch aus und signalisiert mir, wie richtig es sich anfühlt, Elona bei mir zu haben.

Auch wenn das bislang noch nie vorgekommen ist, eine Frau hierher mitzunehmen. Aber diese Erkenntnis verbanne ich sofort in die dunkelste Schublade und widme mich unserem Moment. Stumm greife ich nach ihrer Hand und führe sie zu meiner Brust, lege sie auf die Stelle, unter der mein Herz schlägt, und sehe sie aufmerksam an.

Ihre Pupillen weiten sich, sie schluckt schwer, während sie

meinen Herzschlag spürt und sie die vollen, rosigen, weichen Lippen öffnet.

»Du hast keine Ahnung, wie sehr ich dich will«, flüstere ich mehr zu mir selbst, aber bei meinen Worten flackert in ihren wunderschönen Augen Lust auf. Um nicht wie ein testosterongesteuerter Neandertaler über sie herzufallen und ins Schlafzimmer zu schleifen, wende ich alle Willenskraft auf und bleibe reglos vor ihr stehen. Das Letzte, was ich will, ist ihr Angst zu machen. In mir wütet ein brüllender Cocktail aus Dopamin und Adrenalin, der den archaischen Teil in mir an seinen Ketten reißen lässt, denn ich will sie auf jede erdenkliche Art in Besitz nehmen.

Sie weckt in mir ein brutales, rohes Verlangen – etwas, das ich nicht für möglich gehalten habe. Aber sie anzuspringen und wie ein wildes Tier zu besteigen, scheint mir falsch und irgendwie verwerflich, auch wenn alles in mir genau das tun will. Sie wirkt so rein, so klar, so unwirklich schön.

Also biete ich all meine Energie auf und überlasse ihr den ersten Schritt. Jeder Muskel meines Körpers ist zum Zerreißen angespannt. Ihre Handfläche, die immer noch auf meiner Brust liegt, ist die einzige physische Verbindung zwischen uns, doch sie bringt mich an den Rand der Raserei.

Unbewusst beißt sie sich auf die Unterlippe und – fuck – ich kann nur daran denken, wie sie das mit einem lustvollen Stöhnen tut, während ich sie zum Orgasmus lecke …

Dann fährt sie mit der Hand von meiner Brust über meinen Bauch zum Schritt und ich schwöre bei Gott, mir wird fast schwarz vor Augen, so steinhart ist meine Erektion, als sie über den Stoff der Jeans streicht.

Die Reaktion scheint ihr zu gefallen, denn sie lächelt schelmisch und streicht nochmal über meinen ruhelosen Krieger, wobei ich scharf die Luft einziehe und warnend eine Augenbraue hebe. Doch sie hat offenbar Gefallen daran gefunden, mich in den Wahnsinn zu treiben, denn mit der anderen Hand packt sie erstaunlich fest an meine Pobacke.

»Zeig's mir!«, haucht sie verführerisch und damit ist meine Beherrschung dahin.

18

Elona

Wie von Sinnen fällt er über mich her. Die aufgestaute Energie des gruseligen Restaurant-Vorfalls entlädt sich tosend in einem Wirrwarr aus Armen, Pullovern, T-Shirts und Kleidungsstücken, die wir uns gegenseitig auf dem Weg ins Schlafzimmer vom Leib schälen, während Tash meinen Mund in Besitz nimmt – anders ist es nicht zu beschreiben. War er vorher unnahbar und wirkte distanziert, als wir bei ihm ankamen und er meine Hand auf seine Brust legte, ist es nun, als hätte sich ein innerer Orkan in ihm entfesselt, der mich mit sich reißt.

Nun stehen wir nur in Unterwäsche keuchend voreinander und ungläubig gaffe ich ihn an, denn der Körper, der unter der Kleidung zum Vorschein kommt, ist schockierend schön. Die langen Gliedmaßen sind allesamt mit geschmeidigen, ausgeprägten Muskelsträngen bestückt, die im diffusen Licht der wenigen Lichtquellen ein atemberaubendes Schattenspiel geben. Und sein Oberkörper – o mein Gott – die scharf hervortretenden Bauchmuskeln, die in der Leiste, von Adern geziert, v-förmig in den schwarzen Boxershorts verschwinden, lassen mich schwer schlucken und die breite Brust wird von kräftigen, geraden Schultern eingerahmt.

Wie kann ein Mann nur so schön sein?

Schüchtern betrachte ich dieses Ausmaß an Vollkommenheit vor mir, unschlüssig, was ich jetzt tun soll, da nimmt er mir die Entscheidung ab.

»Gott, Elona, du bist atemberaubend!«, grollt seine Stimme durch die Stille und jagt mir eine Gänsehaut über den ganzen Körper. Dass er mich als schön empfindet, gibt mir ein wenig Selbstvertrauen zurück, denn neben ihm fühle ich mich wie das hässliche Entlein aus dem berühmten Märchen.

»Du aber auch«, murmele ich verlegen und entlocke ihm damit ein raues Lachen.

»Da scheinen wir ja beide nochmal Glück gehabt zu haben«, grinst er mich frech an und überwindet die zwei Schritte, die uns trennen. Sein massiver Körper strahlt eine Hitze und Stärke aus, die mich aufstöhnen lassen, was Tash als Aufforderung versteht, mich zu packen und an sich zu ziehen.

Der physische Kontakt fährt wie eine perlende Welle durch mein System, weckt all meine Sinne und lässt jeden noch so versteckten Nerv zum Leben erwachen. Der Drang, ihn anzufassen, mit den Händen über seinen Körper zu fahren, ist übermächtig und ich gebe ihm nach, fühle die seidige Haut, die sich über seine Muskeln spannt, und drücke die Nase in die Kuhle zwischen den gestählten Brustmuskeln.

Das würzig herbe Aroma von Mann gemischt mit dem spritzigen Duft des Parfums macht mich wahnsinnig und ich atme tief ein und spüre das Rumpeln eines Lachens in seiner Brust und wie er mit den Händen an meine Pobacken greift. Ich weiß gar nicht, was ich zuerst machen will: Ihn küssen, ihn anfassen, ihn schmecken …

Benebelt von den überschäumenden Gefühlen, die er in mir auslöst, hebe ich den Blick und finde einen wilden, glutäugigen Tash vor, der mich anstarrt, als ob er sich gleich auf mich stürzen will.

Oh, bitte, tu es …

»Aufs Bett. Sofort!«, ordert er mit dunkler Stimme an und der Tonfall sickert direkt zwischen meine Beine, löst ein köstliches Kribbeln aus und ich erahne, was mich erwartet, und leiste widerstandslos Folge. Schwer hebt und senkt sich seine Brust unter den Atemzügen und ich ergötze mich an dem Muskelspiel, als er mir aufs Bett folgt. Jede Sekunde, die er mich nicht berührt, fühlt sich wie die Ewigkeit an und ich strecke die Hände nach ihm aus, flehend, zu mir zu kommen.

»Gott, weißt du eigentlich, wie sexy du bist?« Die Frage ist mehr rhetorischer Natur und so schüttele ich ganz langsam den Kopf, ohne ihn aus den Augen zu lassen, als er sich wie eine Raubkatze geduckt und angespannt über mich schiebt. Mein Körper glüht vor Aufregung, vor Lust und der Neugier, wie er sich …

Seine Hände sind plötzlich überall auf mir, genau wie seine Lippen, die meinen Körper erkunden, ihn ablecken und mich in ein Delirium aus Verlangen schicken. Durch den feinen Stoff der Boxershorts fühle ich seine Erektion hart und heiß gegen meinen Oberschenkel drücken und ich stöhne auf. Er sieht zu mir auf, als er mir die Träger des BHs von den Schultern streift und geschickt die Hand unter mich schiebt, um die Haken zu öffnen.

Mit zittrigen Händen nehme ich das nutzlose Kleidungsstück weg und entblöße meine Brüste. Zögerlich, fast schon scheu löst er seinen Blick von meinem Gesicht und wandert herunter. Sein dunkles, gutturales Grollen, als er an meinen aufgerichteten Nippeln hängenbleibt, ist einfach umwerfend und seine Miene nimmt einen diabolischen Ausdruck an, während er den Mund senkt, mir dabei in die Augen sieht, um über die Brustwarze zu lecken.

Der elektrisierende Schauer läuft durch meinen Körper und sammelt sich in meinem Unterleib. Wimmernd dränge ich das Becken gegen seinen Unterkörper, will mich an ihm reiben wie eine rollige Katze, als er an meinen sensiblen Spitzen saugt und ich es fast nicht aushalte.

»So empfindsam – hmmm, das werde ich gnadenlos gegen dich verwenden«, säuselt er, beißt leicht in den ohnehin überreizten Nippel und ich schreie spitz auf. Sogleich lindert er mit geschickter, warmer Zunge den Schmerz und ich drücke den Körper ins Hohlkreuz, recke mich ihm entgegen, ohne es bewusst zu bemerken – ich kann nicht anders.

Meine Hände krallen sich in sein dichtes, pechschwarzes Haar, das nun wirr und zerzaust wahnsinnig sexy sein gutgeschnittenes Gesicht umrahmt, während er seine Hand über meinen Bauch zwischen meine Beine gleiten lässt.

Schon wappne ich mich für das Gefühl, wenn seine Hand in mein Höschen gleitet, doch er lässt sie lediglich über dem Stoff auf meiner Scham liegen, sieht mir eindringlich in die Augen und ich sehe, wie es in dem Sturmgrau wütet – pures Verlangen.

Ich bin aufgeputscht und hungrig nach mehr. Seine Zurückhaltung ist nicht auszuhalten und so winde ich mich unter ihm, während er mich nur beobachtet.

»Bitte …«, keuche ich, als er den Druck seiner Hand verstärkt. Die Handfläche glüht förmlich und ich bin mir sicher, er kann das Zucken und Pulsieren meines inneren Muskels fühlen.

»Bitte WAS?«, hakt er mit einem süffisanten Lächeln nach und reibt nun die Handfläche in kreisenden Bewegungen über meinen Schritt – Oh, shit!

Mein Sprachzentrum ist nicht ganz im Einsatz und so packe ich seine Hand, um sie unter den zarten Stoff des Tangas zu führen, den ich trage. Keine Sekunde lösen wir den

Blick voneinander und als seine Fingerspitzen meine feuchten Schamlippen berühren, stöhne ich zittrig auf und sehe, wie sich sein Blick verdunkelt, wie flüssiges Quecksilber, und er unendlich träge jeden Millimeter zwischen meinen Beinen erkundet. Quälend langsam streichen seine Finger vom Damm hoch über die äußeren und dann über die inneren Schamlippen, bis sie zielsicher meine Klit finden. Er hat den Mund leicht geöffnet, hält mich mit seinem Blick gefangen und streicht mit ein klein wenig Druck konzentrisch über den Lustpunkt.

Ein synaptisches Feuerwerk spült durch meinen Leib, lässt mich auf einer Woge aus Lust dahingleiten und ich kralle haltsuchend die Hände ins Laken.

Gerade, als ich denke, ich falle, löst er den Druck und taucht mit zwei Fingern in mein Innerstes und entlockt mir einen dunklen Laut, der tief aus meinen Eingeweiden zu kommen scheint.

»Gottverdammt – bist du nass und eng …« Die Gier strahlt aus ihm heraus, als er rhythmisch die Finger in mir bewegt und ich mich langsam in dem Gefühl auflöse. Dann zieht er sich zurück, zerrt mir den Tanga vom Leib und kniet zwischen meinen gespreizten Beinen, sieht mich mit lustverzerrtem Gesicht an – wie ein wilder Krieger – fixiert mein Pussy, als habe er noch nie etwas Vergleichbares gesehen, was mich wahnsinnig anmacht.

Seine Hand fährt zu der enormen Beule in seiner Boxershorts und als er sie umklammert, schießt ein unnatürliches Eifersuchtsempfinden durch mich hindurch. Ich will ihn anfassen!

Dann führt er die Finger, die gerade noch in mir steckten, zum Mund. Fasziniert und schockiert beobachte ich, wie er sie sich zwischen die Lippen steckt und genüsslich ableckt. Die grollenden Laute, die er dabei ausstößt, sind obszön und ich merke, wie die Hitze in meine Wangen steigt.

Tash Montgomery leckt meine Lust von seinen Fingern – vor meinen Augen. O MEIN GOTT!

Einen Moment schließt er die Augen. Als er sie öffnet, liegt wieder dieser diabolische Zug um seinen Mund. »Diese Kostprobe schreit nach mehr!«, lässt er mich wissen und dann drängt er die breiten Schultern zwischen meine Beine und fällt leckend, lutschend und saugend über meine Mitte her, schiebt mich weiter an die orgiastische Klippe, führt mich zungenfertig an den Rand der Auflösung und ich winde mich, hilflos den Zuckungen ergeben, in meiner Lust.

»Tash, ich … es ist … awwww …« Die zusammenhanglosen Wortfetzen stacheln seine Bemühungen nur an, und als ich denke, es geht nicht mehr, dringt er mit zwei Fingern erneut in mich ein.

Der Orgasmus bricht die letzte Barriere auf, strömt in warmen Wellen aus meinem Inneren und ich lasse mich wegspülen, merke, wie sich mein innerer Muskel pumpend um seine Finger schließt und ich zerspringe.

Im Delirium spüre ich, wie er zu mir hochrutscht, die Hand immer noch zwischen meinen Beinen, schützend und zärtlich. Seufzend öffne ich die Augen und da ist er über mir, der Blick aufgewühlt und gleichzeitig sehnsüchtig. Ohne ein Wort zu sagen, küsst er mich, sodass ich mich selbst auf seiner Zunge schmecke, stöhnt dabei und ich schlinge die Arme um ihn, ziehe ihn an mich, brauche seine Nähe.

»Deine Lust schmeckt nach so viel mehr«, keucht er, als wir uns voneinander lösen und ich erröte erneut.

»Wow …«, bringe ich gerade so zustande und er lacht in sich hinein. Dann drückt sein Schwanz gegen meinen Oberschenkel. Augenblicklich entzündet das die noch glimmende Lust erneut und erinnert mich daran, dass ich ihn anfassen will. Also schiebe ich mich unter ihm hervor und greife nach den Boxershorts, aber er ist schneller und entledigt sich Selbiger vor meinen Augen.

Stolz, groß, dick und mit Adern überzogen ragt sein Penis von seinem flachen Bauch ab. Wie sein Besitzer gleicht er einem Wunderwerk der Natur und ich bemerke meine irrsinnigen Vergleiche, die sich in meinem sexvernebelten Hirn bilden, und muss mir auf die Lippen beißen, um nicht wie ein dummes Schulmädchen zu kichern.

»Alles für dich«, raunt er mit kratziger Stimme, lehnt sich zurück und ich krabbele zu ihm, knie zwischen seinen Beinen und kann mich kaum sattsehen an dem, was er zu bieten hat.

»Dann sag ich mal hallo«, grinse ich ihn frech an und er schnaubt belustigt auf. Neugierig fahre ich mit den Händen seinen gestählten Oberkörper entlang, erkunde jede köstliche Vertiefung und Erhebung der ausgeprägten Muskeln, entlocke ihm diese sexy, rauen Töne, als ich mit den Fingernägeln darüber kratze und dann mit der Zunge das Ganze wiederhole. Der Duftcocktail aus Sex, Mann und seinem Parfum macht alles noch verruchter und ich wandere mit dem Mund zu seiner Leiste. Entzückt stelle ich fest, dass sein Schwanz zuckt, als ich mit der Zunge die Ader an seiner Leiste nachfahre und sein Keuchen ist Musik in meinen Ohren.

Ich verschaffe ihm genauso viel Erregung wie er mir …

Dann packe ich mit der Hand um seinen Schaft, heiß und prall, mit seidiger Haut überzogen, und gleite an ihm auf und ab.

»Scheiße, ist das gut!«, stöhnt Tash gepresst und stützt sich auf die Unterarme, um mich besser beobachten zu können, wie ich ihn verwöhne, was mich erschreckenderweise anturnt.

Es ist seltsam, denn ihn anzufassen, zu spüren, wie verrückt ihn das macht, löst in mir ein dunkles Begehren aus, ihn um den Verstand bringen zu wollen, so wie er es mit mir getan hat. Und so stülpe ich vorsichtig die Lippen über seine feuchtglänzende, pralle Spitze und er zuckt auf meiner Zunge, als ich ihn tiefer aufnehme. Der moschusartige Geruch, der süßlich-salzige Geschmack und das heiße Fleisch zwischen meinen Lippen triggert meine Libido enorm an und stöhnend sauge ich an meinem neuen Spielzeug.

»Fuck, was … Das ist soo …« Seine Stimme ist abgehackt, kehlig und seine Muskeln spannen sich unter meinen Bemühungen an, signalisieren mir, dass es ihm gefällt, und ich verstärke den Druck meiner pumpenden Hand um seinen Schaft, fühle, wie er noch weiter anschwillt. Ich will nichts mehr, als dass er der Lust nachgibt. Um Luft zu holen, entlasse ich ihn aus dem Mund, glänzend nass vom Speichel und starre ihn hungrig an.

Blitzschnell hat er mich auf den Rücken geworfen und schwebt über mir. Die Luft ist geschwängert von Verlangen, Gier und Intimität.

»Auch wenn ich ein Fan deiner Zungenfertigkeit bin«, schmunzelt er mit glänzenden Augen, »will ich in dir sein!« Sein Kuss ist so herrschsüchtig, so verzweifelt und so brutal, dass mir die Sinne schwinden und mein ganzer Körper wie ein freigelegter Nerv schabend und kribbelnd in seinen kriechen will.

Für einen kurzen Moment löst er sich von mir, springt zu der Kommode, die ich bislang gar nicht wahrgenommen habe, und ich höre das Reißen von Zellophan. Dann ist er schon wieder bei mir und schiebt sich zwischen meine Schenkel, fällt erneut über meine Brüste her, und gleitet mit der Hand in meinen Schritt. Aber er spielt nur mit meiner Klit, sodass ich ungestüm aufstöhne, da ich mehr als seine Finger brauche.

Jedes Nervenende meiner Scham, meiner Vulva und allen inneren Organen schickt perlende Signale in alle Richtungen meines Körpers aus. Alles, was ich will, ist Tash in mir.

Mit einem Arm stützt er sich über mir ab, mit der anderen Hand fasst er nach seinem Schwanz und zieht die Spitze vorsichtig durch meine feuchte Spalte, wobei wir beide aufkeuchen. Und bevor ich weiß, wie mir geschieht, schiebt er sich in mich. Zentimeter für köstlichen Zentimeter dehnt er mich, löst den muskulären Widerstand Stück für Stück auf.

Es ist zu viel, ER ist zu viel.

Ich beiße die Zähne zusammen, als seine Hand nach meiner greift und ich mich an ihn klammere, als er das letzte Stück überwunden hat und tief in mir verharrt. Die Verbundenheit unserer Leiber schenkt mir einen Vorgeschmack auf das, was folgen wird. Stockend atme ich aus und merke, wie ganz allmählich der enorme Druck nachlässt, mein Körper ihn akzeptiert hat und willkommen heißt.

»Shit, du bist – eng«, zischt er, starrt auf mich herab, während er sich ein wenig aus mir zurückzieht. Die Reibung, seine Länge, die Hitze seines Fleisches – es ist so wahnsinnig gut.

Langsam wiegt er sich vor und zurück. Jeder Punkt, den er dabei passiert, prickelt und summt in einem verlockenden Akkord aus Lust. Sein Mund stülpt sich über eine meiner Brüste, saugt daran und ich schreie genussvoll auf, als er in mich stößt. Und dann fickt er mich – jede andere Beschreibung wäre untertrieben. Ich lasse mich mitreißen, will ihn tiefer, härter und intensiver spüren, bettele um mehr und er gibt mir mehr.

Ohne in seiner Bewegung abzubrechen, stemmt er sich hoch. Auf seine Unterschenkel gestützt ragt er über mir auf, hebt mich an der Hüfte auf seine Oberschenkel und dringt mit langen Stößen in mich. Wir scheinen auf eine urtümliche Weise miteinander verwoben zu sein, denn jede Bewegung ist Lust und Verlangen gleichermaßen. In mir baut sich eine tosende Orkanflut auf, bereit zu zerschellen, doch Tash lässt es nicht zu.

»Oh, noch nicht. Wir sind noch nicht fertig!«, knurrt er und dreht mich nur mit der Hüfte um 90 Grad zur Seite, und gibt seiner Gier nach. Den Punkt, den er dabei in mir trifft, katapultiert mich ins zuckersüße Nirwana, und ich schreie die alles verschlingende Lust heraus, die eruptiv aus mir herausbricht, ohne dass ich es aufhalten kann. Wie ein düsterer Vollstrecker ragt er über mir auf, dringt weiter in mein zuckendes Fleisch.

»Fuck, Elona!« Seine Bewegungen werden ungezügelt und dann packen seine Hände kraftvoll in meine Seite, und mit einem erstickten Grollen pumpt er in mich und schickt mich erneut in einen weiteren, diesmal weichen Orgasmus, der seine Kontraktionen erwidert und dafür sorgt, dass ich wimmernd unter ihm vergehe.

Aufgelöst – so fühlt es sich an, als wir wenig später in einer bequemeren Position ineinander verschlungen schwer atmend liegen und einander anschauen.

»Das war …«

»Auf jeden Fall«, schmunzelt er satt und mit einem zufriedenen Ausdruck auf dem Gesicht und ich vergrabe die Nase an seiner Halskuhle.

Mein Körper fühlt sich wund und schwer an, jede Zelle wabert in wohliger Befriedigung vor sich hin und ich will einfach nur den Augenblick genießen. Tash hat das Kondom entsorgt, hält mich in seinen Armen und ich schmiege mich an ihn, als wäre es mein gutes Recht.

Doch auf leisen Sohlen schleichen sich die Zweifel in die traute Zweisamkeit und ich frage mich, wie viele andere er schon in diesem Bett auf die gleiche Weise gevögelt hat. Der stechende Eifersuchtsschmerz trübt das atemberaubende

Erlebnis und ich unterdrücke den Fluchtinstinkt, aber Tash hat die Reaktion bemerkt und sieht mich fragend an.

»Ich … äh, es ist schon spät und ich sollte gehen«, überspiele ich die bitteren Gedankenspiele, aber er nimmt es mir nicht ab.

»Hey, was ist gerade in deinem Köpfchen passiert? Dein ganzer Körper hat sich versteift und …«

»Nichts, es ist nur … ich sollte mir ein Taxi nehmen und …« Meine Stimme klingt quietschig und schrill, was er sehr wohl registriert.

»Auch wenn du es nicht aussprichst: Nein, ich habe hier keine Frauen hergebracht.« Die Ruhe und Nachsichtigkeit in seiner Stimme stempeln die Gedankenspiele zu einer kindischen Überreaktion ab und das schürt meine Missbilligung.

»Ach ja? Und woher soll ich das bitteschön wissen?« Aufbrausend schäle ich mich aus seiner Umarmung und will aufstehen, doch er schnappt mich vorher und zieht mich an sich.

»O nein, weglaufen ist nicht! Ich verstehe, wenn du Zweifel hast. Hätte ich an deiner Stelle auch. Aber glaub mir, ich bin eher der Typ, der vom Schauplatz flüchtet, als jemanden wegzuschicken. Und hier war, bis auf meine Mutter, keine andere Frau.« Er klingt nicht, als würde er sich das gerade ausdenken, doch mir schießt diese blöde Kuh Cecilia und ihre Avancen im Restaurant sowie auf der Gala in den Kopf und sofort fühle ich mich schlecht.

»Denk nicht mal dran!«, mahnt er mich leise, als hätte ich es laut ausgesprochen. »Weder Cecilia noch sonst eine andere würde ich hierher mitbringen. Ich steh nicht auf Drama.« Seine Arme spannen sich an, als ich mich bewege. »Elona, ich bin mir bewusst, dass du mir nicht vertraust, aber eins sollte dir inzwischen klar sein: Ich habe kein Interesse daran, jemanden in mein Privatleben pfuschen zu lassen.«

»Oh, toll, da bin ich ja beruhigt, dass das hier was Einmaliges ist«, brause ich erbost auf.

Mit einem genervten, tiefen Seufzer dreht er mich auf den Rücken und legt sich halb auf mich, Flucht ist somit unmöglich. »Das habe ich nicht gemeint, denn sonst wärst du jetzt nicht hier in meinem Bett. Ich weiß nicht, was es ist, aber es ist definitiv anders und …« Er hält inne und starrt mich mit einem undurchdringlichen Blick an.

»Und was?«, hake ich zischend nach.

»Was Besonderes«, antwortet er leise und küsst mich so zärtlich, dass es einer Huldigung gleichkommt und damit mein Widerstand in sich zusammenfällt.

Man kann niemanden so küssen, ohne etwas zu empfinden – niemals!

Ich hatte schon heiße Abenteuer, allerdings waren da Küsse und dieses Gefühl der Nähe nie dabei gewesen, eher ein zuckendes Flackern von körperlicher Gier. Doch mit Tash ist es neben der physischen Notwendigkeit ein Kokon aus Sehnsucht, Bedürfnissen nach Intimität und Gleichklang.

Sein semiharter Schwanz drückt in meine Leiste und ich bewege das Becken instinktiv in kreisenden Bewegungen an ihm, was er mit einem festen Griff in meinen Oberschenkel beantwortet.

»Elona, ich mache so etwas nicht.« Fragend sehe ich ihn an. »Ich habe keine Dates, keine Freundin oder Ähnliches«, erklärt er und ich schlucke schwer. Er schließt die Augen, der angestrengte Zug um seinen Mund erscheint und ich weiß, er spricht über einen dieser wunden Punkte, die er mit sich herumträgt. Fest sieht er mir in die Augen.

»Das hier ist neu für mich. Es fühlt sich so richtig an und wirft alles über den Haufen, was bisher in meinem Leben zählte.« Seufzend streicht er mir mit dem Daumen über den Wangenknochen und zieht mit dem Zeigefinger sanft meine

Augenbrauen nach. »Ich will dich ficken und gleichzeitig möchte ich dich einfach nur im Arm halten und … Ach, ich habe keine Ahnung, was es ist, aber ich für meinen Teil will es herausfinden.«

Staunend nehme ich auf, was er mir sagt, und das bittere Gefühl verhallt in Bedeutungslosigkeit. Mit beiden Händen halte ich sein Gesicht, präge mir jede Linie, jede Einzelheit ein und tupfe meine Lippen auf seine Wangen, seine Nase und schließlich seinen Mund.

»Es scheint, als wäre es für uns beide neu. Ja, ich habe Bedenken – sehr große sogar, und wenn meine Schwester wüsste, dass ich bei dir bin … Sie würde mir die Hölle heißmachen.« Sein Mund verzieht sich zu einem spöttischen Grinsen.

»Kann ich mir lebhaft vorstellen. Und nur zu deiner Information: Mir haben meine Geschäftspartner bereits den Arsch aufgerissen, als ich euch das Angebot unterbreitet habe«, teilt er mir mit und ich verziehe meinerseits das Gesicht.

»So schlimm, ja?« Die abwägende Geste spricht Bände.

»Wir, äh, also wir geben in der Regel nur das Nötigste aus. Und bei dir ist mir eine Sicherung durchgebrannt – ganz eindeutig.«

»Ach ja? Nur damit du es weißt, die Übernahme kannst du vergessen«, erinnere ich ihn an unser letztes Meeting, bei dem Erin ziemlich deutlich gemacht hat, was wir von dem Kauf generell halten, auch wenn sein Angebot mehr als großzügig ist.

Tash betrachtet mich mit siegessicherem Lächeln, als hätten wir nie eine Chance gehabt, überhaupt darüber nachzudenken, nicht zu verkaufen, und lehnt sich zu mir vor. »Bevor du mit einem Lackaffen wie Henry Miller zusammenarbeitest, wie wäre es, auf die Seite der großen Jungs zu kommen?«

»Ist das so eine Art Lockangebot?«

Er lacht auf und wirkt dabei gelöst und viel jünger, als er sonst als Geschäftsmann rüberkommt. »Glaub mir, so etwas haben wir nicht nötig. Nein, eigentlich wollte ich heute beim Abendessen mit dir darüber sprechen.« Ruckartig schiebt er sich zwischen meine Beine und ich keuche erstaunt auf, während er seine prägnante Erektion an mir reibt. »Aber da du beschlossen hast, wegzulaufen, hatte ich keine Chance dazu.« Er leckt über meine Halsschlagader und kreist mit dem Daumen über meinen Nippel, der sich köstlich zusammenzieht und meinen Fokus auf Sex lenkt – heißen, versauten und verstandraubenden Sex, um genau zu sein.

»Und jetzt liegst du nackt in meinem Bett – das mit der Erklärung wird verdammt nochmal warten müssen«, grollt er und schon verlieren wir uns ein weiteres Mal in purer Lust.

19

Tash

Seit langem habe ich nicht mehr so tief und erholsam geschlafen. Elona liegt eingerollt an mir, ich hinter ihr, habe sie mit Armen und Beinen umschlungen und atme ihren warmen, weichen Duft ein. Die Albträume der Schuld ließen mich heute Nacht in Ruhe – dank ihr. Wie ein Schutzschild hält sie die Dunkelheit zurück, gibt mir Kraft und Mut, obwohl wir uns kaum kennen. Dennoch scheinen wir eine Art Verbindung zueinander zu haben, die auf wundersame Weise alles andere in den Schatten stellt.

Seufzend dreht sie sich herum und ich küsse sie auf die Stirn. Dann schlägt sie verschlafen die Augen auf und raubt mir den Atem, so bezaubernd sieht sie aus.

»Guten Morgen«, flüstere ich und auf ihrem Gesicht erscheint ein scheues Lächeln.

»Hey, guten Morgen«, nuschelt sie, als sie ihr Gesicht an meiner Brust vergräbt – ich liebe es!

Plötzlich versteift sie sich, fährt hoch und blickt sich hektisch im Zimmer um.

»Was … wie lange hab ich geschlafen? Wie spät ist es?«

Ihre Stimme klingt panisch und ich verkneife mir ein Schmunzeln, sondern antworte stattdessen: »Keine Sorge, wir sind beide eingeschlafen. Es ist erst sieben Uhr.«

Das scheint sie etwas zu besänftigen und sie atmet geräuschvoll aus.

»Ich hab tatsächlich hier geschlafen?« Die ungläubige Miene ringt mir ein Lachen ab und ihre Wangen nehmen einen hübschen Rosé-Ton an.

»O ja. Du warst nach unserer zweiten Runde – vornehm ausgedrückt: völlig fertig«, grinse ich sie an und ihr pikierter Blick ist den Seitenhieb wert. Beim Gedanken an Sex mit Elona Steel werde ich augenblicklich hart und da ich nun weiß, wie sich dieser grazile, trainierte und biegsame Körper unter mir anfühlt, wie sie schmeckt und sich anhört, wenn sie an meiner Zunge kommt …

»Ich bin tot – sowas von tot!« Irritiert blinzele ich sie an, meiner erotischen Phantasie beraubt, denn schon ist sie aus dem Bett gesprungen, sieht sich suchend im Zimmer um und zeigt dann auf mich.

»Wo ist das Bad?«

»Komm schon, lass uns den Morgen nicht so beginnen«, locke ich sie mit verführerischer Stimme und wackele mit den Augenbrauen, wobei sie das Grinsen zurückhält, das sich breitmachen will.

»Auch wenn ich sehr gerne weiter in den Kissen mit dir toben würde«, entgegnet sie, wobei sie nackt in all ihrer Schönheit vor dem Bett umherläuft und mir das Wasser im Mund bei ihrem Anblick zusammenläuft, »muss ich nach Hause. Ich muss arbeiten. Im Übrigen muss ich verhindern, dass irgendein großmäuliger Sanierer meine Firma zerstört.« *Autsch!*

Ich setze eine beleidigte Miene auf und sie schnaubt belustigt, als ich mich aus dem Bett wälze und ihr Blick an meinem steifen Schwanz hängen bleibt.

»Und du bist sicher, dass du …«

»Ja – äh, also eigentlich nein, aber – Gott, kannst du dir bitte was anziehen?«, stammelt sie und ich begnüge mich mit der Gewissheit, dass meine Erscheinung sie nicht kalt zu lassen scheint. Allerdings gehe ich provokant ebenfalls nackt an ihr vorbei, streife wie zufällig dabei über ihre phänomenalen Brüste, und zeige ihr das angrenzende Bad. Grummelnd verbarrikadiert sie sich darin und ich schlendere gutgelaunt runter in die Küche, um Kaffee aufzusetzen.

Es fühlt sich merkwürdig gut an, dass sie bei mir ist. Sonst ist mir wichtig, hier ein Refugium aus Einsamkeit zu pflegen, aber sie schmiegt sich in meine Welt, als wäre sie das fehlende Puzzleteil, das sie von der bisherigen grauen Einöde in einen bunten Wundergarten verwandelt. Tja, dieser Wundergarten passt jedoch keineswegs in mein Leben. Er steht in scharfem Kontrast zu der Bürde des Erfolgs von M & B Trading, zu allem, was ich aufgebaut habe. Wenn ich mich zu sehr auf sie einlasse, laufe ich Gefahr, all das zu verlieren. Denn dazu müsste ich Steel Leather Manufacture vom Haken lassen und das wird nicht passieren. Aber sie rührt eine längst vergessene Sehnsucht auf, die mir durch und durch geht.

Du spielst mit dem Feuer. Wenn du dich öffnest, wirst du verbrennen. Verächtlich hält mir mein Seelenwächter den altbekannten Vortrag, wobei das Hochgefühl einen ordentlichen Dämpfer erfährt.

Mit diesen ungewöhnlichen Feststellungen gehe ich ins Gästebad, dusche, und als Elona in die Küche kommt, bin ich bereits angezogen und reiche ihr einen Kaffee.

Da ich bei den Meetings sehr genau aufgepasst habe, wie sie ihren Kaffee trinkt, sieht sie verblüfft zu mir und ich genieße den Moment ihres Staunens.

»Du steckst voller Überraschungen, Tash Montgomery«, schmunzelt sie und nippt an dem heißen Kaffee.

»Ich hoffe, nicht nur in der Kaffeezubereitung«, feixe ich und sie senkt verlegen mit roten Ohren den Blick.

Sie ist bezaubernd! Sie ist mit Vorsicht zu genießen! Gott, was für ein Durcheinander.

»Ich sollte … Äh, wie gehen wir jetzt damit um?«, fragt sie leise und sieht nervös aus, was ich nicht möchte. Also gehe ich zu ihr, nehme ihre Tasse und stelle sie auf die Theke, schlinge einen Arm um sie. Sofort wird ihr Körper weich und lehnt sich mir entgegen und ich finde es großartig. Mit Zeigefinger und Daumen hebe ich ihr Kinn an, damit sie mich ansieht.

»Hör zu, ich bin genauso unbedarft wie du. Lassen wir es doch auf uns zukommen«, schlage ich vor und hoffe, ihr so die Vorbehalte zu nehmen, denn ich will auf keinen Fall, dass es endet, bevor … was?

Sich etwas entwickelt, das dir eine Fußfessel anlegt und du erneut verarscht und gefickt wirst?

Kaltlächelnd steht mein düsterer Begleiter die Selbsterhaltung hinter mir und raunt mir all das Versagen, die Scham über eben dieses und die Verachtung meiner Selbst ins Ohr, träufelt mir sein Gift in den Verstand, sodass ich innehalte und bereue, Elona das vorgeschlagen zu haben.

Sie bringt mich gehörig durcheinander und das kann ich mir nicht leisten. Schon gar nicht in meiner aktuellen Position als Boss eines milliardenschweren Unternehmens, das marode Firmen schluckt und saniert. Einen Firmenkiller, der keinerlei Schwächen hat. Elona entwickelt sich allerdings gerade zu meiner Schwäche und torpediert so alles, wofür ich jahrelang geackert habe.

Lächelnd sieht sie zu mir auf und in ihren Augen liegt zu viel Vertrauen, das ich nicht verdiene.

»Das wäre sehr schön. Ich bin auch nicht so firm in dem

Beziehungsding und …« Sie stellt sich auf die Zehenspitzen und küsst mich hauchzart auf den Mundwinkel und sofort will ich mehr. Mehr von ihren Lippen, mehr von den Küssen – einfach mehr von Elona.

Fuck!

Statt dem nachzugeben, schiebe ich sie ein Stück von mir und sehe ihr fest in die Augen. Ich muss die Kontrolle behalten, darf meinen Panzer nicht ablegen, der mich all die Jahre geschützt hat und mir den Freiraum gab, zu funktionieren.

»Ja, dann … Vielleicht sollten wir nichts überstürzen und zu viel hineininterpretieren.« Verwirrt sieht sie mich an, doch der Schutzpanzer aus Arroganz und Distanz sitzt perfekt, sodass ihr verträumter Blick nicht die geringste Chance hat, mich weichzukochen. »Es war nett und … In einer halben Stunde habe ich einen Termin, also … Ich fahre dich noch zu deinem Auto, okay?« Damit lasse ich sie los und erschüttert starrt sie zu mir. Der Zwiespalt, sie in mein Bett zu zerren, um in unserer Intimität zu versinken, ringt mit dem Fluchtinstinkt vor der emotionalen Verantwortung, die im Raum steht, wenn wir das hier fortführen.

Du bist schonmal darauf reingefallen. Willst du dich wieder zum Idioten abstempeln lassen? Von einer Frau? Weiß du nicht mehr, wie du wie ein wimmerndes Häuflein Elend wochenlang deine Wunden geleckt hast? Sie sind alle gleich – alle wollen nur deine Macht, dein Geld und deinen Namen. Du hattest Spaß mit der Kleinen, aber jetzt musst du dich auf das Ziel konzentrieren – ihre Firma!

All das kreist in meinem Kopf herum, während Elona stumm ihre Tasche und ihren Mantel nimmt und verloren im Eingangsbereich steht. Den Impuls, sie an mich zu reißen, zu küssen und den bitteren Geschmack meiner Worte zu mildern, unterdrücke ich eiskalt, denn der Anzug aus Arschloch und abgefucktem Mistkerl sitzt wie eine zweite Haut. Ich gehe zur Tür und wir verlassen mein Penthouse in düsterer Stimmung.

Im Auto breitet sich ein emotionaler Graben zwischen uns aus, den ich fast schmecken kann – scharf, sauer und ungenießbar. Aber mein alter Weggefährte, der Selbsthass, legt mir beschwichtigend die Hand um die Schultern und schiebt mich in die vertraute Festung aus Selbstverachtung. Der warme, weiche Fleck, den Elona berührte und der sich gestern Nacht über meine wunde Seele gelegt hat, löst sich auf und verblasst im Flutlicht der nagenden Zweifel.

»Danke fürs Bringen«, sagt sie leise mit enttäuschtem Unterton und ich hasse mich selbst für meine infame Schwäche, mich wie ein jammerndes, kleines Kind hinter den Vorbehalten zu verbarrikadieren und sie kalt abblitzen zu lassen.

Noch hast du die Chance, es aufzuhalten …

Einen elektrisierenden Moment sehen wir uns an, in dem die kleine Flamme der Verbundenheit scheu glimmt. Ungenutzt lasse ich ihn verstreichen, denn mit zusammengepressten Lippen wendet sie sich ab, steigt aus und wirft die Tür zu. Blickleer starre ich den Beifahrersitz an, auf dem vor einer Sekunde noch die Frau saß, mit der ich den grandiosesten und erfüllendsten Sex meines Lebens hatte. Die mir den Verstand raubt und die mich mit ihrer Natürlichkeit und ihrem Liebreiz verzaubert hat. Und ich Arschloch schiebe sie wie eine billige Hure von mir, lasse sie ohne ein Wort gehen, nur weil ich zu feige bin.

Denk an die Mission, denk an das Geld, denk an den Erfolg!

Ich fühle mich wie ausgekotzt und das leere Gefühl in mir bereitet mir Kopfschmerzen. Wieso habe ich das bloß zugelassen? Elona ist anders, das wusste ich bereits, als sie mir auf der Gala die kalte Schulter gezeigt hat und für das Vermächtnis ihrer Familie eintrat, sich nicht von mir oder den Jungs einschüchtern ließ.

Du bescheuerter Volltrottel!

Panisch springe ich aus dem Wagen, renne die Einfahrt zum Parkhaus runter und stehe in dem fahlen Licht des heruntergekommenen Tiefgeschosses, sehe mich suchend nach Elona um. Ich folge dem Motorengeräusch, das ich vernehme, und laufe mit einem Sack voll schlechtem Gewissen darauf zu, als mich die grellen Scheinwerfer eines Wagens blenden und ich gerade noch zur Seite springen kann, als er an mir vorbeirast. Ich jogge hinter dem Auto her, das jedoch schon die Schranke passiert und mit quietschenden Reifen davonjagt.

FUCK! Du hast es vermasselt! Sowas von vermasselt!

Ryan sieht mich fragend an, als ich eine halbe Stunde später aus dem Fahrstuhl steige und angefressen in mein Büro stapfe. Terry hat mir den Terminplan für kommende Woche ausgedruckt und auf dem Tisch liegen drei neue Projekte, die meine Aufmerksamkeit einfordern. Doch ich schmeiße nur die Tasche auf den Boden und trete, die Hände in den Hosentaschen vergraben, an das bodentiefe Fenster und starre auf das erwachende London.

»Du siehst grauenhaft aus. Lange Nacht gehabt?«, ertönt Ryan hinter mir und ich fahre mir mit der Hand über das Gesicht, bevor ich mich zu ihm umdrehe.

»Irgendwie schon. Was gibt's Neues?«

»Das könnte ich dich fragen. Wade meinte, du hättest gestern ein Gespräch mit einem neuen Kunden gehabt. Wie ist es gelaufen?«, fragt er interessiert, und innerlich stöhne ich genervt auf.

»Nicht so richtig gut«, gebe ich zähneknirschend zu, denn das Desaster mit Elona ist mehr als bescheiden gelaufen – dank mir.

»Liegt es am Geld?«, hakt er nach, da er die Situation

analytisch betrachtet, worüber ich im Augenblick dankbar bin. Das Ganze bringt mich aus dem Gleichgewicht und damit auch meine Entscheidungskompetenz und das will ich ihm auf keinen Fall zeigen.

»Ja und nein.« Fragend sieht er mich an und ich winke ab. »Ich denke, es passt nicht. Zu viele Korrelationen und Interessenskonflikte.«

Ryan mustert mich mit der ihm typischen Distanz und zuckt dann mit den Schultern.

»Sag Bescheid, wenn sich die Lage ändern sollte. Übrigens, die Kohle ist auf dem Abrufkonto für Steel bereit. Hast du schon was gehört, ob sie auf das Angebot einsteigen?«

Stumm schüttele ich den Kopf und bin mir bewusst, dass ich Elona dazu anrufen muss. Bei dem Gedanken daran zieht sich alles in mir zusammen.

»Ach, wir fliegen morgen nach Paris. Die Käufer für das Industriegelände sind morgen dort und wir können ihnen bei der Gelegenheit gleich das zweite Objekt zeigen. Sie waren sehr interessiert, es zu besichtigen. Wäre ein schönes Bonbon«, grinst er und ich nicke nur.

Abstand – das wird dir guttun!

»Wade wird sich um den Vollstreckungsbescheid in Sachen Steel kümmern. Er sagt, es fehlt nur noch dein Okay, dann kann er ihnen die Hölle heißmachen«, teilt er mir mit und ein widerlicher Stich im Magen erinnert mich an mein doppeltes, mieses Spiel. Damit würden wir die Firma zu Fall bringen – und Elona.

»Hey, hörst du mir überhaupt zu?«, reißt mich Ryan aus der gedanklichen Apokalypse und ich sehe ihn gequält an. »Mann, du bist ganz blass um die Nase, ist wirklich alles in Ordnung?« Die Sorge in seiner Stimme macht mir klar, wie schmal der Grat ist, auf dem ich entlangtaumele, und ich setze eine bewusst fröhliche Miene auf.

»War nur eine intensive Nacht.« Das breite Grinsen auf seinem Gesicht spricht Bände und er boxt mich gegen die Schulter.

»Die Kleine hat offensichtlich dein Stehvermögen ordentlich getestet. Wurde ja langsam auch mal wieder Zeit, Bro. Lass dir von Terry was zu essen besorgen, wir wollen doch nicht, dass du uns nach einer durchvögelten Nacht umkippst.« Dass es Elona war, die letzte Nacht mit mir zusammen war, weiß er natürlich nicht, aber es versetzt mir einen gepflegten Dämpfer, dass er so über sie spricht. Missmutig brumme ich nur was von Smoothie und Asia-Bowl und lachend verschwindet Ryan zu Terry, um für uns zu bestellen, denn wir essen ungern allein, obwohl ich heute liebend gerne auf Gesellschaft verzichten würde.

Um nach dem Essen auf andere Gedanken zu kommen, schnappe ich mir die Projektmappen und studiere eingehend die Details, führe einige Telefonate und bin erstaunlich effizient. Diszipliniert fokussiere ich mich auf die Zahlen, die Informationen und finde die richtigen Ansatzpunkte, um die Geschäfte zum Abschluss zu bringen. Wade ist hocherfreut, wieder in Aktion treten zu können, obwohl er mir signalisiert, dass wir Steel endlich eintüten sollen. Das Geld liegt ungenutzt auf dem Abrufkonto, und das passt dem monetärverliebten Wade so gar nicht. Mir normalerweise erst recht nicht, doch meine Prioritäten sind zur Zeit durcheinandergeworfen und die defekte Kompassnadel meines Geschäftssinns kann sich nicht entscheiden, in welche Richtung ich mich bewegen soll. Um Wades detektivischem Spürsinn zu entgehen, versichere ich ihm, dass Steel in Kürze finalisiert wird, und zufrieden macht er sich über die nächsten Vertragsentwürfe her.

Alle sind beschäftigt, nur ich fühle mich rastlos und ertappe mich dabei, wie ich auf meinem Telefon Elonas

Nummer anstarre. Noch immer habe ich ihren süßlichen, warmen Duft, den ich an ihrem Hals, zwischen ihren vollen Brüsten und in ihrer Leiste gerochen habe, in der Nase. Ihr Geschmack … SHIT!

Bevor ich ernsthaft darüber nachdenke, habe ich ihre Nummer gewählt. Es klingelt dreimal und ich werde weggedrückt!

Mist!

Erneut wähle ich ihre Nummer, nur um sofort auf der Mailbox zu landen. Unschlüssig, was ich sagen soll, lege ich auf.

Du bist so ein Weichei, Montgomery!

Also rufe ich sie nochmals an und bitte steif um Rückruf – als wenn sie darauf überhaupt reagieren würde. Wütend, so ein Waschlappen zu sein, werfe ich das Telefon auf den Tisch und lege den Kopf in den Nacken. Der Drang, zu ihr zu fahren, keimt auf, denn die bescheuerte Aktion von heute Morgen schreit nach Klarstellung. Sie hat eine persönliche Erklärung verdient und nicht ein feiges Telefonat. Schnell packe ich alles zusammen und will gerade aus der Tür, als Wade hereinplatzt.

»Das solltest du dir ansehen!« Er wirkt angespannt und erbost über die unfreiwillige Verzögerung schüttele ich den Kopf, doch er bleibt hartnäckig. »Es ist überall in den Nachrichten!« Dabei hält er mir sein Smartphone vor die Nase.

Mit angehaltenem Atem starre ich auf die Reportage und mein Herz krampft sich zusammen.

20

Elona

Als ich endlich im Auto sitze, kämpfe ich mit den Tränen. Alles nur Show. Die perfekte Inszenierung des Tash Montgomery hat mich blind in seine Falle tappen lassen. Nur zu gerne gab ich mich dem süßen Verlangen hin, ließ mich einlullen von seiner Verführungskunst und habe die Deckung fallen gelassen.

Die warnenden Worte von Erin schneiden rasiermesserscharf in mein Herz und ich unterdrücke ein Schluchzen. Sie hatte recht – mit allem.

Wie in Trance komme ich bei mir zu Hause an, denn ich will aus den Klamotten raus, die nach ihm riechen und mich an mein kolossales Scheitern erinnern. Ich bin ihm auf den Leim gegangen, als er mich mit diesen unverschämt heißen Küssen so sehr abgelenkt hat, dass ich nicht mehr klar denken konnte.

Jemand wie Tash Montgomery KANN so küssen, ohne jegliches Gefühl dabei zu empfinden – nur darauf aus, sein Opfer zu zerstören.

Kalt und distanziert hat er mich rausgeworfen. Hat all die

wunderschönen Momente, die wir geteilt haben, zertrampelt und mir gezeigt, wie der wahre Kerl hinter der charmanten Fassade wirklich ist. Ein berechnendes Arschloch, skrupellos und kaltblütig.

Daheim schmeiße ich die Kleidung in die Waschmaschine und dusche nochmal, schrubbe mir die Erinnerung an die Nacht mit ihm von der Haut, bis sie rot glüht und lasse den brennenden Tränen freien Lauf. Ich ärgere mich über die Naivität, gedacht zu haben, es sei mehr als nur ein Fick, um mich um den Finger zu wickeln. Dass ich es mir erlaubt habe, mehr in die Situation zu interpretieren, als tatsächlich da war. Es hat sich echt angefühlt. Wie er mich angesehen, wie er reagiert hat, wie er genau wie ich vor Lust …

Hör auf, dir was vorzumachen! Er vögelt sich durch ganz London und du bist nichts weiter als eine neue Kerbe in seinem Bettpfosten.

Die Erkenntnis ist eine bittere Pille, die mir im Halse stecken bleibt, und ich könnte mich selbst ohrfeigen, so dumm gewesen zu sein. Gescholten wie ein geprügelter Hund schleiche ich ins Ankleidezimmer und würde mich am liebsten heulend im Bett verkriechen und die Welt aussperren, aber ich muss mit Erin sprechen.

Wir müssen dieses Angebot noch heute ablehnen und mit Henry Miller die nächsten Schritte umsetzen. Meine Enttäuschung schlägt in Wut um, zeigt mir, wie viel Potential wir durch Miller haben, und entschlossen ziehe ich mich an, stürme aus der Wohnung, um zur Firma zu fahren. Ich werde nicht zulassen, das Tash mich in die Knie zwingt. Auf keinen Fall!

Henry ist begeistert, als ich ihn aus dem Auto anrufe und heute Nachmittag bei ihm vorbeikommen will. Er hat schon einige seiner Geschäftskontakte mobilisiert, die unser Exposé erhalten haben und sich mit uns treffen wollen.

Gottlob!

Gerade, als ich Erin anrufen will, erscheint ihr Name im Display.

»Erin, guten Morgen, du glaubst nicht, was –«

»Dad ist tot!«

Mit quietschenden Reifen kommt der Wagen zum Stehen, was ein frenetisches Hupkonzert auslöst, das ich jedoch nicht realisiere. Betäubt kralle ich die Hände ins Lenkrad und wage nicht, zu atmen. Mein ganzer Körper friert ein und ich nehme nichts außer dem pochenden Schmerz in meinen Schläfen wahr.

»Elona, was war das?« Erins Stimme klingt hohl und schrill und holt mich für einen kurzen Moment ins Hier und Jetzt zurück.

»Ich … was?« Mir wird schlecht und Panik steigt rasend schnell meine Wirbelsäule hoch und hockt sich auf meine Brust, sodass ich kaum atmen kann.

»Wo zum Teufel bist du? Ich war bei dir zu Hause, doch da warst du nicht. Ich bin bei der Polizei, wo du auch sein solltest.«

Erdrückende Reue zerreißt mein hauchdünnes Nervenkostüm und ich schluchze auf. Alles stürzt auf mich ein, die Hoffnung löst sich wie zarter Nebel im Sonnenlicht auf und ich bin gefangen in einem schwarzen Käfig aus Angst und Verlustschmerz.

Wie soll ich Erin erklären, dass ich im Bett des Feindes lag, während sie die Nachricht vom Tod unseres Vaters ereilte?

»Wo?«, bringe ich mit tränenerstickter Stimme zustande und sie rattert die Adresse der Polizeiwache herunter und herrscht mich an, sofort dorthin zu kommen.

Unter größer Anstrengung schaffe ich es, mich auf das Fahren zu konzentrieren und erreiche nach zwanzig qualvollen Minuten den Besucherparkplatz der Polizeistation. Als ich den

Motor abstelle, schließe ich die Augen und lege die Hände zitternd über den Mund, unterdrücke einen Schrei und beiße in den Handballen, um etwas anderes zu fühlen als die schneidende Qual. Dann bemächtigt sich wie damals bei Mum der Selbsterhaltungstrieb meiner, nimmt mich in seine schützenden Arme und stützt mein zerfleddertes Selbst im Korsett der Teilnahmslosigkeit. Zögerlich steige ich aus, um mich dem zu stellen, was die letzten Wochen wie ein Damoklesschwert über mir geschwebt hat.

Die Geschäftigkeit auf der Wache steht im Kontrast zu dem Unabänderlichen und ich frage mechanisch nach meiner Schwester. Ein Polizeibeamter begleitet mich ein Stockwerk tiefer in einen grauen, tristen Gang, nur durch kaltes Neonlicht beleuchtet, und klopft an eine Stahltür. Dahinter eröffnet sich ein karger Raum mit einem ramponierten Holztisch, an dem zwei mit weißen Kitteln bekleidete Herren sitzen und auf Erin einreden, die sich bei unserem Eintreten zu uns herumdreht.

Ihr hübsches Gesicht ist kreidebleich, die Rehaugen rot vom Weinen und ihre Lippen zittern, als sie mir um den Hals fällt. Ihre Körperwärme fühlt sich so falsch an und ich stehe stocksteif da und verschanze mich hinter mentaler Agonie.

Ihre Vorwürfe von vorhin sind unwichtig, meine Nacht mit Tash verblasst und sein Verrat ist bedeutungslos, angesichts der Endgültigkeit, die Erin und mich erwartet.

Als sie sich von mir löst, sieht sie mich mit tränenverschleierten Augen an und wir treten Hand in Hand an den Schreibtisch.

»Mein herzliches Beileid, Miss Steel«, empfängt mich einer der weißbekittelten Herren und schüttelt mir die freie Hand.

»Danke«, murmele ich mechanisch und setze mich neben Erin, die meine Hand nicht loslässt.

»Wir waren gerade dabei, Ihrer Schwester zu erklären, was

als Nächstes passiert. Sie müsste die Leiche identifizieren und dann können wir den Totenschein ausstellen.«

»Wie … ich meine … wo haben Sie ihn gefunden?«, frage ich krächzend und Erin krallt die Fingernägel in meinen Handrücken.

Mit einem tiefen Atemzug sieht er Mann zu uns. »Die Beamte fanden ihn in einem gemieteten Chalet, das mit seiner Kreditkarte zwei Tage zuvor bezahlt wurde. Er … er hatte eine tödliche Menge Schlafmittel im Blut und saß vor dem erloschenen Kamin mit einem Foto auf dem Schoß.«

Er schiebt besagtes Foto zu uns. Es ist das Foto unseres Ferienausflugs damals mit Mum in den Bergen, als wir zum ersten Mal Skilaufen waren. Mum sitzt strahlend neben Dad auf der Couch und Erin und ich hocken lachend zu ihren Füßen in rotweißen Winterpullovern und roten Cordhosen. Das Foto hat Knicke und ist an den Ecken schon eingerissen, denn Dad hatte es immer im Portemonnaie bei sich. Erin erschaudert neben mir und ich schließe die Augen.

»Sind Sie bereit, um …?«

»Bringen wir es hinter uns«, höre ich mich sagen und Erin sieht mich gequält an. Wir folgen den Männern durch eine Doppeltür in einen weiteren Raum und mir wird schlagartig übel. Es ist eisig hier drin und ein unangenehm süßlicher, fauliger Geruch gemischt mit dem beißenden Dunst von Desinfektionsmittel sticht mir in die Nase. An beiden Seiten des bis unter die Decke weiß gekachelten Raums sind silberne Klappen und in der Mitte stehen vier Blöcke unter riesigen OP-Lampen, an deren Ende Wasserschläuche hängen. Bis auf einen Block sind alle leer und nur die wannenartige Vertiefung und die am Kopfende aufgereihten steril verpackten Instrumente geben eine Idee davon, was dort vonstattengeht, sollte der Tisch belegt sein.

Erin schnieft neben mir und ich konzentriere mich auf den

Mann, der das helle Tuch zurückschlägt. Der erstickte Schrei von Erin hallt gespenstisch von den Wänden und mein Magen krampft sich zusammen.

Über Mund und Augenlidern sind hautfarbenen Klebestreifen befestigt und geben Dads Gesicht einen puppenhaften Zug. Seine Haut sieht wächsern und fahl aus, und sie wirkt wie mit Kunststoff überzogen unnatürlich glatt. Das volle graue Haar haben sie zurückgekämmt und auf seinen Wangen ist der Bartschatten sichtbar, als hätte er sich mindestens zwei Tage nicht rasiert. Es sieht aus wie Dad, doch gleichzeitig wirkt es wie eine künstliche Maske seines Gesichtes und ich merke, wie mir schwindelig wird. Erin krallt sich an meinem Arm fest, während sie still weint und dem Beamten zunickt, der uns betreten ansieht und einen Schritt zurücktritt.

Ohne es zu registrieren, strecke ich die Hand aus, um ihn zu berühren, die Gewissheit zu erlangen …

Ein kräftiger Ruck an meinem Arm und ich blinzele Erin an, die mich schockiert anstarrt. Dann bricht die Unumkehrbarkeit mit voller Wucht über mir zusammen, reißt mich ins tiefe Dunkel der Klarheit und schlägt die spitzen Krallen der Gewissheit in mein Herz. Die Wände bewegen sich auf mich zu, wollen mich zerquetschen und mich für immer hier unten einsperren.

Weg – du musst hier weg!

Blind renne ich taumelnd durch die Doppeltür, raus auf den Gang und die Treppe hoch. Grelles Sonnenlicht empfängt mich und ich stürze aus der Polizeiwache, schnappe panisch nach Luft und erbreche mich in eines der Blumenbeete neben der Treppe.

Wie wir in die Firma gekommen sind, weiß ich nicht mehr, doch Sir Malcom erwartet uns bereits mit zwei Mitarbeitern. Mrs. Fuller ist vollkommen aufgelöst und fällt uns beiden schluchzend um den Hals, als wir auftauchen. Teilnahmslos hocke ich neben Erin, die nach einer Heulattacke die Kraft gefunden hat, sich zu sammeln. Reporter stehen vor dem Tor, rufen lauthals nach einem Statement und ich frage mich irritiert, wie die Information so schnell die Runde machen konnte.

Ein Mitarbeiter von Sir Malcom kümmert sich um die sensationsgeile Meute und wir werden mit Informationen überschüttet, die ich weder verarbeiten kann noch wissen will. Das Einzige, was ich will, ist mich in einem Ort im Nirgendwo zu verkriechen, wo mich niemand findet und niemand sucht. Mein Telefon vibriert in meiner Hosentasche und ich starre auf das Display: Tash Montgomery. Ich drücke ihn weg.

Sir Malcom erklärt gerade etwas zur Testamentseröffnung und dass wir morgen mit ihm zum Notar fahren müssen, als es erneut klingelt und ich den Anruf sofort wegdrücke und das Gerät ausschalte.

»Wir werden das durchstehen. Sie können auf meine uneingeschränkte Unterstützung zählen«, teilt uns Sir Malcom mit ernster, aber betroffener Miene mit. »Dass Howard zu so etwas fähig ist – es ist eine Tragödie.«

»Denken Sie, er hat es absichtlich getan … sich um–?«.

»ELONA!« Erin sieht mich fassungslos an und ich knete angespannt meine Hände im Schoß, als Sir Malcom seufzt.

»Howard – Ihr Vater – er war nicht mehr derselbe, nachdem Margret von uns gegangen ist.«

Erin räuspert sich. »Wir alle waren völlig überfordert und … Mum hat alles hier zusammengehalten. Dad hat sich – er war immer so in sich gekehrt, aber wir dachten, er braucht

Zeit, um – na ja, einen Weg zu finden, damit zurechtzukommen.«

»Wissen Sie, er hat mir mal anvertraut, dass er mit Margret den Sinn des Lebens gefunden habe. Und mit Ihnen beiden sei das Glück vollkommen.« Die Bedeutung dieser Worte hängt schwer in der Luft und meine dunkle Vorahnung wächst zu beachtlicher Größe in den Bereich der Möglichkeit.

»Wollen Sie damit andeuten, dass Dad …«

Beschwichtigend hebt Sir Malcom die Hände. »Eine Überdosis Schlaftabletten lässt einige Vermutungen zu. Margrets Tod hat ihm alles genommen, was ihm je wichtig war – abgesehen von Ihnen beiden selbstverständlich. Aussichtslosigkeit kann einen Mann zu schrecklichen Dingen anstiften«, gibt er zu bedenken und die eisige Gewissheit legt sich mit klammen Fingern um mein wimmerndes Herz.

Der Tag wabert in nebulösen Fragmenten dahin. Irgendwann sitze ich im Taxi neben Erin und wir fahren zu ihr nach Hause. Keiner sagt ein Wort, jeder versunken in den schwarzen Gedanken, einen weiteren Schicksalsschlag verkraften zu müssen.

In den Nachrichten schwingen sich die Gerüchte über Dads Tod zu einem schillernden Medienspektakel auf und verleihen dem Drama die groteske Note einer Daily Soap.

»Wie können sie nur sowas über Dad sagen?«, echauffiert sich Erin mit trockener Stimme und schaltet die TV-Programme durch, bis sie am Disney Channel hängenbleibt.

»Völlig egal, woher die Presse davon Wind bekommen hat. Fakt ist, sie zerreißen sich virtuell das Maul darüber«, zucke ich mit den Schultern und sie nickt geistesabwesend, während sie uns einen Tee aufsetzt.

Wir verkriechen uns mit dicken Socken unter den weichen

Decken auf der Couch und lehnen aneinander, haltsuchend und verstört, wie damals nach Mums Tod. Alles scheint wie in einer düsteren Zeitschleife erneut abzulaufen, dieselben Gedanken, dieselben schmerzhaften Empfindungen, dieselben Ängste und dieselben verdammten Tränen.

Mit dem Unterschied, dass Mum keine Chance hatte. Dad jedoch traf eine Entscheidung. Das ist jedenfalls das, was mir wie eine kaputte Schallplatte wieder und wieder durch den Kopf schwirrt.

Wir brauchen nicht viele Worte, geben uns gegenseitig einfach nur das Gefühl, nicht völlig allein zu sein, und versinken in unseren trauerbeladenen Gedanken.

Notariat

Stürmisch zerrt der eisige Wind an meinem Haar und dem Mantel, als wir die breite Steintreppe zu dem prunkvollen Gebäude emporsteigen und von Sir Malcom ernst in Empfang genommen werden.

Der Notar, ein freundlicher, älterer Herr, der mir damals immer Karamellbonbons angeboten hatte, wenn ich mit Mum oder Dad bei ihm war, spricht uns sein Beileid aus. Er bleibt allerdings höflich distanziert, was mir zumindest die Sache einfacher macht, nicht in Tränen auszubrechen, als er uns bittet, Platz zu nehmen.

Nachdem er unsere Personalien geprüft und dokumentiert hat, schlägt er eine große, braune Ledermappe auf, in der einige Papiere zum Vorschein kommen. Er kramt darin herum und fördert einen handgeschriebenen Brief zu Tage, den er uns mit bedauernder Miene hinlegt.

»Dies hat Ihr Vater vor drei Monaten bei mir hinterlegt. Es war sein Wunsch, dass Sie es nach seinem Ableben erhalten«, erläutert er und ich spüre Erin neben mir erstarren.

»Sie meinen, er hat … es ist geplant gewesen?« Ihre brüchige Stimme macht mich fertig und ich greife nach ihrer Hand, die sich kalt in meine schmiegt.

Er braucht es gar nicht auszusprechen.

»Wie kann er nur? Wie kann er uns das antun?«, schluchzt sie auf und auch mir steigen bei ihren Worten die Tränen in die Augen.

Er hat uns alleingelassen, ohne sich zu verabschieden, ohne ein Wort.

»Es tut mir sehr leid, der unheilverkündende Bote sein zu müssen«, antwortet er sanft und Erin nickt nur, als sie den Brief mit zittrigen Fingern nimmt und wir gemeinsam lesen:

Meine geliebten Kinder, die Schuld, die ich auf mich geladen habe, indem ich Euch mit dem erneuten Schmerz konfrontiere, ist mein persönliches Fegefeuer und ich verstehe nur zu gut, wenn ihr mich nun verachtet – ja, vielleicht sogar hasst.

Nachdem eure Mutter von uns gegangen ist, nahm sie alles mit sich. Einzig ihr wart der Grund, ihr nicht sofort zu folgen. Es gab Momente, in denen ich dachte, ich könnte es schaffen, doch diese verstrichen, und ich fiel ins Bodenlose.

Auch wenn ihr mich verurteilt, feige den Weg des geringsten Widerstandes gegangen zu sein, versichere ich euch, dass es die schwerste Entscheidung meines Lebens war, euch auf diese Weise zu verlassen.

Das Vermächtnis der Steels, und insbesondere eurer Mutter, ist eine große Aufgabe, doch ich weiß, dass ihr gemeinsam stark seid, sie zu meistern. Ich hatte das große Glück, zwei bezaubernde und wundervolle Mädchen großziehen zu dürfen, die mein Glück und meine Welt zu etwas ganz Besonderem gemacht haben.

Vielleicht hätte ich mir Hilfe suchen sollen, vielleicht hätten wir gemeinsam über all die unausgesprochenen Dinge reden müssen, vielleicht …

Der Verlust eurer Mutter hat mich zu einem halben

Menschen gemacht und ich bin nicht stark genug, dem Leben ohne sie einen Sinn abzuverlangen. Mit dieser Erkenntnis haderte ich jahrelang, wollte es nicht wahrhaben, und schämte mich der eigenen Schwäche wegen.

Die eine wahre Liebe habe ich im Leben gefunden und sie war ein Segen, denn daraus seid ihr beide entsprungen. Seit sie mir genommen wurde, gibt es hier nichts mehr für mich, außer euch beide vereint zu wissen.

Ja, ich weiß, ihr hattet eure Differenzen. Und ich habe mit Stolz registriert, wie ihr euch beide entwickelt habt, jede auf eine ganz einzigartige Weise. In meinem Schmerz verlor ich den Halt in der Welt, und bevor ich euch vor dem Nichts stehen lasse, wollte ich eure Zukunft gesichert wissen.

Sicher fragt ihr euch, wieso ich dann nicht alles dafür getan habe, die Firma zu retten und euch auf die Übernahme vorzubereiten. Weil ich es nicht konnte.

Jeden Tag, den ich im Büro oder daheim verbracht habe, war eine Qual und ich verlor die Kontrolle und den Überblick. Es fraß mich innerlich auf. Wenn ich in einem klaren Moment sah, was mir alles bereits entglitten war, brachte mich mein Scheitern fast um. Ich zerstörte mit meiner Lethargie unbewusst alles, wofür eure Mutter und Grandpa so hart geschuftet hatten. Ich konnte und wollte euch nicht vor den Ruinen eures Erbes stehen sehen. Also traf ich eine Entscheidung.

Die Firma, insbesondere das Grundstück und die Immobilien, mit allem, was dazu gehört, bringen eine stattliche Summe auf die Waage. Margret, vergib mir, dass ich das sage: Aber von dem Verkaufserlös könnt ihr ein sorgenfreies Leben leben. Ihr seid jung, klug und werdet euren Platz in dieser Welt schon finden. Davon bin ich überzeugt. Ein Familienunternehmen ist Fluch und Segen gleichermaßen und bindet euch nicht nur in unternehmerischer Hinsicht an eine enorme Verantwortung. Ich wünsche mir für euch, dass ihr frei entscheiden könnt, wie ihr euer Leben gestalten wollt. Ihr sollt nicht mein Scheitern übernehmen oder dadurch gar ins finanzielle Unglück gestürzt werden.

Das Leben hier ist für mich zur staubigen Verdammnis geworden und ich verachte mich jeden Tag mehr für meinen eigenen Verfall. Alle Kraft ist aufgebraucht – keine Energie mehr vorhanden. An manchen Tagen vergesse ich sogar, zu essen oder zu trinken – es ist bedeutungslos geworden, ohne sie.

Ich bin so stolz auf euch, dass ihr es geschafft habt, diesen schmerzlichen Verlust zu überwinden. Diese Stärke habe ich in der unendlichen Trauer verloren.

Vergebt mir meine Schwäche, die ich nicht aufhalten konnte. Vergebt mir mein Versagen, nicht stark genug gewesen zu sein.

Vergebt mir, euch im Stich gelassen zu haben.

Ich liebe euch von ganzem Herzen – für immer!

Dad

Bleierne Stille liegt im Raum und verschluckt jedes kleinste Geräusch. Betäubt von den aufwallenden, widerstreitenden Gefühlen stehe ich auf und laufe manisch auf und ab.

Entsetzen

Wut

Hass

Trauer

Schmerz

Mitleid

Unverständnis

Angst

Hilflosigkeit

Erins Schniefen zerschneidet mein Vakuum aus Gefühlschaos und ich fange den enttäuschten Blick von Sir Malcom auf, der sichtlich überfordert wirkt.

Wie konnte Dad uns das antun? Wie unverantwortlich warf

er sein Leben einfach so weg – schickt Erin und mich erneut durch die Hölle? Rücksichtslos und egoistisch.

»Nun – meine Damen, ich weiß nicht, was ich sagen soll, aber ich … Sie haben mein tiefempfundenes Beileid«, schnarrt der Notar und Erin streckt die Hand nach mir aus. Die einstigen Vorbehalte und Kabbeleien sind weggewischt von dem ausgekippten, zähen Kleister der Tragödie, der wir uns nun stellen müssen und die um uns herum detoniert.

Dad hat M & B Trading angeheuert, um uns aufzukaufen. Wie konnte er nur? Mum hätte ihm die Ohren langgezogen. Nie hätte ich daran gedacht, dass er so skrupellos das Familienunternehmen wegwirft – aufgibt.

Er hat aufgegeben. Sich selbst, uns und alles, wofür Mum und Grandpa jahrelang gekämpft haben. In meiner Brust breitet sich ein hohler Raum aus, frisst sich mit nadelspitzen Zähnen durch meine Liebe und nagt an meinem Herzen. *Verachtung!*

»Wir haben noch das Testament vor uns. Wären Sie beide in der Lage, darüber zu sprechen?« Der Notar sieht uns ernst und mitfühlend an, aber Erin nickt, denn sie will es genauso hinter sich bringen wie ich, wofür ich unendlich dankbar bin.

»Gut. Nun, Sie beide erben die Firma sowie alle Immobilien zu gleichen Teilen. Was im vorliegenden Fall bedeutet, auch die damit verbundenen Verbindlichkeiten. Erin wird das Haus hier in London zugesprochen und Sie, Elona, erhalten das Haus in Cornwall – das Feriendomizil, wie hier steht – mit allem Inventar.«

»Äh, entschuldigen Sie, aber sind die Häuser nicht bereits belastet worden? Wegen der Firma, meine ich?«, frage ich irritiert, denn davon bin ich ausgegangen.

Kopfschüttelnd verneint der Notar das. »In den Grundbüchern stehen seit drei Jahren jeweils Sie beide. Hat er Ihnen das nicht gesagt?«

»Nein, wir hatten keine Ahnung …«, antwortet Erin leise und sieht fragend zu mir, doch ich kann nur mit den Schultern zucken.

»Hm, interessant. Nun, die Häuser sind auf Grund dieses Umstandes nicht von den Banken herangezogen worden, da Ihr Vater alleiniger Eigentümer der Firma und damit ohne weiteres Vermögen war, sind beide Häuser schuldenfrei.«

Ein kalter Schauer rieselt mir den Rücken herunter: Dad hat das alles von langer Hand geplant. Er hat geplant, uns ein Dach über dem Kopf zu sichern, bevor er der Welt den Rücken kehrt. *Kaltblütig.*

Eine weitere Stunde später stehen Erin und ich vor dem Gebäude mit einem Informationschaos im Kopf und jeder Menge Dokumente.

»Wir müssen den Bestatter informieren«, überlegt Erin laut und bei dem Gedanken an Urnen, Särge und Blumengestecke wird mir ganz flau im Magen.

»Du hast recht. Lass es uns lieber gleich hinter uns bringen«, schlage ich vor und sie nickt zustimmend.

»Nur manche Entscheidungen sind unumgänglich und überlebenswichtig. Ohne sie geht alles vor die Hunde. Auch wenn sie bedeuten, dass man sich selbst zurückstellt.« Die Worte von Tash bekommen plötzlich ein völlig anderes Gewicht und entschlossen ziehe ich Erin zum Taxistand.

21

Tash

Zwei Tage habe ich nichts von Elona gehört. Mir ist klar, was sie gerade durchmacht und welch unangenehme Termine sie wahrnehmen muss, doch das macht es umso schwerer, Distanz zu wahren. Ich habe mich wie ein riesiges Arschloch verhalten und mir damit die Chance verbaut, jetzt für sie da sein zu können. Dieser Umstand macht mich fertig und rupft ununterbrochen kleine Stücke aus meinem Herzen heraus.

Du egoistischer, feiger Penner!

Ryan hat auf meine Bitte hin das Geld von dem Abrufkonto umgewandelt und in einen unserer Anlagefonds investiert. Sollten wir mit den Steels nochmals über das Angebot sprechen, würde ich die Summe um die Zinsen erhöhen – sehr zum Verdruss von Ryan, aber er kommentierte meine Entscheidung nicht weiter. Alle Termine haben wir bis auf Weiteres abgesagt, denn ich will nicht riskieren, dass sie eventuell anruft, und ich am anderen Ende der Welt festsitze.

Um überhaupt irgendwas in Erfahrung zu bringen, bat ich Wade, mit Sir Malcom Cliffort Kontakt aufzunehmen. Dieser teilte mit, dass die Steels derzeit mit den Familienangelegenheiten sowie der Firmenübernahme beschäftigt seien und keine Zeit für weitere Gespräche hätten, sie sich aber melden würden, sobald sich die Situation geglättet hätte.

Verständlich!

Umso verzweifelter suche ich nach einer Möglichkeit, Elona zu unterstützen. Doch sie hüllt sich in Schweigen und all meine Anrufe und Nachrichten bleiben unbeantwortet.

Die Medien drehen durch und überschlagen sich in wilden Spekulationen, was mit Howard Steel geschehen ist. Bilder von Elona und Erin, wie sie aus dem Beerdigungsinstitut oder der Firma kommen, dominieren mit kruden Headlines von den *gefallenen Steel-Engeln* die Klatschblätter. Es tauchen alte Berichte von Erin Steel als angehenden Schauspielstar auf, wie sie vom gefeierten Newcomer ins Bodenlose gestürzt ist. Vergleiche zum jetzigen Firmendesaster werden gezogen – Gott weiß, woher die Presse davon Wind bekommen hat. Ich mag mir nicht ausmalen, wie sehr diese unqualifizierten Berichte an Elona zerren, und ich würde sie liebend gerne davor beschützen.

Angespannt und rastlos quäle ich mich durch die Tage, immer in der Hoffnung, ein Lebenszeichen von ihr zu bekommen, aber es bleibt ein Wunschtraum meinerseits. Dieser Schicksalsschlag macht mir bewusst, wie schnell sich das Blatt des Lebens wenden kann und man vor einem Trümmerfeld steht, ohne es selbst verschuldet zu haben. Denn mein eigenes Schicksal habe ich bestmöglich an die Kette gelegt. Die Frage nach dem Sinn hinter allem keimt auf und wirft mich auf mein eigenes Hadern zurück.

Warum etwas zerstören, wenn es so viel gibt, was erhaltenswert ist? Elonas Worte haben einiges in mir wachgerüttelt, denn es ist genau der Punkt, an dem die Werte meiner eigenen Firma profan und abwertend anmuten. Geld und Macht. Sie zu besitzen ist berauschend, allerdings nur solange man den Fokus darauf legt. Sie schaffen Neider, lassen dich in ständiger Sorge um ihre Erhaltung bangen und lenken dich davon ab, das Leben zu genießen. Nicht, dass ich es mir nicht gut gehen lasse – im Gegenteil. Aber tiefe, innere Zufriedenheit, das Empfinden, angekommen zu sein, das hatte ich bisher nie verspürt.

Erst als Elona in meinen Armen aufwachte, mich anlächelte und ich einen scheuen Blick auf den Zauber des vollkommenen Momentes werfen durfte, wurde mir schlagartig bewusst, wie viel ich in den letzten Jahren versäumt hatte. Die Erkenntnis war niederschmetternd. Mein abweisendes Verhalten ihr gegenüber nichts weiter als die schiere Ohnmacht darüber, jahrelang hinter einem Vermächtnis herzujagen, das ich nie wollte, nur um allen zu beweisen, was für ein harter Hund und cleverer Geschäftsmann ich bin.

Wir zerstören Dinge, um neue zu erschaffen. Im Grunde ist es nichts weiter, als geschickt mit den uns in den Schoß gefallenen Wirtschaftsgütern zu spielen, Leuten Geld aus der Tasche zu ziehen, um daran zu verdienen.

Plötzlich erscheint mir alles, was wir bislang erreicht haben, wie ein billiger Taschenspielertrick, Blendwerk für die abgestumpften Geister einer sinnbefreiten Welt. Meine eigene Bequemlichkeit und Arroganz türmen sich zu einem riesigen Schutthaufen aus Belanglosigkeiten auf, der mir höhnisch vor Augen führt, wie armselig mein Streben nach mehr Geld und mehr Macht neben immanenten Dingen wie Familienwerten und Vertrauen, ja sogar Liebe, erscheint.

Zwei Tage später

»Und du bist dir sicher, dass das eine gute Idee ist?«, fragt Ryan zum gefühlt hundertsten Mal, als uns die Information erreicht hat, dass die Beerdigung von Howard Steel morgen Vormittag auf dem Kensal Green Cemetery stattfinden wird. Die anschließende Trauerfeier wird bei Sir Malcom Cliffort gegeben. Sobald Wade uns informiert hat, stand für mich fest, dass wir dort geschlossen erscheinen. Nicht nur, weil ich wie ein kranker Stalker Elona wiedersehen wollte, sondern weil es der Anstand gebietet.

»Ja, wir werden alle dort hingehen.«

»Dir ist schon bewusst, dass wir als der Feind nicht unbedingt herzlich empfangen werden«, wirft er ein und Wade nickt stumm.

»Es geht nicht um so eine banale Scheiße wie den Vertrag oder den Kauf. Sie hat ihren Vater verloren und das auf dramatische Weise. Wir haben die moralische Verpflichtung, uns dort blicken zu lassen«, knurre ich ihn an und er mustert mich fragend.

»Beide haben den Vater verloren. Kann es sein, dass die eine Schwester dir zu Kopf gestiegen ist?«, hakt er nach und Wade spitzt die Ohren.

»Ach ja? Interessant. Schon auf der Gala ist mir aufgefallen, wie oft du mit der jüngeren Schwester getanzt hast. Und das, obwohl du einen Blowjob von Cecilia angeboten bekommen hast.« Wade grinst mich süffisant an und ich verdrehe die Augen.

»Es ging ums Geschäft. Schließlich wollten wir verhindern, dass die Steels …«

»Ja, mag sein. Warum hab ich nur seitdem das Gefühl, dass du weich geworden bist, wenn es um SIE geht?«, stichelt Wade weiter und fixiert mich mit seinem Blick.

»Können wir bitte zum Wesentlichen zurückkommen – der Beerdigung?!«, kappe ich barsch die Fragerunde und Ryan wirft Wade einen wissenden Blick zu.

»Du willst also zur Beerdigung. Gut. Und danach verziehen wir uns, verstanden? Wir gehören weder zur Familie noch zum Freundeskreis – nicht mal zum Bekanntenkreis«, erinnert mich Ryan an unsere Außenseiterrolle und ich presse die Lippen zusammen, um nichts Unbedachtes von mir zu geben.

»Lass dich nicht von deinem eigenen Drama runterziehen.« Wades Äußerung macht mich sauer, da ich nur zu gut nachempfinden kann, was gerade in Elona los sein muss. Aber er hat recht. Ich darf meine persönlichen Dämonen nicht von der Leine lassen. Gut, das habe ich bereits getan, als ich sie so brüsk vor die Tür gesetzt habe, aber nochmal will ich mir diese Schwäche nicht erlauben – auf keinen Fall.

»Klar. Wir werden unsere Aufwartung machen und dann wieder gehen«, stimme ich zu und die beiden geben sich glücklicherweise damit zufrieden. Sie fangen sofort mit der Diskussion zu neuen Projekten an, an denen ich mich nur vage beteilige, denn in Gedanken bin ich bei Elona.

Es ist ein kalter Tag und alles versinkt in trübem Grau, als ich auf den Parkplatz des Friedhofs einbiege. Als würde das Wetter den düsteren Anlass kennen, zu dem sich die ganzen Menschen eingefunden haben, nieselt es auch noch. In der gotischen Kapelle drängen sich die schwarzgewandeten Leute und der Geruch von Weihrauch und nassem Stein hängt in der Luft. Ryan, den ich am Rand des Mittelschiffs entdecke, gibt mir ein Handzeichen. Wir stehen recht weit vorne, mit Blick auf den Altar und den davor aufgebahrten Sarg in einem Meer aus Blumenkränzen, Gestecken und einem auf einer

Staffelei stehenden Foto von Howard Steel. Terry hat uns einen mit weißen Lilien und Rosen bestückten Kranz organisiert, den Wade und Ryan bereits abgelegt haben. Mein Blick sucht die Reihen ab und ich entdecke Elona neben ihrer Schwester und Sir Cliffort auf der vordersten Bank. Ihr Blick ist starr nach vorne gerichtet. Den Blick kenne ich nur zu gut: alles ausblenden und sich hinter der undurchdringlichen Maske der Teilnahmslosigkeit verschanzen.

Wie gerne ich sie in die Arme schließen und ihr Halt und Trost spenden würde. Ich komme nicht umhin, dass mir Dads Beerdigung in den Sinn schießt. Wie unendlich einsam ich mich gefühlt hatte. Sie muss gerade dasselbe durchmachen und ich widerstehe dem Drang, auf sie zuzulaufen.

Zehn Minuten später beginnt die Zeremonie, von der ich allerdings nichts mitbekomme, denn meine Aufmerksamkeit liegt auf Elona, die sich die ganze Zeit über nicht einmal bewegt hat. Erst, als der Pfarrer die Sargträger beordert, die Gesellschaft hinausströmt und Erin und Elona verschluckt, komme ich in Gang und folge der Masse aus der Kapelle. Ich erhasche einen flüchtigen Blick auf sie, ihr bleiches Gesicht mit dunklen Schatten unter den wunderschönen Augen, aber sie sieht mich nicht.

Warum sollte sie auch, Arschloch?! Sie trägt ihren Vater zu Grabe und du buhlst um ihre Aufmerksamkeit – kranker Penner!

Eine junge Frau mit grellroten Haaren, die an Tomatenketchup erinnern, fällt den beiden schluchzend um den Hals und sie nehmen die junge Frau in ihre Mitte. Eine Freundin wahrscheinlich.

Der Gang durch den parkähnlich angelegten Friedhof zur Krypta der Steels scheint endlos lang und mutet wie der Büßergang zum Altar der eigenen Sünden an. Meine stehen mit gefletschten Zähnen und schartigen Schwertern in Habachtstellung hinter mir, um mich daran zu erinnern, weshalb wir überhaupt hier sind: dem Kauf von Steel Leather Manufacture und damit der Zerstörung von Elonas Erbe.

FUCK!

Bei der Krypta angekommen findet der Kondolenzreigen statt, mitleidige Mienen werden zur Show getragen, Beileidsbekundungen gemurmelt und Taschentücher in einer Tour gezückt, um Krokodilstränen wegzuwischen. All die Menschen hier sind womöglich nur zu einem Drittel tatsächlich betroffen vom Tod Howard Steels. Der Rest geifert nach einem Blick auf die Steel-Mädchen, um bei der nächsten Skatrunde aus erster Hand berichten zu können, wie grauenvoll die Predigt und wie geschmacklos die Kleider der Töchter waren. Sensationsgeilheit in Reinkultur – widerwärtig. Durch meine eigene Tragödie habe ich gelernt, die echte von der geheuchelten Trauer zu unterscheiden. Ja, es ist erschreckend, wie viele Menschen sich an anderer Leute Desaster laben, um sich einen kurzen Moment lang über die eigenen Unzulänglichkeiten zu erheben. Gerade hier in der sogenannten Upperclass herrscht ein Höchstmaß an Heuchelei und Neid.

Elona geht am Arm ihrer Freundin hinter der Prozession her, tief in Gedanken versunken und ich erwische mich dabei, wie ich mich brüsk durch die Menge nach vorne schiebe, um ihr näher sein zu können.

Unter dem Regenschirm verschanze ich mich, solange es geht, bis der ganze Zinnober vorbei ist, in dem auch Ryan und Wade den beiden kondolieren, und nur der engste Kreis versteinert vor dem schmiedeeisernen Tor zu den Katakomben der Steel-Krypta steht und sich nach und nach einzelne Personen von Elona und Erin verabschieden, die Hand in Hand reglos auf die steinernen Treppenstufen, die in die Unterwelt führen, starren. Erin flüstert Elona etwas ins Ohr, die kaum merklich nickt, und geht Arm in Arm mit der Rothaarigen von dannen.

Nun bin ich allein mit Elona und wage kaum, zu atmen. Sie hat nicht bemerkt, dass noch jemand da ist, und so schüttelt ein heftiges Schluchzen ihren Körper, ihre gesamte Haltung sinkt in sich zusammen, als habe das stützende Korsett der Etikette nachgegeben, um der erdrückenden Hilflosigkeit Platz zu machen. Ihre Schultern zucken in den Schüben der Weinkrämpfe und der Anblick schneidet mir ins Herz. Ohnmächtig schaue ich zu, wie sie sich an die eisernen Gitterstäbe klammert. Als ihre Beine nachzugeben drohen, bin ich mit zwei Schritten bei ihr. Den Regenschirm achtlos bei Seite werfend, stütze ich sie und spüre die Vibration ihres Körpers, der von Trauer gebeutelt wird.

Sie registriert gar nicht, wer hinter ihr steht, sondern nimmt einfach den Trost einer fremden Umarmung an. Ich schlinge die Arme um ihre Taille, während sie mit dem Rücken an meiner Brust lehnt, und wiege sie sanft hin und her, nehme ihren Schmerz und beschwichtige seinen eisigen Zorn mit ein wenig Nächstenliebe.

Es ist so viel mehr als Nächstenliebe, doch mehr braucht sie jetzt nicht und so halte ich sie einfach fest, mit der Gewissheit, dass ihr Innerstes in Dunkelheit und kaltlächelnder Einsamkeit durch den Äther der Trostlosigkeit wabert – doch sie muss nicht allein da durch.

Der Nieselregen hört auf und durch die grauzerfetzte Wolkendecke bricht ein einzelner, heller Lichtstrahl hindurch. Elona hat sich ein wenig gefangen, lehnt allerdings immer noch an mir – sehr zu meiner Freude – und ich versuche, einfach nur Nähe zu schenken. In der Ferne ertönt die Glocke der Kapelle und sie zuckt zusammen und wird sich erst jetzt richtig bewusst, dass jemand sie im Arm hält, und windet sich aus meiner Umarmung heraus.

Als sie registriert, wer sie gehalten hat, wandelt sich ihr

trüber Blick und mit wutverzerrtem Gesicht funkelt sie mich an.

»Was um alles in der Welt soll das werden? Was hast du hier zu suchen?«, krächzt sie, die Stimme rau vom Weinen.

»Ich möchte dir in aller Form mein tiefstes Beileid aussprechen. Niemand sollte je eine solche Tragödie erleben müssen«, antworte ich leise und strecke die Hand nach ihr aus, doch sie weicht zurück.

»Schön, hast du gemacht, und jetzt verzieh dich«, faucht sie, bleibt jedoch vor mir stehen.

»Bitte, es war … ICH war ein Arsch …«

»Was du nicht sagst!«

»Es tut mir unendlich leid. Wirklich.«

Der Schmerz in ihren Augen zwingt mich in die Knie und ich sehe sie betreten an.

»Ich … meine Schwester braucht mich«, antwortet sie kaum hörbar, dreht sich um und läuft raschen Schrittes davon. Weg von mir.

Aber ich habe es nicht anders verdient. Also folge ich ihr in gebührendem Abstand, gebe ihr Raum, auch wenn es einiges an Energie kostet, sie nicht einzuholen und erneut in die Arme zu schließen.

Auf dem Parkplatz angekommen sieht sie sich suchend um, lässt dann resigniert den Kopf in den Nacken fallen und ich kann mein Glück kaum fassen. Ihre Mitfahrgelegenheit scheint weg zu sein und so biete ich ihr an, sie zu fahren. Sie zögert einen Augenblick lang, mustert mich skeptisch, doch mangels Alternativen nickt sie schließlich und ich öffne ihr die Beifahrertür.

Nachdem sie mir die Adresse genannt hat, bringe ich sie zu Sir Cliffort, und als wir gemeinsam aussteigen, werden wir neugierig von den draußen stehenden Gästen beäugt. Wir betreten das herrschaftliche Anwesen und ich sehe mich suchend nach Ryan und Wade um, die ich jedoch nirgends entdecken kann. Sicher sind sie zurück in die Firma gefahren, was ich auch gleich tun sollte, bevor mich Elona achtkantig rausschmeißt – verdenken könnte ich es ihr nicht.

Sir Cliffort kommt auf uns zu und wir reichen uns die Hände, wobei er mich mit einer Mischung aus Achtung und Vorsicht mustert. In seiner Funktion vollkommen selbstverständlich, immerhin will ich seinen Schützlingen den Boden unter den Füßen entreißen.

Bist du dir sicher, dass es immer noch das ist, was du willst?

Dann steht plötzlich Henry Miller vor Elona und schließt sie in die Arme, was mich dazu verleitet, die Fäuste zu ballen und aufzupassen, ihm nicht an die Kehle zu springen.

»Liebes, du bist ganz durchgefroren. Komm, setzt dich ans Kaminfeuer«, lotst er sie geschickt von mir weg, doch so leicht lasse ich mich nicht abhängen. Schon gar nicht von dem blasierten Gockel Miller. Und so stapfe ich hinter den beiden her und beobachte angefressen, wie sich Miller um Elona kümmert, ihr einen Tee bringt und eine der Decken, die auf der Couch liegen, um die Schultern legt.

Das sollte ich machen und nicht er!

»Mr. Montgomery, was genau erhoffen Sie sich von Ihrem Besuch?«, ertönt Sir Cliffort hinter mir und ich widme mich ihm, um nicht meine Faust in Millers gestriegelte Visage zu donnern.

»Verzeihen Sie, wie meinen Sie das?«

»Nun, Sie und Ihre Kollegen tauchen hier auf und, tja, es wirkt ein wenig einstudiert, wenn Sie mir die Bemerkung verzeihen.«

Die Äußerung trifft mich hart, denn es ist alles andere als einstudiert und es macht mich wütend, dass überhaupt die Idee aufkeimt, ich wäre nicht wirklich betroffen von Elonas Verlust. Blasiert baue ich mich vor dem älteren Herren auf, der mich völlig unbeeindruckt ansieht, was mich auf die Palme bringt.

»Glauben Sie mir, ich hege nichts anderes als Anteilnahme für Ms. Steel und ihre Schwester«, presse ich zwischen zusammengebissenen Zähnen hervor und er sieht mich weiter an.

»Sollten Sie Ärger machen, Mr. Montgomery, werden Sie es bereuen!«, warnt er mich mit ruhigem, aber bestimmendem Tonfall, und bevor ich etwas erwidern kann, nickt er mir zu und geht auf eine Gruppe Herren zu. In dem Moment komme ich mir vollkommen fehl am Platz vor, nehme die wispernden Gespräche um mich herum wahr, an denen ich keinerlei Anteil habe, sehe in mahnende Gesichter und drehe mich zu Elona um, neben der nun Henry Miller hockt und ihr den Arm um die Schultern gelegt hat.

Es kotzt mich an!

Unschlüssig, ob ich ihn von Elona wegzerren oder mich klammheimlich aus dem Staub machen soll, starre ich die beiden an. Die ganze Situation erinnert mich an die Beerdigung von Dad, wie verdreht sich alles angefühlt hat und wie einsam ich mich unter all den Menschen gefühlt habe. Elona wirkt kraftlos und ausgezehrt, denn es kostet eine enorme Kraft, den Schein aufrechtzuerhalten, wenn die Scheinwerfer der Aufmerksamkeit auf einen gerichtet sind und jede kleinste Regung in Full HD registrieren, um über einen zu urteilen. Gerade als ich resigniert beschließe, die Biege zu machen, steht sie auf und ich folge ihr durch den großen Salon zu einem imposanten Treppenhaus, wo sie hinter einer Tür verschwindet. Eigentlich sollte ich sie in Ruhe lassen, aber sie wirkt so verloren, ich kann sie nicht allein lassen, also warte ich auf sie.

Sobald sie mich registriert, verändert sich ihre Haltung in Abwehr, wovon ich mich allerdings nicht abschrecken lasse.

»Hast du nichts zu tun? Ein Unternehmen vernichten, beispielsweise?«, zischt sie und will an mir vorbeistürmen, doch ich stelle mich ihr in den Weg – unverhältnismäßig, ja, aber ich kann nicht anders.

»Darum geht es doch nicht. Du machst gerade die Hölle durch und ich möchte einfach nur …«

»Warum hast du es nicht erwähnt?« Irritiert schaue ich sie an und sie schnaubt auf. »Tu nicht so scheinheilig. Der Anstand hätte geboten, dass du mir vorher sagst, dass er dich angeheuert hat. Wie kannst du nur …?« Ihre Stimme zittert vor Wut und ich weiß nicht, wovon sie da spricht.

»Ich … wer hat mich angeheuert?« Ihre Augen funkeln bedrohlich, als sie auf mich zugeht und bebend vor Empörung zu mir aufblickt.

»Im Auftrag meines Vaters. Schäm dich, Tash Montgomery. Anstatt die Karten auf den Tisch zu legen, spielst du den Unschuldigen. Er hat sich umgebracht – weil er DICH auf die Firma losgelassen hat. Wolltest du mich als Trophäe on top? Du kranker Penner!« Verwirrt starre ich sie an. »War das letzte Angebot eine Art Bezahlung für den Gnadenfick, den du mir gegeben hast?« Ihre Stimme klingt schrill in dem riesigen, offenen Treppenhaus und meine Gedanken rasen hin und her, ohne den Zusammenhang herstellen zu können, zwischen unserer phänomenalen Nacht und dem, was sie mir gerade vorwirft.

»Was redest du denn da? Ich wusste nichts von deinem Vater, bis mir Wade von seinem Tod berichtet hat und ich es in den Nachrichten sah. Wir hatten keinen Kontakt zu ihm, das schwöre ich. Es gab nur einen anonymen Brief, in dem Details zum Verkauf standen und ein Termin, den wir bestätigt haben. Mehr nicht.«

Sie bohrt mir den Zeigefinger in den Solarplexus, als sie mich angiftet: »Ach ja? Woher zum Teufel soll ich das wissen? Du bist ein Blutsauger, der anderen den Todesstoß versetzt. Und du bist ein Weiberheld übelster Sorte. Du spionierst uns aus und versuchst, dich hinter der Fassade aus Reue und Familienschicksal zu verstecken. Aber das zieht nicht bei mir. Das Angebot ist hiermit abgelehnt. Und jetzt verschwinde von hier, bevor ich meine gute Kinderstube vergesse und dich rauswerfen lasse«, zischt sie mit harter Stimme, die mir durch und durch geht. Sie ist vollkommen aufgewühlt und die heiße Wut sickert aus jedem ihrer Worte.

»Elona, das ist alles ein Missverständnis. Lass uns doch …«

»Schweig endlich! Es gibt nichts zu besprechen. Du hattest deinen Spaß, aber damit ist jetzt Schluss.« Die Endgültigkeit ihrer Entscheidung steht wie ein Bollwerk zwischen uns und ich muss mich geschlagen geben, wenn ich nicht auf der Beerdigung ihres Vaters für einen handfesten Skandal sorgen will. Und das will ich auf keinen Fall!

Ein letztes Mal setze ich an, aber sie kommt mir zuvor, gebietet mir mit einer resoluten Geste Einhalt. »Hiermit ist unsere Verhandlung offiziell beendet. Sollte ich feststellen, dass ihr uns nicht in Frieden lasst, werdet ihr die Vorzüge von Sir Malcom deutlich zu spüren bekommen. Und jetzt verlasse umgehend die Trauerfeier meines Vaters. Sofort!« Damit rauscht sie an mir vorbei und lässt mich mit unzähligen Fragen zurück, auf die ich jedoch hier keine Antwort erwarten kann.

Wie ein geprügelter Hund schleiche ich mich von der Trauerfeier, verwirrt und stinkwütend auf die ganze vertrackte Situation, die völlig aus dem Ruder gelaufen ist. Anstatt mich ihr anzunähern, hat sie mich weggestoßen, mich verbannt. Und den Grund dafür kann ich noch nicht mal wirklich erfassen.

Verfluchte Scheiße!

Missmutig stapfe ich zum Auto und verlasse das Anwesen der Cliffords mit der nagenden Einsicht, mich selbst ausgespielt zu haben.

22

Elona

Alles dreht sich und ich wanke zu der großen Marmortreppe, lasse mich auf die Stufen sinken und vergrabe das Gesicht in den Händen.

Wie kann er es wagen, auf Dads Beerdigung aufzukreuzen, mich abzupassen und dann so zu tun, als wüsste er von nichts. Nichts von Dads Anfrage und seinem eigenen kranken Spiel, mich ins Bett zu kriegen, um seinen faden Sieg mit einer weiteren dummen Tussi zu feiern, die auf seine Tour reingefallen ist.

»Sunshine, hey, was ist passiert?«, ertönt Erin an meiner Seite. Als ich mich nicht rühre, legt sie schützend den Arm um mich und ich lehne den Kopf an ihre Schulter und weine leise vor mich hin. Um meinen Vater, um die Firma, um mich und meine Naivität und um die Tatsache, Tash nie wiederzusehen. Denn das will ich. Ihn nie wieder sehen.

»Das war doch Tash Montgomery, der gerade aus der Tür gerauscht ist. Was hat der denn hier verloren?«

Schniefend ziehe ich burschikos die Nase hoch. »Er hat

bekommen, was er verdient hat«, antworte ich nicht gerade selbstbewusst und sie hebt fragend eine Augenbraue.

»Können wir bitte ein anderes Mal darüber sprechen?«, flehe ich sie an und seufzend nickt sie. Zusammen hocken wir auf den Stufen, aneinandergekauert in stiller Eintracht, das Einzige, das uns geblieben ist.

Der Tag zieht nach diesem albtraumhaften Ereignis nebulös an mir vorüber. Ich spreche artig mit den Gästen, die mir alte Geschichten meiner Eltern erzählen, an denen ich keinen Anteil habe. Mit den Mitarbeitern, die uns ihre Aufwartung machen, sich betroffen zeigen und uns versichern, dass sie geschlossen hinter uns und Steel Leather Manufacture stehen, und danke einigen Kunden, allen voran den Millers, die gemeinsam angereist sind.

Henry weicht mir nicht von der Seite und ich bin für die Unterstützung unendlich dankbar. Er übernimmt so banale Dinge, wie mir etwas zu trinken zu reichen, mich ans Essen zu erinnern und mich immer wieder schützend in die Arme zu nehmen, wenn ich drohe, an den zurückgehaltenen Tränen zu ersticken. Seine Mutter ist völlig aufgelöst und selbst sein Vater hat sich trotz seines nicht einwandfreien Gesundheitszustandes zu uns bemüht.

Irgendwann lichten sich die Reihen der Gäste und als wir nur noch im engsten Kreis vor dem Kamin sitzen, atme ich erleichtert auf.

»Ich würde gerne ein wenig spazieren gehen, wäre das in Ordnung?«, frage ich Sir Malcom, denn ich brauche dringend frische Luft.

»Aber ja, meine Liebe. So lange Sie mögen.«

Dankbar schnappe ich mir den Mantel und husche zu der hinteren Terrasse, die angrenzend an das riesige Wohnzimmer von dem Wintergarten auf das parkähnliche Grundstück führt.

»Darf ich dich begleiten?« Henry sieht mich warmherzig an und ich nicke zustimmend. Gemeinsam treten wir in die klare, frische Luft, die nach nassem Laub und feuchter Erde riecht. Die Kälte heiße ich willkommen, denn sie ist zur Abwechslung etwas Reales, das ich fühle, und nicht der mentale kreischende Herzschmerz, der meine Seele auffrisst.

Als wir ein Stück gegangen sind, spüre ich Henrys Blick auf mir liegen.

»War das eben Tash Montgomery?« Seufzend nicke ich. »Er ist also derjenige, der bei Euch für so viel Wirbel sorgt. Hätte ich mir denken können.«

Erstaunt sehe ich ihn an. »Wie meinst du das?«

Sein Räuspern verheißt nichts Gutes, und innerlich wappne ich mich für das, was jetzt kommen wird.

»Er und seine Jungs haben einen gewissen Ruf. Sowohl in Bezug auf das Geschäftliche wie aber auch – nun, im Umgang mit der Damenwelt.« Verlegen lächelt er. »Sie sind extrem gut in dem, was sie tun. Unternehmerisch brillant. Ihre Methoden allerdings sind, sagen wir mal, etwas fragwürdig.«

»Das durften wir schon feststellen. Henry, es soll nicht vermessen klingen, aber deine Zusage kam genau zum richtigen Zeitpunkt. Wir standen mit dem Rücken zur Wand und …«

»Ich verstehe schon. Hätte ich es eher gewusst, glaub mir, wir wären sofort zur Stelle gewesen.« Scheu greift er nach meiner Hand.

»Das weiß ich wirklich zu schätzen. Gerade jetzt. Und …« Ich stocke. Ihm anzuvertrauen, dass Dad das Unternehmen M & B Trading zum Fraß vorwerfen wollte, kommt mir schäbig vor und so halte ich inne.

»Was wolltest du sagen?«, fragt er leise und streicht mir über den Handrücken.

»Er war im Begriff, uns ein sehr verlockendes Angebot zu

machen, doch dann ist das mit Dad passiert. Ich … ach, keine Ahnung. Vielleicht hätten wir es sogar angenommen.« Frustriert über mein Geständnis löse ich die Hand aus seiner und stecke sie tief in die Manteltasche.

»Was wollte er eben von dir? Und warum seid ihr zusammen hergekommen? Erin wollte dich doch mitnehmen«, fragt er und in seiner Stimme schwingt ein leiser Vorwurf mit, was ich ihm nicht verdenken kann, immerhin bewahrt uns sein Geld vor dem totalen Aus.

»Sie sind schon vorgegangen und ich … als ich endlich allein war – zumindest dachte ich, ich sei allein – nun liegen beide in dieser kalten Gruft. Dass Dad so etwas tun konnte … es hat mir den Boden unter den Füßen weggerissen. Er, ich meine Tash, war plötzlich da. Ich hab es zuerst gar nicht registriert.«

Bei der Erinnerung an diesen Moment, in dem ich unter der Last meiner widerstreitenden Gefühle fast zusammengebrochen wäre, wird mir ganz mulmig zumute. Plötzlich war er da, hielt mich, tröstete mich. In dem Augenblick war es nicht wichtig, was er getan hatte, welch ein arroganter, intriganter Mistkerl er ist, nein, es zählte nur, dass er mir in diesem schwachen Moment beiseitestand.

Wie bescheuert sich das anhört – als ob ihn das tatsächlich interessieren würde, wie es mir geht.

»Als wir … es waren alle weg. Tja, da hat er sich angeboten, mich hierherzubringen.« Ich versuche, so neutral wie möglich zu klingen, muss jedoch gestehen, dass ich das Beben in meiner Stimme nicht verhindern kann.

»Verstehe«, ist alles, was Henry dazu zu sagen hat, während wir über den Rundweg zurück zum Haus gehen.

»Ich möchte nur, dass du weißt, ich bin für dich da! Also für euch beide. Und bezüglich M & B Trading – die sind mit allen Wassern gewaschen. Sei bitte vorsichtig. Gerade jetzt seid ihr angreifbar.«

»Ich weiß. Das weiß ich nur zu gut«, seufze ich. »Durch dieses Drama«, betreten richte ich den Blick auf den Fußweg, »ich meine, Dads Tod, wir hätten schon längst die Banken kontaktiert. Es ist nur …« Mir versagt die Stimme und Henry nimmt mich in den Arm, als eine unkontrollierte Welle an Verzweiflung über mich hinwegrollt und mir fast die Luft wegbleibt. Wie schon den ganzen Tag über legt er schützend seine Fürsorge um mich und hält damit den Kollaps auf.

Nachdem ich mich einigermaßen gefangen habe, gehen wir zurück, wo uns Erin bereits mit Ashley im Schlepptau erwartet. Wir verabschieden uns von den Millers und den Cliforts und lassen uns von Ashley zu Erin bringen.

»Also diese drei Typen – diese superhotten, sexy Womanizer – das sind die Typen, die euch die Firma abluchsen wollen?«, eröffnet Ashley brachial wie eh und je die Runde und ich werfe ihr über den Rückspiegel einen bitterbösen Blick zu.

»Nur zu deiner Information: Diese Kerle sind ein böser Fluch, sie reißen Unternehmen auseinander und verscherbeln die Reste an den Meistbietenden. Leichenfledderer, die mit dem Scheitern anderer Geld machen«, fahre ich sie an und sie verdreht die Augen.

»Das habe ich schon verstanden. Aber warum sollten die alle drei auf die Beerdigung eures Vaters kommen, wenn es ihnen scheißegal ist, was mit EUREM Unternehmen passiert, das sie aufkaufen wollen? Das ergibt für mich keinen Sinn.«

Erins Blick schießt zu ihr herüber und ich reiße die Augen auf.

»Ehrlich, Mädels, habt ihr euch nicht gefragt, warum diese Hotties bei einem so gruseligen Anlass auftauchen? Außerdem hat der eine keine Sekunde die Augen von Elona gelassen und soweit ich es mitbekommen habe, hat er sie sogar hierhergebracht. Macht mir nicht den Eindruck eines kaltschnäuzigen Egoisten.«

»Wie – er hat Elona hergefahren?«, hakt Erin alarmiert nach und dreht sich dabei zu mir herum.

»Na, wir sind doch gefahren, als Elona noch allein sein wollte. Und der Rest der Leute hatte sich schon verdrückt. Nur dieser dunkelhaarige, sexyhexy Adonis war noch bei ihr. Ich dachte, das hättest du gesehen«, zuckt sie entschuldigend mit den Schultern und Erin verdreht die Augen und ihr Blick bohrt sich in meinen.

»Willst du mir irgendwas mitteilen?«, fragt sie mit lauerndem Unterton und ich merke, wie meine Wangen glühen.

Das gibt's doch nicht!

»Ich verstehe ja, dass ihr aktuell alles andere als sexy Typen im Kopf habt, aber entschuldigt, wenn ich das sage: WIE KANN MAN DIESE KERLE IGNORIEREN? Zumal der andere, der Blonde mit den stechenden Augen, sich sehr für unsere Erin interessiert hat und sie selbst bei seinen Gesprächen mit den Gästen nicht aus den Augen gelassen hat.«

Jetzt ist es an Erin, die Augen aufzureißen und fassungslos auf die höchst selbstzufriedene Ashley zu starren.

»Sag bloß, das ist dir nicht aufgefallen. Der Kerl klebte ja förmlich an dir«, kichert sie und schüttelt den feuerroten Schopf. »Und Elona wurde von diesem dunkelhaarigen Superhottie schon auf der Prozession gestalkt, als wäre sie die letzte Frau auf Erden. Sorry, Leute, dass mir das bei all dem Drama sofort ins Auge gesprungen ist.«

»Elona Steel, wir zwei unterhalten uns gleich«, zischt Erin mir zu und ich könnte mich ohrfeigen, so unvorsichtig gewesen zu sein. Aber wem mache ich was vor? Ashley hat vollkommen recht: Wie könnte ich Tash Montgomery ignorieren? Auf wundersame Weise hat er es geschafft, dass ich mich ihm wie ein verblendeter Teenager seinem Schwarm an den Hals werfe.

Erbärmlich!

Bei Erin angekommen verabreden wir uns mit Ashley für den nächsten Tag zum Abendessen, und als die Tür ins Schloss fällt, setzt Erin ihre inquisitorische Henkersmiene auf. Sie dirigiert mich zum Sofa und hockt sich mir gegenüber hin, die Arme vor der Brust verschränkt und holt tief Luft.

»Bevor du mir den Kopf abreißt, will ich zu meiner Verteidigung sagen, dass ich das Angebot kategorisch abgelehnt habe, da wir ja nun die finanziellen Mittel haben, uns neu aufzustellen und …«

»Hast du mit ihm geschlafen?« Erins Stimme klingt hohl und es liegt so viel Frust darin, dass ich mich noch schlechter als ohnehin schon fühle. Ich bin mir bewusst, dass ich unter ihrem wachsamen Blick nichts verstecken kann, und so nicke ich nur und schaue verlegen zu Boden. Scharf zieht sie die Luft ein und ich höre förmlich die rasselnde Kettensäge, die sie gleich schwingen wird.

»Wie kannst du nur?« Vier simple Wörter von der Zerstörungskraft einer vier Megatonnen Atombombe liegen in der Luft. Sie schreit nicht, sie zetert nicht, sie kreischt nicht. Einzig diese vier unschuldigen Wörter wirft sie mir vor die Füße und ich breche zusammen. Ob es an dem Schicksalsschlag liegt oder einfach an der totalen Enttäuschung, ist nicht ersichtlich, aber beides wiegt schwer genug, mich zu Boden zu ringen.

»Er will uns vernichten und du machst die Beine für ihn breit! Gott, was hast du dir nur dabei gedacht? Was habe ich dir immer und immer wieder gepredigt – die Kerle sind allesamt hinterhältige, miese Dreckschweine, die dich verraten und verkaufen, nur um den eigenen Vorteil daraus zu ziehen.

Und du – du wirfst dich diesem arroganten Idioten an den Hals und denkst, er wäre anders. Wach auf, Sunshine, das gibt es nur im Märchen.« Der alte, glühende Hass spricht aus ihr und mit all der ihr innewohnenden Verachtung für das männliche Geschlecht schießt sie gegen mich, und jeder Schuss sitzt.

Nie hatte sie mehr Recht dazu, mir Vorwürfe zu machen. Ich habe uns verraten und da noch nicht alle unsere Fallstricke gelöst sind, sind wir verwundbar – genau wie Henry vorhin meinte.

»Glaub mir, das war nicht geplant. Ich … ach Mann, es war …«, verzweifelt ringe ich nach einer schlüssigen Erklärung, die jedoch wie ein Kartenhaus in sich zusammenstürzt, als Erin mit sardonischer Miene eine perfekt gezupfte Augenbraue hebt.

»Oh, hat er dich so mit seinem aufgesetzten Charme um den Finger gewickelt, dass dein Höschen klatschnass war? Hat er dich geküsst und dir damit das Gehirn vernebelt? Echt, du bist genauso dämlich wie all die anderen hohlen Fritten da draußen. Er verschleißt Frauen am laufenden Meter, gilt als Großwildjäger im Feuchtgebiet der Muschis und seinen Pfad säumen die zertrümmerten kleinen Herzen der idiotischen Weiber, die auf seine billige Masche reingefallen sind. Herrgott, Elona, ich hätte dich nie für so dumm gehalten!«

Bittere Tränen verschleiern mir die Sicht und neben der Wut auf meine eigene Blödheit gesellt sich die verbale Klatsche von Erin auf dem Trauermarsch meines kolossalen Scheiterns. Jedes Wort, das sie sagt, ist gerechtfertigt – aber es brennt wie das Höllenfeuer selbst, denn ich komme mir dumm und kindisch vor, denn genau davor hat sie mich von jeher gewarnt. Jetzt bin ich eins von Tashs abgelegten Betthäschen.

»Es tut mir leid«, wispere ich kaum hörbar und schlucke den trockenen Klumpen in meinem Hals herunter.

»Du kannst von Glück sagen, dass sich Henry unser

erbarmt hat, sonst säßen wir beide jetzt schön in der Scheiße. Dieser Tash hat die ganze Zeit um dich herumscharwenzelt, um dich weichzukochen, und du fällst auf diese ausgelutschte Nummer auch noch rein.« Für einen Augenblick schließt sie die Augen und funkelt mich dann an. »Da du das Angebot schon abgelehnt hast, brauchen wir uns um diese Arschlöcher nicht mehr zu kümmern. Wir fokussieren uns jetzt mit Henry zusammen auf die Firma, bewältigen die – Dads Tod und fangen neu an. Aber damit du eins weißt: Solltest du jemals wieder mit diesem Montgomery reden, sind wir geschiedene Leute!« Damit rauscht sie aus dem Zimmer und schließt sich im Bad ein.

Wundenlecken, Trauerbewältigung, Bankgespräche, Kundentermine. Zumindest versumpfte ich nicht daheim in Trübsal, sondern mache es wie Mum, wenn sie vor unlösbaren Aufgaben stand: Haltung annehmen, einen kühlen Kopf bewahren und dem brüllenden Monster ins Auge blicken.

Dank Henrys Fürsorge hatten wir binnen einer Woche tatsächlich weitere drei Altkunden zurückgewonnen. Die Stimmung innerhalb der Firma wurde trotz des Dramas um Dad jeden Tag ein wenig zuversichtlicher und für den Moment hatten wir das Gespenst des Zerfalls zurückgedrängt. Erin redete ganze zwei Tage kein Wort mit mir, es sei denn, es ging um die Firma. Sie grollte immer noch und ich wusste, um keinen neuerlichen Streit vom Zaun zu brechen, hüllte sie sich lieber in Schweigen.

Der Umstand, dass Dad freiwillig in den Tod gegangen war, scheiterte hartnäckig an meiner kategorischen Ablehnung einer solchen Überlegung. Ja, ich wollte und konnte nicht begreifen, dass er dazu fähig gewesen sein sollte. Doch der Obduktionsbericht der Gerichtsmedizin sowie der schreckliche

Brief von ihm höchstselbst standen unverrückbar dagegen und ließen nicht zu, dass ich es einfach verdrängte.

In der Einsamkeit meiner Wohnung ließ ich den Emotionen freien Lauf und es war grauenvoll. Nicht so sehr das Geschniefe und Gerotze bei den Heulkrämpfen, die mich heimsuchten. Es waren vielmehr die emotionserstarrten Leeremomente, in denen ich innerlich ausgehöhlt und zusammengekauert im Türrahmen hockte, mir die Welt wie ein luftleerer Raum ohne Farbe und ohne Licht erschien und der Hohn mit dem Gesicht von Tash Montgomery mir scheibchenweise die Energie vom fahlen Fleisch der Seele schnitt.

Von den unzähligen Verwünschungen, Beschimpfungen und Flüchen gegen meinen Vater, Tash und den Rest der Welt mal abgesehen, lernte ich mit der Zeit, die Bitterkeit hinunterzuschlucken, denn ich musste funktionsfähig bleiben. Leute verließen sich auf mich. Erin verließ sich auf mich. So rann die Zeit dahin.

Ein paar Monate später

Henry steht strahlend in der Tür, als ich ein erfreuliches Telefonat mit meinem neuen Kontakt bei einem Designer Label beendet habe, der mir versichert hat, sie würden nächstes Jahr für die neue Taschenkollektion auf unsere Expertise zurückgreifen.

»Es ist schön, zu sehen, dass du wieder lächelst!«, begrüßt er mich mit einem scheuen Kuss auf die Wange.

»Was soll ich sagen? Es geht langsam bergauf. Dank dir und allem, was du für uns getan hast«, grinse ich und er lacht auf.

»Oh, wenn es dazu führt, dass du wieder ein wenig aufblühst, ist es mir ein noch größeres Vergnügen.« Verschmitzt beobachtet er mich.

»Was genau grinst du so?«, frage ich wissbegierig, was ihn erneut zum Lachen bringt.

»Du gehst heute Abend aus.«

»Ach ja?«

»Ja, mit mir«, lässt er mich mit einer eleganten Verbeugung wissen und ich sehe ihn neugierig an.

»Aha, und das hast du wann beschlossen?«

»Uhm, nun, manche Dinge bedürfen einer gewissen Vorbereitung, doch das tut hier nichts zur Sache. Ich hole dich um neunzehn Uhr ab.«

Schmunzelnd schüttele ich den Kopf über die Geheimniskrämerei. »Und wohin genau entführst du mich?«

»Überraschung! Zieh etwas Sündiges an, damit ich mit dir angeben kann?«, grinst er jetzt frech und setzt eine Draufgängermiene auf, die so gar nicht zu ihm passen will, weshalb ich lospruste.

»Also gut, dann werde ich jetzt Feierabend machen und mich für dich aufhübschen. Und wehe, der Schuppen ist irgend so eine schäbige Spelunke, dann ziehe ich dir die Ohren lang«, warne ich ihn und er legt mit theatralischem Ausdruck auf dem hübschen Gesicht die Hand aufs Herz.

»Mylady, Sie werden begeistert sein!« Damit wirft er mir eine Kusshand zu und rauscht aus dem Zimmer.

Seit gut vier Monaten sind wir nun nach der Beerdigung dabei, die Scherben zusammenzukehren und zur Normalität zurückzufinden. Erin kümmert sich um die internen Dinge, ich bin für die Kunden und Finanzen zuständig. Wir funktionieren erstaunlich gut zusammen und nach einer frostigen Phase über meine Verfehlung mit dem, dessen Name nicht erwähnt werden darf, haben wir uns aufgerappelt.

Erin blüht förmlich in ihrer neuen Rolle auf und das gibt mir jeden Tag ein gutes Gefühl. So lange haderte sie mit ihrem eigenen Scheitern, dass es Balsam für die Seele ist, zu sehen, wie engagiert sie sich in die Produktionsschritte, die Lederqualitäten und Verarbeitungsabläufe einarbeitet. Sie hat sogar schon bei einigen Farmern vorgesprochen und wird demnächst vor Ort eine Art Praktikum absolvieren. Zwar hat sie höllischen Respekt davor, ist aber wildentschlossen, es durchzuziehen.

Sie war nie so zimperlich wie ich, doch ihr Glamourgehabe ließ vergessen, dass sie ordentlich zupacken kann, wenn's drauf ankommt, und dass sie schon als Kind keine Scheu vor offenen Wunden, toten Tieren oder anderen für mich unappetitlichen Dingen hatte.

Beschwingt trete ich den Heimweg an und bin nach einer ordentlichen Dusche und einem kurzen Telefonat mit Erin in den letzten Vorbereitungen meines ›sündigen Outfits‹ für heute Abend.

Henry strahlt mich an, als er mir wenig später in den Wagen hilft und wir zu unserem ominösen Zielort gebracht werden.

»Ich hoffe, ich enttäusche deine wilden Vorstellungen von ›sündig‹ nicht«, frotzele ich und er zwinkert mir verschwörerisch zu.

»Oh, glaub mir, jeder Kerl wird vor Neid platzen, wenn ich gleich mit dir am Arm erscheine«, grinst er und ich verdrehe belustigt die Augen.

»Ich möchte, dass du den Abend heute voll und ganz genießt. Du hast so viel erreicht – ihr beide. Darauf darfst du stolz sein. Ihr habt nicht nachgegeben und am Ende seid ihr als Sieger vom Platz gegangen.«

»Das ist lieb von dir, aber du vergisst, dass du einen nicht unerheblichen Anteil daran hast«, werfe ich ein, doch das lässt er nicht gelten.

»Komm schon, nimm die Lorbeeren an. Immerhin hattet ihr mit der Tragödie zu kämpfen und«, er seufzt auf, »es war eine höchst belastende und verstörende Situation. Und da seid ihr beide bravourös rausgekommen – gemeinsam!«

Über seine Worte denke ich einen Augenblick nach. »Also schön, Erin und ich haben es ganz gut hinbekommen.«

Zufrieden lächelt er und tätschelt meine Hand. »Damit kann ich leben.«

Wenig später steigen wir vor dem hellerleuchteten Galvin La Chapelle aus und ich bin beeindruckt, denn hier einen Tisch zu ergattern, ist ein echtes Glücksspiel. Henry führt mich in den mit drei Meter hohen Rundbögen gestützten und von einer gläsernen Empore durchschnittenen riesigen Saal, den ich mit großen Augen bestaune. Die hellen Farbtöne und die stilsichere Kombination aus Moderne und Klassik ist atemberaubend. Schon lange wollte ich hier mal hingehen, da die Küche die Vollendung von traditioneller französischer Küche in progressiver Interpretation ist und ich in einigen Artikeln gelesen habe, wie großartig es sein soll. Im Hintergrund schweben leise Töne von Mozarts Requiem durch den Raum, das die gediegenen Stimmen der Gespräche untermalt.

»Es ist … oh, Henry, das ist umwerfend«, strahle ich ihn an und er schmunzelt zufrieden, da er mir mit diesem Abend eine wirkliche Freude gemacht hat.

»Du hast es nur an die hundert Mal erwähnt und da dachte ich mir, es sei an der Zeit, dass du es endlich erlebst«, zwinkert er mir zu, als wir zu unserem Tisch in einer der Nischen geführt werden, von der aus wir die mittig platzierte Bar unter der gläsernen Empore sowie den Rest des Saales im Blick haben.

Henry schiebt meinen Stuhl zurecht und raunt mir ins Ohr: »Du siehst atemberaubend aus und jeder Kerl im Raum hat mich mindestens schon einmal mit seinen Blicken erdolcht, weil ich der Glückspilz an deiner Seite sein darf.« Er haucht mir einen Kuss auf die Schläfe und ich erröte bei seinen Worten.

Es ist nur Henry, also kein Grund zur Panik.

Wir bekommen Champagner gereicht und der junge Kellner, der uns zugeteilt ist, informiert uns über die heutigen Speisen, empfiehlt uns allerdings das Menu Gourmand, wofür wir uns auch entscheiden.

Die Teller sind ein Gedicht aus Farbe, Aroma und Design, die nur durch den fulminanten Geschmack der Speisen selbst übertroffen werden und ich wähne mich im Food-Himmel. Als ich eine Gabel voll von dem Risotto mit Wintertrüffel und Wildpilzragout im Mund habe, kann ich ein genüssliches Stöhnen nicht zurückhalten.

Das leise Lachen von Henry schreckt mich aus meinem Food-Porn und verlegen sehe ich ihn an.

»Wenn ich diesen entzückenden Laut nicht in diesem Ambiente gehört hätte, könnte man meinen, du würdest …«

»HENRY, sei um Himmels willen leise!«, zische ich ihm erschrocken zu und blicke mich peinlich berührt um, ob noch jemand diese beschämende Situation mitbekommen hat. Glücklicherweise sieht keiner zu uns und ich atme erleichtert auf.

Beschwichtigend legt er die Hand auf meine und räuspert das aufkeimende Lachen weg. »Keine Sorge, deinen Foodorgasmus hat keiner mitgekommen«, flüstert er glucksend und ich werde rot bei seiner Äußerung und würde am liebsten im Erdboden versinken. Meine Erlösung erscheint in Form des Kellners, der uns Wein nachschenkt und Henry fragt, ob wir zufrieden sind.

»Entschuldigst du mich einen Moment?«, bitte ich, nachdem der Kellner zum nächsten Tisch wandert, und flüchte auf die Damentoilette. Gerade in einem solchen Etablissement eine derart peinliche Nummer hinzulegen, kann auch nur mir passieren. Erin wäre souverän und elegant damit umgegangen, ich hingegen lasse mich von der Geschmacksexplosion und meinen Gefühlen hinreißen.

Rasch prüfe ich im Spiegel mein Make-up und husche zurück, die Treppe herauf in den Saal.

»Sieh einer an. Wenn das nicht die Kleine ist, die mir die Tour mit Tash vermasseln wollte.« Spöttisch grinsend versperrt mir Cecilia den Weg mit zwei ihrer Begleiterinnen, allesamt aufgetakelt, die mich mit überheblich abschätzigen Blicken mustern.

»Was ein Kerl wie Tash an so einer findet, ist mir schleierhaft«, geifert eine der beiden mit schriller Stimme.

»Vielleicht kann sie irgendein Kunststück, was ihn angestachelt hat«, wirft die andere ein und hebt eine stark nachgeschminkte Augenbraue.

»Falsch, Ladys, er wollte nichts weiter, als ihre Firma kaufen. Dafür tut Tash Montgomery alles – sogar einen Fick mit einer wie der da!«, grinst Cecilia mich boshaft an und die anderen beiden lachen gekünstelt auf. Daraufhin kommt sie ein Stück auf mich zu und ich atme ihr schweres, süßes Parfum ein, das mir der Atem stockt. »Ja, Schätzchen, es ist allgemein bekannt, dass er dich weggeworfen hat wie ein Paar alte, stinkende Socken. Hast du im Ernst geglaubt, er will was von dir? Dummerchen, er fickt nur zum Vergnügen sowas wie dich.« Ihr angewiderter Gesichtsausdruck schneidet messerscharf in mein dünnhäutiges Selbstbewusstsein.

»Und nur als Randnotiz: Wir sind einander versprochen, er und ich. Er braucht eine Frau, die seine perversen Bedürfnisse befriedigen kann. Wusstest du, dass er darauf steht, seine Betthäschen in jedes Loch zu ficken und sie mit seinen Freunden zu teilen? Die drei sind Bestien im Bett. Nichts ist abartig genug, ihren Hunger auf Sex zu befriedigen. Eine wie du ist keinem von ihnen gewachsen.« Gehässig funkelt sie mich an und die

Bilder, die sie von Tash im Bett mit anderen Weibern bei pornösen Spielchen heraufbeschwört, rauben mir die Contenance.

Wütend starre ich in ihre übertrieben geschminkte Visage. »Geh mir aus dem Weg!«

Ihr hysterisches Gekicher ist abstoßend und sie packt mich unsanft am Oberarm. »Hör zu, du kleines Flittchen. Wenn du nochmal auch nur in seine Nähe kommst, werde ich dir die Augen auskratzen. Jeder weiß, dass ihr Steel-Mädchen ein minderwertiges Pack seid. Was will man auch von einer Familie erwarten, bei der sich der Vater feige umbringt und einen Trümmerhaufen hinterlässt? War deine Schwester nicht die Hure eines cracksüchtigen Loosers? Und ihr wollt jetzt in die Upperclass, nur weil du mit Tash gevögelt hast. Schätzchen, jede hübsche Muschi hat für ihn die Beine breitgemacht. Also verpiss dich und komm mir nicht in die Quere!«

Das bringt das Fass zum Überlaufen. Dass sie mich beleidigt, ist schon eine bodenlose Unverschämtheit, aber meine Familie anzugreifen – da sehe ich rot. Ich hole aus und schallend hallt die Ohrfeige von den hohen Wänden wider, die ich Cecilia im Affekt verpasse. Die hält sich entgeistert mit aufgerissenen Augen die glühende Wange, während ihre beiden Freundinnen geschockt erst mich, dann Cecilia angaffen.

Kreischend stürzt sich diese auf mich, reißt mir an den Haaren und schlägt wie wild um sich. Ihre scharfen Fingernägel schlägt sie in meinen Oberarm, trifft mit einem Hieb meine linke Brust – ein fieser, bissiger Schmerz – und ich hebe schützend den anderen Arm vors Gesicht. Zischend kriege ich ihre Hand, die mein Haar gepackt hält, zu fassen und biege einen ihrer Finger ruckartig nach außen, sodass sie schmerzerfüllt aufheult und mich abrupt loslässt.

»Du widerliche kleine Bitch. Ich werde dich umbringen!« Zeternd will sie erneut auf mich losgehen, doch ihre beiden

Freundinnen halten sie davon ab und blicken sich hektisch um, da schon zwei Kellner auf uns zustürmen, die von dem Lärm angelockt wurden.

Keuchend sehe ich dem Dreiergespann nach, das auf wundersame Weise dem Trubel, der nun losbricht, entschlüpft und finde mich im Fokus von Gästen sowie Kellnern wieder und würde am liebsten im Erdboden versinken.

»Was um alles in der Welt ist passiert?« Henry kommt mit entsetztem Blick auf mich zu und betrachtet schockiert meinen wahrscheinlich desaströsen Zustand.

»Bitch-Talk!«, winke ich matt ab und er zückt ein blütenweißes Taschentuch, mit dem er die blutigen Kratzspuren auf meinem Oberarm abtupft.

»Miss, Sie stören den Restaurantbetrieb auf das Empfindlichste«, mischt sich einer der Kellner ein und wirft mir einen missbilligenden Blick zu, während sein Kollege die Gäste beruhigt, die aufgeregt gestikulierend zurück zu ihren Tischen gehen.

»Es tut uns leid, Sir. Aber die Dame ist angegriffen worden.« Henry ergreift sofort Partei für mich und dankbar, nichts weiter sagen zu müssen, verschanze ich mich hinter ihm.

Der Kellner sieht nun zerknirscht zu mir und bemerkt die blutigen Kratzer und meinen sicher gruseligen Zustand. »Verstehe. Äh, wollen Sie sich eventuell frisch machen? Brauchen Sie einen Arzt oder …?«

»Nein, nicht nötig. Ich …«

»Ich werde die Dame nach Hause bringen. Wenn Sie mir die Rechnung bringen könnten …«, fällt Henry ihm ins Wort und der Kellner nickt, dankbar, sich nicht weiter um mich kümmern zu müssen.

Als wir das Restaurant verlassen, verfolgen mich die

neugierigen Blicke der Gäste und ich schäme mich in Grund und Boden.

»Diese blöde, gehässige Kuh!«, murmele ich erbost als wir im Auto sitzen und Henry mich mitfühlend ansieht.

»War das Cecilia Daubeney?« Entgeistert reiße ich die Augen auf.

»Du kennst diese widerliche Person?«

Seufzend hebt er die Augenbrauen und nickt. »Die Daubeneys sind in ihren früheren Jahren eine schillernde Größe in der Londoner Upperclass gewesen. Sie sind entfernt mit dem Duke of Somerset verbandelt und Cecilia hatte mal eine Affäre mit Charles Thomas George Seymour – ein unschönes Kapitel, da sie damit eine Heirat erzwingen wollte, die für sie einen Aufstieg in die Peerage verhieß.«

»Willst du mich verarschen?«, rutscht es mir raus und er lacht trocken auf.

»O nein, es ist nur alles schön unter den Teppich gekehrt worden. Cecilias Mutter hat ihre Tochter dazu abgerichtet, die vermögenden und einflussreichen jungen Männer um den Finger zu wickeln und danach mit Haut und Haaren zu verspeisen.«

»Und woher weißt du das alles?«

Ein geheimnisvolles Lächeln liegt auf seinem attraktiven Gesicht, als er antwortet: »Manche Geheimnisse werde ich mit ins Grab nehmen. Und ich gebe nie eine Quelle preis.«

»Also ist Cecilia der Golddigger im englischen Adel. Interessant.« Mir will zwar nicht ganz in den Kopf, wie Männer wie Charles Seymour auf eine Schlange wie Cecilia reinfallen können, aber da Tash offenbar Gefallen an ihr fand, scheint nichts unmöglich.

»Vergiss sie. Ihr Ruf eilt ihr voraus und das Einzige, wozu sie noch taugt, ist ein wenig Spaß für einige Herren, die es nicht so genau mit ihrer Reputation nehmen. Diese Art

›Damen‹ gelten hinlänglich als elitäre Huren und werden genauso behandelt. Sie wird irgendwann eine verzweifelte Ehe mit einem halbseidenen Kerl eingehen, der ihren monatlichen Scheck bezahlt.«

Ich lege schützend die Hand auf meinen zerkratzten Oberarm und Henry sieht mich betreten an. »Catfight gehört eigentlich ins Trash-TV. Was wollte diese Ausgeburt der Hölle denn von dir?«

Wie soll ich ihm erklären, dass sie und ich einen gemeinsamen Nenner namens Tash Montgomery haben? Igitt!!!

»Eifersucht? Ich hab keine Ahnung. Sie war auf der Gala damals, und dort hat Tash mit mir getanzt. Sie fand das nicht so gut, und na ja, vielleicht hat sie jetzt die Gelegenheit genutzt, sich zu rächen«, erkläre ich mit Unschuldsmiene, aber Henry ist ein gerissener Geschäftsmann, der sich nicht so leicht täuschen lässt.

»Du hast schon mal besser gelogen, meine Liebe«, ermahnt er mich und seufzend hole ich Luft.

»Sie ist an ihm interessiert, er nicht an ihr – wobei ich mir dabei nicht mehr so sicher bin – und als er mit mir ausgegangen ist, hat sie eine Szene gemacht. Und als rauskam, dass Dad ihn kontaktiert hat, um die Firma zu verkaufen und er leugnete, mit ihm Kontakt gehabt zu haben, hab ich ihn vor die Tür gesetzt. Das war übrigens auf der Beerdigung.«

Einen Augenblick herrscht Stille zwischen uns. Henry sieht mich mit einem seltsamen Blick an, den ich nicht zu deuten vermag.

»Warum hast du mir das mit deinem Dad nicht schon früher erzählt?«, will er wissen – natürlich.

»Es spielte keine Rolle mehr und da ich das Kapitel Tash Montgomery geschlossen habe, ist es unerheblich. Er wollte uns ruinieren, hat mich benutzt und ich bin drauf reingefallen. Dank unseres Geschäfts konnten wir all das abwenden.«

Meine Stimme wird immer leiser, denn der Gedanke an Tash wühlt all die Erinnerungen hoch, die ich fein säuberlich verschnürt irgendwo in den düsteren Keller meines Geistes verbannt habe.

»Tut mir leid. Diese Leute sind mit allen Wassern gewaschen. Hätte ich vorher gewusst, dass es Montgomery ist, hätte ich dich gewarnt.« Er greift nach meiner Hand. »Habt ihr – äh, also seid ihr …?«

»Du meinst, ob ich den Fehler gemacht habe und mit ihm ins Bett gestiegen bin?« Schweigend nickt er, aber in seinen Augen liegt nichts als Mitgefühl. »Ja«, antworte ich leise, schließe die Augen und fühle, wir er den Arm um mich legt und ich den Kopf an seine Schulter lehne.

»Sei nicht so hart zu dir selbst. Er ist ein widerlich gutaussehender Mistkerl und weiß das geschickt einzusetzen. Und wenn du Spaß gehabt hast, dann nimm es als solchen.« Auch wenn er damit recht hat, sticht die Erkenntnis, ein Spielzeug für ihn gewesen zu sein, trotzdem und lässt mich wissen, dass ich das noch lange nicht verwunden habe.

23

Tash

Vier beschissene Monate. Vier verdammt lange, beschissene Monate. Seit der Beerdigung und Elonas unmissverständlichen Rauswurf sowie der Beendigung unserer Verhandlungen treibe ich alle um mich herum in den Wahnsinn. Ryan redet nur das Nötigste mit mir, Wade lässt sich kaum noch blicken und Terry verschanzt sich hinter ihrem Schreibtisch.

Ist mir aber alles scheißegal, denn – gottverflucht – ich dreh noch durch.

London ist gestorben, Wade rastete aus, Ryan ebenfalls und beide sind weiterhin stinksauer auf mich und das Chaos, das ich mit meinem Kuschelkurs verursacht habe. Aber ich würde es wieder so machen, wenn es um Elona Steel geht. Wir haben eine Menge Geld durch Vorfälligkeitsentschädigungen, Zinsrückbelastungen und der Wiedereinlage verloren und das brachte Ryan an den Rand der Verzweiflung. Immerhin hat er unser Finanzkonstrukt minutiös ausgetüftelt und damit verdienen wir selbst bei einer Flaute eine ordentliche Stange

Geld. Jetzt habe ich all das durchkreuzt und den Deal verloren – zum ersten Mal in meiner Karriere.

Krasser Dämpfer, wenn man bedenkt, dass wir dieses Jahr die zwei Milliarden Pfund Marke knacken wollten. Wade tobte, ich hätte den Verstand verloren, Ryan redete eine ganze Woche kein Wort mit mir und ich war so gut wie nicht im Büro, da ich es nicht aushielt, mein Versagen in Dauerschleife vor Augen zu haben. Dafür gab ich mich dem Adrenalinrausch hin.

Wie damals, als ich erkannt hatte, dass meine Feigheit meinen Dad das Leben gekostet hatte, wurde ich zum Adrenalinjunkie – Geschwindigkeit am Rande des Wahnsinns. Meine Manöver wurden von Mal zu Mal selbstmörderischer und endeten drei Mal mit einem Crash, bei dem zwar der Wagen total zu Schrott ging, mir aber wie durch ein Wunder nichts passiert war, außer einigen Prellungen und einem gebrochenen Arm. Das war damals vor zwölf Jahren der Punkt gewesen, an dem ich mir mein neues Spielzeug zugelegt hatte – keine Sicherheitssysteme – nur eine höllisch gute Bremsanlage und mein fahrerisches Können. Die abartige Beschleunigung und das brachiale Bremsverhalten reizte ich bis zum Letzten aus. Die Angst, zu versagen, trieb mich jedes Mal zu waghalsigeren Aktionen. In diesen wenigen Minuten hatte ich das Gefühl, frei zu sein. Frei von Schuld, frei von Verantwortung, frei von Angst.

Jetzt war es die Wut auf mein pussyhaftes Verhalten, Elona nach der gemeinsamen Nacht, die so viel mehr war, als nur die pure Befriedigung eines Triebes, derart vor den Kopf gestoßen zu haben, dass sie nichts mehr mit mir zu tun haben will.

Beim zweiten Mal, als ich haarscharf vor der Betonwand der alten Lagerhalle eines verlassenen kleinen Flughafens zum Stehen kam und mir der kalte Schweiß den Rücken herunterrann, war klar, dass ich handeln musste. Mit dem Bild von ihren tränenverschleierten Augen und dann wieder ihren bebenden Lippen, als sie meinen Namen stöhnte, während ich tief in ihrem anbetungswürdigen Körper war, und uns beide in einen verstandraubenden Orgasmus trieb, erkannte ich, dass ich mich erneut vor der Verantwortung drücken wollte, indem ich wie ein Wahnsinniger mein Leben aufs Spiel setzte. Ich fuhr heim, stelle mich unter die kalte Dusche und versank in Grübeleien. Elona zeigte mir, wie viel mehr möglich ist, wenn man mutig genug ist, etwas zu unternehmen.

FUCK – und ich haderte mit meinen Dämonen.

Zwar haben wir in den letzten Wochen drei große Deals an Land gezogen, die den Verlust ein wenig mildern, doch schwebt der Geist des Scheiterns über uns wie eine immerwährende Mahnung. Keiner von uns hat bei Vertragsunterzeichnung gejubelt wie sonst. Es war lediglich abzuarbeitender Papierkram.

Dass ich meine Freunde und Geschäftspartner durch den privaten Mist in Mitleidenschaft gezogen hatte, war schon schlimm genug und nagte an mir wie ein ausgehungerter Wolf am Kadaver seiner Beute.

Als ich jedoch die Bilder von Elona und diesem blasierten Henry Miller im Fernsehen ertragen musste, brannte mir die Sicherung durch. Sie hat mich ausgetauscht – einfach so. Nach nur einem Monat erschienen sie zum ersten Mal gemeinsam auf einem Kongress, und Henry hielt eine Lobeshymne auf Steel Leather Manufacture, woraufhin die Spekulationen um eine Liaison der beiden explodierten. Der absolute Tritt in die Eier für mich. Wutentbrannt zog ich gegen mich selbst in den Krieg, indem ich wie ein Wahnsinniger mein Trainingspensum erhöhte. Jeden Tag malträtierte ich meinen Körper in der Hoffnung, durch die physische Anstrengung den beißenden Bildern im Kopf von Elona und diesem Schönling Henry, wie er sie fickte und sie sich ihm hingab, zu entkommen. Doch nachts suchten sie mich heim und raubten mir den Schlaf und den Verstand.

Einige Male traf ich auf Cecilia, als wir Jungs bei geschäftlichen Essen beisammensaßen, die einen siebten Sinn zu haben schien, wo ich auftauchen würde. Sie hatte nichts von ihrer schlampenhaften Attitüde verloren – im Gegenteil. Auf der Herrentoilette eines Edelrestaurants fing sie mich einmal ab, drängte mich in eine der Kabinen. Sie riss mir die Hose runter, hockte sich vor mich und blies mir einen – zumindest versuchte sie es. Meinem kleinen Freund ließen ihr sabbernder Mund und das gekünstelte Pornogestöhne vollkommen kalt, was sie ermutigte, mich an die Eier zu packen, doch ich zog sie angeekelt hoch, um sie aus der Kabine zu stoßen. Ihre bitteren Verwünschungen ertrug ich stoisch, aber als sie mir keifend vorwarf, der Steel-Schlampe auf den Leim gegangen zu sein und ich offenbar meine Vorliebe für naive Schulmädchen gefunden hätte und mir eine Ohrfeige verpassen wollte, reichte es. Drohend baute ich mich vor ihr auf und knurrte ihr zu, sollte sie jemals wieder in meine Nähe kommen oder die von Elona, würde sie es bitter bereuen. Dann brüllte ich sie an, sie solle sich endlich verpissen und mit hochrotem Kopf und schluchzend stolperte sie davon. Das war vor etwas mehr als zwei Monaten.

Jetzt hocke ich daheim vor dem Laptop, starre auf eine neue lukrative Investition im Herzen Moskaus, die mir Ryan geschickt hat, doch meine Gedanken sind dominiert von Elona.

Wie es ihr wohl geht? Auf den Fotos in der Presse lächelte sie und wirkte glücklich. SHIT – sie wirkte glücklich mit diesem Penner und ich hocke hier wie ein Vollidiot zu Hause rum. Wieder habe ich das Smartphone in der Hand und auf dem Display steht ihre Nummer, bereit, die Verbindung herzustellen, die ich mir so sehnlichst wünsche. Der Mut, den Anrufbutton zu drücken, fehlt mir allerdings gänzlich, denn ihre eisige Ablehnung auf der Beerdigung war schmerzhaft genug.

Feiges Arschloch! Du bist erbärmlich – der große Tash Montgomery scheut einen simplen Anruf. Was für eine Pussy du doch geworden bist.

Die Selbstgeißelung nimmt einen Großteil meines Tages ein und ich bin zugegebenermaßen richtig gut darin geworden. Selbstvergessen öffne ich über Google die Klatschpresse, um mir die tägliche Dosis Erniedrigung zu besorgen, denn Elona lächelt mich bereits im ersten Beitrag an, wie sie am Arm von Miller ins Galvin La Chapelle gehen. Der Bericht dazu macht mich allerdings stutzig: »**Catfight im Edelrestaurant**« ist die reißerische Headline und beim folgenden Bild fällt mir alles aus dem Gesicht: Elona im Gerangel mit Cecilia und zwei weiteren Frauen.

Was zur Hölle ist da passiert?

Der Bericht eines Paparazzos, der offensichtlich zur gleichen Zeit im Restaurant war, spricht von der Drama-Queen Cecilia Daubeney, die sich am Business-Engel Elona Steel vergreift, da sie beide denselben Kerl daten: Henry Miller. War ja klar, dass sich Cecilia auf ihn stürzt, zumal er neben einer guten Wirtschaftsbilanz mit Elona ausgeht – ein doppelter Anreiz für das kleine Miststück. Zwar kotzt es mich an, Elona an seiner Seite sehen zu müssen, aber dass sich Cecilia auf diese Art und Weise an ihr vergreift, ist abartig und der Beschützerinstinkt begehrt brüllend in mir auf. Nur was soll ich schon tun? Mich zum Affen machen und eingreifen? Natürlich nicht.

Um nicht weiter hier rumhängen zu müssen, fahre ich ins Büro. Ryan sieht mich erstaunt an, als ich bei ihm vorbeimarschiere, und steht wenig später vor meinem Schreibtisch.

»Können wir reden?«, fragt er und ich deute auf den Sessel, auf den er sich fallen lässt.

»Schieß los«, fordere ich ihn auf und er räuspert sich.

Na toll …

»In letzter Zeit waren wir alle ziemlich mies drauf«, beginnt er und ich kann ihm nur zustimmen – wir sind uns gegenseitig ganz schön auf den Sack gegangen. »Deine Aktion war, gelinde gesagt, eine echte Klatsche.« Schon will ich in Verteidigungsposition gehen, da hebt er besänftigend die Hand. »Aber ich verstehe jetzt, warum du es getan hast.«

Wie vom Donner gerührt, gaffe ich ihn an, klappe den Mund wieder zu, da mir nichts Geistreiches dazu einfallen will, und er fährt fort: »Mann, wir kennen uns schon so lange und stehen uns näher als manche Geschwister. Ich meine, scheiße, als das mit Onkel Charles passiert ist – dann das mit deiner Ex Eileen – du warst mein Held, als du das alles gemeistert und die Firma zu dem gemacht hast, was sie heute ist.«

Diese Ansprache hatte ich jetzt nicht erwartet …

»Ryan, die Firma, das waren wir alle zusammen. Ohne eure Hilfe wäre ich restlos überfordert gewesen«, relativiere ich die Lobeshymne, die er singt, was er mit einem Schnauben abtut.

»Ich kenne dich zu gut, Tash, als dass ich nicht mitbekäme, was bei dir los ist. Ich WOLLTE es nicht wahrhaben. Du hast schon immer mit der Bürde deines Übervaters gerungen, was ich gut verstehe.« Er fährt sich mit der Hand durch das braune, wirre Haar und grinst mich mit dem seltenen Ryan Barns Lächeln an, das jedes Cover-Model blass aussehen lässt. »Und dann funkt die kleine, sexy Blonde mit ihrer Familientradition und Wertvorstellung dazwischen und – *boom* – unseren Tash hat's voll erwischt!«

Mit einem unentspannten Räuspern rutsche ich auf dem Sessel herum und Ryan grinst wissend. »Gib's zu, sie ist der Grund für deine Zugeständnisse und die Weichei-Nummer.«

Um nicht wie der totale Softi rüberzukommen, funkele ich ihn wütend an. »Es ging um das verdammte Grundstück und nicht um … um Elona Steel«, blaffe ich ihn an und er lacht leise in sich hinein.

Arschloch!

»Schon klar.« Er beugt sich etwas vor und in seinen blassgrünen Augen blitzt der Schalk auf. »Aber mit ihr den Abend über engumschlungen zu tanzen und ein intimes Abendessen zu veranstalten, das bei dir zu Hause endet – Junge, gib's zu: Die Kleine hat dir gehörig den Kopf verdreht.«

Vollkommen baff glotze ich ihn an, denn woher zum Teufel weiß er davon? Gut, Wade wird ihm das von der Gala brühwarm erzählt haben. Aber das Abendessen?

»Reine Spekulation. Was soll dieses Verhör eigentlich?«, knurre ich ihn an, als er sich entspannt zurücklehnt und mich neugierig beobachtet.

»Ich hab so meine Quellen«, lässt er mich am langen Arm verhungern und ich koche innerlich, weil er pointiert meine Schwäche seziert hat.

»Demjenigen reiße ich den Kopf ab, so viel steht fest.«

»Komm schon, Tash – du hast dich in Elona Steel verguckt und als wir den Deal verloren haben, war es sicher nicht nur des Angebotes wegen. Du hast es versaut und sie hat dich abserviert – stimmt's?« Dass er es präzise auf den Punkt bringt, macht die Sache umso bitterer, aber er ist nun mal das Analysegenie von uns und eine so simple Aufgabe wie die unumkehrbare Anziehung zwischen Elona und mir wird ihn wohl nicht länger als ein paar Minuten gekostet haben.

Da ich mich nicht zu seiner Schlussfolgerung äußere, nimmt er es als Sieg auf ganzer Linie und sieht mich mitleidig an.

»Und seit der Beerdigung läufst du rum wie ein angeschossenes Raubtier, das zähnefletschend jeden wegbeißt, der sich ihm nähert. Was im Übrigen alle hier bemerken, auch wenn du es ignorieren willst.« In seiner Stimme schwingt ein Hauch Sarkasmus mit, doch das ist mir egal.

»Da der Deal Geschichte ist und damit auch Miss Steel, konzentrieren wir uns doch bitte auf wichtige Dinge, wie Moskau«, versuche ich abzulenken, beiße aber damit auf Granit bei ihm.

»Ich lese auch Zeitung und schaue auch fern. Sie geht mit Henry Miller aus – das und die Tatsache, dass sie dich nicht sehen will, scheinen dir ganz schön auf den Sack zu gehen.« *Danke, Ryan, wäre mir gar nicht aufgefallen!*

»Na und? Es gibt einen Haufen Ladys da draußen, die nur …«

»Bla, bla! Du warst seit der Beerdigung nicht mehr aus, geschweige denn mit einer Tussi zugange. Sieht mir verdächtig nach …«

»Halt endlich deine vorlaute Klappe«, warne ich ihn zähnefletschend und er lacht auf.

»Nur ein Tipp des Analyse-Nerds: Du bist nicht der Typ, der den Schwanz einzieht und aufgibt. Wenn dir die Kleine wirklich so viel bedeutet, solltest du langsam den Arsch hochkriegen und was unternehmen. Oder willst du irgendwann die Zeitung aufschlagen und die strahlenden Hochzeitsfotos von –?«

Krachend landet meine Faust auf dem Schreibtisch, wobei sich tief aus mir heraus ein grollender Laut löst und Ryan mich mit selbstzufriedener Miene mustert. »O Mann, dich hat es echt schlimmer erwischt, als ich dachte!« Damit steht er auf, schlendert pfeifend aus dem Büro und lässt mich wie einen Volltrottel zurück.

Die Ansprache hat zur Folge, dass mein Jagdinstinkt aus dem Dämmerschlaf erwacht und sofort in Alarmbereitschaft ist.

Die Mission lautet: Eroberung von Elona Steel – mit allen mir zur Verfügung stehenden Mitteln.

Einen Monat später

Obwohl ich den Entschluss gefasst habe, Elona zurückzugewinnen, gestaltet sich das Ganze komplizierter als gedacht. Am ersten Tag musste Ryan mich zurückhalten, damit ich nicht wie ein Geisteskranker zu ihr stürmte, um die Tür einzutreten und ihr den süßen Verstand aus dem hübschen Köpfchen zu vögeln. Planung und Geduld waren einmal meine Verbündeten, doch innerlich zerriss es mich fast, ihr nicht nah sein zu können. Aber wie bei einem lukrativen Deal, bei dem man mit kühlem Kopf die Strategie verfolgen muss, um ans Ziel zu kommen, blieb ich im Hintergrund. Was mich jedoch nicht davon abhielt, jeden ihrer Schritte mit Argusaugen zu verfolgen.

Steel blühte auf und die vormals gefallenen Steel-Engel wurden nun als der Rising Star am Wirtschaftshimmel gefeiert. Die beiden leisteten wirklich gute Arbeit und konnten verlorene Kunden zurückerobern, und wie wir erfuhren, waren der Zahlungsverzug und die drohende Insolvenz abgewendet.

Elonas Vision von Erhaltung und Nachhaltigkeit ging voll auf, was mich mit Stolz erfüllte, obwohl ich keinerlei Anteil daran hatte. Aber es freut mich aufrichtig für sie, dass sie trotzt der Tragödie, das Unternehmen gerettet hat.

Längst hatte ich meinen Frieden damit geschlossen. Tatsächlich ertappte ich mich dabei, einigen Geschäftspartnern von den Vorzügen der Steel Leather Manufacture vorzuschwärmen, die prompt die Kontaktdaten haben wollten. Immer bat ich um Diskretion, dass sie auf keinen Fall meinen Namen erwähnen sollten, denn ich wollte mir nicht den Zorn von Elona aufhalsen. Dafür war es noch zu früh. Wunden müssten erst heilen, um die schwelende Wut auf mich und meine bescheuerte Aktion abzumildern, damit ich zu Elona durchdringen könnte, wenn ich ihr gegenübertreten werde.

Das Glück schien endlich auf meiner Seite, als drei Wochen später die Einladung zum alljährlichen Empfang des Wirtschaftsministers ins Haus flatterte. Dort werden erfahrungsgemäß neben den üblichen Beweihräucherungen auch die besten Unternehmensaufsteiger gekürt, wozu Steel Leather Manufacture laut Nominierungsliste diesmal zählt.

Ryan hatte ein vielsagendes Grinsen auf dem Gesicht, als ich den beiden mitgeteilt habe, dass wir zusammen auf diesen Empfang gehen werden, und Wade gaffte mich mit tellergroßen Augen an. Für gewöhnlich mied ich solche Veranstaltungen, und dass ich mit den beiden gehen würde, machte ihn skeptisch.

»Woher der Sinneswandel?« Sein Killer-Blick ruht auf mir und würde ich ihn nicht so gut kennen, würde ich wahrscheinlich alles gestehen, was er wissen will. Aber so zucke ich nur unschuldig die Schultern.

»Wir müssen unseren angekratzten Ruf aufpolieren, und was bietet sich da besser an als so ein Zirkus?« Mein Ablenkungsmanöver ist kläglich und scheitert an Wades Spürnase.

»Verarsch mich nicht, Mann. Hier geht es doch um die Nominierten und wenn ich mich nicht täusche – was ich in der Regel nie tue – gilt der ganze Zinnober einer gewissen Elona Steel.« Sein dreckiges Grinsen, das bereits unzählige

Frauen hat dahinschmelzen lassen, nervt immens, doch ich ertrage es mit Würde.

»Ach, lass ihn doch. Du kannst froh sein, dass er überhaupt aus seinem Stall herauskriecht. Wer weiß, vielleicht ist ja für dich auf der Party noch das ein oder andere nasse Höschen drin«, fährt Ryan dazwischen und rettet mir dankenswerterweise den Hintern, denn Wade spitzt sofort die Ohren und wägt ab, ob er weiter auf dem Thema Elona rumreiten oder in heißen Phantasien von nassen Muschis schwelgen soll. Da er ein notgeiler, kranker Bastard ist, geht die Entscheidung zu Gunsten der Muschis aus. Mein Glück.

Die Zeit bis zum Empfang zieht sich wie Kaugummi und ich verbringe sie zumeist im Fitnesstempel, um mich abzulenken. Denn die Ablenkung brauche ich dringend. Elona verfolgt mich bereits seit geraumer Zeit bis in meine Träume und bestürzender Weise erlebte ich bereits dreimal einen feuchten Traum.

Gott, Tash. Reiß dich am Riemen – Fuck, Wortspiel, keine gute Idee …

Ich brauche dringend Sex – dreckigen, geilen und verstandraubenden Sex. Mein Problem: Ich will ausschließlich mit Elona dreckigen, geilen und verstandraubenden Sex haben. Die ist jedoch außerhalb meiner Reichweite – zumindest noch – und so ist meine Hand das Einzige, was mein zuckender Schwanz seit Wochen bekommt. Die Zeiten, in denen Wade und ich am Abend nicht nur mit einer Tussi verschwunden sind, sind Geschichte. Ob ich es vermisse? – Scheiße, nein! Denn ich weiß, wie es sein kann; wie es mit Elona ist.

Mum wird selbstverständlich mit von der Partie sein und sicher alles daran setzen, ihre Verkupplungskünste Früchte tragen zu lassen. Doch mein Fokus liegt auf Elona.

Ryan und Wade fahren zusammen und ich hole am Abend des Empfangs Mum ab. Sie ist in letzter Zeit besorgt gewesen, da ich mich zurückgezogen hatte, doch nun plappert sie in einer Tour über keine Ahnung wen, den ich unbedingt kennenlernen muss, da ihre Tochter und deren Cousine …

»Mum, kannst du bitte aufhören, mich mit halb London verkuppeln zu wollen? Ehrlich, ich bin ein großer Junge und kriege das ganz gut ohne deine Hilfe hin.«

Erstaunt mustert sie mich. »Wenn ich es nicht besser wüsste, würde ich jetzt fragen, wer du bist und was du mit meinem bindungsscheuen Sohn gemacht hast.« Mit prüfendem Blick sieht sie mich an. »Du siehst ausgemergelt aus. Ryan sagte, du würdest wie ein Verrückter trainieren. Dann lässt du dich kaum noch blicken. Was ist los mit dir, Junge?«

»Es ist so viel passiert, es würde jetzt den Rahmen sprengen. Aber glaub mir, wenn ich dir sage, dass alles in deinem Sinne ist«, grinse ich sie an und verdutzt hebt sie die Augenbrauen.

»Tash Montgomery, hör sofort auf, deine alte Mutter an der Nase herumzuführen.«

Lachend gebe ich ihr einen Kuss auf die Wange, was sie sofort milde stimmt. Dennoch lässt sie mich nicht aus den Augen.

»Du sagst doch immer, ich soll mehr Spaß an diesen Veranstaltungen haben. Jetzt gehe ich schon freiwillig hin, und du bist immer noch nicht zufrieden«, kontere ich und sie schmunzelt mich an.

»Wenn ich eins weiß, ist es, dass du bei solchen Anlässen immer gerne anderen den Vortritt lässt. Also bin ich heute umso wachsamer, wie du dich diesmal verdrücken wirst.«

Das Foyer erstrahlt im Prunk altbarocker Schönheit und die zahlreichen Gäste stehen in Grüppchen zusammen, um anschließend in den mit runden Tischen bestückten Saal zu strömen und sich mit ihren Tischnachbarn auszutauschen.

Wade hat bereits unseren Tisch erobert und Mum gesellt sich zu ihren Damen, die eifrig über den neuesten Klatsch und Tratsch in der Upperclass diskutieren.

»Sie ist gerade angekommen«, ertönt Ryan leise hinter mir und sofort schießt mein Blick durch den Saal. Mit ihrer Schwester an der Seite steht sie am Eingang und raubt mir mit ihrem Anblick den Atem. Die vergangenen Monate habe ich zwar unzählige Bilder von ihr im Internet und in Zeitschriften gesehen, doch sie live zu sehen, ist etwas gänzlich anderes. Sie trägt eine schwarze Robe, die ihre grazile Figur umschmeichelt. Die fließenden Stoffbahnen geben den Blick auf ihre langen, trainierten Beine frei. Bei diesem Anblick werde ich automatisch hart und würde sie am liebsten sofort an der blonden Mähne packen und in mein Bett schleppen.

Fahr einen – hmm, am besten zwei Gänge runter, Junge …

Ryan hüstelt neben mir und klopft mir auf die Schulter.

»O Mann, du hängst echt am Fliegenfänger.« *Zweifelsohne!*

Unschlüssig, ob ich auf sie zugehen soll, starre ich sie weiterhin an, wie sie einige Leute begrüßt, einen kurzen Plausch mit einem Grüppchen hält und währenddessen immer weiter in meine Richtung kommt. Ryan gibt mir Schützenhilfe und bleibt neben mir stehen, als sich Elona lachend von einem älteren Pärchen abwendet und fast in mich hineinläuft.

»Guten Abend, Elona!« Meine Stimme klingt kratzig und rau, als hätte ich tagelang kein Wort gesprochen. Stocksteif steht sie da und starrt mich aus diesen tiefgründigen, veilchenblauen Augen an, die mir in die Seele zu blicken scheinen.

Anbetungswürdig!

Auf ihrem bildhübschen Gesicht ringen Wut, Leidenschaft und Unbehagen miteinander, was mich dazu animiert, einen Schritt auf sie zuzumachen. Ihre Nähe ist ein Aphrodisiakum für mich und ich biete alle Willensstärke auf, um nicht hier und jetzt über sie herzufallen, sie zu küssen und …

»Hallo, Tash«, erwidert sie mit kühler, viel zu distanzierter Stimme, was mich schlagartig an meine Mission erinnert und weshalb ich die Hand sinken lasse, mit der ich sie anfassen wollte.

»Hallo, Miss Steel, schön Sie wiederzusehen«, springt Ryan für mich in die Bresche und Elona wendet ihre Aufmerksamkeit auf ihn, was mir einen Moment Luft verschafft, um mich zu sammeln.

»Mr. Barns, ganz meinerseits.« Ihr Lächeln wirkt eingefroren und ich räuspere mich, doch sie ignoriert mich bewusst, was mir gegen den Strich geht, aber ich halte mich zurück.

»Gratulation zu der Nominierung. Es ist bemerkenswert, was Sie und Ihre Schwester geleistet haben«, lächelt Ryan sie aufrichtig an, was ihre frostige Miene ein wenig lockert.

»Ja, es war ein ganzes Stück Arbeit, doch mit der Unterstützung von guten Freunden«, beide Worte betont sie und ihr Blick huscht kurz zu mir, »konnten wir uns aus der Schieflage befreien.«

»Auch wenn es jetzt vermessen klingt, aber ich bewundere Ihrer beider Engagement sehr – auch wenn es uns einen guten Deal gekostet hat«, gibt Ryan zu und bricht damit das Eis, das Elona umgibt, denn sie lacht auf und nickt zustimmend.

»Tja, manche Entscheidungen sind unumgänglich und überlebenswichtig. Ohne sie geht alles vor die Hunde. Auch wenn sie bedeuten, dass man sich selbst zurückstellt.« Die Worte – meine Worte – reißen die gerade geklebte Wunde meiner Selbstkasteiung schmerzvoll auf und ich starre Elona geschockt an. Ryans Räuspern nehme ich nur am Rande wahr, denn gerade erscheint Erin Steel bei uns und funkelt uns beide erbost an.

»Elona, wir werden erwartet«, zischt sie ihre Schwester an, ohne ein Wort der Begrüßung in unsere Richtung, die mir fest in die Augen sieht, und ich will nichts weiter, als mich den ganzen Abend lang diesem Blick zu stellen. »Hörst du – komm jetzt!« Schon hat sie Elona am Arm gepackt und damit reißt unsere Verbindung entzwei.

»Guten Abend, die Herren«, verabschiedet sie sich und folgt ihrer Schwester zu einem der Tische in der Mitte des Saales.

»Das lief ja nicht so gut.« Ryan sieht mich zerknirscht an, doch ich lasse mich von diesem ersten Stolperstein nicht abwimmeln.

»Der Abend hat gerade erst angefangen«, gebe ich zurück und fragend hebt er eine Augenbraue, während wir zu Wade gehen, der uns interessiert beäugt.

»Es schien mir, als hättet ihr zwei das Aufeinandertreffen mit den Steel-Ladys nicht so gut überstanden«, grinst er, als wir uns setzen und ich ihn warnend anschnaube.

»Tash ist noch in der Aufwärmphase«, wirft Ryan schmunzelnd ein und ich verdrehe die Augen.

»Nur als Vorwarnung: Henry Miller sitzt an ihrem Tisch«, sagt Ryan leise zu mir und innerlich stöhne ich auf, denn tatsächlich sitzt er strahlend neben Elona und hört ihr interessiert zu. »Nicht ausflippen«, rät Ryan und tätschelt mir die Schulter.

Idiot!

Die Lichter werden gedimmt und der Moderator betritt die Bühne, was mich vor weiteren Kommentaren meiner Jungs bewahrt.

Es folgen langweilige Reden, unzählige Danksagungen und eine Reihe von Anekdoten zu den Laudatoren, bevor es zur Preisverleihung kommt. Angespannt verfolge ich, wie die Nominierten vorgelesen werden und zu jeder Firma ein kurzer Beitrag gezeigt wird. Als Steel Leather Manufacture dran ist, ruht mein Blick auf Elona, die gespannt den Beitrag verfolgt und sich danach kerzengerade aufsetzt, als der Laudator den

Umschlag nimmt. Sie schließt die Augen und ich würde jetzt zu gerne ihre Hand feste drücken, um mit ihr gemeinsam die Anspannung zu teilen.

Großer Applaus ertönt, Standing Ovations, Bravorufe und ich blicke mich irritiert um. Zwei junge Männer stürmen enthusiastisch auf die Bühne und nehmen den Preis unter tosendem Applaus entgegen, bevor einer von ihnen eine kurze Dankesansprache hält.

Elona sitzt immer noch kerzengerade auf ihrem Stuhl und lächelt maskenhaft den Gewinnern zu, die gerade von der Bühne in ein Blitzlichtgewitter der Fotografen laufen und die Trophäe in die Luft recken.

»Wo willst du denn hin?«, fragt Wade und erst daraufhin bemerke ich, dass ich im Begriff bin, zu ihr zu gehen. Einige Leute schauen bereits neugierig zu uns und das zieht auch Elonas Aufmerksamkeit auf sich, denn sie sieht in meine Richtung und unsere Blicke verschmelzen miteinander. Gerade, als ich loslaufen will, stoppt mich eine aufgedonnerte Cecilia mit einem koboldartigen Grinsen und legt dreist die Hand auf meine Brust, die ich sofort packe und wegreiße.

»Tash, endlich können wir unser Spiel von neulich fortsetzen«, säuselt sie und ich bin schockiert, wie hartnäckig dieses Weib ist.

»Wenn du nicht Mittelpunkt eines Skandals sein willst, verziehst du dich augenblicklich, oder ich vergesse meine guten Manieren«, zische ich ihr zu, wobei sie die Augen aufreißt, denn ich packe ziemlich hart ihr Handgelenk.

»Hey, kein Grund, gleich unhöflich zu werden«, mault sie leise, als die ersten Gäste um uns herum verständnislos den Kopf über die Störung der Rede des Wirtschaftsministers schütteln und ich Cecilia loslasse. Als ich zu Elona blicke, wendet sie sich ab.

Mist!

Das hämische Grinsen von Cecilia spricht Bände, denn es war offensichtlich ihre Intention, dass genau das passiert. Ryan kommt mir zu Hilfe, packt Cecilia um die Taille und geleitet sie aus dem Saal, bevor ich wirklich etwas Dummes anstelle, und ich hocke mich frustriert auf den Stuhl, Elona fest im Blick, und warte auf das Ende der Rede, um zu ihr zu gehen.

Nochmal lasse ich mir von der Daubeney-Hexe nicht dazwischenfunken.

Das Gequatsche dauert gefühlt eine Ewigkeit, in der sich meine Laune rapide verschlechtert, denn Henry Affenarsch Miller legt den Arm um Elona und schäumende Wut kocht in mir hoch. Wade sieht mich mit mahnendem Blick an, doch das lindert meine Aggression kein Stück. Kaum verebbt der Applaus und die Musik ertönt, um die Tanzfläche zu eröffnen, springe ich auf und stehe keine Sekunde zu früh neben Elona, die bereits aufgestanden ist.

Ohne Henry oder die anderen Gäste an ihrem Tisch zu beachten, schnappe ich mir Elonas Hand und rausche mit ihr zur Tanzfläche. Da nur genau vier Paare mit uns auf dem Parkett stehen, sind alle Blicke auf uns gerichtet, sodass Elona nicht auf die Idee kommen wird, mir zu entwischen, und so ziehe ich sie an mich und führe sie zum dreiviertel Takt durch den Saal.

»Du bist das Allerletzte!«, giftet sie mich an, doch ich verstärke den Griff um ihre Hand ein wenig und ziehe sie enger zu mir, was sie nach Luft schnappen lässt.

»Cecilia wollte dich mit diesem Manöver zur Weißglut bringen«, antworte ich ruhig, während sie schnaubend zu mir hochblickt.

»Ach ja?«

»Bist du mit Henry zusammen?« Die direkte Frage bringt sie aus dem Konzept und fast wäre sie aus dem Takt gekommen, doch ich schiebe die Hüfte vor, das Bein zwischen ihre und sie keucht auf, als wir einen Moment dicht an dicht verharren, um dann wieder in den weichen Takt der Musik einzutauchen.

»Das geht dich überhaupt nichts an!«, schimpft sie aufgewühlt, was mir in Erinnerung ruft, wie viel Leidenschaft ihr innewohnt.

»Oh, es geht mich eine ganze Menge an. Denn ich bin noch nicht mit dir fertig, Elona Steel!«, lasse ich sie mit einem arroganten Grinsen wissen.

»Du eingebildeter, fieser, überheblicher, ungehobelter …«

»Alles, Sweetheart, und noch viel mehr. Aber ich lasse nicht zu, dass du mit irgendjemand anderem anbandelst, wenn das mit uns noch nicht mal richtig angefangen hat!« Perplex schnauft sie.

»Spar dir das, Tash. Du hast mir unmissverständlich gezeigt, dass dein Interesse oberflächlicher Natur ist. Und dein Betthäschen Cecilia war ziemlich explizit, was euch beide anbelangt, also tu uns allen den Gefallen und lass mich zufrieden, denn ich stehe nicht auf diese abartigen Spiele.«

»Erstens ist sie nicht mein Betthäschen oder irgendwas in der Richtung. Und nur fürs Protokoll: Sie war und wird es NIE sein! Zweitens: Wann genau hast du mit ihr gesprochen?«

»Als ich einen wundervollen Abend im Galvin hatte und sie mich angefallen hat wie ein räudiger Hund.« Ihre Stimme zittert vor Wut und in ihren Augen glimmt ein Feuer, das ich gerne in einer ganz anderen Situation sehen würde.

Jetzt wird mir klar, dass sie sich nicht wegen Henry gestritten haben, sondern wegen MIR!

»Sie war ziemlich eindeutig in der Benennung deiner perversen Bettgeschichten, die sie offensichtlich sehr gut kennt. Und dass du deine Frauen gerne mit deinen Freunden teilst …«

»Was redest du denn da?«, frage ich irritiert und sie funkelt mich wütend an.

»Tu nicht so scheinheilig. Du bist eine ›Bestie im Bett und nichts ist abartig genug‹ und dass du …«

Mit einer Drehung wirbele ich mit ihr zu einer der Seitentüren des Saals und schiebe sie vor mir her durch die Tür, die in einen Gang führt. Dort baue ich mich vor ihr auf und starre sie finster an.

»Und du glaubst dem leeren Geschwätz des größten Miststücks Londons? Sie würde alles sagen, nur um dir wehzutun, weil ich auf DICH stehe!« Mit Mühe spreche ich leise und bedacht, um ihr keine Angst einzujagen, aber am liebsten würde ich mit der Faust brüllend die Wand einschlagen, so sauer bin ich auf die Impertinenz von Cecilia.

Das wirst du bitter bereuen, Cecila Daubeney!

»Du bist nicht besser als sie. Du vögelst dich mit deinen Kumpels durch Londons Betten und …«

»Zu deiner Information: Ich habe, seit wir uns kennen, mit niemandem außer DIR geschlafen.«

»… ich bin nur eine deiner billigen Trophäen und du wolltest nur die Firma, aber nie …«

»Hast du mich verstanden? NIEMAND außer DIR war je in meinem Bett! Und seit wir uns kennen, habe ich mit keiner anderen was gehabt.« Wir sind beide laut geworden und ihre Rage macht mich an und zugleich ohnmächtig vor Wut über die bescheuerte Cecilia, die einen derartigen Bullshit über mich verbreitet. »Wir drei haben es oft und sehr schmutzig getrieben, doch weder ich noch einer meiner Freunde stehen darauf, die gleiche Frau zu vögeln!«

Wutschäumend steht sie wie eine wildgewordene Furie vor mir, wunderschön und drohend, scheint noch zu verarbeiten, was ich ihr gesagt habe, da sie die Stirn kräuselt und mich wachsam taxiert.

»Woher zum Teufel soll ich wissen, ob das nicht wieder irgend so ein billiger Trick von dir ist, mich weichzukochen und mich …?«

Weiter lasse ich sie nicht kommen, denn in mir tobt das brodelnde Verlangen, was ich seit Monaten zu bändigen versuche. Die alles verschlingende Sehnsucht nach unserer Verbundenheit und ihrer Nähe, ihren weichen sündigen Lippen, ihrem Stöhnen und der glühenden Lust in ihren Augen, die mir und nur mir gilt!

Mit einem Ruck reiße ich sie an mich, greife in ihren Nacken und küsse sie mit all dieser Verzweiflung, die mich so lange gequält hat, verschlinge sie, raube ihr den Atem, um ihr meinen zu geben, trinke ihr Stöhnen und presse meine schmerzhaft harte Erektion an ihren festen, flachen Bauch.

Ich will sie in diesem Augenblick alles vergessen lassen, was ihr Schmerz bereitet, will sie in unsere Welt aus Lust und Sinnlichkeit ziehen, um ihr zu zeigen, was sie mit mir angestellt hat.

24

Elona

Verdammt sei Tash und seine verflixten, sündigen, süchtigmachenden, abartig guten Küsse. Anstatt mich, wie eine vernünftige Frau, gegen diese infame Unverschämtheit zur Wehr zu setzen, stöhne ich lustvoll auf, als ich seine Erektion gegen den Bauch gepresst fühle, ihn schmecke, sein Geruch mir die Sinne vernebelt und ich ihn einfach nur anspringen möchte.

Gott, Elona, bist du jämmerlich …

Aber es ist unmöglich, zu entkommen. Dieser Augenblick gehört nur uns. Ich klebe an ihm, gefangen in all dem verzweifelten Sehnen, das mich aufgefressen und ausgewürgt hat, mich nächtelang wachhielt und mir ein sexy Kopfkino de luxe verpasst hat, was ich nur durch eiserne Disziplin ertrug. Die Disziplin, nicht zu ihm zu laufen, mich ihm an den Hals zu werfen, in der Hoffnung, er nähme mich zurück. Stoisch habe ich all die emotionalen Qualen ertragen, mich in die Arbeit gestürzt und das Wunder vollbracht.

Jetzt knutschen wir verzweifelt rum, krallen uns aneinander und ich weiß, ich bin verloren.

Besitzergreifend hat er die Hand in meinen Nacken gelegt und das macht mich noch mehr an als die Tatsache, dass er mich mit allen dreckigen Tricks küsst. Es ist lächerlich, es zu leugnen: Ich will ihn, jetzt sofort, ohne Wenn und Aber. Stöhnend reibe ich in kleinen, rotierenden Bewegungen mein Becken an seiner Mitte und sofort ertönt dieser dunkle, grollende, wahnsinnig sexy Ton aus seiner Brust. Mit der anderen Hand packt er fest an meine linke Pobacke – ich liebe es!

Wie kann sich etwas nur so richtig und gleichzeitig so beschämend anfühlen?

Tash erwidert meine Bewegung und dreht mich mit dem Rücken zur Wand, und fickt mich trocken – anders kann man es nicht bezeichnen. In mir tobt bereits ein wüstes Feuerwerk an Endorphinen und lässt mich vergessen, wo wir uns befinden, denn ich hebe das Bein, das der Schlitz meines Kleides freigibt, und schlinge es um seinen Oberschenkel. Nah ist nicht nah genug.

Keuchend löst er sich von mir, starrt mich wie ein hungriger Wolf an, bevor er mit der Hand an meinem nackten Schenkel entlangfährt, bis er unter dem dünnen Stoff verschwindet und ich wimmernd die Augen schließe, denn seine Hand auf meiner Haut fühlt sich einfach zu gut an.

»Shit, ich halte das keine Minute länger aus!«, presst er zwischen zusammengebissenen Zähnen hervor, packt mich und schleift mich hinter sich her, den Gang entlang, stößt eine Tür auf und läuft auf den Parkplatz. Dort stoppt er unvermittelt und ich pralle gegen ihn.

»Mist, kein Auto!« Fragend sieht er mich an, und ich zucke die Achseln, denn wir sind mit Henry gekommen, was ich jetzt bedauernd feststelle.

»Du wartest hier. Rühr dich nicht vom Fleck. Ich bin in zwei Minuten zurück!« Mit einem wilden Kuss lässt er mich atemlos stehen und rennt zurück zum Entree. Ich glühe innerlich und merke, wie in der kühlen Abendluft meine Haut prickelt. Die Lippen kribbeln von der sündigen Knutscherei und meine Brüste fühlen sich schwer an, trotz des raffiniert eingebauten Bustiers in der Robe, die ich extra für heute gekauft hatte. Er hat mich in ein lechzendes Häuflein Weib verwandelt, mit dem er machen könnte, was immer er will, Hauptsache er lässt mich derart fühlen.

Schockierend!

Während ich auf Tash warte und meine Ratio langsam aus ihrem Knock-out erwacht, beschleichen mich leise Ressentiments, ob es eine gute Idee ist, mit Tash ins Bett zu springen – auch wenn mein Körper mir entgegen brüllt, dass es eine unabdingbare Notwendigkeit ist, genau das zu tun. Es steht so vieles zwischen uns, so viele unausgesprochene Dinge. Alles, was ich ihm an den Kopf werfen will, wie sehr er mich verletzt hat, wie grauenvoll ich mich gefühlt habe, all die erschütternden Dinge von Cecilia zu hören und wie enttäuscht ich war, dass er mich nach unserer gemeinsamen Nacht so unverbindlich wie einen One-Night-Stand entsorgt hat. Wir müssen reden – über so vieles reden.

Grübelnd, wie ich nach unserer heißen und atemberaubenden Aktion gerade das Ganze in ein ruhigeres Fahrwasser lenken könnte, stehe ich auf dem Parkplatz, unschlüssig, wie ich reagieren soll, wenn Tash wieder auftaucht. Erin wird mich umbringen, wenn ich einfach so abhaue. Henry wird sauer sein, dass ich ihn einfach hab sitzen lassen.

Was für ein Schlamassel!

»Danke, dass du gewartet hast.« Seine dunkle, sinnliche Stimme lässt mich aufschrecken und er lächelt mich reumütig an – ein unverschämt sexy Lächeln – und seine grauen Augen funkeln mich erwartungsvoll an. Triumphierend hält er mir einen Autoschlüssel vor die Nase und greift meine Hand.

»Ja, ich … hör zu, ich hab nachgedacht, wir – es ist so viel passiert und wir sollten …«

Sofort ist er bei mir, zieht mich an sich, um mich fest an sich zu pressen. Auf seinem gutgeschnittenen Gesicht liegt ein ernster Ausdruck und versonnen streicht er mir über die Wange.

»Du hast recht.« Erstaunt öffne ich den Mund, und leise lachend küsst er mich auf die Stirn. »Auch wenn ich nichts lieber will, als dich ans Bett zu ketten und nicht vor nächster Woche wieder freizulassen, hast du recht – wir sollten reden.« Blinzelnd blicke ich zu ihm hoch und überlege, ob ich ihn anschnauzen soll, genau das augenblicklich zu tun. »Keine Sorge, darauf komme ich früh genug zurück«, grinst er mich dreckig an, was mir ein Kribbeln durch den Körper jagt. »Ist es okay, wenn wir … ähm, bei mir reden?«

Jetzt wirkt er fast schüchtern und damit schleicht er sich noch weiter in mein Herz, denn so signalisiert er mir, dass er es nicht auf die leichte Schulter nimmt.

Er hat dich aber mehr oder weniger beim letzten Mal vor die Tür gesetzt, ermahnt mich mein wiedererwachter Verstand mit Oberlehrermiene und ich muss zugeben, ein weiteres Mal ertrage ich nicht. Sicherlich wäre er kaum auf Dads Beerdigung erschienen, wenn er nicht zumindest Mitgefühl für mich empfinden würde.

Sei nicht so eine Mimmi! Er reißt dir fast die Kleider vom Leib und du sprichst von ›Mitgefühl‹ – pah, das war pure Begierde, so wie er dich geküsst hat.

»Alles in Ordnung? Du wirkst so abgelenkt«, fragt er sanft und ich nehme mich zusammen, denn der innere Konflikt hilft kein Stück weiter.

»Ja, ich … es ist nur … Ich will nicht nochmal …«

»Verletzt werden? Kann ich gut verstehen. Das habe ich nicht vor. Ich war ein Riesenarschloch und das tut mir aufrichtig leid.« Das Bedauern in seinem Blick ist ehrlich und gibt mir etwas Mut. »Mann, ich wollte nicht …«

Ich lege die Fingerspitzen auf seine Lippen und bringe ihn so zum Schweigen.

»Lass uns fahren!«

Ein kleinwenig mulmig ist mir schon zumute, als wir wenig später in seinem Penthouse sind, er mich in das riesige Wohnzimmer führt und auf dem Sofa vor dem Kamin platziert. Die Beleuchtung geht an und taucht den geschmackvoll eingerichteten Raum in warmes Licht.

»Bin sofort wieder da«, entschuldigt er sich und verschwindet nach oben ins Schlafzimmer. Wenig später steht er umgezogen in einer Jogginghose und einem Longsleeve, das jede köstliche Wölbung seines trainierten Oberkörpers betont, und einem weiteren Paar Jogginghosen und einem Sweatshirt vor mir.

»Ich dachte, du möchtest es dir vielleicht etwas bequemer machen. Auch wenn das Kleid ein echter Hingucker ist«, bietet er an und zwinkert mir zu. Dankbar nehme ich die Sachen und will schon im Gästebad verschwinden, da fällt mir der blöde Ösenverschluss im Rücken des Kleides ein.

»Äh, könntest du … also der Verschluss ist …«, stammele ich etwas unbeholfen, denn ich will nicht, dass er denkt, ich lege es drauf an, sofort mit ihm ins Bett zu springen – wollen schon, aber wir müssen dieses Gespräch führen. Was danach passiert, werden wir sehen. Sein Blick verändert sich augenblicklich, das Grau schimmert fast flüssig und gibt mir eine Vorahnung der Leidenschaft, die er in sich trägt.

»Natürlich. Dreh dich um.« Durch den heiseren Klang seiner Stimme klingt es wie ein Befehl und ich erschaudere darunter, als ich ihm den Rücken zudrehe und sich seine warmen, großen Hände geschickt an dem Verschluss zu schaffen machen. Er lässt sich Zeit, den Reißverschluss und die Häkchen zu öffnen. Dabei streift er einige Male mit den Fingerspitzen über meine Wirbelsäule und ich beiße mir auf die Lippen, um das wehmütige Seufzen zu unterdrücken. Es wäre nicht hilfreich – zumindest für den Teil mit dem Reden.

»Danke«, murmele ich leise und husche schnell ins Bad, schäle mich aus der Robe und schlüpfe in die viel zu weiten Sachen von Tash. Sie duften nach ihm, aber auch frischem Waschmittel, und ich vergrabe einen Moment die Nase in dem Sweatshirt.

Das alles ist verrückt, völlig verrückt. In den letzten Monaten konnte ich trotz der Trauer und der Arbeit Tash nicht vergessen – gruselig. Die anfängliche Wut wich einem stetigen Sehnen, und die Erinnerungen an unsere gemeinsame Nacht war so klar und omnipräsent, dass ich mich zwingen musste, ihn nicht anzurufen.

Zurück im Wohnzimmer empfängt mich das Knistern des Kamins und Tash reicht mir ein paar dicke Wollsocken, die ich anziehe, um mich dann in eine der Ecken der Couch zu setzen. Auf dem Tisch steht eine dampfende Tasse Tee und er setzt sich neben mich, sodass wir uns ansehen können.

»Du hast mir gefehlt!« Das Geständnis träufelt wie warmer Honig in mein System. »Ich habe mich wie ein kompletter Idiot verhalten und es tut mir wirklich leid.« Er räuspert sich und sieht mich zerknirscht an. Als ich ansetze, etwas zu erwidern, fährt er fort. »Mit Beziehungen hab ich es nicht so. Und ich will dir auch erklären, warum.« Nun fällt es ihm augenscheinlich schwer, mit dem rauszurücken, was ihn beschäftigt. »Aber um das zu erklären, muss ich etwas ausholen.« Fragend sieht er mich an und ich nicke auffordernd, um dann einen Schluck Tee zu trinken. Einen tiefen Atemzug später fährt er fort.

»Meine erste Freundin hat mich verarscht und betrogen. Dann, als ich es am wenigsten erwartete. Ich war ein naiver Trottel, dass ich es nicht viel früher bemerkt hatte, aber ich war zu dieser Zeit dabei, die Firma zu übernehmen.« Bei seinen Worten huscht ein düsterer Schatten über sein Gesicht. »Mein Vater ist tödlich verunglückt, ich musste das Unternehmen zusammenhalten und …« Er stockt und blickt mit leerem Blick ins Kaminfeuer.

»Oh, das tut mir wirklich leid.«

Beim Klang meiner Stimme richtet er seine Aufmerksamkeit wieder auf mich. »Danke. Aber Mitgefühl verdiene ich dafür nicht.«

»Wie meinst du das?«

»Ich bin schuld an seinem Tod!« Als hätte mir jemand alle Luft aus den Lungen gedrückt, schnappe ich nach Atem.

»Was … aber wie …?«

Die undurchdringliche Maske aus Distanz liegt auf seinem Gesicht, verbirgt seine Emotionen, eine einstudierte Miene, um der Welt vorzugaukeln, es wäre alles in Ordnung. »Wir hatten einen Streit an dem Tag. Ich hätte zu dem Meeting fahren sollen, zu dem er aufgebrochen ist, weil ich …« Scharf treten seine Kiefermuskeln hervor, als er bei der Erinnerung mit sich ringt. »Meine Idee war, statt das Unternehmen zu zerschlagen, zu investieren, es zu retten. Das konnte Dad nicht verstehen – er hat es als jugendlichen Quatsch abgetan, doch mir war es ernst damit.« Seufzend fährt er sich mit der Hand durch das pechschwarze Haar. »Für ihn stand der Firmenzweck immer im Fokus – Profit. Ich wollte etwas anderes, versuchte, mit ihm darüber zu reden.« Wieder wird sein Blick leer und driftet in die Erinnerung ab. »Er nannte mich einen dummen Bengel, der noch viel zu lernen hätte, bevor er in seine Fußstapfen treten könnte und fuhr mit der Anweisung, ich solle mir bis zu seiner Rückkehr überlegen, wie wir das Unternehmen ausschlachten könnten, davon.«

»Oh, Tash …«

»Seine letzten Worte waren: *Wenn du Manns genug bist, richtige Entscheidungen zu treffen, kannst du zu mir kommen, vorher will ich dich nicht sehen!* Ziemlich beschissen, wenn man bedenkt, dass ich nie wieder die Chance bekommen hatte, mit ihm zu sprechen.«

Meine Augen füllen sich mit Tränen, die mich daran erinnern, dass auch mein Dad uns einfach ohne ein Wort im Stich gelassen hat. Tash schnaubt verächtlich und ich blinzele den Tränenschleier weg, als er fortfährt.

»Ich hätte fahren sollen – so war es vereinbart. Aber in meiner Naivität und …« Das Räuspern verschafft ihm etwas Raum, zeigt mir, wie sehr er in den düsteren Gedanken verheddert ist. »… Ich war feige – feige, meine Meinung meinem Dad gegenüber zu verteidigen, feige, gegen seine Entscheidung aufzubegehren und eine Investition zu forcieren, und feige, nicht einfach mitzufahren.« Düsteren Blickes starrt er vor sich hin, das Gesicht einer scharfkantigen Maske gleich, und mir wird schwermütig ums Herz. Dieser Mann trägt schwer an seinem Selbsthass und versteckt ihn hinter der schillernden Fassade des Erfolges. Einen Erfolg, den er gar nicht als solchen empfindet, wie mir nun klar wird.

»Es tut mir leid«, wispere ich und traue mich nicht, dem Drang, seine Hand zu nehmen, nachzugeben, sondern sitze einfach nur da und sehe ihn an.

»Muss es nicht. Ich bin der Auslöser – Ende der Geschichte. Vielleicht war der Betrug meiner damaligen Freundin nur gerecht, immerhin habe ich meinen Dad um …«

»Hör auf damit! Es ist nicht deine Schuld gewesen«, falle

ich ihm ins Wort, bevor er es aussprechen kann. Ich könnte es nicht ertragen.

Sein Blick schießt zu mir und darin sehe ich so viel Jähzorn und Schmerz. »Als rauskam, dass Eileen mit einem Haufen Angestellter gevögelt hatte – praktisch vor meiner Nase – habe ich diese Wichser entlassen. Wade hat sie auf der Beerdigung mit einem der Sargträger erwischt … Er hat sie rausgeworfen und sie war so klug, sich danach von mir fernzuhalten. Wahrscheinlich hat Wade ihr ordentlich Angst eingejagt und ihr mit juristischen Strafen gedroht – keine Ahnung. Sie war zum Glück Geschichte und ich habe mich auf die Firma konzentriert.«

Jetzt halte ich es nicht mehr aus und greife seine Hand. Bei der Berührung zuckt er zusammen, betrachtet unsere verschlungenen Hände und sieht dann zu mir.

»Danach bin ich … Ich habe nur durch die Gegend gevögelt, habe viele Dinge getan, auf die ich nicht stolz bin. Aber ich habe nie Versprechungen gemacht, die ich nicht gehalten habe.« Eindringlich mustert er mich, und zugegeben, sein Geständnis ist bitter. Doch wir müssen darüber reden, wenn wir ernsthaft eine Basis finden wollen. Also schlucke ich die zickigen Worte herunter. »Nie ohne Gummi, nie länger als ein paar Mal mit derselben Frau und niemals bei mir zu Hause. Das schwöre ich, bei allem, was mir heilig ist!«

»Eine männliche Hure also«, rutscht es mir heraus und ich halte erschrocken den Atem an, während ich seine Reaktion versuche einzuschätzen.

Mist, Mist, Mist!

Erstaunlicherweise zuckt er nur mit den Schultern. »In gewisser Weise, ja. Es kam nie eine nah genug an mich heran, als dass ich hätte herausfinden wollen, ob sie an mir oder meinem Geld interessiert ist. Das war allerdings auch egal.« Mit einem tiefen Atemzug scheint die destruktive Stimmung von ihm abzublättern und sein intensiver Blick heftet sich auf mich. »Bis ich dich traf.«

OH!

Wie das berühmte Kaninchen vor der Schlange beobachte ich fasziniert, wie sich seine ganze Haltung in etwas Katzenartiges verwandelt, lauernd und verführerisch.

»Aber du wolltest …«

»Euch aufkaufen – o ja. Und wie ich das wollte.« Die blanke Ehrlichkeit ist schmerzhaft, obwohl ich das ja längst weiß, sie aber so pur aus seinem Mund zu vernehmen, ist trotzdem unangenehm. »Aber du – deine Vehemenz in Bezug auf dein Familienerbe, deine Schwester, wie sie mit allen Mitteln verteidigt hat, was ihr geschaffen habt – das faszinierte mich, machte mich nachdenklich und ich gebe zu, neidisch.« Entgeistert ziehe ich die Augenbrauen zusammen.

»Äh, wieso ist jemand wie DU neidisch auf ein in Schieflage geratenes Unternehmen. Du bist DER Unternehmer schlechthin, erfolgreich und …«

»Aber ich habe nichts geschaffen – nicht im eigentlichen Wortsinn. Nur Geld angehäuft in einer Firma, die mir in den Schoß fiel. Was sind Milliarden im Vergleich zu der wahren Bestimmung und Leidenschaft für sein Lebenswerk?« Wieder huscht ein Schatten über sein Antlitz und ich frage mich, was wirklich hinter Tash Montgomery steckt.

»Mit so viel Geld kann man sehr viel Gutes tun«, halte ich dagegen und er verzieht den Mund zu einem wehmütigen Grinsen.

»Mag sein. Aber mit einer schnöden Spendengala und einem Scheck ist es meiner Meinung nicht getan. Anderen zu helfen, besser zu werden, ihnen das Wissen an die Hand zu geben, über ihre Grenzen hinaus zu wachsen und Großes zu bewirken – das ist etwas Erstrebenswertes. Daraus entsteht Mehrwert.« Das Funkeln in seinen grauen Augen ist atemberaubend und zeigt, wie viel ihm dieser Gedanke bedeutet, den er gerade mit mir teilt, sich selbst allerdings bislang nicht zugestanden hat.

»Es ist nie zu spät, mit so etwas anzufangen«, ermutige ich ihn, aber schon hat sich der Moment verflüchtigt, und er hat sich emotional zurückgezogen.

Wie schmerzhaft es sein muss, so lange mit seinem Wunschtraum allein zu sein und ihn nicht realisieren zu können – oder besser, es sich nicht zu gestatten.

»Mein Erbe ist nicht einfach abzulegen. Es hängen nicht nur mein Vermögen und das meiner Freunde daran, vielmehr ist es der Ruf der Firma, den es zu verteidigen gilt. *Manche Entscheidungen sind unumgänglich und überlebenswichtig. Auch wenn das bedeutet, sich selbst zurückzustellen* – das hat mein Vater mir, seit ich denken kann, eingetrichtert. Gehört quasi zur Grundausstattung eines Montgomery«, erwidert er bitter und es macht mich wütend, dass sein Vater ihm eine derartige Bürde auferlegt hat.

»Wir sind aber nicht für die Unzulänglichkeiten unserer Eltern verantwortlich. Sie sind meist in ihren eigenen Dramen und vergangenen Tragödien gefangen, aus denen sie sich oft nicht mehr befreien können – oder sogar nicht wollen. Das hier und jetzt sind DEIN Leben, DEINE Zukunft und DEINE Gegenwart. Niemand sonst kann es für dich leben oder entscheiden, welchen Weg du einschlägst.« Er sieht mich mit einem wilden, fast schon gequälten Blick an, als ich versuche, ihm zu erklären, dass er nicht der Sklave längst vergangener Familienbande ist.

»Du bist in einem Elternhaus großgeworden, in dem es um den Erhalt von Werten ging, von Liebe und …«

»Mein Vater hat sich umgebracht und uns einen Schutthaufen an Unternehmen hinterlassen, weil er zu schwach war. Er hat uns im Stich gelassen, hat uns verkauft, und zwar an

DICH!«, zische ich ihn an und merke, wir mir heiße Tränen der Wut über die Wangen laufen, denn es kommt alles wieder hoch. »Glaub mir, daran ist nichts Wertvolles und es hat schon gar nichts mit Liebe zu tun.« Ich merke, wie tief sich diese Erkenntnis schon glühend heiß in mich hineingefressen hat, wie bitter es schmeckt und wie sehr es mich innerlich auffrisst. All die Verzweiflung der letzten Monate, die Aussichtslosigkeit und dann der bitterkalte Schock über sein Ableben – all das hat die Wärme aus meinem Herzen für meinen Vater vertrieben, hat mich versteinern lassen vor der Fürsorge, die er eigentlich bezweckt hatte. Erin und ich waren Ballast für ihn, ganz offensichtlich und die Firma war ihm völlig egal. Er hat sie einfach verkaufen wollen, einfach so. Für mich stand fest, ich werde niemals so enden, niemals vergessen, niemals aufgeben. Niemals!

»Ich bin mir sicher, dass er keinen anderen Ausweg gesehen hat.« Tashs Erwiderung ist der Tropfen, der das Fass zum Überlaufen bringt.

»Ach ja? Anstatt sich Hilfe zu holen – professionelle Hilfe, Trauerbewältigung oder sowas – hat er alles von sich geschoben, hat sich eingeigelt, ließ niemanden an sich heran. Wir sind auseinandergebrochen und er hat es zugelassen. Wie konnte er es zulassen? Er … es war seine Aufgabe … wir haben genauso getrauert …« Meine Stimme bricht und ich schluchze hemmungslos all den Frust, den Schmerz und die Bitterkeit heraus. Tash rückt an mich heran, hebt mich auf seinen Schoß und ich kuschele mich an seine breite Brust, lasse die Qual aus mir herausfließen und werde von ihm gehalten. Es ist wie ein gebrochener Damm, der alles aus mir herauswäscht, was mich die letzten Monate mit eisigen Krallen gepackt hielt, mir die Luft zum Atmen nahm und mich mit der lähmenden Agonie erdrosseln wollte.

Nun rinnt es in heißen Tränenspuren davon, versickert an

Tashs Brust und mit jedem Schluchzen splittert ein Stück des eisigen Panzers aus Hass und Schmerz von meinem zermürbten Herzen.

Vergebung – bislang unmöglich, jetzt glimmt dieser winzige Funke in der düsteren Trümmerlandschaft meiner Trauer zum Beweis, dass ich nicht die schrecklichste und undankbarste Tochter der Welt bin. Tashs Geständnis hat mich aus der Schockstarre gerissen. Es zeigte mir, dass es andere gibt, denen es mindestens ähnlich geht wie Erin und mir, die in eine Situation geworfen wurden, die sie nicht verschuldet haben, und Entscheidungen treffen mussten, die andere für sie erzwungen haben.

Schniefend und wahrscheinlich glubschäugig löse ich mich von seiner Schulter und er schiebt mir die wirren Haarsträhnen aus dem Gesicht. In seinem Blick liegen so viel Mitgefühl und Wärme, dass es mich erneut zu Tränen rührt und ich verzweifelt bemüht bin, nicht wie ein verheulter Teenager rüberzukommen. Doch das scheint ihn gar nicht zu stören, denn er wischt mir mit den Daumen die Tränen unter den Augen weg und küsst mich auf die Nasenspitze – wie süß ist das denn bitte?!

»Es tut mir unendlich leid«, flüstert er und zieht mich in eine wärmende Umarmung, die so guttut.

Wie lange wir so einfach nur dasitzen, kann ich nicht sagen, aber es fühlt sich richtig an und so gebe ich mich dem Komfort seiner Nähe hin, lasse zu, dass er mich tröstet und weine so lange, bis ich keine Tränen mehr habe.

Mit rasenden Kopfschmerzen erwache ich – eine Nachwirkung der gestrigen Heulattacke – und will die Decke zurückschlagen, doch ich finde mich in einer Umklammerung von Tash hinter mir wieder, der ruhig und gleichmäßig atmet. Wir liegen in seinem Bett, und ich hab es nicht mal mitbekommen, dass wir von der Couch aufgestanden sind. Staunend sickert die Erkenntnis zu mir durch, dass ich es mit jeder Faser meines Körpers genieße, wie er sich um mich bemüht.

In Gedanken gehe ich unser Gespräch von gestern durch, wie viel wir einander preisgegeben haben, ohne dass es sich angefühlt hat, als würde man im nächsten Moment dafür verurteilt werden, sondern eher wie eine Befreiung, es geteilt zu haben. Das ist definitiv neu!

Tash bewegt sich hinter mir und an meinem Po spüre ich in aller Deutlichkeit seine Erektion, die er im Schlaf an mir reibt.

Du meine Güte!

Er nuschelt meinen Namen und seine Hand wandert zu meiner Brust, streicht mit den Fingern über die aufgerichteten Brustwarzen und ich kann ein leises Stöhnen nicht unterdrücken. Dieser Kerl ist Sex auf zwei Beinen und ich bin hungrig nach seiner Aufmerksamkeit. Nach all dem Mist, den Geständnissen und Tränen lechze ich nach einer anderen Art der Zuneigung und dränge den Po gegen sein Becken. Der grollende Ton, den er von sich gibt, zaubert mir ein freches Grinsen aufs Gesicht und ich nehme seine Hand, führe sie zwischen meine Beine und stöhne auf, als er seufzend zielsicher unter mein Höschen schlüpft.

Ein wenig mulmig ist mir schon zumute, da ich immer noch unsicher bin, ob er als Großstadt-Casanova tatsächlich seit unserem Treffen keine andere Frau mehr gedatet hat. Nur so, wie er sich verhalten hat und wie er gestern auf dem Ball seinen Standpunkt bezüglich dieser Cecilia deutlich gemacht hat, will ich nicht weiter darüber nachdenken, denn gerade bewegt er die Finger zwischen meinen Beinen und ich schnappe entzückt nach Luft, denn er trifft meinen Lustpunkt mit der Zielsicherheit eines Trüffelschweins.

»Wenn du mich jeden Tag so weckst, lasse ich dich nicht mehr aus meinem Bett«, grollt seine verschlafene Stimme an meinem Ohr und schon taucht er seinen Finger in mein nasses Fleisch, lässt mich wimmernd um mehr betteln und küsst meinen Nacken dabei.

Unfassbar sinnraubend!

»Du hast im Schlaf damit angefangen«, keuche ich, während er in aller Seelenruhe meine Klit umspielt, damit meinen Unterleib in höchste Alarmbereitschaft versetzt, denn in weichen Wellen läuft das erwartungsvolle Prickeln durch mich hindurch und ich will mehr – brauche mehr!

In einer fließenden Bewegung hat er mich auf den Rücken gedreht und ist über mir, hellwach und atemberaubend sexy. Doch er küsst mich nicht, wie ich es mir wünsche, sondern schiebt mein Höschen runter und rutscht zwischen meine Beine.

O mein Gott!

Binnen weniger, köstlicher, zungenfertiger Momente hat er mich an die Schwelle des Zumutbaren gebracht und ich dränge mich ihm entgegen, will Erlösung, will endlich …

»Darauf habe ich so lange gewartet. Daher werde ich es so lange genießen, wie ich will«, raunt er an meinem Venushügel und leckt einmal über die pulsierenden Schamlippen und ich atme zittrig mit einem wehmütigen Wimmern auf. Tash scheint wie besessen, denn er führt mich konstant am Rand des Orgasmus entlang, ohne ihn mir zu gewähren, was einer inneren Zerreißprobe gleichkommt und ich mehrmals eine Schimpftirade loslasse, doch das kratzt ihn überhaupt nicht. Im Gegenteil. Seine Bemühungen verstärken sich nur, mich in den hormonellen und physischen Wahnsinn zu treiben. Ich löse mich unter seinen kundigen Händen, seiner begabten Zunge auf, treibe aufgelöst durch ein regenbogenartiges Nirwana aus Gefühlen, die meine Synapsen zu einem einzigen wabernden Chaos verschmelzen und ich flehe um Erlösung.

»Oh, ich liebe es, wenn du mich so anbettelst«, knurrt Tash dunkel und ich bringe lediglich ein unkontrolliertes Gebrabbel zustande, denn ich habe keine Kontrolle mehr über meinen Körper. Die gehört einzig dem Mann mit den quecksilbrigen, funkelnden Augen zwischen meinen gespreizten Beinen. »Komm für mich, lass los!«

Damit schiebt er seine Finger in mich, bewegt sie rhythmisch, trifft diesen einen magischen Punkt in mir und saugt an meiner Klit.

Alles zersplittert in einer bunten Explosion aus Empfindung, die mich erschüttert, auseinanderreißt und ich schwebe in bebenden Einzelteilen dahin – aufgelöst in purer Lust.

Mein Leib zuckt noch in den Nachwehen meines Höhepunktes, da schiebt sich Tash in mich und ich schreie auf, als er meinen Körper einnimmt, mich besetzt und in mir verharrt. Ich starre ihn an, unfähig, mich zu artikulieren, nur in der Lage, auf seine Bewegungen zu reagieren. Wir verschmelzen zu einem wogenden Gewirr aus Ekstase, Lust und Verlangen. In Sekunden vibriert mein ganzer Körper erneut unter dem herannahenden Orgasmus, in den er mir allerdings nicht folgt, sondern nur keuchend befielt, ich solle es genießen. Aber er lässt mir keine Zeit, herunterzukommen, o nein. Er zieht sich zurück, zieht mich mit sich ans Kopfende des Bettes und platziert mich auf seinem Schoß. Ihn anzusehen, glänzende Lippen, dunkelgraue Augen und das Schattenspiel seiner Muskeln – es macht mich wahnsinnig. Sein großer, langer Schwanz zuckt zwischen meinen Schenkeln gegen mein Geschlecht und ich greife danach, will ihn in mir spüren, diese unglaublich intensive Verbindung erleben.

Wie kann ein Kerl nur SO gut aussehen? Und sich SO unglaublich gut anfühlen?

Über dem Kondom liegt ein feuchter Schimmer – meine Lust – und beim Anblick schlucke ich schwer – wie er sich wohl ohne das Gummi anfühlt? Aber zu weiteren Gedanken komme ich nicht, denn Tash packt seinen Schwanz, und ich lasse mich langsam auf ihm nieder, fühle, wie er in dieser Position quälend langsam jeden inneren Nerv passiert, mich auf das köstlichste spaltet und ich ihn mit einem erstickten Keuchen ganz aufnehme.

»Nimm dir, was du brauchst!« Der Aufforderung komme ich nur zu gerne nach, denn der Druck, den sein Schwanz in mir verursacht, unsere Nähe und sein fester Griff an meinem Po ist zu viel. Vorsichtig bewege ich das Becken vor und zurück, wobei er aufstöhnt und seine Kiefer aufeinander mahlen – ihn so zu sehen, facht die Gier, ihm Lust zu verschaffen, an und ich reite ihn, wiege mich auf ihm, lasse ihn tief in mich gleiten und dabei starre ich ihn wie hypnotisiert an.

»Fuck, ich … so gut …«, murmelt er gepresst im Delirium seiner Lust und ich liebe es. Liebe es, ihn so aus der Fassung bringen zu können.

Aber bevor ich mich rühmen kann, ihm einen Höhepunkt geschenkt zu haben, fixiert er mich und das ostentative Grinsen raubt mir den Verstand, denn seine Hand wandert zu meinem Mund und er schiebt seinen Daumen zwischen meine Lippen. Stöhnend sauge ich daran, was er mit glühendem Blick verfolgt. Wild, ungezügelt und in purem Verlangen sieht er mich an. Dann zieht er seinen Daumen zurück und legt ihn auf meine Klit, reibt in kreisenden Bewegungen mit exakt dem richtigen Druck darüber, und ich verliere die Kontrolle.

»Shit, ist das heiß«, grollt er und ich komme in einem Meer aus tausend schillernden Funken, die meinen Körper fluten und spüre seine Zuckungen tief in den Eingeweiden, wie er sich unter mir verkrampft und meinen Namen stöhnt, als die pumpenden Schübe seines Höhepunktes ihn erschüttern.

Jede kleinste Bewegung jagt mir einen elektrisierenden Impuls durch den Leib und ich sinke gegen seine glänzende erhitzte Brust, die sich schwer unter seinen Atemzügen hebt und senkt. Er flüstert mir zu, wie sehr er es genossen hat, wie unglaublich ich mich anfühle und wie wunderschön er mich findet. Etwas beschämt hebe ich den Kopf und seine Lippen finden meine. Der Kuss ist so tiefgründig wie unsere Vereinigung und ich schlinge die Arme um seinen Nacken, lasse mich von dem erhebenden Gefühl tragen.

»Wenn du mich nochmal derart lange auf Abstand hältst … das wird nicht passieren. Das werde ich nicht zulassen«, murmelt er zwischen zwei Atemzügen und ich kichere bei der Vorstellung, wie er wutschnaubend vor meiner Tür steht und sie eintritt. Zutrauen würde ich es ihm, so viel steht fest.

Vorsichtig lösen wir uns voneinander, und ich stöhne schmerzvoll auf, als ich meine Beine ausstrecken kann und er die Decke über mich wirft. Er huscht aus dem Schlafzimmer, kommt wenig später mit einem Glas Wasser zurück. Dankbar trinke ich in großen Zügen alles aus, wobei er mich schmunzelnd beobachtet.

»Du machst dich gut in meinem Bett«, frotzelt er und ich werfe lachend ein Kissen nach ihm, dem er ohne große Mühe ausweicht und sich dann auf mich stürzt. »Ich meinte es ernst«, fährt er versöhnlich fort, nachdem er mich an sich gezogen hat.

»Was meinst du?«

»Ich meine damit, dass ich vorhabe, das mit dem UNS in eine ernsthafte Bahn zu bringen.« Aufmerksam mustert er mich dabei und das Aufblitzen von Siegesgewissheit verleiht ihm einen verschmitzten Gesichtsausdruck.

»Du meinst, so was wie eine …«

»Beziehung, ja, genau das meine ich.« Abwartend zieht er eine Augenbraue hoch und ich blinzele ihn verträumt an.

»Aber du sagtest doch gestern, dass du das mit Beziehungen nicht …«

»Ja, das war, BEVOR ich dich traf.«

»Äh, okay …«

Prüfend sieht er mich an. »Du willst doch nicht kneifen, oder?«

Lachend schüttele ich den Kopf. »Nein, aber es … wenn du das so aussprichst, klingt es wie ein – ja, wie ein Vertrag oder sowas.«

»Ach, tut es das?« Mit einem vielsagenden Grinsen beugt er sich über mich. »Ich bekomme immer, was ich will, schon vergessen?« Damit fällt er über mich her und ich komme erneut in den Genuss von Tash Montgomerys Verführungskünsten.

Was für ein Morgen …

25

Tash

Erstaunlich, was es ausmacht, mit jemandem zu reden, der einen versteht. Der nachvollziehen kann, was in einem vorgeht. Elona findet immer die treffenden Worte, leitet mich sanft in die richtige Richtung, von der ich nicht mal wusste, dass sie eine Option ist, und zeigt mir, wie viel mehr möglich ist.

Dass ihr Vater uns anonym angeschrieben hat, um die Firma aufkaufen zu lassen, macht mich fertig und schürt mein schlechtes Gewissen ihr gegenüber. Wir haben lange darüber gesprochen, wie schmerzlich es für sie war, den Abschiedsbrief ihres Vaters zu akzeptieren. Wie weh es ihr tat, zuzulassen, dass er nicht stark genug war, den Tod seiner Frau zu verarbeiten. Immer noch kann sie ihm nicht hundertprozentig vergeben. Die Schwäche von Howard Steel und damit die Entscheidung, das Chaos, die Verzweiflung und Sorge, vor dem Ruin zu stehen, hat eine klaffende Wunde geschlagen. Der Zwiespalt, den einfachen Weg zu gehen oder zu kämpfen, auszuhalten und sich gegen das Schicksal zu stellen, hat Elona verfolgt und ich kann gut nachvollziehen, wie sie sich gefühlt haben muss.

Unser Austausch zeigt mir deutlich, wie falsch ich all die Jahre gelegen habe, den Erwartungen meines Dads über seinen Tod hinaus entsprechen zu wollen. Alle Restriktionen, meinen eigenen Weg zu beschreiten, lösen sich ganz sanft auf und befreien mich Stück für Stück von dem starren Korsett der Selbstzweifel. Elona schafft es, dass ich mit der Vergangenheit langsam Frieden schließe, loslasse.

Seit zwei Wochen schaffen wir es, uns nach der Arbeit in unsere kleine, unbeschwerte Seifenblase zurückzuziehen, frönen unserer Leidenschaft aufeinander und genießen die gestohlenen Stunden zu zweit. Weder ihre Schwester noch Wade oder Ryan wissen von unserem Arrangement. Ein Spiel auf Zeit und mit hohem Risiko, denn Elona erzählte mir, wie hasserfüllt Erin auf uns und insbesondere mich ist, da ich versucht habe, Elona durch meine schmutzige Taktik weichzukochen. Dafür holte ich mir einige böse Sprüche und giftige Kommentare von Elona ab, die ich mehr als verdient hatte. Ich will mir gar nicht ausmalen, was Wade zu all dem sagen würde. Zumal ich Elona versprochen habe, ihr bei der ein oder anderen Investition unter die Arme zu greifen. Nicht ganz uneigennützig, denn ich knüpfte daran die Bedingung, dass sie nicht mehr so viel mit dem Idioten Henry Miller herumhängt.

Das ist mir ein gewaltiger Dorn im Auge. Durch die bereits angeleierten Gespräche und Aufträge kann sie nicht ohne weiteres den Kontakt abbrechen – klar – doch innerlich koche ich vor Wut darüber, wenn sie mir freudestrahlend berichtet, dass Henry dies oder Henry das getan hat. Wenn es um sie geht, will ICH derjenige sein, der sie unterstützt, der sie aufbaut, der ihr hilft. Aber aktuell sind wir heimlich zusammen, leben im Verborgenen und niemand weiß, dass wir ein Paar sind.

O Mann, jetzt ist es passiert! Ich bin in dieses Beziehungsding geraten.

Auf erschreckende Weise fühlt es sich unbeschreiblich gut an, der Gedanke, mit Elona zusammen zu sein. Verrückt, wenn ich bedenke, dass ich bis vor einem halben Jahr jeden bemitleidet habe, der eine Partnerschaft hat. Jetzt geht der Tag nicht schnell genug rum, damit ich nach Hause fahren und mich mit Elona verlieren kann.

Bislang hat weder Ryan noch Wade etwas gesagt. Ryan erwische ich allerdings manchmal dabei, wie er mich ansieht, als ob er versucht, meine Gedanken zu erforschen. Unheimlich, denn seine Bemerkungen treffen oftmals den Nagel auf den Kopf.

Wenn es nach mir ginge, würde ich unseren Beziehungsstatus in die Welt hinausschreien, würde jedem Wichser da draußen zeigen, dass Elona Steel ab sofort vom Markt ist und niemand außer mir ein Recht darauf hat, mit ihr dieselbe Luft zu atmen – albernes Testosterongehabe, ich weiß – aber Scheiße noch mal, so empfinde ich eben.

Sie rang mir das Versprechen ab, erst mit ihrer Schwester zu sprechen und danach könnten wir abwägen, wie wir es öffentlich machen. Darüber gab es eine lautstarke Debatte, die damit endete, dass ich sie an die Wand pinnte und mit allen mir zur Verfügung stehenden Methoden abzulenken versuchte. Leider unterschätzte ich dabei ihren Einfluss auf mich und ich erlag meiner eigenen schmutzigen Taktik, sie zu verführen. Denn sie verpasste mir den Blowjob des Jahrhunderts und das kleine Biest zwang mich dazu, ihrem Wunsch zuzustimmen.

Aber wem will ich hier was vormachen? Sie hat mich um den Finger gewickelt und ich bin vollkommen machtlos dagegen.

Ihre Schwester ist aktuell für ein paar Wochen bei einem der Viehzüchter, wo sie sich in deren Geheimnisse einweihen lässt – hätte ich der ehemaligen Beautyqueen gar nicht zugetraut. So stehlen wir uns allerdings zwei weitere Wochen Zeit.

M&B Trading – nachmittags

»Sag mal, wann machen wir eigentlich wieder einen drauf?«, schlägt Wade vor, als wir unsere Besprechungsrunde gerade beendet haben und Ryan grinst mich verschlagen an.

»Guter Gedanke, das sollten wir unbedingt tun. Morgen wäre perfekt, freitags geht doch immer was in London«, pflichtet er Wade bei und ich verdrehe innerlich die Augen, da ich überhaupt keinen Bock auf die Art der Feierabendgestaltung habe. Denn auf mich wartet eine süße Blonde, der ich sehr gerne den Verstand rauben und sie zum Schreien bringen will.

»Cool, es gibt einen neuen Club, der verspricht die heißesten Girls der Stadt. Da sollten wir unbedingt …«

»Wollen wir nicht einfach etwas trinken gehen?«, werfe ich ein und weiche Wades' stechendem Blick aus.

»Alter, was ist los mit dir? Keinen Bock auf Muschis?«, fragt er lachend und am liebsten würde ich ihm eine reinhauen, denn mittlerweile nervt er mit seinem ausschweifenden Lebenswandel.

Das war mal dein eigener – vergiss das nicht!

»Tash, was soll das? Wir waren schon ewig nicht mehr richtig raus und die letzte Zeit war stressig genug. Immerhin hast du uns den London-Deal gekostet, nur wegen Miss Steel«, neckt er mich und ich stöhne entnervt auf, da er mir das wohl mein Leben lang vorwerfen wird.

Meine Reaktion bleibt nicht unbemerkt, denn Wade neigt den Kopf etwas zur Seite und mustert mich eingehend. Da ich das bereits kenne, setze ich eine unbeteiligte Miene auf, um ihm keinerlei Anhaltspunkte zu liefern, aber er ist gewiefter, als ich dachte.

»Du hast sie gefickt, stimmt's? O Mann, du hast sie nicht nur einmal gefickt …«

»Halt die Klappe!«, blaffe ich ihn stinkwütend an und siegessicher hebt er mit einem dreckigen Grinsen die Augenbraue und lehnt sich gelassen im Stuhl zurück.

»Sieh mal einer an. Die Kleine scheint ja mächtig Eindruck auf dich gemacht zu haben, wenn du eine Runde heißen Sex mit den heißesten Girls der Stadt verschmähst.« Seine Aussage trifft ins Schwarze, aber kotzt mich gleichzeitig mächtig an und alles in mir spannt sich an, bereit ihm eine zu verpassen, sollte er etwas Despektierliches gegen Elona vom Stapel lassen.

»Komm schon, gib's zu«, frotzelt er weiter und Ryan sieht mich warnend an. »Die würde ich auch sofort flachlegen. Die hat was Unschuldiges an sich, dass ich gerne …«

Krachend stoße ich den Stuhl, auf dem ich sitze um, packe ihn am Kragen und sehe, wie er selbstzufrieden meinen Blick erwidert. Mein Blut kocht und ich würde am liebsten seinen Schädel auf die Tischplatte donnern und ihm die Visage polieren, so sauer bin ich über die dreiste Äußerung.

»Lass ihn los, Tash«, ertönt Ryan direkt neben mir und reißt mich aus der Gewaltfantasie gegen meinen besten Freund, der mich nur provoziert hat, und ich steige voll drauf rein.

FUCK! Nicht gut.

Grollend lasse ich ihn los. Wade ist so klug und sagt nichts weiter dazu, auf seinem Gesicht spiegelt sich allerdings die Gewissheit, dass er mich an den Eiern hat.

Arschloch!

Mit einem überheblichen Lächeln streicht er seine Klamotten glatt und Ryan schiebt mich zu meinem Stuhl.

»Seid ihr jetzt mit dem Schwanzvergleich fertig?«, fragt er mahnend und Wade nickt ihm lächelnd zu. »Oh, ich für meinen Teil auf jeden Fall.«

»Schön. Also gehen wir jetzt was zusammen trinken, oder

was?«, nimmt Ryan den Faden erneut auf und sieht uns abwechselnd an. Ich nicke stumm, denn ich will Wade nicht weiter Futter für seine Provokationen liefern. Der zuckt mit den Schultern und stimmt zu.

»Schön, dann treffen wir uns morgen wie üblich.« Wieder nicke ich und stehe auf. Mir geht es gegen den Strich, wie selbstgefällig Wade in seiner Arroganz schwelgt, aber ich habe keine Lust, ihm von meiner aktuellen Situation mit Elona zu erzählen, so lange sie nicht mit ihrer Schwester gesprochen hat. Das habe ich versprochen, und ich werde es halten.

In meinem Büro brüte ich über die ganze Sache, versunken in all den gruseligen Szenarien, die uns möglicherweise bevorstehen, angefangen von einer riesen Krise zwischen Elona und Erin, die ich tunlichst verhindern will. Und dann wäre da noch mein neuer Weg, in Richtung Investition und Support. Das wird die Jungs richtig auf die Palme bringen. Aber zum Teufel, es ist meine Firma.

»Hey, das war ja eine echt armselige Show gerade«, reißt mich Ryan aus meinen Gedanken und ich funkele ihn mürrisch an.

»Was muss der Idiot auch …«

»Mann, du bist derjenige, der sich hat provozieren lassen und das nur, weil er SIE erwähnt hat. Alter, du solltest langsam erkennen, dass jeder es mitbekommt, was da mit der Kleinen läuft.«

Seufzend fahre ich mir mit der Hand über das Gesicht, während er Platz nimmt.

»Wie lange geht das schon mit euch?«

Seine Frage ist berechtigt, doch ich will mein Versprechen nicht brechen. Andererseits war es Ryan, der mich in die richtige Richtung schupste, sodass ich Elona zurückerobert habe.

Elende Zwickmühle.

»Ich … es ist kompliziert … wir …«

»Sein wann, Tash?«, hakt er nach und ich weiß, ihm kann ich nichts vormachen.

»Seit dem Empfang.« Mit einem anerkennenden Pfiff lehnt er sich zurück.

»Und wann wolltest du damit um die Ecke kommen?«

»Wir … sie will es erst mit ihrer Schwester klären, na ja, und dann sehen wir weiter«, teile ich ihm den Plan mit, der sich gerade in Luft aufgelöst hat, zumindest, was mein Versprechen anbelangt.

»Interessant. Und du bist sicher, dass das eine gute Idee ist?«

»Was soll ich tun? Sie hat mir das Versprechen abgerungen und ich …«

Lachend winkt er ab. »Das ich das nochmal erleben darf – Tash Montgomery steht unter der Fuchtel einer Frau.« Knurrend spanne ich mich an und er lacht noch heftiger, was mich wiederum auf die Palme bringt. »Komm schon, sei kein Spielverderber. Immerhin bist du viel ausgeglichener, seit du die Kleine datest.«

»Das ist kein Date!«

Erstaunt starrt er mich an. »Willst du damit sagen, dass ihr …?«

»Ja! Ja, wir sind – zusammen.« Es auszusprechen fühlt sich irrational und sperrig an, hat aber andererseits eine befreiende Wirkung auf mich.

Perplex sitzt Ryan vor mir und es ist ihm anzusehen, dass er es nicht ganz glauben kann. Räuspernd fängt er sich langsam und ich stelle mich seinem inquisitorischen Blick.

»Du und die kleine Steel – das ist … Ich hätte gedacht, ihr tobt euch aus und dann geht jeder seiner Wege, aber das …«
»Was soll das heißen?«, frage ich zerknirscht.

»Na ja, du bist nicht gerade dafür bekannt, der Beziehungstyp zu sein. Und sie ist eine attraktive Frau, die zudem mit Henry Miller …«

»Sie ist mit MIR zusammen, kapiert? Ende der Durchsage!« Ich klinge wahrscheinlich wie ein krankes Arschloch, aber ich will klarstellen, dass Elona Steel nicht mehr zu haben ist – für niemanden.

Ryan legt die Handflächen gegeneinander und sieht mich eindringlich an. »Das ich das noch erleben darf!«

»Was zum Teufel soll das bitte heißen?«, zische ich ihn an.

»Du hast damals geschworen, nie wieder jemanden an dich ranzulassen. Ich war der Überzeugung, dass der Name Montgomery irgendwann aussterben wird.« Etwas konsterniert ziehe ich die Augenbrauen zusammen, da meine Mum vor einiger Zeit etwas Ähnliches gesagt hat. »Du hast es geschafft.« Fragend starre ich ihn an. »Du hast den Bann gebrochen, den du dir selbst auferlegt hast. Das ist … Ich bin stolz auf dich«, lässt er mich wissen und mir fehlen die Worte.

Dieses Thema haben wir seit damals gemieden, nicht darüber gesprochen und uns auf die Firma und das Geld konzentriert. Jetzt sieht Ryan mich bewundernd an, was mir ein seltsames Gefühl von Absolution beschert.

»Stolz – gehört das nicht in die Gewinnmaximierung, die …«

»Hör schon auf, du Idiot. Du weißt besser als jeder andere, was es heißt, sich selbst aufzuopfern. Jetzt hast du endlich was gefunden – jemanden gefunden, mit dem du das Leben genießen kannst. Das ist wahrscheinlich das Sinnvollste, was du je zustande gebracht hast.«

So kenne ich den eher nüchternen und verschlossenen Ryan gar nicht. Erstaunlich, da arbeiten wir seit Jahren eng miteinander zusammen, haben Erfolge zusammen gefeiert und doch scheinen wir einen sehr intimen Teil unserer Persönlichkeiten nicht zu kennen.

»Wie meinst du das? Ich dachte, wir …«

»Nur weil ich der Zahlen-Nerd bin, heißt das nicht, dass ich ein abgestumpfter Troll bin.« Etwas in seiner Stimme lässt mich aufhorchen. »Glaub mir, ich habe damals mit dir gelitten, wegen Onkel Charles, aber ich weiß auch, wie er sein konnte. Gerade zu dir. Du warst sein Glanzstück.« Fasziniert lausche ich ihm, denn darüber haben wir noch nie gesprochen. »Ich habe mitbekommen, wie er teilweise mit dir umgesprungen ist, und ich … es war mir unangenehm, es gehört zu haben. Er war immer nett zu mir und ich wollte auf keinen Fall, dass du denkst, ich …«

»Hey, das … ich … wie kommst du darauf, ich hätte es dir übelnehmen können?«

Mit einem wehmütigen Blick betrachtet er mich. »Du warst mein Vorbild. Du warst in allem der Beste und hast dann auch noch das Unmögliche vollbracht und die Firma übernommen – du warst mein verdammter Held. Die Sache mit … Du hast richtig gehandelt.«

»Manchmal frage ich mich, ob das stimmt.« Seine Offenheit über meine Beziehung mit Elona, die wohlgemerkt erst am Anfang steht, reißt den Damm der Zurückhaltung ein und es sprudelt nur so aus mir heraus, wie sehr sie mir die Augen geöffnet hat, wie viel wir miteinander geredet, uns ausgetauscht haben, welche Wirkung sie auf mich hat und wie viel sie mir bereits nach der kurzen Zeit bedeutet. Staunend lauscht er mir und es fällt eine unglaubliche Last von mir. Ich hasse es, Geheimnisse vor den beiden zu haben, und mit Ryan darüber zu sprechen, ist äußerst befreiend.

Schweigend rekapituliert er meinen Wortschwall und dann grinst er mich an. »Tja, ich würde sagen, das schreit förmlich nach einer …«

»Kein Wort – zu niemandem. Nicht mal zu Wade!«, warne ich ihn und er starrt mich fragend an.

»Er ist unser bester Freund. Wie, glaubst du, wird er reagieren, wenn er es zufällig von jemandem erfährt?«, wirft er ein und trifft damit einen wunden Punkt.

»Nur so lange, bis sie mit Erin gesprochen hat. Das könnte ein echtes Problem werden. Ich will nicht …«

»Ja, versteh schon. Aber er denkt sich eh schon seinen Teil. Er wird es verstehen.«

Schnaubend schüttele ich den Kopf. »Er wird sich das Maul darüber zerreißen und wenn er seine vorlaute Klappe nicht hält, und über Elona herzieht, dann …«

»Du weißt doch, wie er ist. Aber hat er dich jemals enttäuscht?« Dazu kann ich nur den Kopf schütteln. Wade Lamar ist zwar ein abgefuckter Hurensohn, wenn es um Weiber geht, aber der loyalste Freund, den man sich wünschen kann. »Rede mit ihm. Treib keinen Keil wegen so etwas zwischen euch.«

Er hat recht. Mir steht ohnehin noch die heikle Offenbarung meiner neuen Geschäftsstrategie mit den beiden bevor und wenn ich wenigstens den privaten Punkt von der Agenda habe, kann ich mich auf die Schlacht konzentrieren, die mir wahrscheinlich alles abverlangen wird.

Und so finde ich mich wenig später vor Wades Büro wieder und wappne mich für seinen Urteilsspruch.

Lässig sitzt er auf der Ledercouch am Fenster und hängt über einem Vertrag, als ich eintrete.

»Hey, ich … hast du kurz Zeit?«

»Klar, komm rein«, winkt er mich zu sich und ich schließe die Tür, um mich dann ihm gegenüber auf einen der Sessel zu setzen. »Was kann ich für dich tun?« In seiner Stimme schwingt Sarkasmus mit, der mich daran erinnert, wie ich ihn vorhin angefahren habe. Aus den stechenden, türkisblauen Augen taxiert er mich, bereit, meinen verbalen Angriff sofort zu kontern, falls nötig.

»Es tut mir leid.« Blinzelnd verzieht er das Gesicht bei dem Intro.

»Was? Wie meinst du das?«

»Das vorhin war … unangemessen«, gebe ich zerknirscht zu und seine Miene hellt sich umgehend auf.

»Ach, du meinst dein emotionaler Ausbruch wegen der blonden sexy …«

»Wade!«, knurre ich ihn warnend an und er hebt beschwichtigend die Hände.

»Schon gut. War nur Spaß. Krieg dich wieder ein.« Einen angespannten Moment herrscht Ruhe, aber dann seufze ich und wir beide fahren einen Gang zurück.

»Du lagst richtig. Ich habe mit Elona … wir sind … es ist nicht nur eine Affäre. Es ist mehr. Und ich will, dass du das akzeptierst und keine dämlichen Sprüche darüber reißt, verstanden?!« Nicht meine beste Ansprache, aber der Inhalt kam, denke ich, klar rüber. Schon rechne ich mit einer der Lamar'schen Vortragsreihen zu den Vorteilen des Singledaseins und freizügigem Sexleben mit wechselnden Geschlechtspartnern, die dem Ganzen den Kick geben, aber Fehlanzeige.

»Da brat mir doch einer einen Storch – Tash Montgomery, der Verfechter des Junggesellenlebens, ist in festen Händen.« Irritiert über die für seine Verhältnisse softe Ansage bleiben mir die Worte im Halse stecken. »Glaubst du im Ernst, mir ist entgangen, dass du der Kleinen bereits auf der Gala hinterhergerannt bist und auf dem Empfang letztens – Alter, subtil ist anders.«

»Äh, ich weiß nicht …«

»Komm schon. Du gaffst sie an, als sei sie die letzte Frau auf Erden und so, wie du vorhin ausgetickt bist – dich hat es richtig schwer erwischt.«

»Und das akzeptierst du – einfach so?«

Seufzend fährt er mit der Hand an seinen Nacken. »Wir hatten eine wilde Zeit.«

Ein Grinsen schleicht sich auf mein Gesicht, da mir lebhaft einige ziemlich heiße Szenen in den Sinn kommen, die wir genossen haben, aber es ist nichts im Vergleich zu dem, was ich mit Elona erlebe.

»Wer wäre ich, wenn ich deine Entscheidung nicht respektieren würde? Du hast dich verknallt in die Kleine und weiß Gott, warum sie ausgerechnet dich anschmachtet.« Da ist das berühmt-berüchtigte Lamar-Grinsen und ich schnaube verächtlich über seinen dummen Spruch. »Aber es scheint, als würde sie dir guttun. Also …«

»Ja, sie ist besonders!«, gebe ich leise zu und er nickt mit einem vielsagenden Lächeln auf den Lippen.

»Du klingst wie ein verliebter Trottel.«

»Ach, halt die Klappe, Lamar!«

»Schon gut, lass dich nicht gleich aufs Glatteis führen«, brummt er gutmütig und ich hole tief Luft. »Sie ist schon ein Hingucker, zugegeben.« Warnend funkele ich ihn an, was er mit einem Schnauben abtut. »Aber sie ist nicht mein Typ, also keine Sorge.«

»Du hast doch gar keinen Typ.«

Achselzuckend zwinkert er mir zu und ich reiße mich zusammen, nicht irgendwas Dummes zu ihm zu sagen.

»Elona und Tash – klingt wie ein Slogan zu einer kitschigen Fernsehsendung«, gluckst er und ich verdrehe die Augen, muss aber bei der Vorstellung grinsen.

»Wir werden es noch nicht an die große Glocke hängen. Sie will erst mit ihrer Schwester reden.« Neugierig setzt er sich auf. »Also wäre ich dir sehr verbunden, wenn du die Klappe darüber halten würdest.«

»Klar, Mann. Wenn du das so willst.« Wieder einmal stellt Wade unter Beweis, dass er unter der flapsigen Oberflächlichkeit ein seriöser und guter Freund ist, der meine Wünsche respektiert. Das zeichnet ihn aus.

»Aber morgen gehen wir trotzdem einen trinken?«, fragt er vorsichtig. Schmunzelnd stehe ich auf und klopfe ihm auf die Schulter.

»Ich vögele zwar nicht mehr in der Gegend herum, aber ich bin nicht daheim angekettet.« Das lässt ihn aufhorchen und zufrieden nickt er.

»Na dann, Loverboy, sehen wir uns morgen Abend. Und, Tash?«

»Was?«

»Sie ist ein tolles Mädchen. Ehrlich!«

Mit einem stolzen, breiten Grinsen nicke ich und stapfe zurück in mein Büro. Manche Entscheidungen erleichtern einem das Leben enorm.

26

Elona

Morgen kommt Erin zurück und ich habe bereits jetzt die Hosen voll. Wenn ich nur daran denke, wie enttäuscht und wütend sie sein wird, krampft sich alles in mir zusammen. Ich hab sie angelogen und ich bin mir nicht sicher, ob sie mir das verzeihen wird. Sie ist nun meine einzige Familie – wenn sie mich verstößt …

Aber das alles habe ich mir dann selbst zuzuschreiben. Hals über Kopf habe ich mich in die Sache mit Tash gestürzt, ohne auch nur eine Sekunde über die Konsequenzen nachzudenken. Zwar gab es Momente, in denen ich einen Anflug von Panik verspürt habe, doch ein Blick in Tashs glimmende Augen und einen verstandraubenden Kuss später, und die Zweifel waren weggewischt.

In der kurzen Zeit, in der wir uns in unsere kleine, heile Welt verkrochen haben, hat er einen bedeutenden Platz in meinem Herzen eingenommen. Ich dachte immer, so etwas braucht Zeit, dauert Jahre und eine Menge Arbeit. Wir allerdings scheinen das Ganze in Rekordgeschwindigkeit zu durchlaufen, denn er hat jetzt schon ein untrügliches Gespür für mich entwickelt. Ein Blick genügt, und er verfällt in den verständnisvollen Zuhörer oder den aufbauenden Motivator – je nach meiner Gemütsverfassung, die aktuell ziemlichen Schwankungen unterworfen ist.

Zwar habe ich die Firma langsam im Griff, und mit seinen wertvollen Tipps und Vorschlägen gelang es mir sogar, die Banken zu einer kooperativen Haltung uns gegenüber zu bewegen, aber Dads Tod und die damit einhergehenden Umstände schlagen mir schwer aufs Gemüt. Manchmal schleichen sich Gedanken bei mir ein, ob ich eines Tages auch so enden werde wie er. Eingesponnen in die eigene Trauer und Depression, nicht fähig, sich daraus befreien zu können. Aufgeben ist keine Option – das hat Mum uns immer wieder erklärt, aber Dad hat es nicht hinbekommen. An diesem Punkt werde ich jedes Mal fuchsteufelswild, würde am liebsten meine Wut hinausbrüllen und ihn dafür verantwortlich machen, uns im Stich gelassen zu haben. Doch das kann ich nicht mehr. Er ist weg. Tatsächlich ist dieser Punkt der schlimmste – ich weiß nicht wohin mit all den Emotionen, die sich Bahn brechen und ich hänge zwischen der aufschäumenden, glühenden Wut und der bitteren Erkenntnis fest, dass ich nichts, aber auch rein gar nichts an der Situation ändern kann. Nur die Firma und unseren angeschlagenen Ruf konnte ich langsam wieder aufbauen.

Tash verbringt jede freie Minute mit mir und ich liebe es. Selbst in den düsteren Stunden meiner Verzweiflung und Sorge ist er da und gibt mir Halt. In seinen Armen finde ich Trost, Fürsorge und Verständnis. Die anfänglichen unüberwindbaren Gegensätze, die uns einst trennten, entwickelten sich zu einem Nährboden an Verständigung und gegenseitiger Unterstützung. Nie hätte ich für möglich gehalten, dass er im Grunde ein warmherziger und mitfühlender Mann ist, der selbst so viel geopfert hat, um einer Rolle zu entsprechen, die er nie haben wollte.

Unser beider Schicksal wurde von anderen bestimmt, doch wir befreiten uns daraus. Jetzt steht nur noch an, dass wir es offiziell machen. Gerade davor graut es mir am meisten. Erin wird es auf keinen Fall gutheißen. Mehrfach hat sie betont, wie sehr sie Tash und seine Jungs verabscheut, die in ihrer Überheblichkeit nicht die geringste Verantwortung an den Tag legen und einfach zerstören und sich nehmen, was nicht ihnen gehört – gut, etwas überspitzt, aber aus ihrer Sicht waren die Gespräche nichts anderes als Machtgerangel, das uns fast die Existenz gekostet hätte. Ihr Hass auf das männliche Geschlecht ist tiefverwurzelt und prägt ihr gesamtes Weltbild. Damit muss ich fertig werden, wenn ich morgen Abend mit ihr spreche.

»Sweetheart, du machst dir zu viele Gedanken. Immerhin ist es dein Leben und das kannst du verbringen, mit wem DU willst«, betet Tash mir erneut vor, womit er recht hat, es für Erin allerdings keinerlei Relevanz haben wird.

»Du kennst sie nicht. Sie wird toben, wird mit Vorhaltungen machen und … Sie hasst alle Männer gleichermaßen und das verstehe ich nur zu gut. Sie hat alles wegen dieses Kerls verloren. Da ist es normal, wenn sie niemandem mehr vertraut.«

»Mag sein, aber sie hätte die Kontrolle nie abgeben dürfen. Jemandem blind zu vertrauen, der einen hängen lässt, ist ziemlich dämlich, wenn du mich fragst.«

»Hey, sprich nicht so über meine Schwester. Sie war jung und hat einen Fehler gemacht. Der Kerl hat sich in ihr Herz geschlichen, ihr Vertrauen gewonnen und sie dann eiskalt in den Abgrund gerissen. Das war nicht ihre Schuld, dass sie für ihn so viel empfunden hat«, pfeffere ich zurück, denn immer wenn es um diese unschöne Episode in Erins Leben geht, steht mein schwesterlicher Beschützerinstinkt in glänzender Rüstung parat, um sie zu verteidigen.

Tash kommt mit versöhnlicher Miene auf mich zu, doch ich weiche ihm aus. Blitzschnell hat er mich jedoch gepackt und schlingt die Arme um mich. Machtlos ergebe ich mich seiner Nähe, denn es ist mir unmöglich, ihm zu widerstehen – eine Tatsache, die er schamlos ausnutzt.

»Es tut mir leid. Ich wollte nicht respektlos gegenüber Erin sein.« Sanft küsst er mich auf die Stirn und ich seufze leise bei der zarten Berührung seiner Lippen. »Du selbst hast erzählt, wie sehr du gegen diesen Idioten warst, doch sie hat nicht auf dich oder irgendwen gehört.«

»Ja, schon, aber … Sie war am Boden zerstört, vollkommen entrückt, hat wochenlang kein Wort gesprochen und ging nicht mehr vor die Tür. Meine Eltern waren in großer Sorge, sie würde sich etwas antun – sie ließ niemanden an sich heran. Es war schrecklich. Und dazu die ganze Presse. Alle haben auf ihr herumgehackt, sie ausgelacht und mit Dreck beworfen, nur weil sie sich in den falschen Kerl verliebt hatte.« Mit der Hand fährt Tash zu meinem Nacken und streicht über die empfindliche Haut hinter meinem Ohr.

»Solange sie daraus gelernt hat, war es nicht umsonst.«

»Aber zu welchem Preis? Sie würde sich eher die Hand abhacken, als jemals wieder einen Kerl an sich heranzulassen. Und jetzt soll ich ihr beichten, dass ich mit dir – das wird ein Desaster«, stöhne ich frustriert beim Gedanken an das bevorstehende Gespräch. Lachend drückt er mich an sich.

»Ich denke, du solltest positiver an die Sache herangehen. Du sagst doch immer, man muss den Geist positiv ausrichten, damit positive Dinge geschehen können – also fang gleich damit an.« Auf seinem gutgeschnittenen Gesicht erscheint ein frecher Ausdruck, den ich mittlerweile nur zu gut kenne. »Ich hätte da eine grandiose Idee, dich auf positive Gedanken zu bringen. Es hat was mit viel nackter Haut, meiner Zunge und einem Seidenschal zu tun …«

»Oh, das kann nicht dein Ernst sein! Ich kriege fast die Krise wegen des Schwestern-Dramas morgen und du denkst an SEX?«

In seinen Augen funkelt das glühende Begehren auf, in dessen Genuss ich in letzter Zeit so oft gekommen bin. Ich hingegen versuche krampfhaft, mich aufs Wesentliche zu konzentrieren, aber seine Hand wandert unter den Bund meiner Hose zu meinem Po und greift beherzt hinein. Er bringt mich aus dem Konzept und im nächsten Augenblick finde ich mich in einem der berühmten Tash-Montgomery-Küsse wieder. Nur zu gerne ergebe ich mich in diese sinnliche Ablenkung.

Jämmerlich, ich weiß, aber ich komme nicht dagegen an. Tash weiß das ganz genau, denn er hat mich bereits zur Couch dirigiert. Ich finde mich keuchend und überaus willig unter ihm wieder, während er leise mit dieser grollenden sexy Stimme sehr versaute Dinge zu mir sagt und mich dabei auszieht – und ich bin verloren.

Der Abend des Gesprächs

Mit einem Sack voller Reue und einer großen Portion Nervosität klingele ich bei Erin, die mir freudestrahlend die Tür öffnet, mir um den Hals fällt und sofort losplappert, was sie alles gelernt und gesehen hat. Gequält lächele ich dazu, werfe hier und da ein: ›Ach echt?‹, oder: ›Klingt toll‹, ein und bin dankbar, als sie mir ein Glas Weißwein reicht. Den brauche ich mehr als dringend!

»Wir haben jetzt eine richtige Grundlage, den Laden aufzubauen. Die Unterstützung von Henry ist wirklich Gold wert. Wusstest du, dass die Farm, wo ich war, eine der ältesten Rinderrassen aufzieht, die in natürlicher Umgebung leben? Sie haben durch diese Haltung ein besonders widerstandsfähiges Leder.«

»Super, das ist …«

»Ja, und ich hab schon mit den Jungs in der Gerberei gesprochen. Die beiden älteren, die Mum damals eingestellt hat, weißt du noch? Die sagten mir heute, dass sie – sag mal, du siehst ganz blass aus. Ist alles in Ordnung?« Mit gerunzelter Stirn kommt sie auf mich zu und legt die Hand auf meine Wange, mustert mich kritisch und schüttelt den Kopf. »Sunshine, du wirst doch nicht etwa krank?«

»Äh, nein, ich … nur schlecht geschlafen«, krächze ich und ein kalter Schauer läuft mir über den Rücken.

Erin nimmt mir den Wein ab und setzt einen Kessel Wasser auf. »Du brauchst keinen Alkohol, sondern einen Kräutertee. Hast du abgenommen? Deine Wangen sind ein wenig eingefallen? Isst du auch genug?«, fragt sie und öffnet einen Schrank, in dem sie die Tassen aufbewahrt.

O Gott, das wird immer gruseliger!

Frustriert kneife ich die Augen zusammen und fasse mir ein Herz.

»Ich bin mit Tash Montgomery zusammen!« Jetzt ist es raus.

Eine unheimliche Stille füllt den Raum und Erin, die mit dem Rücken zu mir steht, den Tee in der einen, die Tasse in der anderen Hand, steht zur Salzsäule erstarrt einfach nur da. Schon bereue ich, nicht gewartet zu haben, bis wir uns gesetzt haben, damit ich sie ansehen kann. Ohne ein Wort zu sagen, stellt sie die Tasse ab, hängt das Teeei hinein und nimmt den dampfenden Kessel vom Herd. Die Situation ist mir so unangenehm, dass ich versucht bin, sie zu schütteln, um irgendeine

Reaktion von ihr zu bekommen, denn ihre Schweigsamkeit macht mich fertig.

»Seit wann?«, fragt sie gepresst und so leise, dass ich es fast nicht verstehe. Erleichtert, dass sie jetzt nachhakt, atme ich aus.

»Ich … es ist …«

»SEIT WANN, Elona?«

Mist, sie klingt richtig sauer!

»Seit, äh, einigen Wochen.«

Zischend stößt sie die Luft aus, geht mit der Tasse Tee an mir vorbei ins Wohnzimmer und ich folge ihr bedröppelt. Sie würdigt mich keines Blickes, was ich auch nicht verdient habe. Es schmerzt trotzdem und fühlt sich unangenehm kratzig an.

»Also ich … wir wollten es nicht – nein, ICH wollte es dir erst sagen, bevor wir …«

»Bevor es die ganze Welt außer deiner Schwester erfährt? Toll!« Bitterkeit liegt in ihrer Stimme, was ich ihr nicht verdenken kann. »Du hast dich auf diesen schmierigen Abzocker eingelassen, der uns alles wegnehmen wollte, was wir besitzen. Du springst mit dem Teufel ins Bett und bist auch noch so unverschämt, es mir erst nach WOCHEN mitzuteilen?« Ihr hübscher Mund verzieht sich zu einer angewiderten Fratze. »Hast du es so nötig, die Beine breitzumachen? Warum zum Henker konntest du nicht Henry Miller nehmen? Er ist wenigstens ehrlich und …«

»Das hab ich doch nicht geplant!«, platzt es aus mir heraus.

»O nein, natürlich nicht. Du warst machtlos dagegen, bist einfach so da reingeschlittert – hör auf, so einen Bullshit zu erzählen!«, giftet sie mich an und auf ihrem Gesicht spiegelt sich ihr glühender Hass auf die gesamte Männerwelt wider, die Wut über ihr eigenes Verhalten und ihr Scheitern.

»Erin, ich wollte nicht …«

»Du willst mir verkaufen, dass es kurz nach Dads Tod

nichts Wichtigeres gab, als sich von diesem, diesem Fiesling flachlegen zu lassen? Ehrlich, das ist …«, wutschnaubend springt sie auf und tigert im Zimmer herum, wirft mir dabei hasserfüllte Blicke zu und ich sinke in mich zusammen.

»Nur damit du es weißt: Ich werde NIEMALS mit diesem Kerl auch nur im selben Raum sein. Du willst mit ihm ›zusammensein‹? Wach auf, Sunshine – er vögelt in der Gegend herum. Frauen sind für ihn nichts wert. Dich hat er bald über und komm dann ja nicht zu mit angekrochen, um dich bei mir auszuheulen!«

»Aber so ist er doch gar nicht. Er …«

»Pfff, hörst du dir eigentlich selber zu? Er ist ein ABZOCKER und das nicht nur in beruflicher Hinsicht. Weißt du, wie er allgemeinhin genannt wird? The Bitch Destroyer – sagt das nicht alles? Er wird dich wegwerfen wie all die anderen auch!«

Auf diese Art des Ausbruchs war ich zwar gefasst, es aber alles an den Kopf geworfen zu bekommen, ist ätzend. »Mag sein, dass er damals durch die Betten getobt ist, jetzt allerdings …«

»Als wenn so einer sich ausgerechnet wegen DIR ändern würde!« Fassungslos starre ich sie mit offenem Mund an, zu geschockt, um eine schlagfertige Antwort zu formulieren. »Er hat jetzt seinen Spaß mit dir und in einer Woche ist eine andere in seinen Fängen. Du bist leichte Beute und ein hübscher Zeitvertreib, denn er ist mit einer Miss Vanderbild verlobt! Wach endlich auf, Elona!«

Blinzelnd verarbeite ich ihre Worte, doch es will mir nicht gelingen. Schnaubend wirft sie mir einige Zeitungen in den Schoß, deren Schlagzeile ›die Traumhochzeit‹ und ›das Glamourpaar macht Ernst‹ und ähnlich lauten mit Bilden von Tash und einer dunkelhaarigen Frau, die an ihm klebt, die Hand auf seiner Brust, ihn verliebt anschmachtet und mit ihm tanzt. »Er verarscht dich und du bist so dumm und merkst es nicht mal«, zischt sie missbilligend, während ich perplex das Foto angaffe. »Der Artikel besagt, dass die beiden seit einem halben Jahr verlobt sind. Was also glaubst du, soll das mit euch geben? Du ruinierst unseren guten Namen, lässt dich von ihm vögeln und erwartest meinen Segen?«

»Das kann nicht … er würde nie …«

»Lügen und betrügen, um an sein Ziel zu kommen? Das ist sein JOB, Herrgott nochmal. Damit hat er sein Vermögen aufgebaut und seine Kompagnons helfen ihm dabei. Wer weiß, ob sie sich nicht sogar die Frauen teilen oder sonst irgendwelche dreckigen Spielchen mit ihnen treiben. Gott, wieso bist du nur so naiv?! Ich hoffe, er benutzt Kondome – solche Typen haben keine Skrupel, dich mit wer weiß was für einem Scheiß zu infizieren, nur für einen Fick!«

Immer noch starre ich auf die Artikel, in denen eine Mrs. Vanderbild behauptet, überglücklich über die Verbindung mit der Familie Montgomery zu sein, dass die Hochzeit ein riesiges Spektakel werden wird und man zwei einflussreiche Familien zusammenführen wird.

»Ich habe dich immer für verantwortungsbewusst gehalten. Du warst die, die ihr Leben im Griff hatte. Und jetzt? Elona ist das Fick-Häschen vom Bitch Destroyer – großartig! Herzlichen Glückwunsch zur dämlichsten Entscheidung deines Lebens.« Erin hat sich in Rage geredet, ihre Stimme scharf wie Damaszenerstahl und der vernichtende Blick, den sie mir entgegenwirft, verfehlt seine zerstörerische Wirkung nicht. All die erdrückenden Beleidigungen und Vorwürfe lösen ein ungutes Gefühl in mir aus, das durch den reißerischen Artikel zu Tashs Verlobung geschürt wird.

Er könnte mir das nie antun – niemals! Oder doch?

»Da er jetzt die Firma nicht bekommt, hat er wenigstens die Genugtuung, dich aufs Kreuz gelegt zu haben. Glaubst du ernsthaft, jemand, der mit der Zerstörung anderer Leute Leben Geld verdient, interessiert sich für Beziehungen und etwas wie Liebe?«

Mein verletzter Stolz richtet sich auf und ich will nicht glauben, dass Tash mich derart hintergangen hat. »Du kennst ihn doch gar nicht. Wir haben sehr viel über ihn und seine Familie gesprochen und – er wollte was ganz anderes im Leben, ist aber wegen eines schrecklichen Unfalls dazu gezwungen gewesen, die Firma weiterzuführen«, ergreife ich Partei für Tash, habe mittlerweile aber leise Zweifel.

Kaltherzig lächelt Erin mich an. »Wie süß – du versuchst wirklich mit allen Mitteln zu rechtfertigen, mit diesem Schaumschläger ins Bett gestiegen zu sein. Wer würde denn auch schon zu einer vor Geld strotzenden Firma nein sagen? Hast du nicht selber gesagt, eher friert die Hölle zu, als dass du dich auf so einen Kerl einlässt?« Kopfschüttelnd steht sie vor mir und ich merke, wie sehr mir ihre Angriffe zusetzen.

»Menschen können sich ändern. Sie machen Fehler, aber solange sie daraus lernen …«

»Echt, du kommst mir jetzt mit Mums Predigt?«, lacht Erin auf und betrachtet mich, wie man ein bockiges Kleinkind belächelt, wenn es seinen Willen nicht durchgesetzt bekommt, worüber ich richtig sauer werde.

»Ich erwarte nicht, dass du es verstehst, ja noch nicht mal, dass du einverstanden bist. Aber ich erwarte, dass du es akzeptierst. Es ist MEIN Leben. Du hast schließlich damals auf niemanden gehört, dich in völlige Abhängigkeit zu diesem Scheißkerl begeben und hast vor der Wahrheit die Augen und Ohren verschlossen.«

»Oh, du packst die alte Geschichte aus. War ja klar. Wie immer! Ist ja auch einfacher, von sich abzulenken und andere mit altem Dreck zu bewerfen. Sehr nobel«, faucht sie erbost über die Ansage und ich schnaube verächtlich auf.

»Du bist so lange in deinem eigenen Mist gefangen gewesen und willst mir jetzt nicht gönnen, dass ich mit einem Mann glücklich bin. Wach auf, Erin, es sind nicht alle Männer Arschlöcher, nur weil du das gerne so hättest!«, schieße ich zurück und straffe die Schultern, denn auch wenn ich sie einerseits verstehe, mich beschützen zu wollen, werden ihre Attacken zusehends boshafter und dagegen werde ich mich wehren.

Für einen Moment taxiert sie mich lauernd und presst die Lippen fest aufeinander. Wir liefern uns ein Blickduell, das sie abbricht, sich abwendet und mit verschränkten Armen vor der Brust ans Fenster tritt. Die Pause tut gut und ich kneife mir mit einem tiefen Atemzug in die Nasenwurzel, um dem Anflug von Kopfschmerzen entgegenzuwirken.

»Ich sollte jetzt gehen!« Steif und hohl klingt meine Stimme, als ich aufstehe. Erin rührt sich nicht vom Fleck und so trete ich seufzend den Rückzug an. Es gibt nichts mehr zu sagen, denn alles, was jetzt käme, würde nur noch einen tieferen Graben zwischen uns ausheben. Frustriert über den heftigen Ausbruch und die aufkeimenden Zweifel in Bezug auf Tashs Ehrlichkeit schleiche ich mich zum Auto und fahre nach Hause.

Die ganze Fahrt über hadere ich damit, Tash anzurufen, ihn zu fragen, ob an diesem Artikel was dran ist. Wenn er mich anlügt, würde ich daran kaputt gehen – genau wie Erin es vorausgesagt hat. Aber die Ungewissheit, er könnte tatsächlich ein doppeltes Spiel spielen, treibt mich in den Wahnsinn und so halte ich mit klopfendem Herzen auf dem Seitenstreifen und wähle seine Nummer.

»Hey, wie ist es gelaufen?«, ertönt seine klangvolle Stimme und ich muss mich sammeln, um meine Frage formulieren zu können.

»Bist du mit einer Miss Vanderbild verlobt?« Totenstille

am Ende der Leitung. Schon bereue ich, nicht zu ihm gefahren zu sein, doch bevor ich etwas sagen kann, stößt er zischend die Luft aus.

»Wovon zum Henker redest du da?«

»Ich rede davon, dass es einige sehr aufschlussreiche Artikel zu deiner Verlobung mit einer gewissen Miss Vanderbild in diversen Zeitungen gibt, die besagen, dass ihr bereits ein halbes Jahr einander versprochen seid und …«

»Und so einen Mist glaubst du, weil es in einem Klatschblatt steht?« In seiner Stimme schwingt ein frustrierter Unterton mit, der signalisiert, dass ihn das mächtig aufregt, dass ich es überhaupt in Erwägung ziehe, dem Glauben zu schenken.

»Warum sollten gleich mehrere Zeitungen dahingehend lügen?«

»Elona, die Presse ist ein einziger, korrupter Haufen Schmarotzer, bei dem du für Geld alles gedruckt bekommst, was du willst«, erwidert er jetzt scharf und das macht mich stutzig. Wenn nichts an dieser Geschichte dran wäre, würde er sicher locker darüber sprechen und mir nicht ausweichen.

»Bist du mit dieser – Person – verlobt?«

»Natürlich nicht. Als wenn ich dir das antun würde!« Er klingt wütend und beleidigt, aber ich bin zu aufgewühlt, um mich nicht in das Thema zu verbeißen.

»Du willst mir sagen, die gesamte Londoner Presse druckt einen Fake-Artikel zu einer Promi-Verlobung einfach so? Ohne irgendeinen Funken Wahrheit? Das erscheint mir sehr seltsam.«

Ein grollender Laut entweicht ihm und ich kneife die Augen zu. »Wo bist du gerade?«

»Fast zu Hause.«

»Lass uns darüber reden, okay?«, bietet er versöhnlich an.

Wenn er mich anlügen würde, hätte er das nicht vorgeschlagen, oder?

»Ich …«

»Elona, bitte!« Harsch und autoritär klingt er, was mich an die Auseinandersetzung mit Erin erinnert, und innerlich sträubt sich alles in mir, mich von ihm bevormunden zu lassen.

»Ich bin müde, es war anstrengend und ich werde jetzt ins Bett gehen«, wiegele ich ihn ab, wohlwissend, dass es unfair ist, dieses brisante Thema einfach bei Seite zu schieben, aber ich merke, wie ausgelaugt ich bin, wie matt und wie sehr ich mich nach Ruhe und Einsamkeit sehne. Wunden lecken, den Frust verarbeiten und mich neu sortieren – das ist es, was ich jetzt will.

»Wir werden darüber reden, und zwar jetzt!«, bellt er durchs Telefon, was mir sauer aufstößt.

»NEIN, werden wir nicht.«

»Elona, ich …« Schnell lege ich auf und lasse den Kopf gegen die Kopfstütze sinken.

Ich kann das nicht, nicht jetzt!

Natürlich ruft er sofort an, doch ich drücke ihn weg. Kindisch – ist mir klar, aber ich bin aktuell nicht in der Lage, mich dem zu stellen, auch wenn ich aus meiner emotionalen Schwäche heraus das Thema angeschnitten habe. Wie können gleich mehrere Zeitungen über ein und dieselbe Sache zur selben Zeit berichten, ohne dass etwas dran ist?

Lügen und betrügen, das ist sein JOB! – Erins Worte wabern durch meinen Verstand und in mein betäubtes Herz, lassen es jaulend zucken und ich erlebe all die Momente erneut, in denen er mich versuchte, um den Finger zu wickeln, während er hinter meiner Firma her war, die stechende Eifersucht, als Cecilia an ihm klebte, und nun die Berichte seiner Verlobung. Es ist ein Spiel für ihn – nur ein Spiel.

Zwar nimmt ein winzig kleiner Teil meines Herzens ihn in Schutz, doch die zähnefletschende Eifersucht und brüllenden Zweifel stampfen ihn nieder und ersticken ihn in den grellen Vermutungen einer weiteren Enttäuschung.

Mir wird speiübel beim Gedanken an seinen Verrat und meine Dummheit. Nun hat er mich zum zweiten Mal angelogen. Und ich – ich habe verloren!

27

Tash

Das darf doch alles nicht wahr sein! Woher zum Geier kommen auf einmal diese Pressestimmen? Verdammt, das ist doch ein schlechter Scherz. Sie klang gerade völlig aufgelöst und ich bin mir sicher, das Gespräch mit ihrer Schwester war kein Zuckerschlecken. Mit der Botschaft, ich wäre verlobt – so ein Bullshit! – ist bei ihr sicher alles aus dem Ruder gelaufen. Sie hat mich weggedrückt, was ich nicht auf mir sitzen lassen kann, und so stürme ich aus dem Haus zum Auto und rase, jeder Verkehrsregel zum Trotz, zu ihr. Wir müssen das aus der Welt schaffen. Sie darf nicht denken, es wäre auch nur ein Fünkchen Wahrheit daran.

Auf der Fahrt rufe ich Wade an, der klingt, als hätte ich ihn bei etwas sehr Intimen gestört, denn im Hintergrund höre ich eine keuchende Frauenstimme, und er klingt etwas außer Atem, doch das ist mir vollkommen egal. Als ich ihm von dem Pressedesaster erzähle, ist er sofort ganz der Profi und versichert mir, er werde sich darum kümmern, was mich einigermaßen beruhigt.

Wie konnte uns das entgehen?

Achtlos parke ich den Wagen halb auf dem Gehweg und haste zum Hauseingang, klingele Sturm bei ihr, doch sie öffnet nicht. Wieder wähle ich ihre Nummer, lande direkt auf der Mailbox und hinterlasse eine wütende Aufforderung, sie soll gefälligst die Tür öffnen und mich reinlassen. Erneut klingele ich und trete dann zurück, um an der Fassade zu ihrem Stockwerk zu blicken, aber es brennt kein Licht.

Was treibt sie da im Dunkeln?

Mit dem Telefon am Ohr rufe ich sie erneut an, belle durch den Hörer, sie soll sich nicht wagen, mich wie einen Idioten vor der Tür stehen zu lassen, lege auf und schelle erneut Sturm. Keine Reaktion.

Ein später Spaziergänger mustert mich argwöhnisch, als er an mir vorbeiläuft, und das macht mich noch wütender. Wie ein zwielichtiger Irrer stehe ich vor ihrer Tür und muss mich von Anwohnern kritisch mustern lassen.

Ätzend!

Ich will mit ihr sprechen, ihr versichern, dass nichts davon wahr ist, sie in den Arm nehmen, trösten, sie beschützen, doch all das verweigert sie mir. Grollend fahre ich mir durchs Haar, blicke mich suchend nach ihrem Wagen um, der allerdings nirgends zu sehen ist. Ein Anflug von Panik steigt in mir hoch – wenn ihr was passiert ist …

Rasch verdränge ich diesen üblen Gedanken und konzentriere mich wieder auf die Klingeln, was allerdings nur zur Folge hat, dass ich enttäuscht werde.

Wer auch immer diesen Mist der Presse verzapft hat, wird sich warm anziehen müssen, denn ich werde ihm das Leben durch Wade zur Hölle machen lassen. Ich will gar nicht daran denken, was passiert, wenn Elona mir nicht glaubt. Wenn sie diesen Lügen Raum gibt.

All die dämlichen Stolpersteine, die uns so viel wertvolle Zeit gekostet haben, und jetzt auch noch eine derartige Lüge.

Am liebsten würde ich alles hier kurz und klein schlagen, so fuchsteufelswild bin ich. Da sie weder öffnet, noch sich oben irgendwas regt, stapfe ich zum Auto, denn es ist kalt geworden, und warte. Warte, dass etwas passiert. Ob sie in die Firma gefahren ist? Quatsch, was sollte sie da wollen? Und wenn sie zu ihrer Schwester gegangen ist? Zwar weiß ich nicht, wo Erin Steel wohnt, aber das könnte eine Möglichkeit sein. Immerhin haben die beiden in den vergangenen Monaten einiges zusammen durchstehen müssen, auch wenn die heutige Offenbarung sicher gehörig Staub aufgewirbelt hat.

Katastrophe!

Wir haben uns zu sehr eingeigelt, ich habe nichts mehr außer uns gesehen, und dabei mein Umfeld außer Acht gelassen. Wade und Ryan haben einige Deals im Ausland geprüft und sich nicht um die Lokalpresse gekümmert – wozu auch? Wir vermeiden es, aufzufallen, und bleiben schön unter dem Radar der Medien. Keine Skandale, keine Schlagzeilen, keine Klatschpresse. Eine gute Strategie, bis jetzt. Wer auch immer uns mit diesem Trick ins Rampenlicht zerren will, wird es noch bereuen.

Grübelnd hocke ich im Auto und hoffe inständig, Elona nicht wegen so einer Unwahrheit zu verlieren. Es würde mich umbringen. Wir stehen am Anfang von etwas sehr Wertvollem, das ich unter keinen Umständen wieder hergeben werde. Die Sorge wächst weiter und mit ihr meine innere Unruhe. Zwar haben wir in letzter Zeit sehr viel übereinander gelernt, sind uns in vielerlei Hinsicht nähergekommen, doch mein bisheriger Lebenswandel bietet Nährboden für Misstrauen, dessen bin ich mir sehr wohl bewusst. Umso wichtiger ist es mir, Elona zu zeigen, nein, zu beweisen, wie viel sie mir bedeutet, dass ich durch sie erfahre, wie wundervoll ein gemeinsames Leben ist.

Kälte und steife Glieder sind das Erste, was ich wahrnehme, als ich aufwache. Die Nacht im Auto zu verbringen, war keine besonders clevere Idee, aber ich wollte um keinen Preis verpassen, wenn sie nach Hause kommt.

Idiot – sie wird einfach ins Haus spaziert sein, während du hier gepennt hast.

Stöhnend recke ich mich, so gut es geht, und steige aus. Der Blick auf mein Smartphone zeigt mit, dass sie nicht angerufen hat – Fuck! Wieder klingele ich bei ihr, ohne jeden Erfolg. Hier werde ich nichts ausrichten können.

In düsterer Stimmung fahre ich ins Büro, wo ich Wade bereits geschäftig am Telefon finde, der mich auch sofort zu sich winkt. Als er auflegt, fährt sein Blick an mir herunter.

»Lange Nacht. Gibts was Neues?«, erkläre ich, denn mein Aufzug ist mir gerade herzlich egal.

»Nun, es scheint, als würde deine Blowjob-Tussi für mächtig Ärger sorgen.«

»Du willst mir sagen, dass Cecilia …«

»Ja, sie hat mit ihren Freundinnen zusammen diese ganze Sache angezettelt. Da ihr offensichtlich keiner abnimmt, mit dir verlobt zu sein, hat sie ihre Freundin angestiftet, bei dieser Aktion mitzumachen. Einer meiner Informanten ist gerade dabei, bei den Redakteuren der Zeitungen nachzuforschen. Die Anzeige wegen Verleumdung und Rufschädigung sowie Falschaussage ist schon gestellt und ich werde sie auf eine unanständig hohe Summe hin verklagen, bis ihr Hören und Sehen vergeht«, setzt er mich ins Bild, was mich ein wenig beruhigt. Zumindest haben wir jetzt den Beweis, wer hinter diesen Lügen steckt.

»Gut gemacht. Ich will, dass ihre Familie und sie nie wieder einen Fuß auf die Erde bekommen. Mach diesem Miststück das Leben zur Hölle und ihren Freundinnen gleich mit. Sie sollen sich wünschen, nie geboren worden zu sein.«

Grimmig grinst er mich an und ich kann mich darauf verlassen, dass er sein ganzes juristisches Geschick daransetzen wird, denn solche vernichtenden Schläge sind sein Spezialgebiet.

In der Zwischenzeit ist Ryan eingetroffen und steckte den Kopf zur Tür herein.

»Was treibt ihr denn so früh schon hier?«

»Schadensbegrenzung und übrigens: Wir befinden uns im Krieg!« Er sieht mich erstaunt an und kommt zu uns. »Mit wem und weswegen?«

»Mit der Presse, den Daubeneys und zwei weiteren Familien, die Cecilia Daubeney mit in ihr Eifersuchtsdrama gezogen hat«, kläre ich ihn auf und staunend blickt er zwischen uns hin und her.

»Eifersucht ist eigentlich nicht unser Fachgebiet, oder?«

»Nein, aber da sich Tash entschlossen hat, vom Junggesellen zum Beziehungstypen zu wechseln, sind wir ab sofort Zielscheibe von eifersüchtigen Betthäschen geworden«, erläutert Wade unsere Situation und Ryan schnaubt verächtlich auf.

»Im Ernst? Was genau …«

Schweigend halte ich ihm die Zeitungsartikel unter die Nase, die er mit gerunzelter Stirn überfliegt und mich dann fragend ansieht.

»Elona hat es gelesen und – ich mache mir Sorgen um sie, denn sie ist gestern nicht nach Hause gekommen«, gebe ich zähneknirschend zu und mitfühlend legt er mir die Hand auf die Schulter.

»Echt? Tut mir leid, Mann. Was hast du denn dieser Cecilia angetan, dass die derart ausrastet? Ich meine, wir reden hier von Rufmord und Falschaussage.«

»Sie hat sich auf der Gala an mich gehängt und ich hab sie abblitzen lassen. Zudem hat sie mitbekommen, wie ich mit Elona getanzt habe, und dann hat sie sie einige Monate später in einem Restaurant angegriffen. War sogar in der Zeitung«, antworte ich und Wade stößt einen anerkennenden Pfiff aus.

»Würde sie das mit dem Angriff bestätigen, hätten wir eine sehr gute Grundlage, dieses Biest Cecilia dingfest zu machen.«

»Tja, nur leider redet sie aktuell nicht mit mir«, schnaufe ich frustriert und Ryan sieht mich fragend an. »Ich wollte gestern, nachdem sie mir davon erzählte, zu ihr, doch sie war nicht da. Ans Telefon geht sie auch nicht und jetzt hängt das zwischen uns.«

»Und wenn du sie bei ihr im Büro abfängst?«, schlägt Wade vor.

Guter Plan. Aber ich will dort keinen riesigen Aufstand proben, falls Erin da sein sollte und mir den Kopf abreißen will. Denn das Letzte, was ich will, ist, neben dem Pressemist auch noch die Steels in die Sache öffentlich mit reinzuziehen.

»Ich werde einen Weg finden, aber ich will keine Schlammschlacht, in der Steel auftaucht. Die haben aktuell genug zu tun. Wir müssen das diskret und effizient regeln!« Wade sieht mich einen Moment lang an, nickt dann und macht sich an die Arbeit, während Ryan und ich in mein Büro gehen, um ihn nicht zu behindern. Sicher hat er bereits einen Schlachtplan im Kopf, der sich gewaschen hat.

»Und du hast keine Ahnung, wo sie jetzt steckt?« Auf seine Frage hin schüttele ich den Kopf und werfe einen Blick auf das Telefon. Kein Lebenszeichen – gut, sie ist stinkwütend auf mich, aber langsam steigt mein Stresspegel deutlich auf ein ungesundes Maß an.

»Ich … Sie darf diesen Mist nicht glauben. Das … Wir waren auf einem so guten Weg.« Angespannt lasse ich den Kopf in den Nacken fallen und schließe einen Moment die Augen.

»Eifersucht ist eine mächtige Triebfeder. Und du bist heißbegehrt in der Damenwelt – nicht nur wegen deines durchschnittlichen Aussehens«, spöttelt er und ich funkele ihn an. »Wade wird es hinbekommen, da bin ich mir sicher!«, versucht er mir die Sorge zu nehmen, aber der Schaden ist bereits angerichtet und Elona entgleitet mir mit jeder Stunde mehr.

Rastlos springe ich auf und tigere vor dem Schreibtisch auf und ab. Die Untätigkeit macht mich fertig und nicht zu wissen, wie es ihr geht, strapaziert mein ohnehin angespanntes Nervenkostüm umso mehr.

»Wenn sie mitbekommt, wie du es in Ordnung bringst, wird sie zu dir kommen. Da bin ich sicher. Bis dahin musst du die Füße stillhalten und Wade seinen Job machen lassen.« Aufmerksam beobachtet er mich dabei, denn in mir keimt der Drang auf, tatsächlich zu Steel zu fahren, in der Hoffnung, sie dort anzutreffen.

»Ja, ich weiß. Aber es macht mich irre.« Die Wut über die infame Dreistigkeit von Cecilia ist kaum auszuhalten, denn am liebsten würde ich dieser Schlange den Hals rumdrehen. Allein über eine derartige Aktion nachzudenken, zeigt, welches geistige Kind sie ist. Damit hat sie sich ihr gesellschaftliches Todesurteil ausgestellt, dafür werde ich sorgen.

Mein Telefon klingelt und sofort rast mein Herz, es könnte Elona sein. Ohne auf das Display zu sehen, gehe ich dran.

»Elona, Gott sei Dank, ich …«

»Mr. Montgomery, wir müssen reden!«, ertönt Henry Miller, was mir einen ordentlichen Dämpfer versetzt.

Was zum Teufel …

28

Elona

Zugegeben, es war feige, Tash so abzuwürgen, aber ich war gestern nicht in der Lage, ihn anzuhören. Erin hat ganze Arbeit geleistet und mit ihrer glühenden Ansprache die Zweifel geschürt, und mit den Zeitungsartikeln einen Nährboden geschaffen, womit die Skepsis wuchs und wuchs. Da ich mir sicher war, er würde bei mir vorbeifahren, um mich zur Rede zu stellen, fuhr ich erst gar nicht heim, sondern rief Henry Miller an.

Bei ihm angekommen, entlud sich all das Drama und die Verzweiflung in einem Schwall aus Tränen, Schimpftiraden und Selbstmitleid – nicht sehr ladylike, aber ich konnte es nicht länger zurückhalten. Henry, verständnisvoll wie eh und je, hörte sich mein konfuses Gewäsch klaglos an, reichte mir unzählige Taschentücher und bot mir seine Schulter an.

Nachdem ich mich ein wenig beruhigt hatte, stellte er vorsichtig Fragen, zog sanft Schlussfolgerungen aus meinem Wortschwall und trug die Fakten anschließend zusammen. Sehr heilsam. Denn es war, nüchtern betrachtet, eher unwahrscheinlich, dass jemand wie Tash Montgomery erstens so freizügig mit privaten Informationen an gleich mehrere Zeitschriften herantreten würde, noch macht es Sinn, ein halbes Jahr nach der Verlobung ein solches Ereignis bekanntzugeben. Henry war äußerst einfühlsam, als er mir das verdeutlichte, was meinen schwelenden Wutcocktail erheblich linderte.

Als er den Namen Vanderbild hörte, wurde er hellhörig und nachdem er sich über Google vergewisserte, diesen Namen richtig einsortiert zu haben, huschte ein siegessicherer Ausdruck über sein Gesicht. Danach tröstete er mich und gab zu bedenken, dass Tash wohl kaum mit mir reden wollte, wenn an der Geschichte etwas Wahres dran wäre, denn in dem Falle sei er froh, mich nicht mehr sehen zu müssen.

Zugegeben, es macht Sinn, aber die Eifersucht und die stechende Unsicherheit machen es nicht leicht, zuzulassen, dass Tash davon nichts weiß. Henry erzählt mir ein wenig mehr von der Affäre zwischen Cecilia und Charles Seymour, die extrem viel Unruhe ausgelöst und Charles sich danach ein halbes Jahr ins Ausland abgesetzt hatte, bis Gras über die Sache gewachsen war. Dieses Weibsbild scheint keine Skrupel zu kennen, und reißt jeden ins Verderben, der ihr das verwehrt, was sie begehrt.

Als ich mich beruhigt habe, bot er mir eines der Gästezimmer an und dankbar lag ich wenig später im Bett und fiel in einen unruhigen Schlaf.

Nun sitze ich im Büro, Erin kommt gerade herein, wirft mir eine Mappe auf den Tisch und mustert mich kritisch.

»Du siehst ziemlich fertig aus.«

»Danke, so fühle ich mich auch«, antworte ich zerknirscht. Sie steht weiterhin im Raum, mustert mich und ich frage mich, ob ich mich jetzt einer erneuten Hassrede stellen muss.

Dazu habe ich heute keine Kraft und schon gar keine Lust. Ich muss mit Tash reden, dazu hat mir Henry geraten, als wir heute Morgen bei ihm kurz gefrühstückt haben.

»Elona, es war …« Sie stockt und senkt den Blick, was mich erstaunt, denn ich war auf Verteidigung gepolt. »Meine Äußerungen gestern, die waren … es war unfair.« Etwas verloren steht sie da und lässt die Schultern hängen, wirkt geknickt und als sie mich anschaut, ist ihr anzusehen, dass es ihr leidtut.

»Ja, das war es allerdings«, zische ich aufgebracht, denn es hat höllisch wehgetan, gestern so von der eigenen Schwester angeprangert zu werden. Stumm nickt sie.

»Ich will dich nur … du sollst nicht dieselben Fehler machen wie ich«, setzt sie an. Verdenken kann ich es ihr nicht, denn sie hat sich über einen schmerzhaften Weg zurückgekämpft, den sie mir ersparen will.

»Mag sein, aber es ist mein Leben. In dem mache ich meine eigenen Erfahrungen und werde auch meine eigenen Fehler machen und damit leben. Das gehört nun mal dazu.«

»Ich weiß. Es ist nur … der Tod von Dad, das Chaos und die Firma – es ist alles so, so erdrückend und … ach, ich bin einfach mit den Nerven am Ende und weiß nicht mehr, wo mir der Kopf steht.« In ihren Augen glänzt es verdächtig, also stehe ich auf und gehe auf sie zu.

»Mir geht es doch genauso. Ich war so dankbar für die Arbeit, die mich von all dem Mist abgelenkt hat und ich …« Weiter komme ich nicht, denn sie fällt mir um den Hals und erleichtert erwidere ich die Umarmung. So viel Unsicherheit, so viel Trauer und so viel Schmerz lähmten uns in den vergangenen Monaten, auch wenn wir es geschickt überspielt haben. Doch wir beide wissen, wie sehr der Selbstmord von Dad uns quält, nachts heimsucht und verfolgt. Die Unsicherheit, ob wir genauso enden werden.

»Sunshine, es tut mir so leid«, nuschelt Erin an meiner Schulter und ich drücke sie fest an mich.

»Mir tut es auch leid, Beauty. Was ich gesagt habe, war …«

»Ich hatte es verdient«, schnieft sie und wir geben uns ein wenig Raum und sehen uns an.

»Ich wollte nicht, dass du denkst, ich hintergehe dich – die Firma und alles, wofür wir gekämpft haben. Im Übrigen gegen Tash.«

Tief holt sie Luft. »Schon klar. Diese Kerle waren mir verhasst – sind es immer noch. Ach, ich weiß auch nicht«, ringt sie nach Worten und ich kann mir denken, was sie meint.

»Es war nicht geplant, es ist einfach geschehen. Und glaub mir, ich habe es ihm nicht leicht gemacht«, muss ich grinsend zugeben, und sie legt den Kopf leicht schräg, wobei ihr Mundwinkel zuckt. »Er ist – nein, falsch, war ein Weiberheld, aber als wir uns unterhalten haben, wurde mir klar, dass er hinter der aalglatten Fassade einen guten Charakter versteckt, der durchaus Mitgefühl und Verständnis aufbringen kann.«

»Ah, und das war der Grund, warum du …«

Empört verziehe ich das Gesicht. »Nein, also nicht …«, grinsend sieht sie mich an, während ich fortfahre, »… er ist nicht nur der eiskalte Geschäftsmann«, winde ich mich aus der Affäre, doch anhand ihres vielsagenden Blicks weiß ich, sie hat mich durchschaut.

»Und ein Hingucker ist er auch, nur so nebenbei bemerkt«, flüstert sie kichernd und ich werde rot. Ja, Tash Montgomery ist ein absoluter Hingucker, und allein beim Gedanken an seine physischen Vorzüge muss ich schwer schlucken. »Nur weil ich denke, dass die Kerle alles Arschlöcher sind, heißt das nicht, dass ich blind bin«, gibt sie zu bedenken und ich sehe erstaunt, wie sie wissend lächelt.

»Das ist das erste Mal seit dem Vorfall, dass du so über ein männliches Individuum sprichst«, muss ich gestehen, was Erin sofort abwiegelt und mich mahnend anschaut.

»Nicht übertreiben, ja. Aber er, also alle drei sind schon interessant«, weicht sie aus, was mich zum Lachen bringt, denn ›interessant‹ ist nicht gerade das Wort, was mir zu dem sexy Trio einfällt, aber ich will nicht durch eine flapsige Bemerkung die Stimmung ruinieren, also halte ich es zurück. »Heißt das, du bist nicht mehr sauer?«

»Ich will, dass du glücklich bist. Und wenn das bedeutet, dass er dich glücklich macht …«

Schlagartig werde ich an die blöden Zeitungsartikel erinnert. »Ja, ich hab ihn gestern zur Rede gestellt, wegen der Verlobungsgeschichte.« Sofort ist Erin in Habachtstellung und beäugt mich vorsichtig. »Ich war so aufgewühlt – wegen unseres Streits und … er sagte, es wäre gelogen, wollte mit mir reden, doch ich bin abgehauen und habe bei Henry übernachtet.«

»Und du bist sicher, dass nichts an der Sache dran ist?«, hakt sie nach.

»Henry meinte, es wäre überaus unwahrscheinlich und da es sich bei dieser Vanderbild um eine Freundin von der blöden Cecilia Daubeney handelt, sieht es mehr wie ein ausgeklügelter Streich aus.«

»Diese widerlichen Pressegeier.« Die Geschichte erinnert Erin an ihre eigene Presse-Hetzjagd und macht mir unvermittelt klar, dass es wahrscheinlich wirklich nur eine gekaufte Geschichte ist, um Tash eins auswischen zu können. Und ich lasse mich davon derart einwickeln. Idiotisch.

»Hey, ich denke, du solltest ihn anrufen.« Dass Erin mir das vorschlägt, hätte ich nicht erwartet und bin sehr dankbar, dass sie mich ermutigt, einen Schritt auf ihn zuzugehen. Immerhin habe ich ihn gestern abgewimmelt und nicht an mich herangelassen; das Mindeste ist also, ihn anzurufen und die Sache zu klären.

Beim zweiten Mal Klingeln ist er dran und beim Klang seiner dunklen, warmen Stimme bekomme ich weiche Knie.

»Gott, Elona, geht es dir gut? Wo bist du?«

»Hey, mir fehlt nichts, ich bin in der Firma und …«

»Du hast mir einen Heidenschrecken eingejagt, weißt du das?!« Er klingt erleichtert, was mich reuevoll dran denken lässt, wie stur ich mich gestern verhalten habe.

»Das wollte ich nicht, aber …«

»Ich muss dich sehen – jetzt!« Es ist keine Bitte und ich spüre förmlich seinen intensiven Blick, mit dem er mich sonst anschaut, sobald wir allein sind.

»Äh, ich …«

»Jetzt, Elona!« Seine Stimme duldet keinen Widerspruch und ich merke, wie ein erwartungsvoller Schauer über meinen Rücken rieselt, während ich wie paralysiert meine sieben Sachen zusammenpacke und mich auf den Weg zum Auto mache.

»Schnapp ihn dir, Sunshine!«, höre ich Erin hinter mir herrufen, und muss schmunzeln.

»Bei mir, fahr vorsichtig!«, ermahnt mich Tash mit jetzt rauer Stimme, mit der er mich jedes Mal in Verzückung versetzt.

»Okay«, bringe ich zustande und sitze schon im Wagen.

Als sich die Fahrstuhltüren öffnen, steht er direkt vor mir, umgeben von einer Aura aus Sehnsucht, wildem Verlangen und Erleichterung. Er wirbelt mich herum, drängt mich durch die Wohnungstür und als sie ins Schloss fällt, bekomme ich einen sehr eindrücklichen Beweis, dass es nur mich für ihn gibt und er mich auf jede erdenkliche Art begehrt.

Nach unserer hitzigen Wiedervereinigung liegen wir keuchend nebeneinander und ich spüre die köstlichen Erschütterungen immer noch durch meinen Unterleib abklingen, während sich Tash auf die Seite rollt und mich anstarrt.

»Du raubst mir den Verstand, weiß du das?« In seinen sturmgrauen Augen leuchtet die Ehrlichkeit neben Bewunderung. Er hält mich gefangen und ein wenig verlegen schmiege ich mich an seinen erhitzten Körper, lasse mich von seiner Umarmung in einen Kokon aus Wohlbefinden ziehen und genieße seine Nähe mit jeder Faser meines erschöpften Körpers.

»Dann bin ich beruhigt. Solange du nicht ...« Weiter komme ich nicht, denn er küsst mich sanft und seufzend verblasst der unschöne Gedanke.

»Die ganze Sache war von Cecilia initiiert. Ein grotesker Racheakt, weil ich sie verschmähe und mit dir zusammen bin.«

»Aber wie kann sie denn so etwas überhaupt tun?«

Seufzend dreht er sich auf den Rücken und zieht mich auf sich. »Mit Bestechung und einer großen, kriminellen Energie kannst du einiges in Bewegung setzen.«

Erschrocken richte ich mich auf, verwirrt, warum er so ruhig dabei bleiben kann.

»Wie kann es sein, dass die Zeitungen so einen Dreck überhaupt drucken? Das ist doch alles gelogen«, brause ich auf.

»Die es gedruckt haben, sind für jeden Skandal zu haben und egal wie fadenscheinig die Story auch sein mag, es ist immerhin eine Story. Mit schlechter Presse lässt sich ordentlich Geld verdienen und Cecilia ist sich für nichts zu schade.«

Schnaubend erinnert mich das an ihre boshaften Äußerungen im Restaurant und ihr obszönes Auftreten bei der Gala. Diese Frau ist ein wandelnder Albtraum und an Pietätlosigkeit nicht zu überbieten.

»Aber wie kann ihre Familie das zulassen? Damit ruiniert sie doch nicht nur ihren, sondern auch den Ruf ihrer Familie.«

»Sollte man meinen. Aber die Daubeneys sind in vielerlei Hinsicht auf dem absteigenden Ast. Sie haben sich vor Jahren mit einigen Fehlinvestitionen an den Rand des Bankrotts spekuliert und hängen seitdem nur noch wegen ihres Namens bei den gesellschaftlichen Ereignissen herum. Sie besitzen zwar einiges Land mit diversen Anwesen, doch selbst damit gelingt es ihnen nicht, etwas Gescheites anzustellen. Wade fand heraus, dass sie sich gegenseitig ständig verklagen und über das letzte Geld zanken.«

Was Tash da erzählt, klingt gruselig und hört sich ganz nach einem Sumpf von Missgunst und Zwietracht an.

»Ihre Mutter hat sich an meine Mutter gehängt, um eine mögliche Verbindung auszuloten.« Das macht mich hellhörig und schon will ich mich aufsetzen, doch Tash zieht mich an seine Brust. »Meine Mutter ist blauäugig gewesen, als sie sich mit dieser alten Hexe eingelassen hat. Sie wollte nett sein. Tja, und ich habe mich gegen die Aufdringlichkeit und Unverschämtheit von Cecilia gewehrt. Als sie gemerkt hat, dass du meine Aufmerksamkeit hattest, sah sie offenbar rot.«

»Nur waren wir zu dem Zeitpunkt doch gar nicht …«

»Für dieses Biest spielt es keine Rolle. Einzig, dass sie nicht bekam, was sie wollte, war von Bedeutung«, resümiert Tash grollend.

»Aber wie willst du diese Pressemitteilung löschen?«

»Die Artikel können nicht gelöscht werden. Aber Wade ist schon dabei, sowohl die Zeitungen als auch die Daubeney und diese Vanderbilds zu verklagen. Wir werden das diskret lösen, ohne großes Aufsehen.« Seine Überzeugung macht mir Mut, dass sich diese Situation zum Guten wenden wird, und ich atme erleichtert auf.

»Henry hat mich angerufen.« Schockiert versteife ich

mich, was Tash sofort bemerkt und mit den Fingerspitzen über meine Schulter streicht. »Er hat uns eine überaus hilfreiche und gleichzeitig für die Daubeneys vernichtende Information gegeben.« Ein wenig entspanne ich mich, denn ich habe Tash nicht verraten, wo ich gestern übernachtet habe, und ich bin mir ziemlich sicher, er wird nicht erfreut sein, zu hören, dass ich bei Henry gewesen bin.

»Wo hast du eigentlich gestern übernachtet? Zu Hause warst du jedenfalls nicht, da ich vor deiner Tür im Auto campiert habe.« *Oh …*

»Also, warst du bei Erin?« Der lauernde Unterton entgeht mir nicht und ich schlucke schwer, denn ich kann mir schon ausmalen, wie wenig ihm die Antwort gefallen wird.

»Äh nein, ich war nicht bei Erin. Ich … es war so, ich wollte nicht …«

Gott, das ist ja schlimmer als Zahnschmerzen!

»Elona …« Jetzt bin ich nervös, denn zu dem lauernden Unterton hat sich dieser herrische Ausdruck gesellt, der zur Vorsicht mahnt.

»Bei Henry«, antworte ich kaum hörbar, doch er hat es selbstverständlich mitbekommen, spannt bei dem Namen den gesamten Körper an und stößt hörbar die Luft aus. Ich wage es nicht, ihn anzusehen.

»Henry Miller. Und du hast bei ihm übernachtet?« Stumm nicke ich und merke, wie meine Wangen heiß werden.

Blitzschnell hat er mich auf den Rücken geworfen, meine Arme mit einer Hand über meinem Kopf fixiert und sein Bein zwischen meine gedrängt. Bei seinem Anblick wird mir heiß und kalt zugleich, denn neben dem offensichtlichen Verlangen nach heißem, versautem und verstandraubendem Sex glüht etwas Dunkles, Bedrohliches durch das Sturmgrau auf, verleiht ihm eine dämonische Note und ich keuche auf. Nicht vor Angst, oh, nein. Vielmehr ist es die prickelnde Vorahnung auf die dominante Seite, die Tash bisher nur selten aufblitzen ließ. Jetzt drängt sie an die Oberfläche, und ich bin vollkommen fasziniert.

»Antworte mir!«, herrscht er mich an und ich wage kaum, zu atmen.

»Ja«, hauche ich aufgelöst und sehe, wie seine Nasenflügel beben, die Kiefermuskeln hervortreten und seine Gesichtszüge scharf geschliffen erscheinen.

»Nie wieder! Du wirst nie wieder bei irgendeinem anderen Kerl übernachten«, grollt er dunkel und ich nicke atemlos. Ohne Vorwarnung fällt er nun über mich her. Es gleicht einer Bestrafung, denn er bringt mich mit allen dreckigen Tricks an den Rand meines Höhepunktes. Wieder und wieder und wieder, bis ich nur noch aus einem freiliegenden Nerv zu bestehen scheine, heulend, wimmernd und flehend, mich endlich zu erlösen, den aufgepeitschten Empfindungen meines zitternden Körpers nachgeben zu dürfen. Jede kleinste Berührung, ja, jeder Lufthauch verstärkt die bittersüße Qual.

»Hast du verstanden? Nie wieder!«

Schluchzend nicke ich, doch er sieht mich warnend an. »JA, JA, nie wieder«, winsele ich und ein unkontrollierter Schauer durchzuckt meinen gesamten Körper. Ein zufriedener Ausdruck huscht über sein Gesicht, als er sich zu mir beugt, darauf bedacht, mich nirgendwo zu berühren. »Gut, das ist gut.« Hauchzart küsst er mich auf die Stirn und mein aufgeputschter Körper lechzt nach diesem minimalen Kontakt, schickt ihn durch jede Synapse und ich erschaudere. Tash sieht mich mit einem animalischen Ausdruck an, rutscht zwischen meine Beine, wobei ich aufstöhne, vor Lust, aus Frustration, vor Wut, vor Verlangen. »Komm für mich, Sweetheart«, raunt er heiser, sein heißer Atem auf meiner empfindsamen Haut und dann leckt er über meinen Lustpunkt, und ich zerspringe in einem tobenden Feuersturm der Erlösung, der nicht enden zu wollen scheint. Bevor ich richtig zu mir komme, ist er in mir, tief in meinen Eingeweiden, liebt mich, flüstert mir heiser zu, wie sehr er mich braucht, und ich folge ihm in einen nun glitzernden, wogenden Höhepunkt, der so viel mehr ist als nur Sex.

Wir brauchen eine ganze Stunde, um wieder von dem Höhenflug herunterzukommen. Aber das ist mir völlig egal, denn wir sind zusammen. Verrückt, bedenkt man, dass ich gestern an seiner Aufrichtigkeit gezweifelt habe – obwohl mir eine leise Stimme die ganze Zeit ins Ohr geflüstert hat, dass an der Sache was faul sein muss. Schlussendlich hat es sich bewahrheitet. Nicht auszudenken, was geschehen wäre, wenn es nicht so wäre.

Ich erzähle ihm von dem Gespräch mit Erin und dass wir uns heute vertragen haben. »Sie ist zwar noch skeptisch, aber ich denke, mit der Zeit wird sich das legen.«

»Das will ich hoffen, denn mich wirst du nicht mehr los«, grummelt Tash an meinem Ohr und vergräbt die Nase in meinem Haar.

»Na, das will ich dir auch geraten haben«, kichere ich und sein spitzbübisches Grinsen ist herzerwärmend.

»Worauf du deinen knackigen, süßen Hintern verwetten kannst«, murmelt er und küsst mich liebevoll, zärtlich und ich wünschte, wir könnten ewig hier im Bett bleiben.

»Was hältst du davon, wenn wir den Klatschblättern zum Trotz essen gehen? Jetzt, wo Erin Bescheid weiß, finde ich, ist es an der Zeit, mit dem Versteckspiel aufzuhören.«

»Und du meinst, das ist eine gute Idee, nach all dem Chaos mit der Verlobungs-Ente?«, frage ich skeptisch und verziehe beim Wort ›Verlobung‹ das Gesicht.

»Oh, auf jeden Fall. Es ist mir scheißegal, was irgendein Presse-Futzi oder sonst wer davon hält. Ich habe eine wunderschöne Frau an meiner Seite, die ich nicht zu Hause verstecken will.«

Sein Kompliment sickert wie flüssiger Karamell in mein Herz, legt sich warm um die letzten Zweifel und ich strahle ihn an wie ein Honigkuchenpferd. Bescheuert, ich weiß, aber ich kann nichts dagegen tun. Will ich auch gar nicht. Von mir aus kann er mir jetzt jeden Tag solche Dinge sagen, denn ich bin restlos in diesen Kerl verschossen.

WHAT???

»Was geht da gerade in deinem hübschen Köpfchen vor?«, will er sogleich wissen, aber ich kann ihm ja schlecht sagen: ›Ich hab mich in dich verliebt.‹ Auf keinen Fall! Wenn man es ausspricht, ist das meist das Ende vom Anfang und ich bin weder gewillt, unsere gerade gekittete Beziehung wegen ein paar Worten aufs Spiel zu setzen, noch will ich es zuerst sagen.

»Äh, ich fände es toll, essen zu gehen«, stammele ich und hoffe, er bemerkt nicht, wie sehr meine Stimme zittert. Für einen Augenblick sieht es so aus, als wäre er nicht überzeugt, dann aber spielt er mit einer meiner Haarsträhnen und zieht eine Augenbraue hoch.

»Und wohin soll ich dich ausführen?«

»Wie wäre es mit Libanesisch?«, setze ich schnell nach.

»Klingt gut. Ich ziehe mich schnell an und fahre dich zu dir nach Hause. Dann kannst du dich umziehen.« Damit verschwindet er im Bad und ich rufe Erin an, erzähle ihr die Neuigkeiten zu dem Presse-Desaster und dass wir uns versöhnt haben – natürlich ohne die schmutzigen Einzelheiten.

29

Tash

Überraschenderweise liefert Henry Miller enorm wichtige Informationen, auf die sich Wade mit Inbrunst stürzt und versichert, dass damit die Schlacht so gut wie gewonnen sei. Cecilia hat einen der Seymour-Söhne mit einer Reihe obszöner, sehr schmutziger Fotos erpresst, die ihn an einen Bettpfosten gekettet zeigen, wie sie ihm den Hintern mit einer Gerte versohlt und er es mit einem riesigen Ständer zu genießen scheint. Sie hat eine stattliche Summe von ihm für ihr Schweigen erhalten und zu unserem Glück hat Miller doch tatsächlich einen Zeugen an der Hand, der in Besitz von Kopien der Fotos ist und uns seine Zeugenaussage anbietet, da er das Telefonat zwischen Cecilia und Seymour belauscht hat. Zudem hatte sie eine Affäre mit einem geadelten Mitglied des Repräsentantenhauses, dessen Frau sicher nicht erfreut gewesen wäre, wenn dies rausgekommen wäre. So hat sich Cecilia einige Zeit eine beträchtliche Summe Geld erpresst und konnte ihren Ausschweifungen frönen. Wade war ganz aus dem Häuschen, ich beruhigt und Miller zufrieden, Elona damit aus der prekären Situation retten zu können.

Miller erzählte mir außerdem, dass er mit Elona gesprochen hatte, sie bei ihm war und dort übernachtet hatte, was mir einen herben Schlag versetzt und ein erdrückendes Übelkeitsgefühl beschert hatte. Allerdings versicherte er mir, er hege keinerlei romantisches Interesse an Elona, sondern ein rein freundschaftliches, was mich ein klein wenig milder gestimmt hatte.

Bei unserem Aufeinandertreffen und nach dem ersten wilden Sex musste ich mich ihrer Loyalität versichern und stellte ihr die Frage, wo sie letzte Nacht gewesen war. Eine echte Arschlochnummer, aber ich konnte nicht anders. Ihr Zögern war deutlich zu spüren, aber sie sagte die Wahrheit, was mich maßlos erleichtert hatte. Doch mein angeknackstes Ego und die gallenbittere Eifersucht, sie bei einem anderen Kerl zu wissen, ließ mich rotsehen. Die anschließende sinnliche Irrfahrt durch jedes Stadium der Lust musste ich als Pfand für ihre bedingungslose Hingabe auskosten – und es war das aufregendste und atemberaubendste Erlebnis, das ich je hatte. Ihr anfänglicher Widerstand brach nach und nach entzwei, legte ihre rohe und ungezügelte Lust frei. Sie gab sich mir mit Körper und Geist hin – der absolute Wahnsinn – und begab sich vollkommen in meine Hand. Ich fasse es immer noch nicht, wie sehr sie mir offenbar vertraut, obwohl so viel geschehen ist.

Aber es scheint irrelevant zu sein, denn ich bin genauso verloren wie sie. Ich würde mein letztes Hemd für sie geben, soviel ist sicher. Ein Blick in ihre wunderschönen, tiefgründigen Augen und ich vergesse die Welt um mich herum. Sie raubt mir den Verstand, und ich liebe es. Ist das …?

Denk nicht mal darüber nach! Viel zu früh, viel zu unsicher.

Im Restaurant wurden wir natürlich sofort von einigen Bekannten neugierig beobachtet, die wir trafen, und ich stellte sie mit stolzgeschwellter Brust als meine Freundin vor. Es fühlte sich so unfassbar gut an!

Was ich ihr nicht mit Worten sagen wollte, zeigte ich ihr anschließend zu Hause auf körperliche Weise, die sie glühend vor Leidenschaft erwiderte – einfach der Wahnsinn.

Zwei Tage später

Den Gedanken an Liebe, Elona und Sex schiebe ich bei Seite, denn Ryan kommt rein und ich sehe ihm an, dass er positive Neuigkeiten hat.

»Die ersten Zeitungsverleger haben reagiert. Sie haben wohl zähneknirschend eingelenkt, sich auf einen Schadensersatz berufen, die Summe wird Wade noch nach oben korrigieren. Was die Daubeneys anbelangt: Die haben sich auf ihrem Landsitz verschanzt und kommunizieren nur noch über ihre Anwälte. Da jedoch die Beweislast erdrückend ist, gibt es schon erste Zugeständnisse, und Wade ist sich sicher, dass in Kürze der Fall beigelegt wird.«

Erleichterung macht sich breit. Damit, dass er so schnell eine Reaktion erzielt hat, ist klar, wie dämlich die Aktion von Cecilia gewesen ist, und sie sich selbst maßlos überschätzt hat.

»Das sind gute Neuigkeiten. Wo ist Wade jetzt?«

»Hat bei Gericht zu tun. Wird aber heute Nachmittag vorbeikommen.« Ryan wirkt entspannt und ich überlege, ob ich ihm von meinen Plänen erzählen soll. Elona meinte, je schneller ich es hinter mich bringe, desto eher wird klar werden, ob wir gemeinsam diesen Weg gehen werden oder es zur Trennung kommen wird. Eine höchst seltsame Vorstellung, wenn ich bedenke, mein ganzes berufliches Leben mit Wade und Ryan aufgebaut zu haben und nun womöglich allein etwas Neues aufziehen zu müssen, versetzt mir einen dumpfen Stich.

»Hey, du siehst aus, als hättest du ein Gespenst gesehen? Alles klar, Mann?« Wie immer haben Ryans feine Antennen meine Stimmung registriert.

»Ich … Wenn du so fragst, bin ich eher dabei, mich von einem Gespenst zu lösen«, seufze ich und wecke damit seine Neugier, denn er lässt sich auf den Sessel fallen und sieht mich aufmerksam an.

»Klingt irgendwie nach Abschied von etwas«, bemerkt er und ich breche den Blickkontakt. Wir sind zusammen aufgewachsen, haben die Firma von Dad gemeinsam aufgebaut und jetzt soll ich ihm verklickern, dass ich in die entgegengesetzte Richtung arbeiten will. Dass ich mich gegen all das stelle, wofür M & B Trading steht.

»Da bin ich mir aktuell nicht sicher.« Die Unsicherheit drängt mächtig an die Oberfläche und ich räuspere mich, bevor ich fortfahre. »Wir hatten viel Glück und haben es gemeinsam weit gebracht.«

»Auf jeden Fall!«

»Alle Ziele haben wir erreicht, meist sogar übertroffen und dafür bin ich dankbar. Wer hätte das vor zwölf Jahren gedacht, dass wir Frischlinge die Bude hier so weit bringen würden? Das verdanke ich dir und Wade.«

Ryan lässt mich nicht aus den Augen und ich rufe mir Elona und ihre Argumente ins Gedächtnis, denn vor mir selbst jetzt zuzugeben, dass ich endlich meinen eigenen Weg gehen will, ist viel schwerer, als ich dachte.

»Ich habe hinlänglich bewiesen, das Erbe meines Vaters fortzuführen und bei Gott um ein Vielfaches übertroffen.«

»Auf jeden Fall. Aber warum werde ich das Gefühl nicht los, dass hinter dieser Lobeshymne etwas völlig anderes steckt?«, fragt er vorsichtig. Und ich bin in der Ecke. Da, wo ich sonst die Übernahmekandidaten hintreibe, stehe ich nun selbst, mit nichts als meiner Botschaft im Gepäck.

»Hast du dich nie gefragt, wozu wir das Ganze machen? Was wir mit all dem Geld anfangen wollen? Diese Frage beschäftigt mich schon eine ganze Weile.« Unverwandt starrt er mich an. »Damals wollte ich es anders machen. Ich habe Vorschläge gemacht, Dad gegenüber, ob wir nicht den Kunden besser helfen, ihre Firmen neu auszurichten, zu investieren. Etwas aufzubauen.« Keine Regung ist auf Ryans Gesicht erkennbar, also fahre ich fort. »Wir zerstören und verscherbeln die Reste für teures Geld. Aber wir haben keinerlei wertschöpfende Komponente in unserem Konstrukt.«

»Aber das ist ja auch nicht Zweck dieser Unternehmung«, wirft Ryan trocken ein.

»Schon klar. Aber warum nicht? Uns wurde immer eingetrichtert, Verantwortung zu übernehmen, die eigenen Interessen hinten anzustellen und das Ziel fest im Blick zu behalten. Das haben wir getan. Aber was ist mit der sozialen Verantwortung?«

»Das tun andere. Wir sind die, die bereinigen, sanieren und eine Menge Geld verdienen. Warum zweifelst du jetzt daran?«

Mit einem tiefen Atemzug erzähle ich ihm von dem Abend des Unfalls, von dem Streit, den ich mit Dad über meinen Vorschlag hatte und wie er mich abgekanzelt hatte. Und ich beichte ihm, wie ich seither mit der nagenden Schuld lebe, dass er und nicht ich zu dem Meeting gefahren ist. Erzähle von meinen Visionen und wie ich sie wegsperrte, um wenigstens die Pflicht gegenüber der Familie zu erfüllen. Als ich fertig bin, sitzen wir eine ganze Weile schweigend voreinander, jeder in seine eigenen Gedanken vertieft. Keine Ahnung, was er davon hält, aber ich für meinen Teil fühle eine tiefe Erleichterung, endlich Klartext geredet zu haben.

»Mann, das ist echt … ich weiß nicht, was ich dazu sagen soll, außer warum du Hornochse nicht viel früher zu mir gekommen bist, du Sturkopf!« Er klingt wütend und ich kann es ihm nicht verdenken.

»Was soll ich sagen? Die Bürde, als Versager vor meinem Vater zu stehen, war für mich mindestens genauso schlimm wie die Tatsache, dass wenn ich zu dem beschissenen Meeting gefahren wäre und es durchgezogen hätte, er jetzt noch leben würde«, antworte ich leise und er schüttelt energisch den Kopf.

»Wenn du mich ins Vertrauen gezogen hättest, hätte ich … wir hätten …«

»WAS? Gegen den letzten Willen meines Vaters verstoßen und eine wohltätige Gesellschaft gegründet? Das glaubst du doch selbst nicht.«

»Aber du wolltest was anderes draus machen. Warum hast du es nicht einfach getan?«

»Ach, komm schon, Ryan, du weißt sehr gut, wie der Alte war – zu mir war. Er duldete keinen Widerstand, und als ich mit ihm über den Kunden stritt, war er so sauer, er hat mir nicht mal mehr zugehört. Keine Ahnung, vielleicht war das alles hier total bescheuert, aber ich … es war das Einzige, was ich tun konnte, um zu beweisen, dass ich würdig bin.« Entgeistert sieht er mich an.

»Er ist aber nicht mehr hier. Du hättest …«

»NEIN! Als er gefahren ist, waren seine letzten Worte: *Wenn du Manns genug bist, richtige Entscheidungen zu treffen, kannst du zu mir kommen, vorher will ich dich nicht sehen!* Ich sollte nie wieder die Chance bekommen, mit ihm zu reden. Also habe ich das Einzige getan, was möglich war: die verdammte Firma zu dem zu machen, was sie jetzt ist.« Ryan presst die Lippen aufeinander, sieht bedrückt zu mir und ich habe das Gefühl, die Luft zwischen uns knistert elektrisierend, denn ich schmeiße ihm gerade ziemlich viel Mist vor die Füße.

»Du sturer, verbohrter, arroganter Idiot!«, zischt er. »Was glaubst du eigentlich, mit wem du hier redest?« Jetzt springt er auf, zeigt mit ausgestrecktem Zeigefinger auf mich und sein Gesicht ist grimmig verzerrt. »Wenn du zu mir gekommen wärst – wir hätten das gemeinsam durchgestanden. Wie kannst du es wagen, mir das jetzt um die Ohren zu schlagen? Ich war immer auf deiner Seite – IMMER!«

Nun ist es an mir, aufzustehen und auf ihn zuzugehen. Dass er beleidigt sein würde, war mir klar, dass ich ihn damit derart tief treffen würde, damit habe ich nicht gerechnet. Und so fühle ich mich wie ein absolutes Rindvieh.

»Ryan, ich wollte dich damit nicht reinziehen. Es war …«

»Alles, was wir getan haben, haben wir DEINETWEGEN getan. Du warst und bist die treibende Kraft hinter all dem hier«, bekräftigt er mit einer ausladenden Armbewegung. »Und jetzt erzählst du mir, du wolltest das im Grunde nie?« Beschwichtigend will ich ihm den Arm auf die Schulter legen, doch er schlägt sie wutschnaubend weg. »Ehrlich, Tash, das ist völlig daneben!« Er bebt vor Zorn.

»Das weiß ich selber. Ich bin jahrelang gefangen gewesen in dem Ideal meines Vaters. ICH hätte in dem Auto sitzen sollen – ICH!«

Ungläubig reißt er die Augen auf. »Hör auf, so einen Scheiß zu reden. Charles war ein gewiefter Geschäftsmann, aber ein gruseliger Vater, das wissen wir beide. Es war ein Unfall – nenn es von mir aus Schicksal, aber DU hattest daran keine Schuld.«

Mir spuken Elonas Worte im Kopf herum, die Ähnliches zu mir gesagt hat. »Trotzdem liegt diese Bürde mein Leben lang auf mir. Was wäre, wenn ich gefahren wäre? Wie …«

»Schluss damit! Anstatt in der Vergangenheit zu rühren

und dich im Kreis zu drehen, solltest du endlich das tun, was DU willst.«

Skeptisch hebe ich die Augenbrauen. »Ach ja?«

»Ja! Meinst du, es interessiert mich, ob wir nun Millionen mit dem Zerschlagen oder dem Retten von Firmen verdienen?«

»Aber Wade wird …«

»Mann, der bekommt den saftigsten Scheck des Jahrhunderts jeden Monat von mir. Er wird rummotzen, angefressen sein, aber schlussendlich wird er hinter dir stehen – weil er dich liebt.«

Verwirrt und überfordert mit dem unerwarteten Zuspruch starre ich ihn an, unfähig, etwas darauf zu erwidern, und so fährt er fort. »Wir hatten eine Menge Spaß, sagenhaften Erfolg und bei Gott mehr Kohle, als wir ausgeben können. Glaubst du im Ernst, es juckt mich, wenn wir jetzt mal zur Abwechslung in die andere Richtung schwimmen?«

»Aber du warst so angepisst, als ich bei Steel die softe Nummer mit dem zusätzlichen Angebot abgezogen habe.«

Schnaubend verdreht er die Augen. »Das war ja auch völlig daneben. Komplett aus dem Bauch heraus – oder sollte ich sagen aus dem Schwanz? – und dann in einem Projekt, das DU derart forciert hast, dass es schon an Blasphemie grenzte, als du den Steels Zugeständnisse gemacht hast. Warum war dir London so wichtig?«

Ein letztes Mal muss ich die Hose runterlassen. »Ich wollte danach aussteigen«, sage ich leise und er stößt zischend die Luft aus. »Es sollte der große Deal werden, der uns unsterblich macht, mit dem wir – mit dem ICH aufhören könnte. Wir hätten alle einen unheimlich großen Schnitt gemacht, so wie wir es geplant hatten. Und dann, dann ist alles anders gekommen.«

»Du mieser, kleiner Bastard. Wann genau wolltest du

damit rausrücken?« Ryan wirkt angespannt und auch ich bin in aufgeladener Stimmung, denn ich lege gerade den Seelenstriptease des Jahres hin.

»Ich hätte es euch gesagt, wenn wir alles über die Bühne gebracht hätten. Ich wollte einen sauberen Abschluss, dass ihr allein weitermachen könnt.«

»Pfff, und du hättest dir 'ne Insel gekauft und – was? – Kokosnüsse gezüchtet? Als ob du in den Ruhestand gehen würdest und dich in irgendeinem Country Club mit den alten Säcken über den besten Golfplatz in Kalifornien austauschen würdest.«

Ein leises Schmunzeln stielt sich auf mein Gesicht, beim Gedanken an den Berg in der Schweiz, den ich gekauft habe. »Wohl kaum – was soll ich auf einer Insel? Nein, ich wäre in die Berge gegangen. Ein Jahr lang eine Auszeit genommen und dort hätte ich meine Ideen für ein neues Unternehmen – MEIN Unternehmen – zusammengetragen.«

»Ah, und uns hättest du schön hier in London hocken lassen. Ist ja toll!«

»Ihr zwei hättet M & B bekommen, hättet es weiterführen können. Was wäre daran so …?«

»Du blöder Volltrottel! Weil M & B nun mal Montgomery & Barns bedeutet. Außerdem sind wir als TEAM so erfolgreich, falls du das schon vergessen haben solltest. Wenn einer raus ist, ist das Ganze in Schieflage. Schon mal darüber nachgedacht?«

»Ich … also ihr zwei wisst doch, wie es geht, von daher …«

»Hast du ernsthaft geglaubt, wir würden es nicht verstehen?« In seiner Stimme schwingt Enttäuschung mit. Mein Schweigen scheint ihm Antwort genug zu sein, denn er boxt mich in die Schulter. »Also Montgomery, heimlich abhauen is' nicht. Wir werden heute Abend mit Wade reden – o ja, schau nicht so pikiert, das hat er mehr als verdient. Und dann werden wir über die Zukunft UNSERES Unternehmens sprechen. Kapiert?«

Überrumpelt und heilfroh, wie es trotz des heiklen Themas gelaufen ist, nicke ich und im nächsten Moment liegen wir uns in den Armen.

»Da muss erst eine Blondine um die Ecke kommen und deinen sturen Hintern in die richtige Richtung schieben. Ehrlich, das macht mich fertig!«, grinst er mich an und ich verkneife mir eine bissige Bemerkung, denn ich hab es mehr als verdient, von ihm aufgezogen zu werden.

»Schon klar, das werde ich mir jetzt ewig anhören müssen.«

»Worauf du einen lassen kannst«, lacht er dreckig und ich grinse zurück.

Wenn ich eins aus dieser irrsinnigen Sache gelernt habe, dann, dass die Menschen, die einen lieben, mehr Verständnis für einen haben, als man selbst vermutet. Viel zu lange habe ich mich selbst blockiert, dachte, mein Schicksal sei nur erfüllt, wenn ich auf dem Weg bleibe, den mein Vater gegangen ist. Doch ich lag falsch. Mein Weg ergab sich aus seinem, nur habe ich mich von seinen Idealen und nicht meinen eigenen leiten lassen. All die Zweifel und der Selbsthass waren das Ergebnis meiner Unsicherheit, nicht zu genügen.

Elona zeigte mir, dass ich meine Energie in so viel mehr verwandeln kann, wenn ich meinen eigenen Weg verfolge – gemeinsam mit ihr. Anstatt mich den Menschen anzuvertrauen, die mir am nächsten standen, verkroch ich mich in den finsteren Ängsten zu versagen und zu scheitern, schottete mich ab und dachte, wenn ich nur erfolgreich genug war, würden die Zweifel verstummen. Wie falsch ich damit lag!

Der Befreiungsschlag legte eine unbekannte Ruhe in mir frei, als ich nach dem Gespräch mit Wade und Ryan, das nochmal hitzig und emotional wurde, nach Hause fuhr. Wade war sauer, hat mich angebrüllt. Ich ertrug es, denn für ihn war es genauso ein Schlag ins Gesicht wie für Ryan. Nachdem der erste Wirbel vorbei war und wir uns über meine Ideen ausgetauscht haben, Ryan von den Möglichkeiten gesprochen hat, wurde Wade sofort neugierig und legte ein erstaunliches Interesse an den Tag. Ein erster, zaghafter Schritt war getan.

Eine Woche später

Die Verhaftung wurde ohne großes Aufsehen durchgezogen. Es gab keine Pressemitteilung, keine Fernsehreportage und keine Schlammschlacht. Die Schmach für die Daubeneys war niederschmetternd genug und jeder der Beteiligten war darauf bedacht, schnellstmöglich aus der Schusslinie von Wade Lamars Kreuzzug zu kommen. Cecilia wurde wegen Erpressung, dem Verdacht auf Prostitution und Betrugs in mehreren Fällen angeklagt und in Untersuchungshaft genommen. Ihre Familie distanzierte sich von ihr, ihre Freundinnen bekamen eine Anklage wegen Beteiligung und Beihilfe angehängt und die ausstehenden Prozesse werden unter Ausschluss der Öffentlichkeit stattfinden, da man vermeiden will, den Ruf einiger adliger Geschädigter unnötig zu beflecken.

Ich bedankte mich bei Henry Miller persönlich, denn ohne seine Mithilfe wäre es wahrscheinlich nicht annähernd so schnell gegangen. Wir fanden bei der Gelegenheit heraus, dass wir uns ganz gut verstanden.

Als Erin von unserem Feldzug gegen die Daubeneys erfahren hatte, war ihr Groll gegen mich weniger glühend, allerdings ließ sie mich bei einem gemeinsamen Abendessen mit Elona und den Jungs wissen, dass sie mich im Auge behalten würde, und sollte ich ihrer Schwester auch nur ein Haar krümmen, würde sie mir das Leben zu Hölle machen. Das glaubte ich ihr unbestritten.

Gerade steige ich aus dem Auto und will meiner Mutter einen Besuch abstatten. Natürlich hatte sie aus der Zeitung über die fälschliche Verlobung erfahren, konnte nicht glauben, was sich dort abgespielt hat, und ich konnte sie nur mit Not davon abhalten, bei den Daubeneys vorbeizufahren, um Cecilia den dürren Hals umzudrehen. Nachdem ich ihr versichert hatte, Wade habe die Sache bereits im Griff, beruhigte sie sich und bei der Gelegenheit erzählte ich ihr das erste Mal von Elona.

»Es wird aber auch Zeit, dass du deine Mutter besuchst«, begrüßt sie mich jetzt spitz und schmunzelnd küsse ich sie auf die Wange. »Wo ist denn nun die junge Dame, die dein Herz erobert hat?«, will sie sofort wissen und ich schüttele mit dem Kopf.

»Sie hat einen Termin im Ausland und kommt erst in zwei Tagen zurück.«

Anerkennend neigt sie den Kopf, funkelt mich dann allerdings wissbegierig an.

»Ah, und sie hat vor, das weiterzumachen?«

»Mum, natürlich, es ist immerhin IHRE Firma.«

»Aber sie hat ja jetzt dich, also muss sie das doch nicht.«

Seufzend schüttele ich mit dem Kopf. »Sie ist nicht wie diese Society-Weiber. Sie ist intelligent, hat einen starken Willen und baut mit ihrer Schwester das Unternehmen aus. Wobei ich ihr im Übrigen helfe«, berichte ich ihr, darauf gefasst, dass sie mit irgendeiner Predigt zur Ehe und den Pflichten einer guten Ehefrau um die Ecke kommt.

»Sie scheint etwas sehr Besonderes zu sein, wenn sie es geschafft hat, dass du dich für sie interessierst.«

»O ja, das ist sie«, lächele ich wie ein verliebter Trottel, doch das ist mir egal. Wissend schmunzelt mich Mum an.

»Dass ich das noch erleben darf! Mein Sohn ist verliebt.«

»MUM, bitte, das ist ...«

»Ich bin sehr stolz auf dich, weißt du das?« Eindringlich und mit einem warmen Ausdruck auf dem hoheitsvollen Gesicht sieht sie mich an. »Und dein Vater wäre es auch«, wirft sie leise hinterher, was mich zusammenzucken lässt. Der Gedanke an ihn versetzt mir immer noch einen Stich. »Du wirkst so gelöst. Ich weiß, wie sehr du«, mit einem tiefen Seufzer sieht sie mich an, »unter Druck stehst. Er war streng mit dir, das weiß ich.« Ein seltsames Gefühl kriecht mir das Rückgrat hoch und ich spanne mich innerlich an. »Aber du hast ihm alle Ehre erwiesen.«

Unbehaglich räuspere ich mich, denn diese Unterhaltung ist in eine völlig andere Richtung gelaufen, als ich es geplant hatte.

»Tash, dein Vater war ein umwerfender Ehemann, aber ein brutaler, unnachgiebiger Geschäftsmann. Sein ganzes Bestreben lag darin, dich darauf vorzubereiten, in seine Fußstapfen zu treten. Der Unfall ...« Ein Schatten huscht über ihr Antlitz, doch sie fängt sich sofort wieder, »Du hast die Firma zu Ruhm und Ehre gebracht, hast ihn sogar in seinem Schaffen übertroffen.« Bevor ich etwas einwerfen kann, legt sie mir die Hand auf den Arm. »Ich weiß, wie hart du dafür gearbeitet und gekämpft hast, seinen Ansprüchen zu genügen. Und dass du seinen Traum verwirklicht hast.«

»Es war meine Pflicht, und ...«

»Mag sein. Aber bist du glücklich?« Die Frage ist so ungewöhnlich, dass ich im ersten Moment keine Ahnung habe, wie ich darauf reagieren soll. »Siehst du? Das ist etwas, was du außer Acht gelassen hast.«

Verwirrt starre ich sie an. »Ich habe das getan, was er

verlangt hat. Da war nie die Rede von Glück oder sowas«, antworte ich scharf.

»Nein, davon war nie die Rede. Aber in all seinem Streben nach Macht und Ansehen hat sich dein Vater darauf versteift, dich in genau dieselbe Schiene zu drängen.«

»Ach, wäre mir gar nicht aufgefallen. Immerhin waren seine Anweisungen im Testament unmissverständlich«, knurre ich erbost.

»Tash, er hat dich geliebt, auf seine sehr eigene Art und Weise.«

»Tja, fühlte sich eher wie ein Boot-Camp an«, zische ich und sie nickt.

»Ich weiß. Er hat es selbst so bei seinem Vater erlebt. Und viel härter, als er je zu dir gewesen sein mag. Jede Lektion sollte dich auf die Probe stellen, dich abhärten für das Haifischbecken, in dem du jetzt schwimmst.« In ihrem Blick liegen so viel Liebe und Anerkennung, dass es den bitteren Geschmack von Zorn auflöst. »Die junge Dame, sie hat etwas in dir geweckt, stimmt's? Ich sehe es an der Art, wie du von ihr sprichst. Sie tut dir gut.« Mein Nicken ist alles, was ich beim Gedanken an Elona zustande bringe. »Erzähl mir von ihr«, bittet sie mich und das tue ich.

Ich erzähle von ihren vielen wundervollen Eigenarten, ihrem Scharfsinn, ihrer sensiblen Seite, der Leidenschaft für ihr Unternehmen, wie stark sie ist, von ihrer Trauer und wie wir uns kennengelernt haben. Und ich berichte ihr, wie mich unsere Begegnung dazu geführt hat, den Unternehmenszweck neu zu überdenken.

Als ich geendet habe, schweigt sie und in ihren Augen liegt ein Ausdruck, den ich so noch nie gesehen habe. »Es ist DEINE Firma, Tash. Du kannst damit tun, was immer du möchtest. Forme sie, erweitere sie, bau sie um – ganz egal, es gehört alles dir. Du bist der Architekt des Unternehmens.«

»Aber Dad hat …«

Sie hebt die Hand und ich schweige. »Du hast all seine Aufgaben erfüllt, glaub mir. Du hast jede Prüfung gemeistert, bist über dich hinausgewachsen. Doch die wichtigste Herausforderung hast du erst gemeistert, als die junge Dame in dein Leben getreten ist.«

»Und welche wäre das?«

»Deinen eigenen Weg zu gehen. Du hast dich so in deine Rolle vertieft, bist gar zu dem Abbild geworden, das dein Vater konstruiert hat, dass ich dachte, es wäre tatsächlich dein Weg. Aber erst in den letzten Wochen wurde mir klar, dass du noch nicht angekommen bist. Das hat erst die junge Dame geschafft und dafür bin ich ihr sehr dankbar«, lächelt sie und fragend hebe ich eine Augenbraue. »Sie hat dich so berührt, dass du dich in Frage stellst. Damit öffnete sie dir die Tür, die du so lange verriegelt gehalten hast.«

Ihre Scharfsinnigkeit ist bemerkenswert und ich frage mich, wieso mir das nie aufgefallen ist.

Weil du die ganze Zeit einem Gespenst hinterhergejagt bist.

»Ja, sie war der Auslöser«, gebe ich zu und muss beim Gedanken an Elonas glühende Rede zu Traditionen und Familienwerten schmunzeln. Wie recht sie mit allem hat.

»Dann halte sie fest, Tash. Halte sie fest, und lass sie nicht mehr gehen.«

In diesem Moment wird mir klar, was ich tun muss.

30

Elona

Die letzten Monate waren geprägt von unzähligen Wundern. Ja, so würde ich es bezeichnen, denn Erin hat sich darauf eingelassen, mit Tash, seinen Freunden und mir auszugehen. Und wir wurden von vier großen ehemaligen Kunden angesprochen, die mitbekommen hatten, dass wir uns neu aufgestellt haben, ob wir die Zusammenarbeit wieder aufnehmen wollen. Ich bin mir nicht sicher, ob Tash nicht dabei seine Finger im Spiel hatte, doch dazu schweigt er hartnäckig. Längst hat auch Erin seine Unterstützung akzeptiert und mit Ryan und Wades Befürwortung der Neuausrichtung von M & B Trading wurde Tash jeden Tag ausgeglichener. Seine anfängliche Sorge, die Freundschaft der drei würde an seiner Idee zerbrechen und ihre Wege sich nach all der Zeit trennen, wurde ins Gegenteil gekehrt, denn erstaunlicherweise war die Trendwende eine für alle langersehnte Herausforderung.

Mir selbst gelang es, dass ich zumindest eine Basis der Akzeptanz für meinen Vater entwickelt habe. Nicht dass ich es gutheiße – ganz im Gegenteil – aber je mehr Tash Teil meines

Lebens wird, und mit jedem Tag, den wir gemeinsam verbringen, wird mir bewusst, wie stark zwei Menschen miteinander verbunden sein können. Auf so vielen Ebenen ergänzen wir uns, fordern den anderen und geben einander die nötige Unterstützung, die wir benötigen.

Ach ja, und dann ist da noch der glühende, alles verschlingende Sex. Gott, es ist, als würde Tash all meine tiefen, dunklen und versauten Sehnsüchte kennen. Und ich fahre voll darauf ab!

Auf physische Weise sind wir genauso miteinander verwoben wie auf geistiger Ebene – etwas, dass ich vor Tash nie für möglich gehalten habe. Selbst Erin musste zugeben, wie gut wir zueinander passen. Zwar gibt sie weiterhin bissige Kommentare ab, insbesondere gegenüber Wade, doch ich habe den Eindruck, es ist mehr das Aufrechterhalten ihrer kalten Fassade als eine tatsächliche Ablehnung. Und dafür bewundere ich sie.

Gemeinsam haben wir unser Familienerbe gerettet und sie entwickelt sich zu einer überaus scharfsinnigen Geschäftsfrau, die mit Herzblut und Fingerspitzengefühl jeden noch so harten Gegner um den Finger wickelt. Ihr verdanken wir auch einen riesigen Deal mit einem internationalen Reality Star, bei dem wir werbewirksam das neue Feriendomizil ausstatten durften und der uns für seine neue Klamottenkollektion verpflichtet hat, was uns eine unglaubliche Medienpräsenz bescherte.

Was mich fasziniert hat, war, dass Tash und Henry eine gemeinsame Basis gefunden haben. Obwohl ich mir nicht sicher bin, ob Tash weiß, dass Henry schwul ist und ihn insgeheim anhimmelt, wie er mir damals gestanden hat, als er mich nach dem Schlagabtausch mit Cecilia umsorgt hat. Für ihn bin ich wie die kleine Schwester, die er nie hatte, und Erin und ich sind bei seiner Familie jederzeit herzlich willkommen, was ein wundervolles Gefühl ist. Nie hätte ich gedacht, dass wir aus den dunklen Tiefen des Absturzes derart ins Licht aufsteigen würden.

Tash stellte mich natürlich seiner Mutter vor. Ich war unglaublich nervös, was jedoch vollkommen unbegründet war, denn ich wurde auf das Herzlichste empfangen. Ich lernte eine warmherzige, gütige und wundervolle Frau kennen, die neben all der standesgemäßen Etikette gerne lacht und der anzusehen ist, wie sehr sie sich über unser Glück freut. Sie verriet mir viel über ihren verstorbenen Mann, das Drama seines Ablebens und ihre Ehe – eine große Liebe. Aber auch die Bürde, die Tash auf sich genommen hatte. Es wird sicher noch eine ganze Weile dauern, bis er Frieden damit schließen kann, wobei ihm sehr hilft, nun endlich seinen Weg gefunden zu haben.

»Wenn du nicht sofort wieder ins Bett kommst, wird das Konsequenzen haben.« Seine dunkle Stimme jagt mir einen wohligen Schauer über den Rücken und ich sehe über die Schulter zum Bett rüber, lege das Smartphone weg, und drehe mich mit einer fließenden Bewegung zu ihm um und präsentiere ihm mein nacktes Selbst.

»Sind wir heute mal wieder herrischer Stimmung?«, säusele ich und lasse den Blick schamlos an seinem entblößten Oberkörper entlangwandern, weide mich an dem Anblick und seufze unwillkürlich auf, als er sich aufrichtet und die Muskeln ein faszinierendes Schattenspiel bieten.

»Was kann ich dafür, wenn du mit deinem süßen Arsch hier herumstolzierst und meine Libido provozierst?«

Grinsend schreite ich mit wiegenden Hüften aufs Bett zu, was er mit gierigem Blick verfolgt, der mich irre macht und mich schon einige Male in arge Bedrängnis gebracht hat, als wir in Gesellschaft waren. Er hat mich mit diesem Blick gemustert, was damit endete, dass wir atemlos im Hinterhof der Lokalität einen heißen Quickie hatten. Nachdem wir uns beide haben testen lassen, und endlich die lästigen Kondome weglassen können, ist Tash kaum noch zu halten.

Sobald ich in Reichweite bin, packt er mich und schmeißt mich aufs Bett, ist in Sekunden über mir und lässt mich einmal mehr jeden köstlichen Zentimeter seiner Männlichkeit spüren und wir verlieren uns in einem atemberaubenden Moment unserer Lust.

Als wir am nächsten Morgen frühstücken, zieht er mich an sich und in seinem Blick liegt so viel Liebe, dass es beschämend ist.

»Ich liebe dich, Elonas Steel, weiß du das?«

Bei seinen Worten stolpert mein Herz und pocht danach wie wild. »Äh, jaaa, ich …«

»Gut. Vertraust du mir?«

Jetzt neige ich den Kopf leicht zur Seite und sehe ihn skeptisch an. »Ja, warum?«

Ein geheimnisvolles Schmunzeln erscheint auf seinem Gesicht. »Gut«, antwortet er lediglich und küsst mich auf die Stirn, bevor er mich loslässt und ich mich frage, was genau er ausheckt. Aber meine Fragen bügelt er grinsend ab und etwas grummelig verlasse ich wenig später mit ihm zusammen das Haus.

Den ganzen Tag im Büro grübele ich darüber nach, was er heute Morgen bezweckt hat, werde aber nicht schlau daraus.

URLAUB – seit einer Ewigkeit war ich nicht mehr im Urlaub und als Tash vor ein paar Tagen vorschlagen hatte, zu verreisen, fiel ich ihm quietschend um den Hals und lachend wirbelte er mich herum. Ich hatte ihm von meiner Leidenschaft fürs Surfen erzählt, und er gab zu, dass er für sein Leben gerne tauchen ging. Der Gedanke an Sonne, das beruhigende Rauschen des Meeres und den Sand zwischen den Zehen stimmte mich überglücklich. Aufgeregt rätselte ich, wohin wir verreisen würden, denn Tash hatte mit strenger Miene verkündet, er würde sich um alles kümmern. Bahamas vielleicht oder Hawaii, eventuell aber auch Südafrika. Eigentlich ist es völlig egal, Hauptsache, wir sind zusammen und lassen die Welt außen vor.

Erin versicherte mir, sie habe alles im Griff und Ryan und Wade würden ihr unter die Arme greifen, falls nötig, und so entspannte ich mich die letzten Tage vor unserer Abreise.

Das Luxuriöse an einem stinkreichen Freund ist das unkomplizierte Verreisen. Wir werden morgen früh einfach zum Flughafen fahren, in den dekadenten Privatjet steigen und ohne viel Bürokratie von A nach B fliegen – himmlisch.

»Sweetheart, du brauchst andere Klamotten!« In meinem Eifer des Kofferpackens habe ich gar nicht bemerkt, dass er reingekommen ist. Jetzt steht er mit verschränkten Armen vor der Brust im Türrahmen, beobachtet amüsiert mein Chaos aus Bikinis, T-Shirts, Kleidchen, Shorts und Kosmetik, die ich in die großen Reisetaschen packen will, und ich sehe ihn verwirrt an.

»Also die Neoprenanzüge nehme ich separat mit, aber soll ich bei 30° Celsius etwa im Daunenmantel am Strand hocken?«

»Ich will nur nicht, dass du dir deinen süßen Hintern abfrierst«, grinst er mich anzüglich an und verwirrt lasse ich den Kosmetikbeutel aufs Bett fallen, den ich gerade in den Händen halte.

»Wir werden ja wohl kaum am Nordpol surfen gehen, oder?«

Leicht schüttelt er den Kopf. »Nein, Nordpol wäre dann doch übertrieben. Aber wir fahren nicht ans Meer!«

Etwas enttäuscht, mich nicht in der warmen Sonne neben seinem Astralkörper räkeln zu können, stemme ich die Hände in die Hüften. »Das hättest du mir mal vor einer halben Stunde sagen können«, maule ich und deute auf das Bikini-Chaos.

»Tut mir leid«, meint er versöhnlich, kommt auf mich zu und ehe ich mich versehe, hat er mich auf seine Hüften gehoben, küsst mich dabei mit der verruchten Tash-Montgomery-Killer-Kuss-Technik und ich habe Bikinis, Kosmetikbeutel und Strand vergessen. Als er von mir ablässt, blitzt ein freches Schmunzeln auf seinem anbetungswürdigen Gesicht auf. »Schnee und Kälte – dafür solltest du packen. Und nein, es ist nicht Island.«

Er setzt mich vorsichtig ab und ich gehe gedanklich mein Repertoire an Wintersachen durch. Erin und ich waren vor Jahren mal im Winterurlaub, aber als bekennende Sonnenanbeterin und Wasserratte konnte ich dem Skifahren nicht wirklich was abgewinnen. Da ich aber seine Bemühungen und unseren ersten gemeinsamen Urlaub nicht torpedieren will, verkneife ich mir eine bissige Bemerkung und fange an, die Sommerklamotten wegzuräumen.

Eine weitere Stunde später sind mit Tashs Hilfe die beiden Reisetaschen zum Bersten gefüllt mit Kaschmirpullovern, gefütterten Schneehosen, Handschuhen, Mützen und Thermounterwäsche. Allerdings lasse ich es mir nicht nehmen, einige meiner sündigen Unterwäsche-Sets einzupacken – man weiß ja nie.

Zufrieden schleppt Tash die Taschen in den Flur, da er seine Sachen bereits im Auto verstaut hat. Und so machen wir uns ein letztes Abendessen, bevor wir morgen in aller Herrgottsfrühe zum Flughafen fahren.

Am nächsten Morgen

Blinzelnd öffne ich gähnend die Augen, strecke mich auf dem bequemen Sessel und sehe Tash entspannt neben mir sitzen, die Augen geschlossen und friedlich schlummernd. Er hat mir nicht verraten, wo wir hinfliegen, und nach einer Weile gab ich entnervt auf. Jetzt betrachte ich verträumt den Mann, der mein Herz erobert hat, und der mich nun in einen romantischen Urlaub entführen will. Aus dem kleinen Fenster funkelt gleißendes Sonnenlicht herein und ich beuge mich über ihn, um bessere Sicht zu haben. Ein leiser Summton erklingt und die Stewardess kommt zu uns, teilt mir mit, dass wir in Kürze landen werden, und ich wecke Tash mit einem zarten Kuss auf die Schläfe, schmiege mich an seine Schulter und grummelnd wacht er auf.

»Hey, konntest du noch etwas schlafen?«, fragt er mit kratziger Stimme, die ich so unglaublich sexy finde und nun jeden Morgen zu hören bekomme.

»Ja, es waren anstrengende Wochen und ich habe gestern Nacht nicht viel Schlaf bekommen, da ein gewisser Herr mich in sehr unanständiger Weise wachgehalten hat«, flüstere ich ihm ins Ohr und bekomme als Antwort ein tiefes, sehnsüchtiges Grollen, das mich daran erinnert, wie er das letzte Nacht zwischen meinen Beinen gemacht hat, und ich presse diese instinktiv zusammen.

»Scheint ja ein echt perverser Mistkerl zu sein«, raunt er mir nun seinerseits ins Ohr und ich schrecke auf, als er mit der Zunge über meine Ohrmuschel leckt.

»O ja, und er ist sowas von versaut«, keuche ich lüstern auf. Tash zieht mich auf seinen Schoß und ich spüre seine Erektion deutlich an meinem Oberschenkel.

»Entschuldigen Sie bitte, aber Sie müssen sich jetzt anschnallen«, räuspert sich die wieder aufgetauchte Stewardess mit einem wissenden Lächeln und verschämt senkt sie den Blick, während ich von Tash herunterrutsche und mich mit schamesroten Wangen auf meinen Sitz fallen lasse.

Wie peinlich!!!

Tash amüsiert sich prächtig über die blamable Situation und ich knuffe ihn grummelnd in die Schulter, was nur dazu führt, dass er lauthals lacht.

Schmollend verschränke ich die Arme vor der Brust und ignoriere ihn geflissentlich, allerdings nicht lange, da er nach meiner Hand greift und jeden meiner Fingerspitzen küsst.

»Sei nicht sauer, Sweetheart. Ich liebe es, dich erröten zu lassen«, gibt er leise zu, und pikiert funkele ich ihn an. Aber so, wie er mich anschaut, so voller Gier und Verlangen, bekomme ich eine ungefähre Vorstellung, woran er gerade denkt, und ich glühe innerlich. Dieser Kerl schafft es einfach immer wieder, mich schachmatt zu setzen, und das nur mit seinem unverschämten sexy Lächeln.

Soooo unfair!

Bei strahlendem Sonnenschein fahren wir durch schneebedeckte, schroffe Felslandschaften eine kurvenreiche Strecke unserem Zielort entgegen und ich bestaune die bezaubernde Landschaft, die an uns vorbeizieht. Es ist atemberaubend schön. Eigentlich bin ich nicht der Berg-Typ, da mir das Meer, die Sonne und der Strand ein Gefühl von Freiheit vermitteln und ich Urlaub in den Bergen eher als Rentnerparadies empfinde – eigentlich.

Aber ich war damals nur in einem der teuren überfüllten Ski-Hotels und habe nichts als aufgetakelte, partyhungrige Menschen gesehen, die weder die Schönheit der Landschaft beachtet hatten noch sich darum scherten, dass ein ganzer Landstrich in Müll und Zerstörung versank, nachdem die Ski-

Party-Saison vorbei war. Mir war es verhasst und so hatte ich beschlossen, nicht mehr in die Berge zu fahren.

Wir schlängeln uns eine steile Serpentine hoch und am Ende erstreckt sich vor uns ein großzügiges Chalet, das sich über zwei Ebenen und ein in den Hang gebautes Untergeschoss erstreckt, umgeben von einer glitzernd weißen Schneedecke. Ein kleiner Bach zeichnet einen dunklen Weg durch das grelle Weiß und ein Stück den Hang hinunter steht ein Holzschuppen – zumindest denke ich, dass es einer ist.

Tash parkt den Wagen vor der freigeschaufelten Garage und wir steigen aus. Die Luft ist frisch, aber eisig, und ich blicke staunend in das majestätische Bergpanorama, welches uns umgibt.

»Wow, ich … es ist wunderschön hier«, seufze ich gefangen in der wilden Schönheit dieses Ortes und Tash schlingt von hinten die Arme um mich, legt das Kinn auf meiner Schulter ab und so bewundern wir gemeinsam den phänomenalen Ausblick.

»Gefällt es dir?«

»Machst du Witze? Es ist umwerfend hier«, lache ich ihn an und zufrieden küsst er mich auf die Stirn.

»Komm, lass uns die Klamotten reinbringen.«

Das Chalet, ganz aus Holz gebaut, hat eine hochmoderne Architektur, die sich jedoch in die rustikale Landschaft einfügt, ohne fehl am Platz zu wirken. Innen empfangen uns ein nüchternes, klares Design, dazu ein prasselndes Kaminfeuer und der Duft von frischem Gebäck.

»Ah, Mr. Montgomery, Sie sind endlich da! Hatten Sie eine gute Anreise?« Eine ältere, rotwangige Dame, deren wettergegerbtes Gesicht einen verschmitzten Ausdruck hat, kommt aus der Küche auf uns zu.

»Hallo, Frau Hegelsom. Danke, das Wetter hat gut mitgespielt. Darf ich Ihnen Elona Steel vorstellen, meine Freundin«, begrüßt er die Dame, die mich herzlich willkommen heißt.

»Ich habe eingekauft und mein Mann hat den Holzvorrat im Keller aufgefüllt. Sollten Sie noch was benötigen, sagen Sie Bescheid.«

»Vielen Dank, aber das wird nicht nötig sein.«

»Na, dann wünsche ich einen schönen Tag«, verabschiedet sie sich von uns und wir sind allein.

»Sie schaut hier immer nach dem Rechten«, erklärt Tash, da er meinen fragenden Blick offenbar bemerkt hat. »Sie und ihr Mann wohnen im Tal und kümmern sich um das Ganze, wenn ich nicht hier bin.«

»Das gehört DIR? Ich dachte, wir würden in einem Ferienhaus wohnen.«

Stolz breitet er die Arme aus. »Willkommen in meinem Rückzugsort!«

Perplex sehe ich mich um, da schnappt er sich schon meine Hand und gibt mir eine Hausführung. Es ist einfach perfekt und vom Wohnbereich hat man über riesige Panoramafenster einen Bilderbuch-Ausblick, der seinesgleichen sucht.

»Ich wusste gar nicht, dass du die Abgeschiedenheit magst«, frotzele ich und bekomme einen gespielt mürrischen Blick von ihm zugeworfen.

»Na, hör mal, ich bin froh, wenn ich dem Rummel entfliehen kann, und hier ist es – friedlich.« Da kann ich nicht widersprechen.

Wir packen aus und dann nimmt mich Tash auf einen langen Spaziergang mit, der über SEINEN Berg führt – ja, er hat tatsächlich diesen ganzen Berg gekauft. Keine Ahnung, wie sowas geht, aber Fakt ist, hier oben sind wir ganz für uns allein. In dem Dorf, am Fuß von Mount Montgomery, wie ich ihn scherzhaft nenne, bekommt man alles, was man zum Leben braucht, aber hier oben genießt man die Stille.

Nach zwei Stunden im Schnee kommen wir durchgefroren zurück und gönnen uns eine heiße Dusche und nutzen die Panoramasauna, die sich in dem Holzschuppen befindet. Es ist jedoch kein Holzschuppen, wie ich anfänglich geglaubt habe, sondern eine wahre Wellnessoase aus Dampfsauna, Whirlpool, Regenduschen und Eiswasserbottich, der draußen vor dem Eingang steht. Der absolute Wahnsinn. Allerdings ist nicht nur die Sauna dafür verantwortlich, dass ich nach dem ersten Gang keuchend und schwitzend wenig später vor Tash liege.

Wie ist es möglich, dass das Ablecken von Schweiß derart sinnlich und gleichzeitig schockierend obszön sein kann?

Egal, denn in dem Moment raubt er mir den Verstand, lässt mich auf dem schmalen Grat der unbändigen Lust entlangtaumeln, bevor er mich mit sich in den alles verschlingenden Höhepunkt reißt.

Nie wäre mir in den Sinn gekommen, dass ich in so kurzer Zeit entspannen kann. Die Umgebung und die Ruhe sind eine Wohltat nach den aufwühlenden Monaten, die hinter uns liegen. Die Tragödie mit Dad, das Drama in der Firma, die Unsicherheit – all das haben wir überstanden und ich gestatte mir – mit Unterstützung von einem sehr fürsorglichen Tash – zur Ruhe zu kommen.

Am Abend nach dem Essen kuscheln wir vor dem offenen Kamin, als hätten wir das schon immer so gemacht. Es fühlt sich so vertraut und richtig an, dass ich mich frage, wie ich es die Zeit ohne dieses Gefühl ausgehalten habe.

»Kneif mich mal bitte, damit ich realisiere, dass das hier echt ist«, gluckse ich selig und Tash zwickt mich in den Oberarm.

»Sowas von echt! Und ich habe vor, es dabei zu belassen.«

»Ach ja, das will ich dir auch geraten haben«, necke ich ihn und schnaubend rückt er ein Stück von mir weg und betrachtet mich wie so oft an diesem Tag, mit einer Mischung aus Faszination und hungrigem Begehren. Obwohl ich mit einem stürmischen Kuss gerechnet habe, springt er zu meinem Erstaunen auf, zieht mich auf die Füße und dirigiert mich in den großen Eingangsbereich, wo er in seine dicken Winterstiefel steigt und mir meine Daunenjacke hinhält.

»Tash, was wird das?« Lachend ziehe ich die Moonboots und die Jacke an und schon schiebt er mich zu der Terrasse hinaus, auf dem eine Feuerschale knisternd Funken in den dunkeln Nachthimmel speit. Es ist mucksmäuschenstill und die funkelnden Sterne scheinen zum Greifen nahe am Firmament zu glitzern. Unser Atem wölkt in feinen, weißen Nebelschwaden durch die klirrend kalte Luft und lachend blicke ich Tash an, dessen Blick mit einer erschreckenden Intensität auf mir ruht. Er tritt ganz nah an mich heran, legt seine Stirn an meine und sofort stellt sich eine allumfassende Verbundenheit zwischen uns ein.

»Danke, dass du bei mir bist!«, flüstert er, was mir ein Lächeln aufs Gesicht zaubert. »Du hast mir Frieden geschenkt und mir gezeigt, wie weit ich von meinem Lebensziel abgewichen bin, hast mich auf meinen Weg zurückgeführt, wofür ich unendlich dankbar bin.«

»Aber ich …«

»Sag jetzt bitte nichts.« Mit einem Räuspern sieht er mir fest in die Augen und mir schlägt das Herz bis zum Hals. »Ich liebe dich! So sehr, dass ich manchmal nicht weiß, wie mir geschieht. Wenn ich eins gelernt habe, dann, dass nichts ewig währt und die Zeit einfach gnadenlos gegen einen arbeitet. Aber seit du in mein Leben getreten bist – Gott, ich will jeden einzelnen Tag, nein, jede Minute mit dir verbringen. Du hast die Dämonen meiner Vergangenheit vertrieben, gibst mir Zuversicht und lässt mich aufatmen.«

»Oh, Tash …« Seine Worte rühren mich zu Tränen, denn er scheint mir aus der Seele zu sprechen, da ich genauso für ihn empfinde. Mit einem liebevollen Blick streicht sein Daumen über meine Wange, an der eine Träne heruntergekullert ist, und küsst mich auf die Nasenspitze. Dann sinkt er auf die Knie und ich starre ihn mit angehaltenem Atem und flatterndem Herzen an.

»Ich will dich für alle Zeit festhalten, dich beschützen und jeden Tag zum Lachen bringen, dich auf Händen tragen und dich niemals enttäuschen. Denn du bist zum Wichtigsten in meinem Leben geworden.« Seine Stimme klingt rau vor Emotion und ich schlage die Hände vor den Mund, um das unkontrollierte Schluchzen und gleichzeitige Lachen zu unterdrücken, das mich ergreift. Noch nie war mir leichter ums Herz und noch nie habe ich mich mehr geliebt – nein, begehrt gefühlt. Ein irrsinniges, surreales Klingen erfasst jede Faser meines Körpers und lässt mich in den Moment tief eintauchen. »Ich kann dir nicht versprechen, dass es keine Tragödien oder Stolpersteine geben wird. Aber ich verspreche, alles in meiner Macht Stehende zu tun, um dich glücklich zu machen, jeden einzelnen Tag! Elona Steel, willst du mir die Ehre erweisen, und meine Frau werden?« Bei der Frage bricht seine Stimme und ich kann die Gefühle nicht mehr zurückhalten, meine Augen verschwimmen in einem Meer aus Freudentränen und meine Brust fühlt sich zu eng für mein überschäumendes Herz an, das wild schlägt – für IHN!

Aus der Jackentasche kramt er einen im Feuerschein glitzernden, atemberaubenden Ring hervor, der in Eleganz und Schlichtheit eine Hommage an all seine Worte ist. Zitternd strecke ich die Hand aus, damit er ihn mir anstecken kann, doch er zögert.

Fragend blickt er zu mir hoch und erst da wird mir bewusst, dass ich ihm noch keine Antwort gegeben habe. Bebend hole ich Luft.

»Ja! Von ganzem Herzen ja!«, flüstere ich mit tränenerstickter Stimme und er stößt erleichtert den Atem aus. Als der Ring meine Hand ziert, schlingt Tash die Arme um meine Oberschenkel und legt den Kopf an meinen Bauch. Überwältigt lasse ich die Finger durch sein wirres, pechschwarzes Haar gleiten und lasse all die Liebe durch mich hindurchfließen.

Ich werde diesen Mann nie wieder loslassen, denn er hält mein Herz in den Händen – genau wie ich das seine!

ENDE

EPILOG

Elona

Gerade komme ich die Treppe herunter, als es an der Tür klingelt und ich verwundert einen Blick durch den Spion werfe und mir alles aus dem Gesicht fällt.

Vor der Tür stehen Erin, Ashley, Henry, Ryan und Wade und ein gutaussehender junger Mann, den ich nicht kenne. Sofort reiße ich lachend die Tür auf, falle Erin um den Hals und werde dann stürmisch von Ashley und Henry begrüßt.

»Wo in aller Welt kommt ihr denn her? Das gibt's doch gar nicht!«

»Also wirklich, glaubst du im Ernst, dass wir das Ereignis des Jahrhunderts verpassen wollen?«, kichert Ashley und hat sofort meine Hand mit dem wunderschönen Ring hochgehalten. »WOW, ist der schön.«

Schmunzelnd ziehe ich die Hand zurück und werde von Ryan umarmt. Tash ist dazugekommen und umarmt Erin, was mich sehr glücklich macht. Dann kommt sie zu mir, sieht mich mit glasigen Augen an.

»Mum und Dad wären so stolz auf dich, Sunshine!«, flüstert sie mir ins Ohr und ich schlucke schwer bei ihren Worten.

»Ich dachte mir, die Meute würde vielleicht gerne mit uns feiern«, schmunzelt mich Tash an und ich werfe ihm einen vernichtenden Blick zu, da er das alles hinter meinem Rücken organisiert hat. Aber wem mache ich hier was vor? Ich finde es fantastisch!

»Danke!«, formuliere ich lautlos und er zwinkert mir zu.

Schnell sind die Gästezimmer bezogen und wenig später machen es sich die Neuankömmlinge im Wohnzimmer gemütlich. Die Stimmung ist gelöst, es wird viel gelacht und ich kann es immer noch nicht fassen, wie gut sich nach den anfänglichen Turbulenzen und Gegensätzen nun alle verstehen. Henry hat seinen Freund Adam mitgebracht, was Tash extrem entspannt, da er nun den absoluten Beweis dafür hat, dass Henry mir niemals zu nahegekommen wäre, und innerlich schmunzele ich über sein Alphamännchengehabe. Zwar hat sich Henry noch nicht öffentlich geoutet, aber er vertraut uns so sehr, dass er hier extrem gelöst wirkt.

Ashley mit ihrer offenherzigen und quirligen Art liefert sich einen regen Schlagabtausch mit Wade und Tash, was die zwei sehr amüsant finden. Erin unterhält sich gut mit Henry und Adam, während Ryan mir gesteht, dass er heilfroh ist, dass Tash endlich unter der Haube ist.

In den folgenden vier Tagen, die wir zusammen verbringen, wird klar, wie gut sich diese Truppe ergänzt. Nie hätte ich für möglich gehalten, dass Erin ihre Ablehnung gegen die Jungs ablegen würde, doch sie lacht sehr viel und genießt die Auszeit ganz offensichtlich.

Sie unterhält sich lange mit Tash und ich würde zu gerne Mäuschen spielen, aber Wade kommt mir zuvor und schiebt ihn mit den Worten, er solle sich gefälligst um seine Verlobte kümmern und die Single-Ladys in Frieden lassen, in meine

Richtung. So viel Spaß hatte ich noch nie und das mit Menschen, die ich noch gar nicht so lange kenne und die Erin und ich sogar anfänglich verabscheut haben. Jetzt hocken wir einträchtig beim Essen und es fühlt sich an, als wären wir seit jeher befreundet.

In den wenigen Tagen hat sich dieser Ort zu meinem Lieblingsort entwickelt. Die frische Luft, die Weite ringsherum und das Gefühl, zu Hause zu sein, bei Tash, verankern mich unwiederbringlich mit Mount Montgomery.

»Wo ist eigentlich Ryan?«, fragt Wade am letzten Abend, als die letzte Flasche Rotwein zur Neige geht, Erin herzhaft neben mir gähnt und Adam die leeren Flaschen in die Vorratskammer bringt.

»Keine Ahnung. Wird wohl schon oben sein«, zuckt Tash mit den Schultern.

»Ja, kann sein, er machte einen etwas angeschlagenen Eindruck«, kichert Henry und ich muss schmunzeln, da er recht hat. Wir warten noch, bis alle die Gläser geleert haben, räumen auf und sagen einander gute Nacht, da wir morgen gemeinsam zurückfliegen werden.

In unserer vorerst letzten Nacht hier hält mich Tash bis in die frühen Morgenstunden wach, liebt mich, fickt mich und vögelt mich, bis wir beide völlig erschöpft ineinander verschlungen einschlafen. Wenn sich das Eheleben so anfühlt – mehr davon!

Dementsprechend groggy sind wir am nächsten Morgen auf der Heimreise, werden von Wade und Ashley aufgezogen, doch ich ertrage es mit Würde.

Eine Woche später lädt Rose, Tashs Mum, zu einem, wie sie es ausdrückt, kleinen Empfang, was bedeutet, dass halb London zu Gast ist und ich mich ernsthaft frage, was sie erst bei der

Hochzeit auffährt. Aber Tash versichert mir, dass er dafür sorgen wird, dass es nicht ausartet – was immer das heißen mag.

Natürlich berichtet die Presse von unserer Verlobung, aber Wade wacht darüber, dass kein einziges, falsches Wort gedruckt wird, wofür ich unendlich dankbar bin, denn von Fake-News habe ich die Nase gestrichen voll.

Alles hat sich zum Guten entwickelt – ach, was sage ich zum absoluten Wahnsinn? Als Nächstes werden Tash und ich zusammenziehen, denn weder er noch ich können eine Nacht allein schlafen und schon eine notwendige Geschäftsreise entpuppt sich als emotionale Herausforderung.

Wir finden unsere Routine, gehen in unserer Zweisamkeit auf und Stück für Stück erobern wir unseren neuen Lebensweg – gemeinsam!

LESEPROBE BAND 2

Ashley

Wir sind gerade im Restaurant, das eher einer Bar gleichkommt, angekommen, als auch schon die Diskussion über die perfekte Destination der Flitterwochen losgetreten wird, da Elona bald heiraten wird. Es wird ein Medienspektakel, glaubt man den Klatschblättern. Sie und ihr angebeteter Tash sind wie geschaffen für diesen Zirkus, da sich die Öffentlichkeit nach dem damaligen Skandal sehr für das neue Glamourpaar interessiert, wobei beide allerdings die Aufmerksamkeit auf ihr neues Projekt lenken: Umweltschutz.

Wer hätte gedacht, dass sich der geldvernarrte Tash Montgomery von der fetten Kohle abwenden und in die Umwelt investieren würde? Okay, der Typ hat einen ganzen Berg gekauft – ja, ernsthaft. Ich war dort und es war atemberaubend – und damit meine ich nicht nur die Aussicht. Dort hatten Ryan und ich eine bewusstseinsverändernde Nacht, die in der Sauna begann und erst früh morgens endete. Wir schafften es gerade so in unsere Zimmer, bevor die Ersten zum Frühstück runtergingen.

Warum wir so ein Geheimnis darum machen? Erstens: Ich

bin Single und glücklich. Zweitens: Es ist nur Sex, den wir gerade ausleben. Auch wenn der Ursprungsplan nur auf eine Nacht ausgelegt war. Aber was soll man machen, wenn es derart gut ist – wäre doch pure Verschwendung, oder? Also beschlossen wir, es als eine Art Friends-with-benefits-Arrangement zu halten, ohne Verpflichtungen, ohne Regeln. Nur Spaß. Denn in seinem Job und mit der neuen Firmenausrichtung hat er mächtig viel um die Ohren.

Da ich mit Erin, eine Kriegswalküre im Namen des Singledaseins, und mit Elona die personifizierte Beziehungselfen an meiner Seite hatte, und gerade mit dem Cousin des Verlobten meiner Freundin vögelte, erschien es mir geboten, diesen Umstand unter den berühmten Teppich zu kehren. Wer hätte auch ahnen können, dass Ryan derartig begnadet ist?

Jedes Mal, wenn wir mit den anderen sechs verabredet sind, empfinde ich unser schmutziges Geheimnis als höchst aufregend und ihm scheint es genauso zu gehen, denn wenn wir uns alle verabschiedet haben, wir allein sind, fällt er mich an wie ein ausgehungerter Wolf, und meist schaffen wir es nicht nach Hause, sondern legen einen heißen Zwischenstopp im Auto ein. Vollkommen irre!

Nun konzentriere ich mich jedoch auf Elona, die uns gerade erklärt, wie lang die Gästeliste jetzt schon ist, und ich bin höchst dankbar, nur als Gast dort zu sein und nicht im Mittelpunkt einer solch pompösen Veranstaltung zu stehen.

»Wenn Rose so weitermacht, ist bald halb England bei uns zu Gast«, stöhnt sie erschöpft über das Engagement ihrer zukünftigen Schwiegermutter auf und erntet ein freches Grinsen von Erin.

»Ich hab dich gewarnt. Du wolltest ja nicht hören.«

»Und mir diesen Traum von einem Kerl entgehen lassen? Auf keinen Fall«, zwinkert Elona zurück. »Wenn du wüsstest, was er alles …«

»O bitte, erspar mir die Details! Schlimm genug, dass er dir bei jeder sich bietenden Gelegenheit die Zunge in den Hals steckt«, wimmelt Erin die Lobeshymne auf die Bettakrobatik ihres zukünftigen Schwagers ab und ich muss unweigerlich an Ryan denken.

»Jetzt hilf mir mal, Ashley. Sonst bist du immer ganz vorn dabei, wenn es um einen Kerl geht, und jetzt hüllst du dich in vornehmes Schweigen«, quengelt Elona gespielt beleidigt und ich nehme einen großen Schluck meines Moscow Mules.

»Wenn ihr mich fragt, hat sie alles richtig gemacht. Nur weil Erin beschlossen hat, den Rest ihres Lebens im Kloster zu verbringen, musst du dich dem nicht anschließen«, mache ich meine Ansage und klatsche mit Elona lachend ab.

»Haha, sehr witzig. Ich muss ja nicht in der Gegend herumvögeln, um mich gut zu fühlen. Außerdem: Wer sagt denn, dass ich keine Bettgeschichten hätte?«, kontert Erin hoheitsvoll.

»Ach wirklich? Dann lass mal hören.« Elona ist plötzlich ganz Ohr und auch ich neige neugierig ein wenig den Kopf, denn dass Erin mit einer Sex-Geschichte um die Ecke kommt, ist ein Novum.

»Nur weil ich keine BEZIEHUNG habe und keine will, heißt das doch nicht, ich würde nicht meine Portion Spaß bekommen.« Ein geheimnisvolles Lächeln umspielt ihre vollen, sinnlichen Lippen.

»Wie, das war's?«

»Eine Lady schweigt und genießt!«, lässt sie uns mit einer perfekt gezupften, hochgezogenen Augenbraue wissen. Elona lässt jedoch nicht locker.

»Jetzt komm schon. Das kannst du doch nicht machen?«

»Oh, und wie ich das kann, und außerdem waren wir heute verabredet, um DIR mit der Flitterwochenplanung zu helfen. Also, beim letzten Mal waren wir bei Barbados stehengeblieben.« Grinsend verfolge ich den Schlagabtausch der beiden Schwestern, die sich seit der Familientragödie zusammengerauft haben und nun besser verstehen denn je.

Das Essen hier ist sehr gut und ich genieße gerade einen Bissen des Beef-Tatars, als Erin mich in die Seite stupst. »Hottie auf zwölf Uhr!«

Irritiert suche ich die Bar nach Ryan ab, nur um genervt festzustellen, dass er gar nicht hier und auch nicht gemeint ist, denn mein Blick bleibt an einem großgewachsenen, blonden Typen hängen, der mit einem Freund an der Bar einen Drink bestellt. Breites Kreuz, schmale Hüften, muskulöse Arme, die unter dem aufgekrempelten Hemd hervorschauen: genau mein Fall! Er dreht sich lachend um und sein Blick fällt auf uns Mädels, die wir wenige Meter von ihm entfernt hocken.

»Uhhhh, der ist ja zum Anbeißen«, raunt mir Erin ins Ohr und ich kann nur den heißen Kerl anstarren. Sie drückt den Rücken durch, setzt so ihre Oberweite gekonnt in Szene und ich beneide sie um die Fähigkeit, wie eine dieser Leinwandgöttinen posieren zu können. Gut, damals war sie ein gefragtes Werbegesicht, bis ihr Manager und Verlobter sie verarscht hatte und sitzen ließ. Dabei hat sie alles verloren und ist seitdem auf dem Kriegspfad, was Kerle anbelangt. Dieser hier scheint ihr allerdings zu gefallen.

»Ja, das kannst du wohl laut sagen«, flüstere ich zurück und Elona verdreht schmunzelnd die Augen. Der Kumpel des Blonden schaut jetzt auch in unsere Richtung und fixiert mich dabei. Etwas schmaler als der Blonde, aber nicht minder attraktiv. Er wirkt wie das dunkle Gegenteil seines Freundes und ich beiße mir unwillkürlich auf die Unterlippe beim Gedanken an: RYAN – WAS??? Elona beobachtet amüsiert, wie Erin und ich uns von den zwei Hotties anflirten lassen, die zu meinem Entzücken auf uns zukommen. Der Dunkelhaarige nimmt meine Hand und haucht einen Kuss auf meinen Handrücken. »Ladys, guten Abend. Ich bin …«

»… am falschen Tisch, fürchte ich. Also zieht Leine!«, ertönt die samtig weiche, aber autoritäre Stimme von Ryan hinter mir, bei der ich erschrocken zusammenzucke.

LESEPROBE BAND 2

Ryan

Den ganzen Tag habe ich mich auf den Abend gefreut, denn Tash wollte bei dem Mädelsabend vorbeischauen, auf dem auch Ashley sein wird. Die freche Rothaarige raubt mir seit Wochen den Verstand und ich habe seit dem zweiten Mal Sex mit der Kleinen längst meine Komfortzone verlassen. Sie weckt etwas tief in mir, das ich verbannt habe: Vertrauen. Aber, verdammt, sie macht mich ganz kirre. Ihr biegsamer, zarter Körper mit der porzellanweißen Haut, die sich wie Seide unter meinen Fingerspitzen anfühlt. Mit ihrer frechen, lebensbejahenden Art und ihrer unbändigen Leidenschaft bringt sie es fertig, dass ich mich jeder Vernunft zum Trotz auf weitere Male mit ihr einlasse.

O Mann, und es ist heißer als heiß.

Sex ist immer gut, aber mit Ashely ist es so viel mehr. Natürlich ist da auch der Kick des Neuen, also nichts Ungewöhnliches, wenn man meiner Ratio Glauben schenken mag.

Wir waren gut essen und ich konnte Tash an der Nasenspitze ansehen, dass er am liebsten sofort aufbrechen wollte, kaum dass wir das Besteck auf den Tellern abgelegt hatten.

Verliebter Irrer. Aber ich konnte ihn in gewisser Weise sogar verstehen. Denn die Aussicht, bald auf meine süße Rothaarige zu treffen, weckte auch in mir das Bedürfnis, die Lokation schneller als üblich zu wechseln. Wir betreten gerade die Bar, die die Mädels öfter besuchen, und entdecken die drei an einem Tisch in der Nähe der Bartheke, als sich zwei Kerle grinsend zu ihnen gesellen. Tash neben mir spannt sich automatisch an und bevor ich weiß, was ich tue, stehe ich hinter Ashley und blaffe den Kerl, der ihre Hand hält, zähnefletschend an.

Derartige Gefühlsausbrüche sind nicht meine Art, ich bin ein Kopfmensch, besonnen, auf die Sache bezogen und nicht beladen mit emotionalem Ballast. Warum ich dem Kerl gerade am liebsten die Nase einschlagen würde, ist mir schleierhaft.

Der blinzelt verdattert, lässt ihre Hand los und sie dreht sich mit offen stehendem Mund zu mir um. Tash hat beschützend die Arme um Elona geschlungen, während sich Wade neben den blonden Typen, der Erin anlächelt, drängt. Zum Glück scheinen die zwei kein ernsthaftes Interesse an einer Auseinandersetzung zu haben, denn der Blonde hebt beschwichtigend die Hände, entschuldigt sich, und deutet seinem Freund an, die Biege zu machen. Ashley funkelt mich wütend an, während Erin kopfschüttelnd Wades breites Grinsen kommentiert.

»Hey, wo kommt ihr denn so schnell her?«, rettet Elona die angespannte Situation, und um dem bitterbösen Blick, mit dem mich Ashely durchbohrt, zu entgehen, antworte ich ihr.

»Drüben war es langweilig und Tash quengelte die ganze Zeit rum, er wolle endlich zu dir – was soll man dagegen machen?« Sie strahlt erst mich und dann ihren Verlobten an, der mir einen warnenden Blick zuwirft, sich dann aber zu ihr beugt und ihr etwas ins Ohr flüstert, was ihre Wangen erröten lässt. Alter Schwerenöter!

»Und wie war der Abend bisher?«, fragt Wade mit einer Unschuldsmiene, die für sein gewieftes Ego völlig untypisch ist.

»Bevor ihr in den Flirt mit den beiden attraktiven Jungs geplatzt seid: ganz gut«, zischt Erin ihn genervt an, was an seiner aalglatten Fassade abperlt wie Wasser auf einer Glasscheibe.

»Die zwei Schnösel von gerade? Echt?« Gespielt erstaunt hebt er die Augenbrauen, wobei sich sein Blick in Erins bohrt – interessant. Ashley starrt mich weiterhin sardonisch an, was ich gekonnt ignoriere, und ich unterhalte mit Tash und Elona über ein zauberhaftes Strandhaus auf einer der kleinen Inselarchipele der Philippinen. Dort war ich vor einigen Jahren zum Tauchen und es war traumhaft. Dass mir dabei Bilder von Ashley in einem sehr knappen, sehr sexy Bikini in den Sinn kommen, hilft nicht wirklich, mein aufgewühltes Gemüt abzukühlen.

Eine halbe Stunde später ist die Stimmung wie gewohnt gelöst und locker, sehr zu meiner Beruhigung, denn es wäre mir verhasst, wenn der Abend wegen einer banalen Situation ruiniert wäre. Ashley hat sich den ganzen Abend mit Wade über eine Party in der Londoner Untergrundszene unterhalten und ist sichtlich angetrunken, was sonst nicht ihre Art ist.

Warum mir so etwas auffällt? Weil ich Muster erkenne, und passt etwas nicht zusammen, korrigiere ich es.

Wie ich Ashley von ihrem Alkoholpegel befreien soll, ist mir jedoch nicht ganz klar. Eine weitere halbe Stunde später steht sie schwankend auf und entschuldigt sich auf die Toilette, rempelt auf ihrem Weg durch die Gäste einige an, die sich nach ihr umdrehen, und innerlich stöhne ich über ihre Unbedarftheit auf. Mir vorzustellen, irgendein Kerl würde sie aufhalten, bringt mein sonst eher kühles Blut in Wallung. Natürlich fällt mir auf, dass sie länger wegbleibt als üblich.

Also gehe ich ihr nach, finde sie an der Wand neben der Damentoilette gelehnt, mit bleichem Gesicht und in sich eingesunken.

»Hey, Fremde«, spreche ich sie leise an und sie öffnet mit schweren Lidern die geröteten, glasigen Augen.

»Hey, Fremder«, lallt sie ein wenig, was sich süß anhört.

»Du siehst etwas lädiert aus, wenn ich das sagen darf«, zwinkere ich ihr zu und sie streckt mir die Zunge raus. Die Zunge, die so unfassbar weich ist, und wenn sie damit meinen Schwanz entlangleckt … Mit einem leidenden Stöhnen richtet sie sich auf, schwankt auf den Stilettos, die sie trägt, um mir praktisch in die Arme zu fallen.

»Langsam, Red. Wir bringen dich wohl besser nach Hause.«

»Das war gemein von dir!«, gibt sie hitzig zurück und verwirrt sehe ich zu ihr herunter. »Du hast einfach den hübschen Kerl verjagt, das war nicht nett«, fährt sie gedehnt fort und beim Gedanken, wie besagter Kerl ihre Hand hielt, steigt Wut in mir auf. Aber hier ist weder der richtige Ort, noch ist sie in der Verfassung, mir zuzuhören. Also schiebe ich das dumpfe Gefühl, das in meiner Brust gärt, beiseite und bugsiere Ashley durch die Bar an den gaffenden Menschen vorbei zu unserem Tisch.

»Mein Gott, Ashley, was ist passiert?«, ruft Erin erstaunt auf, als sie uns entdeckt, und springt vom Stuhl.

»Die Gute hat etwas zu viel von dem Vodka gehabt«, grinse ich so unverfänglich, wie es mir möglich ist.

»O Mann. Das waren wirklich einige Gläser zu viel.« Lachend schüttelt Elona den Kopf und deutet auf die fünf leeren Gläser auf dem Tisch. »Und das, obwohl du Alkohol nicht gut verträgst.«

»Das war nur wegen des Kerls«, nuschelt Ashley und krallt sich an meinem Arm fest, um das Gleichgewicht zu halten. Ob sie damit mich oder den Dunkelhaarigen von eben meint, ist nicht ganz klar, versetzt mir allerdings einen Stich in die Brust.

»Der hübsche Dunkelhaarige, der dir Avancen gemacht hat? Ja, der war echt süß«, pflichtet Erin ihr verschmitzt bei und ich kann mir einen bitteren Blick nicht verkneifen. »Komm, Süße, ich bring dich nach Hause. Für dich ist der Abend gelaufen«, seufzt sie.

»Ich mach das schon. Genieß du den Abend«, grätsche ich sofort dazwischen und erstaunt sieht mich Erin an, während ich Tashs Blick förmlich in meinem Rücken fühle.

»Äh, okay, das ist nett von dir.« Erin klingt erleichtert, sich nicht mit dem desolaten Zustand ihrer Freundin herumschlagen zu müssen. Bevor ich mir irgendeinen dummen Spruch von Wade oder Tash anhören muss, helfe ich Ashley in ihren Mantel, bekomme von Erin ihre Handtasche in die Hand gedrückt und schiebe sie vor mir her Richtung Ausgang.

»Also, Leute, schönen Abend noch!« Geschafft! Sobald wir an der frischen Luft sind, atme ich geräuschvoll aus, denn ich bin mir sicher, dass die Jungs mir morgen im Büro tausend dämliche Sprüche an den Kopf werfen werden, aber das ist jetzt unwichtig, denn Ashley muss dringend nach Hause. Also verfrachte ich sie in mein Auto und fahre zu ihr.

Auf dem Weg ist sie eingenickt und ich bringe es nicht übers Herz, sie zu wecken, als wir bei ihr ankommen. Wie ein gefallener wunderschöner Engel sieht sie aus, als ich den Wagen parke und sie betrachte. Ihr herzförmiger Mund ist leicht geöffnet und ihre Augenlider flattern etwas. Mit einem Seufzer reiße ich mich von ihrem Anblick los, steige aus und gehe zur Beifahrerseite. Aus der Handtasche fische ich den Wohnungsschlüssel, nehme die Tasche über die Schulter und hebe sie aus dem Sitz. Ein leises Grummeln bringt sie protestierend zustande, doch ich küsse sie sanft auf die Stirn und sie lehnt den Kopf an meine Schulter.

Nur eine natürliche Reaktion auf die Bewegung. Nichts weiter.

Mit ein wenig Geschick gelingt es mir, die Tür mit ihr auf den Armen zu öffnen, und wir sind in ihrer Wohnung. Mit langen Schritten bringe ich sie direkt ins Schlafzimmer, lege sie vorsichtig aufs Bett und befreie sie von den Klamotten. All das bekommt sie nicht wirklich mit, murmelt nur unverständliches Zeug und lässt sich widerstandslos zudecken. Sie wird einen ordentlichen Kater haben, wenn sie morgen aufwacht. Damit sie nicht extra aufstehen muss, suche ich nach Aspirin und stelle die Tabletten mit einem Glas und der Wasserflasche auf ihren Nachttisch. Armes Ding!

Bevor ich allerdings gehe, setze ich mich auf die Bettkante und fahre mit der Fingerspitze die feingeschwungenen, dunklen Augenbrauen nach, die ihre großen Augen betonen. Sie sieht umwerfend schön aus. Der Drang, sie zu berühren, ist unglaublich stark und ich stelle erstaunt fest, dass das von Anfang an so war. Eher untypisch für mich. Aber dagegen aufbegehren will ich gar nicht, denn ich bin fasziniert von ihrer Reaktion auf mich und bekomme nicht genug von den zarten Seufzern oder ihrem lustvollen Stöhnen, wenn sie sich mir hingibt. Total verrückt! Als würde sie meine Anwesenheit spüren, greift sie nach mir. Das ist zu viel.

LESEN SIE WEITER IN

SHATTERED – KEEP MY HEART

Eine heiße tabulose Affäre ist alles, was Ashley mit dem unverschämt gutaussehenden Londoner Junggesellen Ryan Barns haben will. Von Beziehung wollen beide nichts wissen, doch schnell entwickelt sich viel mehr zwischen den beiden, als ihnen lieb ist.

Gerade, als sie der Sache eine Chance geben, tritt Ashleys Ex auf den Plan und wirbelt ordentlich Staub. Was anfänglich wie ein Umwerben der alten Flame aussieht, mutiert zu einem bitterbösen Spiel, um alte Rechnungen zu begleichen. Plötzlich steht Ryan mit seiner Firma am Rand des Ruins und ausgerechnet Ashley ist die Einzige, die den Absturz verhindern kann. Doch sie muss eine schwerwiegende Entscheidung treffen, die sie und Ryan auseinandersprengt.

Ein Herz kann heilen, aber wieviel kann es verzeihen?

Scan Me

DANKSAGUNG

Danke!

Liebe*r Leser*in, ich hoffe, du hattest ein paar wundervolle, spannende und sinnliche Lesestunden mit *Elona & Tash*. Wenn dir die beiden und ihre Geschichte gefallen haben, würde ich mich riesig über eine Rezension von dir freuen. Sie sind unglaublich wichtig für uns Autor*innen, was die Sichtbarkeit und Qualität unserer Arbeit anbelangt.
Ein riesiges DANKESCHÖN geht an die wundervollen Damen des Heartcraft Verlages, die meinen drei Londoner Jungs ein neues, liebevolles Zuhause geschenkt haben. Ich bin sehr stolz, Teil eures Teams zu sein, und bin begeistert von der professionellen und wertschätzenden Zusammenarbeit mit euch.
Meinen Autorinnen-Schwestern Marina Oceans, Vivian Valentine und Summer Alesia möchte ich für ihre positiven Vibes und die phänomenalen Motivationschats und Videocalls danken:
Ladys, ihr seid der WAHNSINN!
Danke, dass ihr immer ein Ohr, zündende Ideen und den nötigen Tritt in den Allerwertesten parat habt – I love you!

Eure
Grace C. Node

ÜBER GRACE C. NODE

Na, neugierig geworden?

Wer jetzt Lust auf weitere Werke von mir bekommen hat, kann gerne unter meiner Autorenseite auf Amazon stöbern.

Scan Me

Neuigkeiten, mehr von mir und dem Autorendasein findet ihr auf meinen Social-Media-Accounts:
Instagram: grace_c._node_author
Facebook: authorgcnode
Pinterest: authorgcnode

Viel Spaß dabei!